本书系 2018 年度国家社会科学基金重大项目“习近平总书记关于文艺工作的重要论述与新时代中国文艺理论学术体系的建构研究”（项目批准号：18ZDA006）阶段成果。

中共中央党校创新工程“文化思潮与国家文化战略研究”课题成果。

XINSHIDAI WENLUN YU
SHENMEI ZHI SI

新时代文论与审美之思

范玉刚　著

人民出版社

在与时代同频共振中锻造文艺精品（代序）

21 世纪，随着中国经济的崛起，中华民族拉开了伟大复兴的帷幕，中国进入一个新的伟大时代，在新一轮全球化进程中日益走近世界舞台中央，中华民族复兴的进程被誉为世界史的“中国时刻”。一个文明型崛起的中国屹立在世界的东方，并越来越成为世界文明进步的主导性力量之一。当今天的中国再次汇聚起世界目光、重新复兴为人类文明主体的时候，作为当代中国和中国道路的参与者、实践者、记录者、反映者和思想者，当代文艺家不仅有责任让文艺在中国的前行和秩序中成就民族文学经典，更有责任让中国在文化的怀抱和瞩目中迈向世界，助力文明型中国崛起。习近平总书记在关于文艺方面的重要论述中，倡导“以人民为中心的创作导向”，激励艺术家在与时代的同频共振中创作出无愧于伟大民族复兴的文艺精品，书写中华民族的新史诗。习近平总书记指出，优秀作品反映着一个国家、一个民族的文化创造力和水平。因此，必须把创作优秀作品作为文艺工作的中心环节，努力创作出更多传播当代中国价值观念、体现中华文化精神、反映中国人审美追求，思想性、艺术性、观赏性有机统一的优秀作品，以实实在在的文艺获得感来增强做中国人的骨气和底气。

这是一个风云际会的时代，一个英雄辈出的时代，一个社会大转型大调整大变革的时代，也是一个文艺汪洋恣肆纵情挥洒的时代。大时代，需要文艺彰显精神力量，文艺要歌颂人民的英雄，与人民的伟大实践同频共振，人民是文艺的“剧中人”。这样的一个时代，是中华民族历史上又一个辉煌的时代，是世界文明史上又一个全面提升社会文明程度的时代。中华民族在人类的历史长河中涌现了无数的英雄，中国文艺也贡献了无数的英雄形象，当代文艺家所塑造的英雄人物更是丰富了文艺人物画廊，这些英雄人物无论是军人、工人、农民还是知识分子与新阶层人士，无不肩负着时代的使命，昂扬着民族的精神。文运同国运相牵，文脉同国脉相连，文艺要同时代同频共振。作为时代的产物，文艺随着民族兴衰、国运沉浮，其发展愈益受到时代的深刻影响。任何一个时代的文艺，只有同国家和民族紧紧维系、休戚与共，真正把人民作为文艺的主人公，才能切合时代的鼓点发出振聋发聩的声音。实现中华民族伟大复兴，是一场震古烁今的伟大事业，需要坚忍不拔的伟大精神，也需要振奋人心的伟大作品，人民火热的生活是文艺创作最广阔、最深厚的时代舞台。当今中国，正处在大踏步引领现代化潮流并站在世界发展前沿的历史时期，正处于为人类文明进步作重要贡献的伟大时代。这里有取之不尽、用之不竭的丰富素材，有最能体现中国人民创造智慧和文化精神的中国元素，有无数体现时代精神的人民英雄、感动时代的人物。忠实记录、深刻反映、艺术再现这个恢宏时代的巨大变迁，为人民提供最好的精神食粮，积极反映人民的心声，在融入人民火热生活中，塑造一系列无愧于时代的英雄群像，成为时代的洪钟大吕。文艺实践表明，唯有表现人民伟大历史实践的作品才能张扬时代精神，使文艺发挥最大的正能量，进而与时代同频共振。中国特色社会主义文艺，就是在根本上书写和记录亿万人民实践的文艺。艺术离不开人民，真正的文艺精品、艺术经典之作，无不与时代和人民息息相关，象牙塔里出不了文艺精品。只有真正扎根人民生活，文艺才能真正生动活泼起来，回顾文艺史上那些彪炳千秋的文艺经典，无不闪耀着人民性的光辉，传达着人民的情感，在根本上反映着人民的心声。因此，习近平总书记希望文艺家心里装着人民，用积极的文艺歌颂人民，把人民作为文艺的主人公；勇于创新创造，用精湛的艺术推动文化创新发展，在根本上彰显社会主义文艺的人民本位论。他明确反对那种“以为人民不懂得文艺，以为大众是‘下里巴人’，以为面向群众创作不上档次”[①]的观点。在平凡的时代，艺术家只有写出作为“剧中人”的人民对美好生活的追求和意气风发的精神状态，以及为民族伟大复兴做出的不懈努力，才能达到与时代同频共振。事实上，艺术只有通俗易懂、接地气，为人民群众喜闻乐见，在不断创新中契合时代需求，切近不断变化的审美风尚，被人民群众所广泛接受，才能抓住时代。只有融入人民火热的生活，艺术才会自觉地表达和反映广大人民群众的情感和意志、愿望和呼声，在精品创作中生长出创造性的力量和文化自信的根荄，在价值引导中肩负起提高全民族文化素质的使命。

如何抓住时代？大作家歌德强调真正的艺术家必须坚持独立自主性，有对时代的深刻思考和艺术追求。因而，真正的艺术家不是时代和市场的应声虫，不尾随时代的潮流、追随时潮，更不会充当时代风尚的爬虫，而应当引导时代潮流。真正的艺术家不能也不会附和读者或观众的欲求，成为感官欲望和市场的奴隶，其使命是通过作品使读者或观众提高思想境界和审美品位，以艺术精品抵御“三俗”之风蔓延。当前，为了紧紧抓住时代，文艺家在采风中已融入人民的生活，不仅“身入”而且“心入”。在习近平总书记关于文艺重要论述精神指引下，文艺创作之风焕然一新，文艺界采风创作、深入生活火热展开，在深切感知人民生活的“热度”中，文艺作品有了“温度”，文艺风气不断纯净，文艺呈现新气象新面貌。奋进的新时代，文艺生产正在满足人民大众多样化的文化需求。就文艺发展规律而言，艺术创作固然是个体性的审美创造，但“个我”绝非是封闭性的与人民的生活和情感相隔绝。“个我”是人民生活的窗口和时代精神的聚焦，是融入人民生活的艺术创造者，文艺审美的真正创造主体是大写的“人民”和民族深层次的精神追求。究其根本性而言，人民性不仅是艺术表现问题，还是一个文艺家创作立场问题。在人民文化素养不断提高的新时代，相对于艺术创作技巧，艺术创作立场更为关键。虽然人民有广大性，但要真正实现文学的人民性，就必须站在人民的立场上，把人民作为文艺的“剧

① 习近平：《在中国文联十大、中国作协九大开幕式上的讲话》，人民出版社2016年版，第11页。

中人”，积极反映人民的心声，塑造丰富表情的人民形象。

文艺与时代同频共振，最根本、最关键、最牢靠的办法是扎根人民、扎根生活。艺术家只有眼睛向下，对多彩的现实生活有丰富的积累、深切的体验，领悟生活的本质、吃透生活的底蕴，才能创造出深刻的情节和动人的形象，其作品才能激荡人心。作家的根不在舞台上，而在人民大众中，作家要深入生活，在寂寞的长期坚守中“十年磨一剑”，而不是频繁地亮相媒体。“作家离地面越近，离泥土越近，离百姓越近，他的创作就越容易找到力量的源泉。世间万象，纷繁驳杂，尤其是我们身处的时代，丰富性、复杂性超越既往，作家怎么选择，目光投向哪里，志趣寄托在哪里，很大程度上也就决定了作家的品位和作品的质地。”① 只有把心沉在人民中、沉在文学里，创作接地气，作品才能是独特的，才会有筋骨、有道德、有温度。

文艺要与时代同频共振，文艺家就要做当下时代最敏锐的发现者和感知者，同时要千方百计地寻找与时代相契合的话语和艺术表达方式，以艺术精品高扬时代精神。一个时代有一个时代之文学，伟大的作品都有着强烈的时代性，只能产生于它们所处的时代。作品之所以伟大就在于它们反映了时代的现实，抓住了时代的问题，问题源自时代的召唤。文艺热爱人民，不仅要在融入火热生活中反映人民的心声，更要基于人民性立场为人民抒情，抒写人民的追求和战胜困难的希望，让人感受到生活的温暖和光明，以向善向上的价值引领社会风尚。人民立场是马克思主义政党的根本政治立场，人民是历史进步的真正动力，群众是真正的英雄，人民利益是我们党一切工作的根本出发点和落脚点。社会主义文艺的本质是人民的文艺，文艺热爱人民，靠的是优秀作品及其主流社会价值诉求，表现为基于人民立场对社会道义的弘扬和道德理想的守护。作为时代的表征，伟大的时代呼唤无愧于伟大民族、伟大时代的优秀作品。文艺创作的活力和激情源自对人民爱得真挚、爱得彻底、爱得持久，真正懂得人民是历史的创造者。习近平总书记指出：“一切轰动当时、传之后世的

① 张江等：《文学的筋骨和民族的脊梁》，《人民日报》2014 年 12 月 30 日。

文艺作品，反映的都是时代要求和人民心声。我国久传不息的名篇佳作都充满着对人民命运的悲悯、对人民悲欢的关切，以精湛的艺术彰显了深厚的人民情怀。”①文艺与时代同频共振就要俯下身，向大众敞开自己，这不但有利于激发文艺创造的活力，还有利于在全社会建构保护文艺发展的社会氛围和机制下，使人民大众真正成为文艺发展的重要力量，使所有参与者都能在文艺活动中获得满足感和幸福感。

文艺与时代同频共振，要坚持“人民是艺术作品的评判者”的批评原则。把人民视为文艺的鉴赏家和评判者，既是对当前文艺发展的期望，对当代艺术不断勇攀高峰的期许，是对人民艺术家不断创作艺术精品的期待，更是在根本上保障文艺与时代同频共振。在全球化竞争舞台上，优秀文艺作品反映着一个国家、一个民族的文化创造力和水平。在文化思潮的激荡中，唯有文艺精品能够在全球文艺舞台上代表一个国家和民族参与国际文化交流和竞争，文艺精品的不断涌现是一个时代文艺繁荣发展的表征，它体现了一个国家文化生产力的发展水平，以及一个国家民族文艺经典化的程度。古往今来，世界各民族都受到各个历史发展阶段上产生的文艺精品和文艺巨匠的深刻影响。当下，我们越来越接近中华民族伟大复兴的历史拐点，亟须创作出更多与时代同频共振、体现中华文化精髓、反映中国人审美追求、传播当代中国价值观念、又符合人类文明趋势的优秀作品，使当代文艺以鲜明的中国特色、中国风格、中国气派屹立于世界舞台，展现一个古老文明与现代文明交相辉映的新时代中国形象。

历史上，中华民族以唐诗宋词享誉世界，这种盛唐气象彰显了时代精神、时代底蕴，是文艺与时代同频共振的显现，以唐诗宋词为代表的中国文学所达到的高度，是中国作为一个国家的高度，也是当时世界文明的高度。今天，中国文艺需要重新起航，以更加辉煌的成就走向世界，与世界各民族文艺同台竞技、文明互鉴。歌德在抓住时代中提出“世界文学”的命题，意在激励德国作家推动德语文学（民族文学）的经典化。对于迈入现代化进程的中国，只有实

① 习近平：《在文艺工作座谈会上的讲话》，人民出版社 2015 年版，第 16 页。

现民族文学的再次经典化，有了一系列现代文艺经典作品后，才有资格谈论“世界文学”，才能从根本上扬弃“西方中心论”，坚定中华文化自信。在中华民族实现伟大复兴的今天，中国文艺家要有此自觉——民族文学的经典化。使中国当代文艺、当代文化成为世界舞台上发挥影响力的主导文化形态之一，汇入复数的“世界文艺”。与时代相匹配的伟大作品何时出现，已成为整个文艺界乃至整个民族的期盼和焦虑。一个民族的文学经典，是该民族的精神史诗，记录着该民族的心灵诉求和情感追求，标识了共同的审美追寻和价值认同。攀登艺术高峰，不能寄望于外在的扶持和技术性打造，精品的涌现和经典的生成是艺术内在的自觉，是艺术家主体意识自觉下的自然而然，是艺术家与时代同频共振的艺术卓越性追求。经典文艺所透视的真实性绝不是对社会生活简单的摹写和反映，而是在紧紧抓住时代，对生活现实高度提纯后，融入对时代本质的深邃洞见与思想引领；经典文艺所诉求的艺术性，是文艺家追求艺术卓越性，高扬审美理想和人文价值的自觉；经典文艺所蕴含的“至善”，是对人类生存状态的深切关切，是对人类境界的价值祈向。

对新时代艺术的寄望，对艺术高峰的期许，对艺术经典化的自觉，是新时代文艺理论和审美研究关注的重要话题，以此为序作为引子，开启新时代的文艺理论与审美之思！

目　　录

上　　篇

马克思主义文论与美学的当代建构

中　篇

文论话语体系建构的方法论与资源阐释

下　篇

面向新时代的文艺批评实践

上　　篇

马克思主义文论与美学的当代建构

“以人民为中心的创作导向”

——习近平总书记关于文艺方面的重要论述研究之一

文艺是时代前进的号角，最能代表一个时代的风貌，最能引领一个时代的风气。习近平总书记指出：“伟大事业需要伟大精神。实现这个伟大事业，文艺的作用不可替代，文艺工作者大有可为。”①人类发展史表明，没有先进文化的积极引领，没有人民精神世界的极大丰富，没有民族精神力量的不断增强，一个国家、一个民族不可能屹立于世界民族之林。在全球文艺思潮相互激荡和各种文艺力量的博弈中，只有真正做到以人民为中心，书写人民的喜怒哀乐和精神追求，社会主义文艺才能最大限度地发挥正能量。在当前日益复杂的历史文化语境下，习总书记关于文艺的系列讲话不仅明确了社会主义文艺的人民性本质，阐述了文艺与人民的内在关系，重申了文艺创作的人民性取向，重新定位了文艺发展的人民坐标，还发展了马克思主义文论的人民性内涵，为当代文艺发展指明了道路。

---

① 习近平：《在文艺工作座谈会上的讲话》，人民出版社 2015 年版，第 6 页。

一、文艺的“人民性”释义

文艺的性质是文艺的根本问题，直接关乎文艺的发展方向和功能作用。毛泽东《在延安文艺座谈会上的讲话》中指出，文艺“为什么人的问题，是一个根本的问题，原则的问题”。[①] 这一论断切中了文艺的本质，是一切文艺创作思想和创作活动的总开关。在党的文艺政策中，文艺历来是为人民的。当代文艺要反映人民心声，就要坚持为人民服务、为社会主义服务这个根本方向。习总书记指出：“社会主义文艺，从本质上讲，就是人民的文艺。”[②] 由此指明了当代文艺发展的方向。所谓人民的文艺，就是以人民为本位的文艺，它表现为始终坚持以人民为中心的创作导向，以满足人民精神文化需求为文艺和文艺工作的出发点和落脚点，把人民作为文艺表现的主体，把人民作为文艺审美的鉴赏家和评判者，把为人民服务作为文艺工作者的天职。

人类发展史表明，“人民”的概念在不同的国家及其不同的历史时期，有着不同的内涵。汉语文化中的“人民”概念是中华民族在历史发展中建构的，“人”和“民”原本有着不同的语义内涵，作为合成词的“人民”是较晚近的事情，而有着迥异于此前的革命性意味，但其素朴的民本思想一直体现着中华民族的文化根基和基本价值诉求。在文艺发展史上，“人民”的概念从来不是现成的僵化的，而是历史的流动的，是一个在历史演变中不断生成的概念，它有着意识形态意味和现实性价值诉求，即使在社会主义文艺中也非现成性的固定所指。在外国文学语境中，文艺的“人民”概念，较早地被俄罗斯文艺批评家别林斯基、杜勃罗留波夫等人所使用，意在表征着一种积极进步的文艺观。具体来说，别林斯基是在“最基本的民众或阶层”的意义上使用“人民”概念，与

① 《毛泽东选集》第三卷，人民出版社 1991 年版，第 857 页。

② 习近平：《在文艺工作座谈会上的讲话》，人民出版社 2015 年版，第 13 页。

之相对应的概念是“有教养的上层阶级”，他认为真实性和人民不可分割，人民表现最充分的地方，也是生活真实性最充分的地方，文学要以“理想意义或浪漫主义的方式彰显人民的高尚的伟大或诗意”。在他看来，“‘人民’，总是意味着民众，一个国家最低的、最基本的阶层”。① 其所谓“人民性”是以对现实生活的忠实描写为判断标准，他认为凡是忠实于现实生活的描写，就必然是人民的，是有人民性的。因而，他反对那种对人民性的“伪浪漫主义”的庸俗化理解，似乎“在有教养的人中间不能找到一点儿类似人民性的影子”，幻想真正的人民性只隐藏在农民衣服下面和烟熏的茅屋里，好像“纯粹俄国的人民性只能从以粗糙的下层社会生活为其内容的作品中找到似的”。究其意味，别林斯基提出人民性问题，要求文学要表现“人民的意识”“人民的精神”“人民的使命”，旨在把文学的人民性与对专制制度和农奴制度进行批判的现实主义关联起来。

人类迈入现代以来，“人民”的概念由政治话语而至日常词汇被广泛使用。虽如此，但“人民”的概念始终有着特定阶级内容，不是指公民意义上的全体国人，也非单纯指某一种社会成分，而是一个集合体、联盟体，主要指那些推动特定历史阶段社会进步的基本阶层及其同盟力量。在我们党的话语体系中，“人民”是推动社会历史进步的力量，它往往被视为有价值意味的集合概念，主要指称社会主义事业建设的主体。1942 年，毛泽东《在延安文艺座谈会上的讲话》中指出：“什么是人民大众呢？最广大的人民，占全人口百分之九十以上的人民，是工人、农民、兵士和城市小资产阶级。所以我们的文艺，第一是为工人的，这是领导革命的阶级。第二是为农民的，他们是革命中最广大最坚决的同盟军。第三是为武装起来了的工人农民即八路军、新四军和其他人民武装队伍的，这是革命战争的主力。第四是为城市小资产阶级劳动群众和知识分子的，他们也是革命的同盟者，他们是能够长期地和我们合作的。这四

① ［俄］别林斯基：《别林斯基选集》第 1 卷，满涛译，人民文学出版社 1958 年版，第 368—370 页。

种人，就是中华民族的最大部分，就是最广大的人民群众。”① 在此，毛泽东通过对人民内涵的分析强调“最广大”“占全人口百分之九十以上”“最大部分”，着重突出了人民的“广大性”；通过强调“同盟军”“同盟者”突出了其他阶层与基本阶层的联盟关系，“人民”的概念进一步丰富。邓小平同志指出，“我们的文艺属于人民”，“人民是文艺工作者的母亲”。江泽民同志要求广大文艺工作者“在人民的历史创造中进行艺术的创造，在人民的进步中造就艺术的进步”。胡锦涛同志强调：“只有把人民放在心中最高位置，永远同人民在一起，坚持以人民为中心的创作导向，艺术之树才能常青。”在这些论述中，“人民”作为历史的主体主要在一种集合性意义上使用。

习近平总书记在遵循集合性“人民”概念基础上，进一步强调了基于个体意义上的“人民”概念，认为“人民不是抽象的符号，而是一个一个具体的人，有血有肉，有情感，有爱恨，有梦想，也有内心的冲突和挣扎”②，这体现了“人民”概念的历史性进步和内涵的进一步丰富。其中对人的个体性价值的凸显，是对“人民”概念认知的深化，是对当代文艺发展规律的深刻把握，是对文艺要书写“具体的人”的情感、价值和诉求的内在要求，是对每一个人都有人生出彩机会的艺术呈现。它体现了对中华民族伟大历史复兴中个人的尊重，突出强调当代文艺既要把关注文学表现哪些人及其个体性感受作为批评要点，又要关注表现形式及其立场，以此作为批评标准，这才是“人民的”批评，以及对文艺创作中现实主义精神的张扬！说到底，这是在依法治国语境下，对迈入现代国家中的每一个个体意义上的公民权利的尊重，它丰富了现实条件下，以包含公民的“权利”和“平等”为主要语义的现代意义上的“人民”概念，它有别于市场经济条件下的消费者概念，仍具有一种政治性意味。从而使“人民”概念扎根于中国现代化历史进程，高度契合于中华民族的伟大复兴，在共建共享中肯定了每一个人的历史主体价值。因而，“人民”的概念不再是远离

① 《毛泽东选集》第三卷，人民出版社 1991 年版，第 855—856 页。

② 习近平：《在文艺工作座谈会上的讲话》，人民出版社 2015 年版，第 17 页。

大地、脱离具体的抽象的理论体系上的纽结，而是深植泥土、结合现实的一种具体呈现。由于"人民"是现实的本质所在，拥有人民性特质的人才更接近现实的个人，而有着不可忽视的个性；因而"人民"的存在不再是抽象符号，这使"人民"既有集合性底色又凸显具体的个体性存在。

二、"人民性"是马克思主义文论的核心范畴

人民性是马克思主义文艺理论的核心范畴。马克思指出，"人民历来就是什么样的作者'够资格'和什么样的作者'不够资格'的唯一判断者。"① 作为马克思主义的继承者，列宁明确指出："艺术属于人民。它必须深深扎根于广大劳动群众中间。它必须为群众所了解和爱好。它必须从群众的感情、思想和愿望方面把他们团结起来并使他们得到提高。它必须唤醒群众中的艺术家并使之发展……我们必须经常把工农放在眼前。我们必须学会为他们打算，为他们管理。即使在艺术和文化的范围内也是如此。"② 列宁阐述的几个"必须"，构成了社会主义文艺发展的基本纲领和艺术为劳动人民服务的全部内容。在他看来，艺术只有在人民群众中打下坚实的基础，成为人民群众文化生活的一部分，才能实实在在地属于人民，列宁明确提出"社会主义的写作要为千千万万劳动人民服务"③ 的主张。早期西方马克思主义代表人物之一的葛兰西，基于当时意大利知识分子严重脱离人民的现实，在1930年底发表的《关于"民族—人民的"概念》一文中提出"民族—人民的"文学概念，认为"无论是文学的人民性，还是本国创作的'人民的'文学，现在确确实实是不存在的；因为'作家'缺少同'人民'一致的世界观，换句话说，作家既未想人民之所想，喜人

① 《马克思恩格斯全集》第1卷，人民出版社1995年版，第195—196页。

② 《列宁论文学与艺术》，人民文学出版社1983年版，第435页。

③ 《列宁论文学与艺术》，人民文学出版社1983年版，第71页。

民之所喜，也没有肩负起‘民族教育者’的使命，他们从前不曾、现在也没有给自己提出体验人民的情感……从而培育人民的思想情感的任务。”①由此葛兰西特别强调：“至关重要的是，新文学需要把自己的根扎在实实在在的人民文化的沃土之中；人民文化有着自己的风格、自己的倾向和诚然是落后的、传统的道德与精神世界。”②也就是说，人民的新文学一定要反映人民的文化诉求，即便是面对人民文化中的落后元素。他渴求在意大利艺术家中找到人民教育家，高度重视文学对人民的“革命意识”的培养，认为只有通过“民族—人民的”文学的教育，才能培育出新的人民、新的文化。

马克思主义文论认为，文艺与人民的关系问题是社会主义文艺的根本问题，是社会主义文艺人民性的重要体现。文艺为人民服务是社会主义文艺的根本诉求，是社会主义文艺活动的核心价值观。“人民是历史的创造者，是时代的雕塑者。”③文艺起源于人的劳动，美肇端于人的生产实践。就文化的始源性含义而言，无论是作为观念形态的价值理念、道德情操，还是作为艺术形式的音乐舞蹈、书法绘画、诗词歌赋，都源自人民大众的生产和生活实践。人民大众不仅创造着文化，也不断传承发展着文化，并为文化所规范。高尔基指出：“人民不仅是创造一切物质价值的力量，人民也是精神价值的唯一的永不枯竭的源泉，无论就时间，就美还是就创造天才来说，人民总是第一个哲学家和诗人：他们创作了一切伟大的诗歌、大地上的一切悲剧和悲剧中最宏伟的悲剧——世界文化的历史。”④在文艺实践中，人民群众的创造和审美需要不断推动文艺的发展，为文艺活动发展出内在动力和目的。数千年来，中华文化之所以能够一脉相承，靠的是一代又一代中华儿女薪火相传、接力推进。文艺创作如果脱离人民，在价值上偏离人民的根本利益和审美需求，其在内容上不

① ［意］葛兰西：《关于“民族—人民的”概念》，载《葛兰西论文学》，吕同六译，人民文学出版社 1983 年版，第 47 页。

② ［意］葛兰西：《文学批评的原则》，载《葛兰西论文学》，吕同六译，人民文学出版社 1983 年版，第 17—18 页。

③ 习近平：《在中国文联十大、中国作协九大开幕式上的讲话》，人民出版社 2016 年版，第 10 页。

④ 高尔基：《个人的毁灭》，载《论文学 · 续集》，冰夷等译，人民文学出版社 1979 年版，第 54 页。

仅被人民所唾弃，还会在艺术形式上走向僵化以至于死亡。人民是推动历史进步的主体，同样是文艺创作活动的主体，因此，当代文艺家要"虚心向人民学习、向生活学习，从人民的伟大实践和丰富多彩的生活中汲取营养，不断进行生活和艺术的积累，不断进行美的发现和美的创造"①。人民在实践中创造了艺术，也在美的创造中推动了艺术进步。古往今来，专业作家、文学大师的艺术创造，都是建立在人民群众的伟大创造基础上。再优秀的文艺家，说到底，也是大众创造的改造者、加工者和提升者。文艺应该高扬人民大众的历史主体身份，然而在文艺实践中，我们的某些文艺生产的是虚假苍白的主体，历史真正的主体——人民大众，仅仅成了"围观"与"喝彩"的道具，从而背离了社会主义文学的本质。有学者指出：不追风赶潮，以生活为沃土、以民众为根本，扎根于斯、寄情于斯，向"小人物"要"大作品"。在波澜壮阔的时代洪流中，恰恰是亿万民众生活中的点点滴滴汇聚成了沧桑巨变。文学，应该是民众的文学。②如果说历史是个大舞台，人民就是这个舞台的真正主角，社会主义文艺不能背离这个根本。坚持以人民为中心的创作导向，就是要以情感和情怀为底蕴，让千千万万的普通大众从幕后走到台前，站立在舞台中央——文艺的"剧中人"。把人民作为历史主体、文艺创作的源头活水，文艺家就不能热衷于写"一己悲欢、杯水风波"，而要为人民抒怀、抒情，塑造出富有时代精神的人民形象。

在马克思主义文论中国化过程中，文艺的人民性是其基本立场。从毛泽东倡导"工农兵文艺"开启的延安文艺道路，到新的历史时期习近平总书记对"人民"内涵的个体性张扬，都体现了鲜明的人民性诉求，并带有时代性特征。从党的十八大以来新发展理念的各要素来看，习近平总书记治国理政的新思想新理念新战略充分体现了以人民为中心的价值取向，始终把人民视为历史进步的真正动力，把群众当作真正的英雄，他号召艺术家"把人民作为文艺表现的主

① 习近平：《在文艺工作座谈会上的讲话》，人民出版社 2015 年版，第 17 页。

② 张江等：《文学是民众的文学》，《人民日报》2014 年 3 月 14 日。

体”，文艺要为人民鼓与呼。没有人民，社会主义文艺就失去了灵魂；没有人民，社会主义文艺发展就失去根本遵循。

三、人民是文艺的“剧中人”

习近平总书记在关于文艺的系列讲话中指出：“人民既是历史的创造者、也是历史的见证者，既是历史的‘剧中人’、也是历史的‘剧作者’。”① 马克思主义文论认为，文艺活动作为人的精神性的生活活动，也是人的本质力量的对象化，人的本质力量的一部分通过文学艺术的创造和欣赏使之展现和外化出来，具体的鲜活的人是文艺的出发点、枢纽和归宿，文艺是作为主体的人的能动的创造，文艺是塑造“丰富的人”“完整的人”的重要途径。人民不仅创造了文艺，还是文艺的“剧中人”。

“人民是文艺创作的源头活水。”② 文艺创作能否出优秀作品，取决于是否使创作扎根人民，从人民的生活中汲取力量。文艺发展史表明，所有伟大作品，无一不体现着人民的情怀，彰显人民性。创作出人民的文艺，最根本、最关键、最牢靠的办法就是扎根人民、扎根生活。艺术家只有眼睛向下，对多彩的现实生活有丰富的积累、深切的体验，领悟生活的本质、吃透生活的底蕴，才能创造出深刻的情节和动人的形象，其作品才能激荡人心。文艺创作必须要有坚实的根基，有根才能立得住、站得久。作家要把根扎在人民的生活中，赵树理的《小二黑结婚》《李有才板话》等作品体现的从人民中来、到人民中去的创作追求，被认为是“实践毛泽东文艺思想的方向”。如果一个作家的精神状态、心理意识、思想感情，一时一刻也没有离开人民的基本利益诉求，在创

---

① 习近平：《在文艺工作座谈会上的讲话》，人民出版社 2015 年版，第 13 页。

② 习近平：《在文艺工作座谈会上的讲话》，人民出版社 2015 年版，第 15 页。

作中自始至终坚持人类文明与社会进步的理想，而非追名逐利、以趋利避害之心态选择写什么怎么写，就一定是一个有人民性、有良心的作家。

作家的根不在舞台上，而在民众中，要深入生活，在寂寞的长期坚守中"十年磨一剑"，而不是频繁地亮相媒体。"作家离地面越近，离泥土越近，离百姓越近，他的创作就越容易找到力量的源泉。世间万象，纷繁驳杂，尤其是我们身处的时代，丰富性、复杂性超越既往，作家怎么选择，目光投向哪里，志趣寄托在哪里，很大程度上也就决定了作家的品位和作品的质地。"① 只有把心沉在人民中、沉在文学里，创作接地气，作品才能是独特的，才会有筋骨、有道德、有温度。当代文学史上某些文艺精品之所以能够产生社会影响，其中的关键是作家从人民生活出发，真诚地描写了他们对于生活的理解和憧憬，这种满怀真诚的态度使他们与生活保持高度"同步性"，与时代共甘苦，从而触及了时代的痛点。柳青之所以能够创作出当代文学史的经典《创业史》，因其扎根人民，把自己变成一个农民、一个农村基层干部、一个与人民同呼吸共命运的作家，而不是一个搜寻写作材料的人、一个旁观者、一个局外人。他是去写土地和人民的，这种真诚让他把自己变成了土地和人民的儿子，成了他所描写的群体中的一员，彻底打通写他人与写自己的界线，把生活的感受与激情、欣喜与困惑、烦恼与欢乐等，内在地化合为感觉的放达、情感的宣泄，使《创业史》成为人民的文学，全书充盈着对土地和人民的深厚情感。路遥的《平凡的世界》之所以成功并广受赞誉，与其"人民是我们的母亲，生活是艺术的源泉"创作理念不无关联。可以说，一切优秀作品无不体现了扎根人民的创作经验，在艺术史上留名的徐悲鸿的《愚公移山》、蒋兆和的《流民图》、刘文西的《黄河纤夫》，以及闫肃的《红梅赞》《敢问路在何方》等，都是深深扎根人民生活的艺术结晶。人民是一切文学艺术取之不尽、用之不竭的创作源泉，这已成为文艺发展的一条规律。作为涵养当代艺术的土壤，文艺只有植根现实生活、紧随时代潮流，才能做到繁荣发展；当代艺术只有顺应人民意愿、反映人

① 张江等：《文学的筋骨和民族的脊梁》，《人民日报》2014 年 12 月 30 日。

民关切，才能充满活力。艺术家在创作中，不能以自己的个人感受代替人民的感受，要虚心向人民学习、向生活学习，把人民的冷暖、人民的幸福放在心中，把人民的喜怒哀乐倾注笔端，用文艺讴歌不断奋斗的人生，刻画最美的人物，坚定人们对美好生活的憧憬和信心。

人民是蕴含文艺原料的矿藏，人民生活是一切文艺取之不尽、用之不竭的创作源泉。一个时代有一个时代的文学，伟大的作品都有着强烈的时代性，只能产生在其所处的时代，这源自它们反映时代的现实，抓住了时代的问题，而问题源自人民的生活。毛泽东《在延安文艺座谈会上的讲话》中指出，人民生活是文艺唯一的源泉，而非源泉之一。习总书记更是强调“人民是文艺创作的源头活水，一旦离开人民，文艺就会变成无根的浮萍、无病的呻吟、无魂的躯壳”①。就艺术美生成而言，人民的伟大实践和丰富多彩的生活是真正美的事物的源泉，是审美活动最重要的对象。美在人民的生活中，在人民的伟大实践中。“史诗是人民创造的，不论多么宏大的创作，多么高的立意追求，都必须从最真实的生活出发，从平凡中发现伟大，从质朴中发现崇高，从而深刻提炼生活、生动表达生活、全景展现生活。”②正是人民对艺术和美的追求与审美境界的提高，使中国当代文艺创造出无数审美形象，艺术精品不断涌现。社会主义文艺的人民性追求，使文艺创作与人民的生活紧密结合，文艺道路越走越宽，艺术表现方式愈加多样化，艺术风格和创作流派更加自由发展，文艺创作的积极性和创造性被不断激发。文艺在满足人民日益增长的审美需要中增强了国家文化自信，在社会文明程度提高过程中越来越发挥强有力的引导作用。当前，虽然时代为作家、艺术家提供了丰沛的营养和鲜活的体验，但与之相匹配的文艺精品、文艺大师和文艺大家不多。究其根本，在于是否树立以人民为中心的创作导向，在思想观念上是否把人民当作文艺的“剧中人”，坚信人民是文艺创作的源头活水。坚持人民是文艺源头的理念，不是照抄照搬人民的日常

① 习近平：《在文艺工作座谈会上的讲话》，人民出版社 2015 年版，第 15 页。

② 习近平：《在中国文联十大、中国作协九大开幕式上的讲话》，人民出版社2016年版，第13页。

生活，从生活到文艺的中间过程，要凝聚文艺家的智慧和才思，体现文艺的规律和奥妙，遵循生活的逻辑和艺术的真实，时时刻刻考验文艺家的艺术表达能力和哲思境界与追求。在根本上，伟大的作品一定是对个体、民族、国家命运基于人民性的最深刻把握。当代文艺高地的形成离不开人民，仰之弥高的艺术精品更是艺术家的呕心之作，艺术创作的个性化追求与人民生活的厚重现实是水乳交融、相互依托的，是人民托起了当代艺术的繁荣之基。

四、文艺要积极反映人民的心声

文艺服务人民，积极反映人民的心声，必须俯下身子融入人民火热的生活，作为人类灵魂的工程师，艺术家不能做生活的旁观者，要始终怀着强烈的忧民、爱民、为民、惠民之心，走进生活深处，倾听人民的呼声，反映人民的诉求，真切地体悟人民的冷暖与悲欢离合、吃透生活的酸甜苦辣，一同感受着人民的喜怒哀乐，才能创作出深刻的情节和动人的形象，其作品才能感染人、打动人。"一切有抱负、有追求的文艺工作者都应该追随人民的脚步，走出方寸天地，阅尽大千世界，让自己的心永远随着人民的心而跳动。"①带着泥土的气息和人间温情的作品才是沉甸甸的，艺术家只有融入人民的生活，与人民的情感和诉求一致，才能使自己的作品变得厚重和深刻。说到底，一切创作技巧和手段最终都是为内容服务，为了更鲜明、更独特、更透彻地说人说事说理。习总书记指出："虽然创作不能没有艺术素养和技巧，但最终决定作品分量的是创作者的态度。具体来说，就是创作者以什么样的态度去把握创作对象、提炼创作主题，同时又以什么样的态度把作品展现给社会、呈现给人民。"②也就

① 习近平：《在中国文联十大、中国作协九大开幕式上的讲话》，人民出版社2016年版，第11页。

② 习近平：《在中国文联十大、中国作协九大开幕式上的讲话》，人民出版社2016年版，第17—18页。

是说，跟“素养”“技巧”相比，在决定作品分量的时候，“态度”和“立场”更紧要，因此文艺家融入生活不仅要“身入”更要“情入”“心入”。文艺塑造人心，创作者首先要塑造自己，只有感同身受人民的冷暖，才能在创作中自觉显现人民的情感和立场。

文艺只有扎根人民，用博大的胸怀去拥抱时代、深邃的目光去观察现实、真诚的感情去体验生活、艺术的灵感去捕捉人间之美，才能塑造出鲜明的人物形象，创作出伟大的精品。习近平总书记指出：“对文艺来讲，思想和价值观念是灵魂，一切表现形式都是表达一定思想和价值观念的载体。离开了一定思想和价值观念，再丰富多样的表现形式也是苍白无力的。文艺的性质决定了它必须以反映时代精神为神圣使命。”① 以文艺来反映人民的心声，是社会主义文艺的使命担当和艺术追求。中国特色社会主义文艺，是在根本上书写和记录亿万人民实践的文艺。艺术离不开人民，真正的文艺精品、艺术经典之作，无不与时代和人民息息相关，象牙塔里出不了文艺精品。只有真正扎根人民生活，文艺才能真正生动活泼起来，回顾文艺史上那些彪炳千秋的文艺经典，无一不闪耀着人民性的光辉，传达着人民的情感，从根本上反映着人民的心声。因此，习近平总书记希望文艺家心里装着人民，用积极的文艺歌颂人民，把人民作为文艺的主人公；勇于创新创造，用精湛的艺术推动文化创新发展，在根本上彰显社会主义文艺的人民本位论。他明确反对那种“以为人民不懂得文艺，以为大众是‘下里巴人’，以为面向群众创作不上档次”② 的观点。在平凡的时代，艺术家要写出人民对美好生活的追求和意气风发的精神状态，以及为民族伟大复兴作出的努力。融入人民火热的生活中，艺术才会自觉地表达和反映人民的情感和意志、愿望和呼声，在精品创作中生长出创造性的力量和文化自信的根 ，在价值引导中肩负起提高全民族文化素质的使命。

“以人民为中心的创作导向”是社会主义文艺的根本要求，离开了以人民

---

① 习近平：《在中国文联十大、中国作协九大开幕式上的讲话》，人民出版社 2016 年版，第 8 页。

② 习近平：《在中国文联十大、中国作协九大开幕式上的讲话》，人民出版社 2016 年版，第 11 页。

为中心的创作导向，文艺发展就失去了价值准则。习近平总书记立足中国特色社会主义道路和当代文艺实践，创新性地丰富了“人民”的内涵，把“人民”高高举起，这是对“人民对美好生活的向往，就是我们的奋斗目标”的积极践行，是对我们党长期坚持文艺“二为”方针的提炼升华，是对以人民为本位的马克思主义文艺观的新发展。

论新时代文论话语体系建构的人民性价值取向

——习近平总书记关于文艺方面的重要论述研究之二

在党的十九大报告中，党中央做出了中国特色社会主义进入新时代的判断，新时代不仅是历史判断和实践的延续，而且是重大政治判断和价值判断，它意味着历史新纪元的开启。新时代表明了中国道路的成功，以人民为中心的执政理念是这条道路成功的密码，是文化自信彰显的依据。文化自信的彰显，既依存于传承优秀传统文化，更显现于当代文艺精品的不断涌现，源自文艺的经典化追求，以及文艺理论话语体系建构的自觉。可以说，人民性价值取向是彰显新时代中国文论话语体系建构自信的内核，它使当代中国文论的根扎在神州大地上，浸润在人民话语的土壤中，形成了最广泛的价值共识。党的十九大报告向全世界鲜明地亮出中国特色社会主义旗帜，张扬以人民为中心的执政理念和执政思想，它既是当代中国共产党人“不忘初心”的显现，又是全球化语境下道德感召的人类价值制高点，是一套有着世界情怀、道德感召与世界共同价值的话语体系。因此，新时代中国文论话语体系建构，既要着眼于新时代的中国文艺现实，又要有与世界主流文论话语体系同台竞技的全球视野。以人民性价值取向为根本遵循建构新时代中国文论话语体系，既要坚守中华文化立场、立足当代中国审美现实、体现中华美学精神使中国价值不断彰显，又要有世界情怀和构建人类命运共同体的意识自觉。伴随中国特色社会主义发展进入新的历史方位，文艺创作、文艺理论都要进入新时代，新时代文艺不仅彰显当代性，而且要指向中国特色社会主义文化自信。

一、人民性价值取向是新时代文论话语体系建构的逻辑起点

新时代，社会主要矛盾是人民日益增长的美好生活需要和不平衡不充分的发展之间的矛盾。这一重大判断旨在强调坚持以人民为中心的发展思想，不断满足人民的精神文化需求，促进人的全面发展，在全体人民的共同富裕中迈向自由的境界。对美好生活的向往是人民的渴望，更是中国特色社会主义道路自信、理论自信、制度自信和文化自信的鲜明表征，是新时代人民的热切追求。新时代经济社会发展要充分体现人民的获得感和幸福感，文艺要直面人民的诉求和理想追求，要成为满足人民美好生活的重要内容。习近平总书记指出："必须坚持人民主体地位，坚持立党为公、执政为民，践行全心全意为人民服务的根本宗旨，把党的群众路线贯彻到治国理政全部活动之中，把人民对美好生活的向往作为奋斗目标，依靠人民创造历史伟业。"① 在实践中，美好生活的体验是人的一种幸福感，它需要文化来界定，文化是美好生活的关键词、重要标识和追求目标。不仅文化创作、创造要体现人民性，在文化追求中不断彰显人民性；人民更是文化创作、创造的主体力量，人民性是社会主义文艺的本质属性。文艺的人民性，不仅是中华民族创造美好生活的史诗般实践的生动再现，更是引领这个实践和保障社会主义发展航向的价值导向，是保障每个人自由全面发展的社会主义制度优越性的表征，是不断满足人民对美好生活追求的参照系，是消解市场经济弊端、加强社会治理制度建构、强化法治中国建设、推动文化繁荣兴盛的价值标杆。"社会主义文艺是人民的文艺，必须坚持

---

① 习近平：《决胜全面建成小康社会　夺取新时代中国特色社会主义伟大胜利》，人民出版社2017年版，第21页。

以人民为中心的创作导向，在深入生活、扎根人民中进行无愧于时代的文艺创造。”① 新时代，文艺要把彰显人民性视为对艺术卓越性追求的根本价值导向，视为建构新时代文论话语体系的根本原则，是当代文艺追求“强起来”的重要标志。彰显文艺的人民性要求文艺创作敢于揭示人民在对美好生活追求中的现实境遇，包括各种挫折和扭曲。“人民性”不是抽象的概念，更不是政治标签，它与人民的火热生活、个性化文艺创作相交融，是人民生活的本真现象，这种饱含真情、激情和力量的价值追求不能沦为空洞的政治标语和口号，应该在创作中自然地流露。“人民性”是在社会关系中建构的，不能因为宏大话语遮蔽其现实关怀。“人民性”在新时代的充分彰显，是社会主义文化自信的表征，是中国特色社会主义旗帜高高飘扬在世界舞台中央的有力展示，它要求文艺创作在讴歌党和时代中不回避现实矛盾、敢于直面社会问题，赋予人民追求光明前景的勇气和力量，把目光更多地投向普通百姓的日常生活，以文艺之光点燃人民对美好生活的热烈追求和深刻理解。文艺的人民性助力中国迈入“强起来”的历史方位，是构建人类命运共同体的强力依托，它以人性的沟通、世界普遍共识的价值追求促进文明进步，支撑中华文化成为全球有影响力的高势能文化。

中华民族伟大复兴的史诗般实践、人民的火热生活是文艺的人民性之源，是新时代文艺发展的初心，是建构新时代文论话语体系的根本支撑，是当代中国人文化自信的现实保障。因此，党的十九大要求文艺工作者要“在深入生活、扎根人民中进行无愧于时代的文艺创造”②，紧紧抓住时代，牢记中国特色社会主义文艺的使命，以文艺的人民性之光照亮中国人的丰富内心世界，发掘中国人的人性之美，讴歌当代英雄，以文学的审美情趣和真诚关怀每一个现实的具体的人。在马克思主义理论中，人民是历史进步的力量，是社会主义的实践主

---

① 习近平：《决胜全面建成小康社会 夺取新时代中国特色社会主义伟大胜利》，人民出版社2017年版，第43页。

② 习近平：《决胜全面建成小康社会 夺取新时代中国特色社会主义伟大胜利》，人民出版社2017年版，第43页。

体，“人民性”是社会主义核心价值观的本质显现。“人民性”表现为价值主体的人民性、价值目标的人民性和价值标准的人民性。“人民，只有人民，才是创造世界历史的动力。”① 人民不仅创造历史，还在社会主义伟大实践中成为价值共享主体和价值评判主体。人民是文艺“人民性”的支撑和逻辑骨架，文艺与人民同呼吸、共命运，是暗夜的灯塔和追求光明的指南，积极肯定每一个向着自由全面发展迈进的人。

在文艺发展史上，“人民”从来不是现成的僵化的概念，而是历史的流动的，是一个在历史演变中不断建构的概念，它有着意识形态意味和现实性价值诉求。在我们党的理论话语中，“人民”是政治学概念、法权概念，是推动社会历史进步的主体力量，作为指代社会主义事业建设的主体，它被视为有正向价值意味的集合概念。基于人民主权原则，习近平总书记在遵循集合性“人民”概念基础上，创造性地赋予“人民”概念以个体性意味，认为“人民不是抽象的符号，而是一个一个具体的人，有血有肉，有情感，有爱恨，有梦想，也有内心的冲突和挣扎”②，由此丰富了“人民”的内涵。其中对人的个体性价值的凸显，是对“人民”概念认知的深化，是对新时代文艺发展规律的深刻把握，是对文艺书写“具体的人”的情感、价值诉求的内在要求，是对每个人都有人生出彩机会的呈现。作为历史主体概念，人民是时代的“剧中人”，处于历史进程中的“人民”不仅简单归结为法律意义上的“公民”，不仅等同于市场条件下的“消费者”，人民并不只是一个有着自觉主体意识的政治概念，而是一个有着多重意味和复杂义项的概念，一个包含抗争意识的共商共建共享的“共同体”概念。因此，在具体的文艺活动（创作、传播、消费、评价）中，不能使“人民”这个大词仅仅有表面或文件意义上的身份优越性与权利神圣性，还必须具体化为现实人格意义上的个体以保障其文化权利，进而使“人民”扎根于中国现代化进程，高度契合于中华民族的伟大复兴，在共商共建共享中肯

① 《毛泽东选集》第三卷，人民出版社 1991 年版，第 1031 页。

② 习近平：《在文艺工作座谈会上的讲话》，人民出版社 2015 年版，第 17 页。

定每个人的历史主体性。因而，“人民”不再是远离大地、脱离具体的、抽象的理论体系上的纽结，而是深植泥土、结合现实的一种具体呈现。“人民”的存在不再是抽象符号，而是既有集合性底色又能凸显独特性、差异性的具体存在。

新时代文艺对“人民性”的彰显，既坚持了马克思主义理论中“人民”作为集合名词的正当性价值立场，又基于当下现实语境对人民权利的尊重，凸显对个人的关怀，从而指向中华民族伟大复兴的中国梦和每个人人生出彩机会的统一，使人民概念既有政治的权威性又肯定了艺术的想象力。这样既回应了西方左翼知识分子及其后现代学者对“人民”概念的宏大叙事的质疑，又凸显了“人民”在中国语境的正当性及人民的现实本位立场，成为人民意愿的真实表达。有学者指出：“人民或无产阶级，在根源上，就是知识分子自己作为反资产阶级思想运动的生产结果，在这个意义上，人民或无产阶级的话语在根本上依附于知识分子自己的资产阶级式立场之上……在恢宏的人民史诗面前，被掩盖和消灭的却只有人民本身，那些具体的活生生的人民确实被湮灭了。”① 在资本主义话语体系中，“人民”是一个抽象的大词，在真实的人民面前，“人民”话语的有效性被瓦解了，露出的是赤裸裸的资本的血腥，就此而言后学的解构是有道理的。在新时代，“人民”是一个具体的现实性话语表达，有着坚实的社会根基，尽管有着诸多不完善甚至存在某些不公正现象，但“人民性”的价值诉求是真实的。

新时代，“人民性”是文论话语体系建构中多声部旋律的主调，诸多研究学派和文艺流派在回应“时代之问”中多聚焦于“人民性”价值取向。在党的政策文件中，“人民”是历次党代会中频率出现最高的词汇之一，“人民至上”的理念成为中国共产党执政的核心诉求。“人民性”不仅是新时代文艺家的艺术追求，也是文论家、批评家的理论品格，从而彰显了文论话语体系建构的当

① 蓝江：《什么是人民？抑或我们需要什么样的人民？——当代西方激进哲学的人民话语》，《理论探讨》2016 年第 4 期。

代性特征。所谓当代性（contemprary）不仅指知识范式和思想体系不可避免地带有时代痕迹，其思考无一不是对“时代之问”的回应，还意味着对当下时代的超越，在文化的包容性发展中，为未来社会指明发展方向。在《什么是当代?》中阿甘本指出：“当代性就是一种与自己时代的独特关系，这种关系既依附于时代，又与其保持距离。更准确地说，与当前时代的关系，正是通过与之脱节，与之发生时代错位，而依附于这个时代。那些与这个时代完全保持一致，在各个方面都完全循规蹈矩的人，并不是当代人，这正是因为他们并不打算看清时代，他们没有能力牢牢把握住他们所看到的东西。”① 就此而言，“人民性”以其当代性特征和超越性价值指向，成为中国马克思主义文论的鲜明特色。“人民性”作为新时代中国文艺创作、批评和理论建构的最大价值公约数，既是中国社会的主导价值，又是构建新时代文论话语体系的逻辑起点。

二、文艺热爱人民是中国马克思主义文论建构的功能定位

对艺术家来讲，文艺热爱人民不能只是一句口号，只有读懂社会才能对此有深刻理解，才能自觉坚守人民立场，而能否读懂社会、读透社会，决定了艺术创作的视野广度、精神力度、思想深度。习近平总书记指出：“对人民，要爱得真挚、爱得彻底、爱得持久，就要深深懂得人民是历史创造者的道理，深入群众、深入生活，诚心诚意做人民的小学生。”② 只有拆除“心”的围墙，在文艺创作中全身心地融入人民生活中，其作品才能彰显对人民深沉的爱。从毛泽东倡导“工农兵文艺”开启的延安文艺道路，到新时代习近平总书记对“人民”内涵的个体性张扬，都体现了鲜明的“人民性”诉求，并带有时代性特征。“人

① 转引自蓝江：《直面当下与面向未来——论国外马克思主义的当代性范式》，《内蒙古师范大学学报》2017 年第 3 期。

② 习近平：《在文艺工作座谈会上的讲话》，人民出版社 2015 年版，第 18 页。

民性”是人民价值本位的文艺表达，在马克思主义文论中国化过程中，文艺的“人民性”是基本立场。有学者指出：在对“中国价值”的认识上，我们要避免两种错误倾向：一是无视“中国价值”的包容性，试图用某种陈旧的意识形态来剪裁“中国价值”，从而使其成为与中国广大人民群众切身体验相脱离的“说教”；一是无视“中国价值”的“最大公约数”特性，试图对“中国价值”中的“民主、文明、和谐、自由、平等、公正、爱国”等做狭隘的民族主义和民粹主义的理解，从而使其徒负盛名。[①] 文艺家只有心中充溢着对人民的热爱，笔下才有人民性的自觉诉求。没有人民性的追求，社会主义文艺就失去了灵魂；没有对人民的热爱，社会主义文艺发展就失去了动力。毛泽东《在延安文艺座谈会上的讲话》中指出：“为什么人的问题，是一个根本的问题，原则的问题。”[②] 这一论断切中了文艺的本质，是一切文艺创作思想和创作活动的总开关。在党的文艺政策中，文艺历来是为人民服务的，是人民心声的艺术表达。文艺热爱人民要求文艺创作要以满足人民多样性的精神文化需求为出发点和落脚点。同样，以“人民性”价值取向建构当代文论话语体系，就包含着文艺热爱人民的理论思考，这就要求把人民作为文艺审美的鉴赏家和评判者。

文艺热爱人民，就要为人民放歌。它要求文艺家做自己时代最敏锐的发现者和感知者，同时要千方百计地寻找与时代相契合的话语和艺术表达方式，以艺术精品高扬时代精神，在融入火热生活中反映人民的心声，基于人民立场为人民抒情，抒写人民追求美好生活的希望，让人感受到生活的温暖和光明，以向善向上的价值观引领社会风尚。文艺热爱人民，靠的是优秀作品的社会主流价值诉求，是基于人民立场对社会道义的弘扬和道德理想的守护。所谓警示社会、贬恶扬善、温暖人心、悲悯情怀，以此激发社会正能量，鼓舞人民为“中国梦”的实现而努力奋斗，这样的艺术家才会得到人民喜爱。在文艺创作和文化生产中，创作主体揣着什么样的感情，对谁有感情，决定着文艺创作的命运

---

① 叶险明：《“共同价值”与“中国价值”关系辨析》，《哲学研究》2017 年第 6 期。

② 《毛泽东选集》第三卷，人民出版社 1991 年版，第 857 页。

和情感的指向。社会主义文艺的本质决定文艺要热爱人民，文艺工作者想有成就，就必须对人民爱得真切、爱得彻底、爱得持久，自觉与人民同呼吸、共命运、心连心，欢乐着人民的欢乐，忧患着人民的忧患，做人民的孺子牛，始终把人民装在心上。作家贾大山，多年来深深扎根基层，扎根人民生活，其作品在日常化的细节描写中折射世情百态与社会万象，以幽默的情趣表达臧否，为人民放歌。这种以群众喜闻乐见的方式，反映人民心声与时代情绪的文学，是人民所需要和喜欢的。对作家而言，了解时代的风尚，把握社会的脉搏，倾听人民的心声，就是最紧要的。只有把人民的思考、情感甚至困惑真实表达出来，才能在写作中把握当下社会生活的脉搏。

文艺不仅是欣赏和娱乐，更要给人以感奋和动力。文艺“人民性”的彰显，要求艺术家以强烈的现实主义精神与浪漫主义情怀去观照人民的生活、命运、情感，表达人民的心愿、心情、心声，使“人民性”倾向自然流露，以文艺爱人民之心最大限度地发挥文艺鼓舞人民的作用。文艺爱人民，要求艺术家以卓越的艺术表达能力捕捉人间之美，自觉坚守艺术理想，“把崇高的价值、美好的情感融入自己的作品，引导人们向高尚的道德靠拢，不让廉价的笑声、无底线的娱乐、无节操的垃圾淹没我们的生活”。① 这种深沉的热爱，显现于艺术家用博大的胸怀去拥抱时代、深邃的目光去观察现实、真诚的情感去体验生活、发现和创造生活中的美，唯此才能满足人民对美好生活的需要；同样，当代文论话语体系建构要立足文艺热爱人民的现实，在理论自信中关注现实、关注改革，贴近生活、贴近人民实际，为民族复兴的伟大事业歌唱，为中国人民史诗般的实践喝彩。

以人民性价值取向建构当代文论话语体系，在功能定位上要求文艺为人民放歌。作为一种价值表达，它体现了文艺的人民立场，以及为人民抒写、为人民抒情、为人民抒怀的创作诉求。当前中华民族正处在伟大复兴的历史拐点，亟需文艺传达时代心声，需要文艺为国家“软实力”的提升提供力量支撑。在

---

① 习近平：《在中国文联十大、中国作协九大开幕式上的讲话》，人民出版社2016年版，第17页。

文化思潮相互激荡中，只有那些能为广大人民认可并产生广泛影响的优秀作品，才能构成一个国家的文化软实力。创作是文艺工作者的中心任务，作品是其立身之本，当代文艺要以创作优秀作品为中心环节，就必须静下心来、精益求精搞创作，把最好的精神食粮奉献给人民，以精品力作体现文艺爱人民的本质。说到底，文艺爱人民不是抽象的空洞的，而是在作品中自觉地蕴含着人民的情怀、涌动着民族的家国爱恨情仇，既立足现代性追求，又要有历史底蕴和文化返乡的眷顾。

在价值体系建构上，文艺热爱人民，体现为以文艺来提升人民的审美品位和人生境界。当代文艺创作的根本点是以人民的文化需求为中心，把满足人民群众不断提高、发展的审美欣赏和审美需要作为目标，以创作艺术精品为鹄的，从中为社会进步提升出某种价值指向。“经典通过主题内蕴、人物塑造、情感建构、意境营造、语言修辞等，容纳了深刻流动的心灵世界和鲜活丰满的本真生命，包含了历史、文化、人性的内涵，具有思想的穿透力、审美的洞察力、形式的创造力”①，奉献经典作品是当代文艺的使命追求，因其包蕴了丰富的艺术想象力和审美追求，经典表征着一个民族的文化创造力和艺术水准。文艺热爱人民，体现为文艺的多元化发展及其为人民搭建多样化文艺舞台，在各种文艺发展的良性互动中，既需要坚实有力的主流文艺引领，又要尊重和包容差异化的艺术探索，为各种健康有益的文艺形式提供生长空间，这样才能形成富有生机的多元化文艺竞争格局，不断健全当代文艺生态。这是社会主义文化强国走向开放包容，树立和表达民族文化自尊、文化自信的前提。从根本上讲，人民是文艺的创造者和传播者，只有真正站在人民立场，广大艺术家和文艺工作者才不会在市场经济大潮中迷失方向，以积极向上的价值观引领社会风尚，把文艺对人民的爱转化为社会之爱，以文艺营造风清气正的社会氛围。文艺热爱人民，要求艺术家心里装着人民，把人民作为表现主体的观念内化于心行诸笔端，以充沛的激情、生动的笔触、优美的旋律、感人的形象，深切地反

① 习近平：《在中国文联十大、中国作协九大开幕式上的讲话》，人民出版社2016年版，第18页。

映人民的生存状态和精神追求，创作出人民喜闻乐见的优秀作品。以每个人都有人生出彩机会的信念，坚定人民对美好生活的憧憬和信心。在文艺的社会层面，倡导人民是文艺的鉴赏家和评判者，就从根本上体现了文艺对人民的爱。因此，文艺热爱人民，就要以艺术精品提升人民的审美品位，不断满足与物质富裕和技术进步相适应的人民的精神文化需求，反映人民的审美情感和艺术追求，提升人民的审美情趣，高扬人民的审美理想和审美境界，使社会主义核心价值观的培育和践行掷地有声。只有心怀对人民深沉的爱，艺术家和人民大众的情感才能内在地关联起来，进而摆脱沉湎于“小我”的狭隘格局与喃喃自语的小情趣，彰显“大我”的家国情怀和民族的使命担当。鲁迅之所以能成为中国现代伟大的文学家、思想家，创作出民族文学的经典作品，主要源自其内心深处“横眉冷对千夫指，俯首甘为孺子牛”的真挚情感，这种情感经由笔端流露出对人民发自其内心的爱。习近平总书记指出：“一切轰动当时、传之后世的文艺作品，反映的都是时代要求和人民心声。我国久传不息的名篇佳作都充满着对人民命运的悲悯、对人民悲欢的关切，以精湛的艺术彰显了深厚的人民情怀。”①文艺爱人民，作为马克思主义文论的社会功能论体现，正是对文艺“人民性”价值取向的彰显，它要求艺术家俯身向大众敞开自己，这不但有利于激发文艺创造活力，还有利于在全社会建构中保护文艺发展的社会机制，使所有参与者都能在文艺活动中获得满足感和幸福感。

三、人民需要文艺是中国马克思主义文论建构的价值论

作为推动社会进步的主体力量，人民不仅需要物质的满足，还要有精神的追求和文艺的滋养。在人民文化素质和艺术素养不断提高的当下，人民的文化

① 习近平：《在文艺工作座谈会上的讲话》，人民出版社2015年版，第16页。

意识和文化权益不断高涨，人民不仅要欣赏文艺，更要创作文艺、表达心声。列宁指出："艺术是属于人民的。它必须在广大劳动群众的底层有其最深厚的根基。它必须为这些群众所了解和爱好。它必须结合这些群众的感情、思想和意志，并提高他们。它必须在群众中间唤起艺术家，并使他们得到发展。"①今天，随着人民文化权益的自觉，人民愈加需要文艺，社会主义文艺的繁荣是支撑当代中国人文化自信的重要力量。习近平总书记在党的十九大报告中一再强调："没有高度的文化自信，没有文化的繁荣兴盛，就没有中华民族的伟大复兴。"②

人民需要文艺，恰恰彰显了以人民性为价值取向的文论话语体系的价值论建构要求，它显现于文艺发展对人民美好生活的满足。随着时代发展，人们对文化和文艺作用的认识越来越全面。文化包括文艺之于人类自身的发展是一种精神上的需求、普遍需求，甚至是一生相伴的需求。恩格斯曾说过："文化上的每一个进步，都是迈向自由的一步"③，哲学家康德把审美视为自由的象征，席勒认为唯有审美状态的人才是"完整的"，他认为审美比道德更自由，因为审美消解了道德的压抑和身体生理的压抑，文艺的自由本性契合了人民对自由全面发展的理想追求。因而，人民需要文艺是人性生成、人之为人的重要维度。从根本上说，人与动物的最大区别是人有精神需求，这是一种超越生理层次的高级需求，是人的社会性和文明进步的表征，人们需要通过文艺来启蒙心智、认识社会、获得思想教益，在繁忙的现代社会更需要以文艺愉悦身心、陶冶性情，获得精神的满足和心灵的皈依，安顿焦躁的灵魂。新时代社会主要矛盾的变化，预示着人民对精神文化生活的需求更加迫切。如果没有精神文化的充盈，美好生活就是片面的，就不能说有真正幸福的生活和美好的人生。随着人民生活水平的提高，居民消费结构的升级，人民大众对包括文艺作品在内的

① 《列宁论文学》，人民文学出版社 1958 年版，第 137 页。

② 习近平：《决胜全面建成小康社会　夺取新时代中国特色社会主义伟大胜利》，人民出版社 2017 年版，第 41 页。

③ 《马克思恩格斯文集》第 9 卷，人民出版社 2009 年版，第 120 页。

文化消费的质量、品位、艺术品格以及审美风格的要求，更高更多样化了。文学、戏剧、电影、电视、音乐、舞蹈、美术、摄影、书法、曲艺、杂技以及民间文艺、群众文艺等各领域，无论是高雅的文艺创作还是流行的大众文艺，都要在与时俱进中把握人民需求，以充沛的激情、生动的笔触、优美的旋律、感人的形象创作出人民喜闻乐见的优秀作品，不断满足人民对美好生活的差异化多层次的需求。人民的审美需求愈丰富多彩，对文艺发展的要求就越高，就愈能展示新时代的精神风貌。马克思指出："人的需要的丰富性具有什么样的意义，从而某种新的生产方式和某种新的生产对象具有什么样的意义。人的本质力量得到新的证明，人的本质得到新的充实。"① 正是基于文艺需求与人的本质力量的相互生成，文艺才能引导人类社会不断迈向自由全面发展的境界。

以人民性价值取向建构当代文论话语体系的价值论，要求文艺不断见证社会发展的历史性进步，彰显对人民文化权益的尊重。社会主义文艺本质要求，文艺是人人参与创造、人人得以享有的公共品。改革开放四十年后的今天，人民对文化的需求、艺术的享受愈加热烈而迫切。人民的权利意识空前高涨，参与文化事务、自主表达文化意识、积极进行文艺创作的愿望越来越强烈，更是在心理上有着丰富多样的差异化精神需求。为满足这种需求就必须生产出更多高质量的文化产品，生产出丰富多样化的文化产品，充分激发全社会每一个人的文化创造活力，让一切文化创造源泉充分涌流，开创全民族文化创造活力持续迸发、社会文化生活更加丰富多彩、人民基本文化权益得到保障的文化发展新格局，从而推动社会主义文艺繁荣兴盛。改革开放以来，随着中国经济的崛起，文艺创作取得举世瞩目的成绩，极大地繁荣了文艺市场，无论是新闻出版、影视剧生产、动画卡通的制作，还是舞台表演艺术、美术雕塑创作、杂技、民间艺术，以及网络文学和手机文艺等新业态和新形态，都极大地丰富了人民的文艺生活。随着市场化程度的提高，市场上涌现了一些既有口碑又有票房与点击率的文艺精品，越来越多差异化、多样化的作品满足了人民日益高涨

① 马克思：《1844年经济学哲学手稿》，人民出版社2014年版，第117页。

的精神文化需求。

人民需要的是感动心灵的艺术，因此文艺创作不能缺失灵魂，要把鲜活的人作为艺术表现的中心，可以说人的灵魂是唯一有资格通过艺术实现美学的完满呈现。说到底，文艺创作并非个人的喃喃独语或无病呻吟，而是要创造和传播一种社会化的人类情感，因而艺术创作和创造以个性化的审美表达融入普遍性的社会情感结构，从而成为人类文明发展的重要环节和维度。人民需要文艺，满足的是对社会化情感的渴望，故而文艺不能是被动式的无效或低效供给，而要充分尊重人的文艺需求意愿。发挥创作主体的能动性，通过艺术的激发和召唤，使人民真正参与文化发展中，不断融入文化服务的各环节，政府才能准确把握公民的处境和需求，做出公平、合理的政策安排。更重要的是，公众的自主表达和参与能促进政府在回应人民需求时，提高政策的公平性，有助于通过文化服务推动供给者的竞争，提高供给质量，更好满足人民的文艺需求。

人们需要文艺，还表现为文艺在文明互鉴中发挥的桥梁作用。“古往今来，世界各民族无一例外受到其在各个历史发展阶段上产生的文艺精品和文艺巨匠的深刻影响。”① 全球化语境下，文艺精品越来越成为世界各国文化交流的重要载体，随着中国的文明型崛起，中国不断走近世界舞台中央，文艺是文明互鉴中最好的文化交流方式，是中华文化走出去的最佳载体。就国家层面来讲，近年来的一系列重大外事活动都可以看到中国文艺的影子，如 2016 年 G20 杭州峰会的文艺演出《最忆是杭州》，就被境外媒体称为“天堂佳音”，向世界展示了中国文化的魅力，让人们更多地关注中国作为文明大国的文化厚度，极好地树立了中国的文化形象，发挥了文化桥梁的作用，有力地推动了习近平总书记倡导的人类命运共同体意识的传播；另外，在各种文化年、文化周等活动的民间文化交流中，更是活跃着中国文艺的身影，有力地发挥着民心相通的弥合作用。一部小说，一篇散文，一首诗，一幅画，一张照片，一部电影，一部电视

① 习近平：《在中国文联十大、中国作协九大开幕式上的讲话》，人民出版社 2016 年版，第 6 页。

剧，一曲音乐，都能给外国人了解中国提供一个独特的视角，都能在讲述中国故事中以各自的魅力去吸引人、感染人、打动人。在海外深受欢迎的京剧、民乐、杂技、手工艺品、书法、国画等都是我国文化瑰宝，尤其是网络文学、视频、游戏、动漫等已成为当今时代外国人了解中国的重要途径。因此，习近平总书记要求“文艺工作者要讲好中国故事、传播好中国声音、阐发中国精神、展现中国风貌，让外国民众通过欣赏中国作家艺术家的作品来深化对中国的认识、增进对中国的了解。要向世界宣传推介我国优秀文化艺术，让国外民众在审美过程中感受魅力，加深对中华文化的认识和理解”①。可见，在文明互鉴视野下，人民需要文艺，已把文艺和国家大势相关联，文艺是促进人类命运共同体建构的润滑剂。

四、建构人民是文艺评判者的马克思主义文艺批评论

伴随中国特色社会主义发展进入新时代，普通的中国人早已不再是毫无审美鉴赏力的下里巴人，随着民族文化意识和审美能力的不断提升，人民完全有能力成为文艺的鉴赏家和评判者，建构以人民性为价值取向的马克思主义文艺批评论是新时代的必然要求。

人民是文化自信彰显的主体，落实到文艺实践中就要求优秀文艺作品经得起人民检验。优秀作品是衡量一个时代文艺成就高低的标杆，作品是否优秀离不开人民的评判。作品价值高低有其市场维度，市场的繁荣离不开文艺的兴盛，但不能单纯取决于市场效益，还要有人民的评判，它还显现于人民的笑声、哭声、掌声，甚至是静默于心的鸦雀无声。承认人民的批评主体地位，旨在倡导文艺家敢于把自己的作品交由人民评鉴，以人民的评价为尺度，以人民

---

① 习近平：《在文艺工作座谈会上的讲话》，人民出版社2015年版，第15页。

的满意为标准。实践表明，只有真正尊重人民的鉴赏与批评，才能创作出经得起历史淘洗的传世之作。徐沛东的一系列歌曲《篱笆墙的影子》《我热恋的故乡》《亚洲雄风》《爱我中华》《大地飞歌》，等之所以在社会上广泛传播，就源自经受住了人民的检验。当今时代，人民对文艺风格和品位的要求不断提高，把人民视为文艺作品价值高低的评判者，尊重人民作为文艺审美的鉴赏家地位，是以"人民性"为价值取向建构当代文论话语体系批评论的要求。当前，人民的知识结构、文化素质、艺术素养、审美品位和精神追求早非昔日可比，人民已成为高昂社会主义文化理想的社会主体，他们不仅需要美的艺术享受，而且能够创造美，更能对美的高下做出价值评判。"随着人民生活水平不断提高，人民对包括文艺作品在内的文化产品的质量、品位、风味等的要求也更高了。"① 在文艺活动中，接受者从来不是被动的消极的，而是积极参与作品价值生成，是艺术价值实现的重要一环，尤其在文艺经典化过程中更是不可或缺。确立人民是文艺评判者的主体地位，意味着人民不仅是文艺作品的消费者，是文艺发挥陶冶作用的教育对象，更是增强了人民作为文艺批评主体的意识。以人民性价值取向来建构当代文论话语体系的批评论，从深刻性上揭示了人民与文艺价值的相互生成。"艺术的最高境界就是让人动心，让人们的灵魂经受洗礼，让人们发现自然的美、生活的美、心灵的美。……我们要通过文艺作品传递真善美，传递向上向善的价值观，引导人们增强道德判断力和道德荣誉感，向往和追求讲道德、尊道德、守道德的生活。"② 进入新时代，艺术追求和人民的精神诉求相一致，是人民对美好生活向往的应然状态。可见，确立人民作为文艺作品评判者的主体地位，是建构当代文论话语体系批评论的重要内容。

人民不会满足于生活的平庸，在对美好生活的向往中，越来越需要文艺作品的质量和创新，需要以文艺精品和文艺经典不断涌现来支撑。一部好的作

① 习近平：《在文艺工作座谈会上的讲话》，人民出版社 2015 年版，第 14 页。

② 习近平：《在文艺工作座谈会上的讲话》，人民出版社 2015 年版，第 24—25 页。

品，应该经得起人民评价、专家评价、市场检验，专家评判需要自觉运用历史的、人民的、艺术的、美学的观点，人民维度的凸显正是大众历史主体意识增强的显现。今天，人民的审美鉴赏力和审美品位有了很大提高，人民的审美观在文艺发展中的地位越来越凸显。随着人民主体意识的增强，就越发要求高质量的文艺作品，好的文艺作品像蓝天上的阳光、春季里的清风一样，能够启迪思想、温润心灵、陶冶人生，扫除颓废萎靡之风。在文艺发展中没有艺术消费、艺术鉴赏就难以产生优秀的艺术创作，鉴赏与评判是艺术作品完成的重要环节。充分尊重人民作为评判者的主体地位，有利于文艺创作者把人民放在心上，在创作上精益求精从而夯实以人民为中心的创作导向。“娱乐至死”是对人民精神生活的亵渎，“三俗”文艺是对人民需求的误读。市场经济条件下，许多文化产品要通过市场实现价值，不能不考虑经济效益。然而，同社会效益相比，经济效益处于第二位，当两个效益、两种价值发生矛盾时，人民的评判就会产生立竿见影的效果。受到人民追捧的文艺作品，一定既能在思想上、艺术上取得成功，又能收获市场效益，而不会被市场牵着鼻子走。

明确人民作为鉴赏家的主体地位，需要健全以“人民性”为价值取向的评判尺度。评判标准是人们在文艺活动，特别是在艺术鉴赏中共同遵循的尺度与原则。人民对文艺评判的标准是“人民性”，即以人民的审美价值观为视角，以传递真善美为根本原则，以引导人民不断向上向善为基本价值追求。“人民性”是古今中外一切优秀文艺的优良传统，其在当代有着更加特殊的意味，不仅要表现人民意识、人民情怀，还要把传统文艺忽视的人民真正主体化，成为文艺的“剧中人”，成为真正的文艺主角。文艺作品是否彰显人民性，既在于写什么——是否把人民群众的生活实践活动作为事件发展的积极背景，把人民作为“剧中人”；更在于怎么写——人民群众在历史进程中被描写为消极的存在还是革命性、决定性的力量，把人民视为推动历史进步的主体。“文艺根本价值的实现方式，就是回到人民、回馈人民。回到人民，就是文艺作品不能满足于只在小圈子内流传；回馈人民，就是要通过创作，给予人民大众高品质的精神滋养。作家艺术家服务人民的最好方式，不是别的，就是拿出人民大众喜欢的好作品。"①好作品的标准尺度是"人民性"，人民的文学应体现国家和民族主流的文学追求和审美精神，以及彰显社会主流文化价值观，这不妨碍描写底层的缺陷弱点和对艺术卓越性的追求，但描写缺陷弱点不是为了批判人民，而是着重批判形成这些缺陷弱点的文化传统与社会环境及其个体心性，把社会批判和启蒙人民结合起来，激发人民作为历史主体、实践主体和价值主体的自觉，促使人民追求更美好的生活，使艺术成为人生的一个向度。因此，揭示、批判底层的问题与人民的"陷落"，若与教育人民群众，促使人民力量的自觉结合起来，是文艺人民性的题中应有之义；而把底层人民描写成消极的群体，颓废的群体，或者表现底层生活在效果上只是激起读者的轻蔑或怜悯，看不到底层劳动者作为国家支柱促进社会的发展，是对人民性价值取向的偏离，只是以精英意识的道德优势看待民众，把精英与大众对立起来，背离了文艺的人民性。倡导人民作为鉴赏家和评判者，有利于当代文艺坚持正确的发展方向。有了人民作为鉴赏家的艺术依托，社会主流文化价值观就会得到有效传播，从而形成清朗的社会氛围。因此，习近平总书记提出"人民是艺术作品的评判者"命题，既是对新时代文艺发展的期望，对当代艺术不断勇攀高峰的期许，更是对人民艺术家不断创作艺术精品的期待，对文艺发挥社会教化作用的倚重。在文艺创作中坚持以人民为中心，践行人民是文艺评判者理念，是文艺之心，是生活之心，旨在以文艺精品祈向人民、生活、文艺三者相统一的审美境界，是建构马克思主义文论话语体系的重要内容。只有找到和恰当地表现这个文艺之心和生活之心，文艺才能实现自身价值，在文艺审美中彰显人民性，就会使文艺的审美价值、艺术价值内蕴于"人民性"之中。把人民作为艺术作品的鉴赏、评判者，是对马克思主义文论的创新，这既是对人民作为鉴赏家的艺术审美能力的肯定，对人民在文艺审美活动中主体地位的尊重；也是对文艺创作者追求"人民性"的积极引导，是对艺术家创作目标和价值取向的提升，是对当代艺术迈向经典化方向的指引。究其根本，"公众的艺术评价最终总是对的，批

① 张江等：《在人民的创造中实现文艺的创造》，《人民日报》2015年9月11日。

评家的任务只是使这个‘最终’尽快到来”。① 批评论是马克思主义文论话语体系建构的重要组成部分，是党的文艺事业发展的必然要求，它从根本上体现了党性和人民性的统一，高扬了人民的主体地位，弘扬了“人民至上”的执政理念。

五、以“人民性”价值取向健全文艺生态和统筹文艺发展格局

习近平总书记指出：“这是一个需要理论而且一定能够产生理论的时代，这是一个需要思想而且一定能够产生思想的时代。”② 在波澜壮阔的时代大潮中，中国越来越走近世界舞台中央，世界越来越需要中国发声，越发需要中外文艺与文论同台竞技。新时代文论话语体系的建构一定要找到时代的理论支点，以人民为中心不仅是新时代文艺创作的价值导向，“人民性”价值取向同样也是新时代文论话语体系建构的指南。文艺是时代前进的号角，最能代表一个时代的风貌，最能引领一个时代的风气。“文艺事业是党和人民的重要事业，文艺战线是党和人民的重要战线。”③ 习近平总书记指出：“伟大事业需要伟大精神。实现这个伟大事业，文艺的作用不可替代，文艺工作者大有可为。”④ 人类发展史表明，没有先进文化的积极引领，没有人民精神世界的极大丰富，没有民族精神力量的不断增强，一个国家、一个民族不可能屹立于世界民族之林。在全球文艺思潮相互激荡和文艺力量的博弈中，只有真正做到以人民为中心，书写人民的喜怒哀乐和普通民众的精神追求，社会主义文艺才能发挥最大限度的正能量。文艺理论要最大限度地发挥作用，同样需要彰显“人民性”，

---

① ［德］梅内尔：《审美价值的本性》，刘敏译，商务印书馆 2001 年版，第 11 页。

② 习近平：《在哲学社会科学工作座谈会上的讲话》，人民出版社 2016 年版，第 8 页。

③ 习近平：《在文艺工作座谈会上的讲话》，人民出版社 2015 年版，第 1 页。

④ 习近平：《在文艺工作座谈会上的讲话》，人民出版社 2015 年版，第 6 页。

才能实现理论最大限度地辐射人民、为人民所用。实践是理论之源，只有“人民性”价值取向才能实现理论与实践的高度契合，人民是社会存在与自身命运的主宰者和支配力量，“人民”与“社会”在中国发展道路的逻辑结构中，是意义高度叠合的社会存在主体。在新发展理念指导下，实现经济社会发展与基本民生、文化民生增进同步协调，就是对“人民性”的彰显。“人民性”价值取向是中国马克思主义文论最鲜明的特色，它显现于全球化舞台上高高飘扬的中国特色社会主义文艺旗帜，而成为中国当代文论话语体系建构的逻辑起点。“人民本体论”是马克思主义文论话语体系的本体论形态，其理论建构价值与实践意义，需要基于人民立场的学理性阐释和现实性把握。“我国哲学社会科学要有所作为，就必须坚持以人民为中心的研究导向。脱离了人民，哲学社会科学就不会有吸引力、感染力、影响力、生命力。”① 在当前日益复杂的全球化语境下，习近平总书记关于文艺重要论述，重新诠释了社会主义文艺的人民性本质，阐述了文艺与人民的内在关系，重申了文艺创作的人民性价值取向，重新定位了文艺发展的人民性坐标，还为新时代具有中国特色的文论话语体系建构提供了思想指南。“人民性”价值取向的新时代文论话语体系建构，不仅在接地气中凸显文艺的现实关怀，还以世界情怀增进了人类命运共同体意识的交流和沟通，指向未来。

使“人民性”价值导向深深扎根新时代文论话语体系，是中国马克思主义文论的鲜明特色，它深刻诠释了党的文艺政策和文艺主张与以人民为中心的社会主义伟大实践的有机统一，是“以人民为中心”的执政理念在文艺领域的具体显现，是中国道路自信和文化自信的表征。“以人民为中心的创作导向”是社会主义文艺发展的根本要求，背离这一要求，文艺发展就失去了价值准则；以“人民性”诉求来建构新时代文论话语体系，是中国马克思主义文论进一步丰富和发展的方向，是对社会主义文化强国建设的根本回应和现实关切。建构以“人民性”为价值取向的新时代文论话语体系，契合了党中央提出的“人民

① 习近平：《在哲学社会科学工作座谈会上的讲话》，人民出版社 2016 年版，第 12 页。

对美好生活的向往和追求，就是我们的奋斗目标”的执政理念，更是在理论建构上对党的十九大提出的“三个坚持”的聚焦，① 这是对以人民为本位的马克思主义文艺观的发展。中华人民共和国成立后，毛泽东文艺思想在纯化社会主义意识形态运动中发挥了指导作用，在文艺的曲折发展中成就了“十七年”时期社会主义文艺的繁荣，凸显了文艺的“人民性”追求和崇高的文艺风格。从文艺发展史上看，毛泽东的《在延安文艺座谈会上的讲话》开启了“人民文艺”的新纪元，建构了中国文艺发展的“延安道路”，形成了毛泽东文艺思想，直接推动了“为人民大众书写”成为革命文艺和社会主义文艺的指导原则。党的十八大以来，习近平总书记关于文艺重要论述是新时代语境下对毛泽东文艺思想的继承和发展，是当代文艺思想史上的纲领性文献，它创新性地丰富了“人民性”内涵，与时俱进地推动了马克思主义文论中国化，为新时代中国文论与域外异质文论的交流对话提供了价值准则。“纵观中国文艺的发展历史，可以得出一条基本经验，什么时候文艺与人民切近，歌哭与共，勠力同心，它就拥有无限活力和勃勃生机；什么时候远离了人民，沦为小圈子的游戏，它就落入寂寥和枯索。”② 新时代文艺“人民性”的彰显，使社会主义文艺天空始终飘扬着“人民性”的旗帜！

---

① 所谓“三个坚持”，是指党的十九大报告中提出的“坚持为人民服务、为社会主义服务，坚持百花齐放、百家争鸣，坚持创造性转化、创新性发展”。参见习近平：《决胜全面建成小康社会　夺取新时代中国特色社会主义伟大胜利》，人民出版社 2017 年版，第 41 页。

② 张江等：《坚持以人民为中心的创作导向》，《人民日报》2015 年 11 月 3 日。

正确理解文艺与市场的关系

——习近平总书记关于文艺方面的重要论述研究之三

习近平总书记《在文艺工作座谈会上的讲话》中指出，文艺不能在市场经济大潮中迷失方向，不能在为什么人的问题上发生偏差，否则文艺就没有生命力。文艺创作要坚持正确的价值导向，不能随波逐流，缺失精气神；强调文艺不能做市场的奴隶，要坚守艺术的审美品位和艺术的卓越性追求。这要求我们必须正确处理和深刻领会文艺与市场的关系，既要尊重艺术规律，也要遵循市场原则，坚持文艺创作和艺术生产的“双效统一”及社会效益优先的诉求。随着社会主义市场经济体制的完善，市场不仅成为文化产业发展的基础，还越来越多地介入到艺术创作尤其是艺术生产领域，成为评价文艺活动与作品的一个重要力量和参照系。一定意义上，充分重视和发挥市场机制的作用是21世纪以来文化产业发展取得巨大成就的重要内因，但因对市场机制的误读和人为割裂，也滋生了文化市场上的一系列乱象，甚至出现了价格对价值的扭曲。解决好文艺与市场的关系，既离不开形而上的美学批判视野和科学的评价尺度，也离不开市场条件下完善文艺创作的对位性保护机制，由此才能激励当代文艺勇攀艺术高峰。

一、文艺的繁荣离不开市场

市场不是先天存在的，而是在人们的经济活动和经济行为中不断建构的，具有自发性和自主选择性，但规则一经约定俗成，就有遵守的强制性。不同于一般的市场，文化市场交换的是思想、情感、精神、信仰和审美体验以及信息交流等非物质产品，究其实质作为公共领域的文化市场既是一种地理意义上的空间存在方式，也是一种发挥机制作用的力量。文化市场作为大众参与建构的产物，与公共领域的发育和发展程度密切相关，从中反映出不同的社会生产关系。文化市场作为一种选择机制是由大众需求建构的，在这里交换的是思想精神、文学艺术、学术研究成果、娱乐体验等等产品。在现代化进程中，文化市场越来越成为文化发展的主要场域和思想的交锋地。有学者指出："一切主流的属于思想和文化的东西，在面对非主流的思想和文化的东西的时候，只有在这样一个领域里才能获得和拥有生命与价值。"①一定程度上，文化市场直接反映了一个社会的精神生产和精神产品的交换与传播状况，体现出最直接的文化生产力水平，从而表征着文学艺术的繁荣程度。以艺术生产为核心的文化创意产业因其高创意和高科技含量，特别是大量金融资本的运作，而成为现代先进生产力的表征。在文化建设中，政府与市场是两种不同的力量形态，其在不同历史时期和特定历史阶段对资源配置都有可能发挥决定性作用。一定意义上讲，当前的中国文化市场还是一个政策性市场，这是由文化市场发育不成熟、不规范、不统一，还存在某种"梗阻"甚至垄断现象造成的，这种因缘际遇导致文化市场势必由政府主导强势推动，因而体现了一定的政策意志，这在文化市场的培育期有其合理性和必然性。正是因为市场的不规范和不完全透明，导致文化市场上游因开放度不够所致原创力不足、创新能力不强，而下游因过度

① 胡惠林:《作为公共领域的文化市场》,《探索与争鸣》2014年第8期。

开放导致“三俗”之风蔓延，娱乐至死现象泛滥。可见，市场配置资源的现象背后不仅体现着一定的经济关系和文化关系，更显现出不同的价值理念诉求，包括社会的开放度和大众的文化自主表达空间。基于此，党的十八届三中全会提出建立健全现代文化市场体系，建构全国统一规范竞争有序的市场，进一步完善社会主义市场经济体制。并着重提出健全文化产品评价体系，改革评奖制度，推出更多文化精品。有学者指出：所谓现代文化市场的建立与转型，不再仅仅局限相对于以农耕文明为基础的“传统文化市场”，而主要指向在工业文明基础上已经形成的文化市场的现代转型，这种转型与公共领域的现代转型一致。在根本上，市场的目的在于在交换与交往中缔造自由，文化市场的目的是在交往与交换中缔造精神自由，并且在实现自由的过程中建构社会合理的精神秩序。[①] 因而，作为一种现代精神的体现，成熟的文化市场既体现文化生产与消费的自觉，也体现了对“盲目生产”的包容。“盲目生产”在文艺创作上因其与市场保持了一定的距离，有时体现一种真正的原创性，它依托市场但不是迎合市场，在精神价值含量上往往高于大众的文化消费层次而显现出某种为了自我精神追求的“市场盲目性”，因此它有可能触及了精神高地甚至成为“高峰”，故而有着“曲高和寡”之感，但它在价值倾向上并不背离现代市场价值。也就是说，理性的大众选择不排斥某种为了自我的精神生产，这恰是文艺生产有时出于“审美的追求”却能够获得市场“大众的认同”的缘由，继而从根本上表明“双效统一”原本就有着内在的一致性，而不是机械的外在的要求和背离艺术规律的硬性规定。事实上，正是那些坚守艺术品位，不被市场牵着鼻子走的文艺作品，既获得了市场认可，又收获了口碑。以市场化程度最高的影视生产来讲，优秀的影视作品总是在满足市场需求的同时培养自己的消费者，对艺术品质的追求是一部电影能否真正获得受众认可的关键。唯有尊重市场、尊重艺术、精心制作的作品才能取得真正成功。如王家卫执导的每一部作品都有着精益要求，其为制作电影《一代宗师》，筹备了13年，仅拍摄就耗时3年多，

① 胡惠林：《作为公共领域的文化市场》，《探索与争鸣》2014年第8期。

体现了文化产业要求的工匠精神。徐克为重拍《智取威虎山》反复雕琢剧本，实地勘察环境，在东北的严寒冬季辗转多地，注重细节和品位，“慢工出细活”的创作态度让他们收获了市场效益与荣誉，实现了社会效益和经济效益统一。这再次表明主流价值观、正能量，与市场利益、消费者喜好并不矛盾，只要故事有味、制作精良、形式精美，就会受到消费者的追捧。

文艺与市场的问题核心是理顺文艺创作与市场运作之间的关系，这已是当下文艺发展中一个不可回避的重大问题，其背景是文艺市场的规模越来越大，并且发展十分迅猛。不仅市场化背景下生成运作的网络文学早就占据文坛的三分天下，文学在文化产业发展中日益发挥基础性作用，而且自身已形成由庞大消费群体支撑的千亿规模市场。另外，在市场化程度较高的影视艺术生产领域，2014 年中国大陆电影票房达 296 亿多元，电视剧每年达到 1.4 万集左右，艺术品市场的总成交额高达 4000 多亿元，工艺品交易更是超 1.2 万亿元，再加上网络娱乐消费、教育、新闻出版等文艺市场及其产业链上的营收，文艺市场及其延伸产业链的市场规模保守估计已达几万亿规模。随着文化产业日益成为国民经济的支柱产业，市场经济时代的艺术生产越发具有资本依赖性和消费的不确定性。与个体性的艺术创作不同，艺术生产需要消耗大量的物质和人力资源，越发依赖资本和市场配置资源，并在市场收获口碑和经济效益，否则其文化影响力就会轮空。就文化消费而言，2013 年年底，我国人均 GDP 已达 8700 多美元，京沪等大城市人均 GDP 超过 1.3 万美元，居民消费结构进入快速转型期。预计到 2020 年全面建成小康社会，人均 GDP 将超过 1.27 万美元，跨入高收入国家行列。与之相应，文艺作品的消费需求会迅猛增长，市场在艺术生产、传播和消费中的作用越来越显著，文艺消费短缺的状况愈发凸显。

因为政策的集中发力，2014 年被称为“文化消费的先导年”。文化消费在当下一直与中国经济规模和增幅不相匹配，始终处于低迷状态，对文化产业发展的内生驱动力有限。低迷的原因：一是社会保障体系不健全，在巨大社会负担面前民众不敢消费；二是文化市场中文化产品本身不够丰富多样，不够接地气，缺乏有针对性的分众市场，文化产品缺乏创意导致“结构性矛盾”依旧没有解决；三是社会贫富差距加大，很多民众的收入是“被增长”，缺乏实际购买力，处于“被消费”的状态。据中国艺术科技研究所牵头的课题组在《中国居民文化消费基础性调研报告》① 指出，2002 年后，中国城镇居民文化消费占可支配收入比重一直处于 5%左右的水平。据统计，我国有 19 个省份年均不到 1 人次观赏艺术表演或参与公共图书馆的图书借阅。22 个省份的城镇居民家庭每人年均文化娱乐消费支出占家庭可支配收入低于 5%，上海和北京的数值最高也仅是 6.75%和 6.45%。可见，一方面，市场在文艺发展中的作用越来越显著，另一方面，文化消费市场还处于培育期。针对当时情况，2014 年两办出台《关于加快构建现代公共文化服务体系的意见》，专门提出“培育和促进文化消费”措施，着意强调在公共文化服务体系建设中，要“统筹考虑群众的基本文化需求，推动公共文化服务向优质服务转变，实现标准化和个性化服务的有机统一”。而满足群众多样化的文艺消费需求，不仅公共文化服务要解决低效益和低效率的问题，在产品对路的供给上下功夫，文化产业也要提高差异化的服务供给能力，以体现国家文化政策的价值取向。随着中国经济步入“新常态”，社会消费结构调整进入“拐点”，个性化、多样化消费成为主流，如何释放消费潜能、提振消费信心直接影响着中国经济能否实现新常态。小康社会的实现不仅体现在 GDP、居民收入以及各种经济指标的增长上，还体现在大众精神文化生活水平的提高，尤其是文化服务和文化消费的提升中。文化消费离不开现代文化市场中作为核心内容的文艺产品，文艺的繁荣更是离不开市场的消费驱动。

文艺生产方式的变化、大众消费结构的变迁尤其是网络数字化带来的消费群体结构的差异化，包括意识形态工作方式创新的要求及主流文化价值观传播的现实情形都使文化市场的地位和作用愈加凸显，传统的思想“阵地”已经转化为市场的大众消费。谁拥有了大众，谁就掌握了市场主导权，也就占据了思想观念传播的制高点。市场需求对文艺创作有巨大的召唤和激发作用，在不断

① 《国人文化消费心理调研报告出炉》，《光明日报》2015 年 2 月 5 日。

满足大众日常需求的同时，对文艺创作产生巨大的推动作用。文艺市场的建构不是抽象的，而是具体的。一方面，文艺生产不断创造消费、引导消费；另一方面，文艺消费不断诱导激发创作克服“盲目性”，使文艺生产趋向产业发展的自觉。因此，不要在观念上把市场与文艺视同水火，摒弃把大众文化权益的实现排斥在市场之外的思维，更不能把满足大众多层次、多样化的文艺需求与市场的健康发展相对立，文艺作品接地气、广泛传播，辐射力与影响力的扩大，有力推动了文艺创作的繁荣。在文化产业领域，没有市场竞争就没有文化生产力的提高。近年来国产电影的繁荣，竞争力的提升，与电影市场开放度的提高不无关联。当然在此过程中，市场也带给文艺创作一些负面的东西，特别是不少艺术家，在享用市场利益时，又把创作中的问题推给市场。其中很多问题和乱象不是市场自身造成的，是人为误读和扭曲市场带来的。针对市场失灵现象，需要政府发挥作用，监管部门要为市场竞争营造公平、公正、公开、透明、有序的环境，通过一定的市场准入、限制、规制来保护市场的多样性存在，而不是助长和纵容“丛林规则”的滋生与蔓延。因此，不要把市场机制与市场化追求混为一谈，市场机制的核心是按照一定的规则自由、公平竞争，其本质是一种资源配置的手段或调节工具，市场化虽以发挥市场机制为基础，但其目标是市场利益最大化，以豪华奇观、大制作甚至“另类”包装等搏出位来吸引眼球，过度追求高票房、高码洋、高收视率、高点击率。在文艺生产、市场管理上强调市场机制的作用，不意味着只追求市场化。现在越来越清楚，文艺市场是文艺繁荣的基础，也是其可持续发展的持久动力之一。当下，市场已成为评价文艺活动与作品的一个重要维度，甚至在很多时候成为一种主导性力量。在当代艺术发展中，市场的建构力量已介入文艺评价与文艺价值生成的全过程。习近平总书记《在文艺工作座谈会上的讲话》中指出：优秀的文艺作品，最好是既能在思想上、艺术上取得成功，又能在市场上受欢迎。因此，要花大力气去研究、分析、引导文艺市场，只有认识市场，把握发展规律，才能将其作为建构当代文艺发展的有生力量，而不是视其为规则与规范的破坏者，人为地远离与排斥。正如文艺需要批评，文艺市场更需要批评，通过研究，把握市场力量介入文艺评价与文艺价值生成的机缘、互动机制、发展规律与路径等，为健全文艺与市场的共生生态提供理论与政策支撑。通过健全文艺生态，厘清文艺创作与市场、产业发展的关系，进而用生态的理念把握文艺与市场的关系。

二、文艺不能沦为市场的奴隶

随着文化的地位和作用的全球凸显，文化发展被提升到国家战略高度。一些发达国家如美国率先提出“文化走向国家发展政策的中心”。文化，作为日益强大的产业，已成为发达国家国民经济的重要支柱产业。日、韩等国早已提出“文化立国”的战略主张。契合全球发展趋势，中央政府在“十二五”规划中提出积极推动文化产业成为支柱性产业，党的十七届六中全会提出建设社会主义文化强国，党的十八大和十八届三中全会都对发展文化产业作出战略部署。随着文化产业发展进入国家战略视野，文艺作为文化产业的核心门类愈益离不开市场运作，在泥沙俱下中文艺有可能沦为市场的奴隶。须知，发展文化产业不是把文化推向市场，更不是追求文艺的市场化和产业化。文化产业在现今时代毋宁是文化（动词）的别称，是一种符合现代特点的文化发展的主导方式。就文艺与市场的关系而言，文艺创作是一种创意性活动，文化消费是一种依托市场的自主性选择活动，可以是萝卜白菜，各有所爱。多样性的艺术表现形式和多类型的细分市场才是正常的文化生态，强调文艺不能低俗，不能就此否认通俗文艺的合理性，和大众消费多层次的合法性。个别媒体过于机械理解文艺的通俗现象，走到了彻底否定通俗艺术的极端。不能因自身缺乏对文艺发展规律的深刻理解，而误读文艺与市场的关系，导致从一个极端走向另一个极端。文化消费虽是自主性选择，但人的心灵需要用文艺精品来滋养，用“三贴近”的方式去促进，所谓“用真挚的情感打动人，用精良的制作吸引人，用高尚的思想滋养人”。

不可否认，当下的文艺市场和文化产业发展，确实使一部分文艺工作者沦为市场的奴隶，滋生一种只问经济效益、不问社会效益的唯市场化乱象。虽然文艺创作空前繁荣，但存在重数量轻质量，有高原缺高峰的现象，存在抄袭模仿，机械化生产，快餐式消费的问题。有的作品调侃崇高，扭曲经典，颠覆历史；在思想上是非不分，善恶不辨；在内容上搜奇猎艳，低级趣味；在叙述上胡编乱造，粗制滥造；在制作上追求奢华，过度包装，形式大于内容；在传播上自说自话、自娱自乐，脱离大众脱离现实。文艺可以娱乐，但不是单纯娱乐，而是有内容和内涵的娱乐，它承载着民族的文化价值观和审美创造力。因此，习近平总书记指出："低俗不是通俗，欲望不代表希望，单纯感官娱乐不等于精神快乐。"文以化人，艺术养心，重在引领，贵在自觉。一些文艺创作出现过度娱乐化倾向，在文艺创作中一味迎合某些受众的感官欲望需求，在扰乱视听中使大众眼花心乱，使"文以化人"迷失在欲望追逐中。

在此市场导向下，自然会滋生"手撕鬼子""裤裆藏雷"的低俗闹剧，一些"抗战神剧"脱离历史真实和生活实际，没有边际地胡编乱造，将严肃的抗战和对敌斗争娱乐化，是对人性的简单化和抗战精神的肤浅化，缺失了艺术精湛的思想深刻性。背离的不仅是艺术发展规律，也是对市场规律的扭曲。针对将革命历史题材剧、政治事件娱乐化的倾向，早就有学者呼吁，要正视这股低俗、庸俗和媚俗之风。①一些文艺因过度追逐市场效应而严重背离艺术真实和生活真实，缺乏历史意识、文学深度和思想力量，以娱乐和无厘头搞笑，被视之为"三无"（无文采、无思想、无境界）产品。"三无"与"三俗"之风盛行，使不少作品以展示人性的粗鄙、琐屑，血腥的恐怖、怪异，床笫的狂欢为刺激大众的"卖点"，而对张扬人性的光辉、弘扬思想的力量和凸显灵魂的高尚却缺乏艺术的韧劲。靠浅薄的无厘头戏说、噱头制造"卖点"的产品是没有长久生命力的。以苏联卫国战争为题材的俄罗斯文艺屡出经典，说明只有不臣服于市场才能成就精品力作。文艺创作过分娱乐化，带来的是审美趣味的退化

① 范玉刚：《娱乐不等于文化》，《瞭望周刊》2011年第26期。

和文化理想的弱化，拿“信仰”开涮影响了革命历史题材的深度创作，还使整个时代的精神追求肤浅化，这种“献媚”式的文艺作品不仅沾染了铜臭气，还沦为了市场的奴隶。一些影视作品从一开始就为赢得收视率、逆袭票房，粗制滥造、剧情简单、台词雷人，让观众直呼“侮辱智商”……文艺作品作为社会的表情，一旦陷入物质主义、拜金主义和消费主义的深渊，必将对社会的精神、信仰和价值涵养带来巨大影响。“大话”“戏说”乃至网络“神曲”有存在的合理性，但如果低俗文化成了主流产品，流行音乐只剩下疯狂传播的“神曲”，文艺丧失了人格、品格，泯灭了文化价值的底线，这样的娱乐产品只是加剧了民族精神的下坠。大众沉溺于玩世不恭和自我解嘲的游戏中，到底是谁的悲哀？因为误读或扭曲市场，导致思想性强的文化内容产品因市场开放度低而供应不足，低俗搞笑的产品因市场开放度高而大量同质化泛滥。

这些年，我国艺术品市场呈现迅速发展的态势，各类艺术品投资理财、艺术公募或私募基金、艺术信托等新型金融产品集中涌现，中国艺术品拍卖价格不断刷新纪录，艺术产权交易所挂牌上市，艺术品价格总的趋势一直在走高，中国大陆成为全球最大的艺术品交易市场之一。中国文艺市场一派繁荣，但我们并没有多少在全世界赢得敬重和尊严的当代大师，就连中国当代艺术的话语权也旁落海外。近年来，文化产业领域的重组并购“风起云涌”，资本借势生风、如火如荼，在文化产业的一派繁荣中，处处可见“产业”，唯独少见“文化”，到处是资本的独舞。如果文化产业缺失了最核心的“文化”，即便俯拾皆是产业，这种产业又能为社会赢得多少敬意？为社会进步作多少贡献？为艺术的繁荣搭建多少平台？它又能在多大程度上抚慰现代人心灵的孤寂和焦躁？中国当代文艺能为世界贡献多少价值？不可否认，由于当代艺术过于依附市场、过度商业化炒作，而屡屡为社会所诟病。西方资本的介入是引发中国当代艺术市场狂欢的重要元素，但缺少自主精神追求和自立的价值认定更是主因。当下中国大陆已成为世界第二大电影市场，一定意义上中国电影进入了自己的“黄金时代”，但中国电影发展似乎仍未摆脱“好莱坞情节”，没有实现真正意义上的“国际化”，也就难以达到真正的文化自觉。由于片面理解市场，也片面理解了当代艺术。导致主旋律文艺常常带着刻板的说教腔，而某些市场化成功的大众文化产品又远离了主流价值观，不惜把低俗作为吸引公众的噱头，通过“去主流化”来让自己“焕然一新”，在扭曲市场中愈加任性。中国文艺市场的乱象，除了过于重视市场利益，迎合不健康的市场需求及文艺工作者心态浮躁等原因外，还与我们对文艺市场发展趋势、内在规律及相应的管理方法等缺少研究、认识不到位有关。文艺发展离不开市场，但不是依附于市场。当前，在市场经济和不断提高文化开放水平的语境下，需要正确理解文艺与市场的关系。文艺不能做市场的奴隶，但其价值的实现很大程度上离不开健全的市场，从艺术创作到艺术生产越来越成为一个不断延伸和拓展的产业链，随着每一环节上专业化水平的提高，艺术产业才能托起文艺发展的高地，有了文艺的繁荣才能使消费者有更多文化消费的自主选择。

在新形势下，面对复杂、个性化的市场需求，面对新科技融合，特别是通信技术、互联网技术及信息化的大数据处理与管理技术的融合发展，以及在这一基础上发生的文艺的跨界融合，使文艺与市场的关系及其内在规律、价值取向、标准、导向等愈加扑朔迷离，使很多问题处于相对模糊状态，处在说不清、理还乱的状态，亟须在理论研究及实践总结层面提升，进行系统化研究与创新。也就是说，不仅文艺需要批评，文艺市场更需要批评，通过批评机制，推动文艺市场沿着正确的方向，既规范又充满创造活力地发展。新媒体的横空出世和强势流行，使得人人都是艺术家成了现实，低门槛的现实语境极大地稀释了艺术的专业含量，使得艺术水准的降低成了全球性趋势。由于对趋势缺少认知，对规律缺乏把握能力，使得文艺与市场关系的研究显得尤为迫切。在健康理性的市场运作中，政府作用的发挥与市场灵验功能相一致。有学者指出：“不存在使市场在资源配置中起决定性作用的特殊规律。使市场在文化资源配置中起作定性作用，主体还是政府。就国家而言，它只是一项经济政策，旨在进一步解放社会生产力，把原来管得过多、统得过死的经济行为和经济活动，还给其他市场主体，改善和调节政府作为经济主体和市场主体在整个经济行为和经济活动中和其他经济主体与市场主体的关系，从而进一步实现社会资源配置的效益最大化。因此，必须特别重视政府在对市场行为过程中的巨大干预作用和影响力。”[①]在文艺创作领域，政府干预和对文艺发展的价值引导不能脱离市场和大众，但不能把权力浸入微观的文艺创作领域，而是给予其一定的自由创作空间；发挥市场作用也不是把市场机制渗入一切文艺创作中唯利是图，而是通过合力在市场条件下建立对文艺创作（高雅艺术）的对位性保护机制。说到底，需要在文艺与市场之间建立一个健全文艺生态的保护性的缓冲区，有利于润泽和孵化艺术生产力，激励艺术的精品追求。

三、在文艺创作和市场运作之间建立隔离带和保护区

习近平总书记《在文艺工作座谈会上的讲话》的精神与其治国理政的文化逻辑相一致，体现了总书记对伟大艺术的召唤和期待，从中深刻阐发了在文艺创作与社会化大生产融汇互动的市场条件下，文艺应成为市场的主人，也就是自己的主人。市场条件下，文艺不能做市场的奴隶，但也不能成为市场的“敌人”，事实上没有受众的作品很难成为好作品，只是当下的受众更多地是文化市场中的消费者，市场接受度与积极反应已成为艺术价值生成的重要参照系。文艺不能做市场的奴隶，更不能做政治的附庸，文艺只有在独立自主的创作空间和自由想象力的飞翔中才能为中华民族的伟大复兴提供助跑的动力，进而在文艺经典的建构中张扬中华民族的个性和审美底蕴。市场的多样化存在和大众选择的自主性符合文艺发展规律，没有市场的作品很难成为艺术精品，市场给大众提供更多的选择，也使文艺创作者有信心做自己喜欢的事，而不是所有人都做同一件事。就资源配置而言，通常有行政化的计划配置和分散化的市场配置两种方式。计划配置资源必然使主体在自由运用其诸认识能力方面产生依附

① 胡惠林：《论政府与文化市场的关系》，《长白学刊》2014 年第 3 期。

性，而不利于创作的独立性；分散化配置资源因要面对多个主体，就会在有所选择中增强自主性，导致在艺术的专业性上下功夫，从而有利于艺术质量和艺术性追求的提升。因此，谨防艺术创作主体沦为市场的奴隶，就必须健全现代文化市场体系，发挥市场配置资源的积极作用，完善市场条件下高雅艺术的对位性保护机制。所谓市场的好、坏，其实是“市场失灵”问题。主要是转型过程中因有限性开放市场导致价格扭曲，“三俗”产品的出现是市场短缺的反应，反映了市场供需的不平衡。在没有丰富产品和良好产品的有效供给下，短缺必然使有些人选择“三俗”产品，这是很自然的市场反应。只有更多好产品供消费者选择，市场本身的向好机制就会驱逐坏的“三俗”产品。

市场作为交易（交换、传播）的平台，它本身有着趋利的动力机制，必须有一定数量的批量化生产来满足大众的需求，才能实现营利的目标诉求。这就必须把艺术创作的成果经孵化转化为市场上的商品，其路径是市场化的产业运作。文化市场的特性必然趋于把艺术个性拉向扁平化，从而在价值上趋向一种“平均”（大众化），这虽然削弱了艺术创作的个性化，但市场的规模化、集中化又使艺术的价值和影响力不断放大，为大多数人所消费，从而实现“以文化人”的教化功能。当前，在深化文艺院团改革中，为了降低艺术创作成本和扩大艺术的社会影响力，正在比照电影院线模式，建构文艺剧场联盟机制，以推动舞台艺术的社会化生产，来满足大众的文艺消费需求，尽力使艺术创作与文化市场保持平衡，就是一种有价值的尝试。同时，市场还追求一种多元性的艺术存在，它允许探索与实验。因此，不能误读扭曲市场的逐利行为，使文艺沦为市场的奴隶。艺术发展要求艺术创作追求个性化，即使如舞台艺术、影视艺术等综合性艺术形式虽是集体创作，也要有审美个性的追求，以体现主创者的艺术理念和艺术追求。

研究文艺与市场的关系的实质是探讨市场条件下如何产生伟大艺术家和艺术作品。市场条件下的文艺创作遵循什么样的文化逻辑和体现什么样的价值追求？实现目标诉求的机制是什么？归结到根本点是如何处理好艺术创作的个性化追求与文化市场的社会化大生产之间的矛盾。在文艺与市场关系的框架中，使文艺创作的个性化追求与文化生产的社会化相协调，既保持文艺的艺术水准和卓越性的价值追求，又能生产出为大多数人所接受从而产生社会影响力的产品，就必须尊重文艺发展规律，建构市场条件下对高雅艺术对位性的保护机制。其实，从文艺创作到市场流行之间存在着“断崖式”的中间地带，其中的“惊险一跳”能否成功取决于多方面条件。因此，从高雅艺术追求的小圈子到大众文化的市场消费的中间地带要有保护性隔离带，即建立市场条件下高雅艺术的对位性保护机制。通过建立隔离带和保护区及其对位性保护机制，保护高雅艺术创作的独立性、自主性不受市场侵蚀，在文艺生态健全中孵化和解放文化生产力。

多年来的文化体制改革教训和文化产业发展实践表明，商业价值取向的大众文化与艺术价值取向的高雅文化有着不同的运作方式和发挥作用的领域，二者之间存在一定的界域，对此的忽略或有意忽视，是误读市场滋生文艺乱象的根本原因，也是文化体制改革没有根本理顺关系的明证。商业性的娱乐文化即当下流行的大众文化不仅有其广泛的受众，且还披着文化普遍性的外衣，因而大众文化要稀释或淡化民族性、地域性特色，追求一种价值的普适性和表达方式的可通约性，以尽可能俘获更多的消费者，可见它有着自身的发展规律和发挥作用的界域，其生产与传播主要体现市场效益的商业价值取向，在经济效益的追求中使主流价值观传播最大化，从而实现经济效益与社会效益的统一；有别于大众文化的高雅文艺的繁荣虽然离不开市场，但其创作不应直接面向市场，它不同于大众文化的普遍性诉求而是张扬个性化审美色彩，“越是民族的越是世界的”是其艺术卓越性的体现，它以追求一种超越性的艺术价值为目标，体现文艺创作的独立性和自主性，从而在其创作中蕴含着一个民族的文化独创性和创造力，这种艺术追求体现了一个国家艺术创造的整体实力，和形成艺术高峰的可能性。针对二者之间存在的“缓冲带”，应建构一个社会性的艺术保护区（文艺生态涵养区），完善市场条件下对高雅艺术创作的保护性机制，是形成全社会文艺繁荣发展的关键。市场条件下保护区和保护机制的建构，不是把高雅艺术创作置于不接地气的真空中，更不是把高雅艺术创作隔离在静态的博物馆中，而是在相互贯通和关系顺畅中实现二者的有机转换和互动。这样既可以满足大众欣赏和消费较高艺术水准的"高原"之作，也能够创造条件和机遇在"高原"之上形成"高峰"之作。唯此，才能真正抓住习近平总书记期望的何以当前有"高原"没"高峰"的症结点，随着症结点的破解，既会迎来文艺市场的繁荣，也会催生艺术创作勇攀高峰。伟大的艺术当然承载世界共同价值或体现社会主流价值追求，但在文艺表现形式或艺术表达上必然有其个性化张扬，从而在艺术价值追求上体现了最大限度的文化包容性。针对有"高原"没"高峰"的现状，那些类似以所谓"主流加市场"的建议其实没有真正把准脉，依旧是在问题外面打转。

市场逻辑使文艺生产有可能沦为市场逐利的奴隶，为此要建立"保护区"机制，不能把什么都交给商业机构或企业进行市场化运作。因为在市场运作中，资本（投资人）、运营商（发行商、院线经理人）等拥有话语权，艺术家在其中的话语权很少，很难对一个产品运作有自主权。在文艺与市场的平衡机制中，有竞争力的作品（包括有市场号召力的题材）可以直接交给市场进行商业运作和产业发展，塑造成文化产业的拳头产品；而那些创新性、实验性、另类价值追求的精英化创作，要通过"保护区"中的文化非营利组织进行艺术培育和商业孵化，在产品成熟并受到受众喜爱之后再交给市场。这样，既杜绝商业机构的市场逐利行为对艺术个性化创作的伤害，又防止因没有市场效益使企业难以可持续而中断艺术生产力的培育。所谓两个效益的统一，不是空话和套话，而是要有现实保障机制来落实。个性化的高雅艺术创作不能直接在市场上进行社会化生产，正是对此规律和认知的肤浅理解或误读，使得文艺在当前即使处于文化发展最好的时期，也只有"高原"而没"高峰"。中间的保护带一手托着艺术创作的个性化追求，一手托着文艺生产的社会化及其文化产业发展诉求，这是当前文艺生产要遵循的规律。它自身的机制是否健全？其文化生态是否良好？整个运行环境是否顺畅？从根本上决定着一个国家和民族的艺术理想及其卓越性价值追求，也关乎一个国家和民族的文化生产力水平。在高雅艺术创作领域，它可以追求创新、实验、多元甚至另类等艺术价值，体现越是民族的越是世界的追求，这是商业化的文化企业不愿也无力持续担当的；而在文化产业领域，商业性的大众娱乐文化追求的是大众化、平面化，为满足大众的消费需求它往往要稀释民族的或地域的特殊性，传播为社会普遍接受的大众价值观，这与艺术的卓越性追求遵循两种逻辑。中间的隔离带通常由文化非营利机构和公益性机构发挥调节功能，旨在健全良好的文化生态系统，既培育文化艺术的创造活力，又实现了文艺的自主性、独立性和民主化追求。因此，保障机制需要理清政府与市场和文艺的边界，维护文艺发展的独立性、公共性、自治性，以激发全民族的文化创造活力，从而夯实伟大艺术“高峰”之作生成的基础！

我们着重提出在文艺发展中建立“隔离带”“保护区”，和市场条件下高雅艺术创作的对位性保护机制，是针对当前文化体制改革走在途中的现状进行的制度设计，旨在通过大量培育文化非营利组织实现体制机制创新，为伟大艺术“高峰”之作的出现奠定基础。在实践中，为了应对改革的“一刀切”政策和鸿沟式的“分类改革”，很多省市文艺院团（包括一些研究所、期刊社等）为完成改革任务，不得已以“非遗保护”的名义成立非遗传承院，重新纳入事业单位，这是院团改革中的尴尬和无奈。因为在既没有积累（原有的事业体制仅有办公经费）、面临人才断档（老人出不去、新人进不来）、场地和办公设备老化（缺乏好剧本和设备更新技术升级），尤其在没有培育市场的情形下，把它们全部推向市场，只能死路一条。如果以非营利机构来登记，既可以享受政府补贴（公共资金的扶持、国家艺术基金会），又可以享受社会机构、个人的捐赠与企业的赞助，还可以获得减免税政策扶持（这一点对非营利组织发展太重要了），版权保护的法律支撑和投融资政策的支持，从而使其走上良性发展之路。非营利不是不要市场，而是不能谋私利（用来私人分配），其收益用于文化单位的积累和发展。这样，文艺院团就有一定的预算保障，可以安心生产（打磨剧本、排新戏、实验新剧目、开发周边和衍生产品等）——而不是为生存奔波，甚至为迎合市场上演低俗剧。没有生存之忧，就可以创作生产一些高品质的文艺产品，去追求文艺的卓越性，在产品成熟有一定的受众认可度后，再完全转化为商品，由精英文化演变为流行的商业性大众文化，作为文化产业体系中的商品在市场上赚钱，并在市场上提升大众的消费品位；同样，一些市场化的大众文化商品，经过市场不断检验和修改提升，也会成为文化精品甚至积淀为文化经典，如《大河之舞》《猫》等，作为公共产品进入公共文化服务体系为全民所共享。因此，文化企业不仅可以在经济上反哺文化事业，还可以通过政府购买服务以公共产品服务大众。可见，隔离带和保护区以及保护机制的建构不但激活了文化发展的创造力源泉，即文化非营利组织以其艺术创作、创意创新意识以及消费者的培育，为文化产业提供可持续发展的支撑性基础；还可以把流行的大众文化积淀为公共性的文化资源，使文化市场和文化产业发展成为当今时代文化积累和传承的一种主导方式，在文艺市场的繁荣中夯实了伟大艺术高峰形成的基础。

习近平总书记关于文艺与市场的关系的论述，尤其是要求“文艺不能当市场的奴隶”的思想，是新时代对马克思主义文艺理论的最新发展，具有突破性的理论贡献。充分认识市场与文艺的复杂性，并非对立而是相互促进关系。文艺不能臣服于市场，为了金钱牺牲文艺品质，丧失文艺的审美理想；也不能脱离市场，失去受众的支撑和市场激励，一味追求所谓的无关现实痛痒的“纯粹审美”、进行无意义的形式实验，忘却了民生疾苦和人民需要文艺的社会功能。习近平总书记《在文艺工作座谈会上的讲话》从文艺作品的理想形态出发批评了目前文艺领域存在的诸多问题，但这并非要将文艺发展置于政治的附庸之下，代之以行政命令，使文艺不食人间烟火；而是在健全市场经济体系的背景下，思考市场如何更好地促进文艺创作，使市场能够有效地发挥对艺术生产的调节作用，从而引导文艺更好地适应市场逻辑，规避市场因缺乏必要监管而可能给文艺带来的负面影响，在健全文化秩序中不断涌现文艺精品。文艺发展需要调动全社会的力量，需要激发市场活力，激活民众的文化创造力，更要建立有效的艺术保护机制。文艺创作保护机制的形成需要打破条条框框，这有赖于政府文化管理部门、社会力量与文艺创作者的积极互动与担当，通过机制的完善共同激发文艺创作活力，培育市场经济时代中国文艺的先进生产力，不断创造伟大艺术生成的条件。这是一场伟大的攻坚战，需要很多有开创精神、富于担当精神的人参与，形成全社会的合力，以艺术高峰的到来吹响中华民族伟大复兴的号角。

彰显马克思主义文论当代性的三个维度

党的十九大报告作出了中国特色社会主义发展进入新时代的重大判断，所谓新时代不单是一个时间概念和历史判断，更是一个价值判断和政治判断，它指向的是中国“强起来”的目标诉求。以民族复兴为目标的中国崛起是一种文明型崛起，它超越了世界史进程中通常大国崛起“国强必霸”的逻辑，旨在以“和平与发展”的世界共同价值构建人类命运共同体，以一种超越性的新的发展观、文化观、文明观为人类社会和世界文明进步作更多贡献。相应地在新的历史方位上中国马克思主义文论研究也进入新时代，它要以自身的发展扎根于现代化强国建设实践中，以马克思主义的真理性力量，在迎接挑战中助力中国精神的昂扬、文化的兴盛，以理论的创新和思想的创造增强中华文化在世界的感召力。新时代深化马克思主义文论研究必须以问题意识为导向，紧紧抓住时代及其主要矛盾变化，基于中国经验使理论自信充分彰显，以创新意识契合国家需求，积极发展21世纪的中国马克思主义，为中华民族伟大复兴提供精神思想支撑。时代是思想之母，问题是时代的声音，只有紧紧抓住时代，充分彰显当代性，善于聆听时代的声音，21世纪中国马克思主义才能展现出更强大、更有说服力的真理力量！习近平新时代中国特色社会主义思想就是在回答时代之问中发展了马克思主义，是马克思主义中国化的最新成果。作为其重要组成部分的习近平总书记关于文艺的重要论述，是21世纪中国马克思主义文论的新形态，是中国文艺发展道路的指南。马克思主义文论的当代性是指以马克思主义理论和习近平总书记关于文艺重要论述为基本遵循，深刻观照新时代文艺发展趋势，洞察数字化技术以及融媒体语境、文化市场与文化产业对文艺生成和文艺批评及其理论研究的深刻影响，以信息文明时代的文艺生产、传播与消费为研究对象，在时代与文化生产方式转变中探讨当代形态的文艺特点和使命担当，探究文艺精品涌现与勇攀艺术高峰的生成机制和主体能力。有别于马克思主义经典文论的辉煌，当代马克思主义文论研究的气象与气魄亟须提升，要从研究的平面化与过多的解读性描述中深入下去，积极回应波澜壮阔、风起云涌的现实及重大时代之问。诚然，描述与评述对马克思主义文论固然有意义，但与当前火热的理论创造毕竟差距不少，也缺失马克思主义文论应有的理论勇气与批评锐气。如何深化马克思主义文论？本文主要以习近平总书记关于文艺的重要论述为指南，聚焦于如何彰显当代性的维度，在占有丰富资料的前提下，尝试从问题意识、理论自觉和国家需求三个维度为问题导向展开思考，以求教于学术方家。

一、以问题意识彰显马克思主义文论的当代性

习近平总书记在纪念马克思诞辰200周年大会的讲话中指出，两个世纪过去了，人类社会发生了巨大而深刻的变化，但马克思的名字依然在世界各地受到人们的尊敬，马克思的学说依然闪烁着耀眼的真理光芒！这种理论学说最终升华为马克思主义的根本原因，是马克思对所处的时代和世界的深入考察，是马克思对人类社会发展规律的深刻把握。马克思的思想理论源于那个时代又超越了那个时代，既是那个时代精神的精华又是整个人类精神的精华。可以说，时代性是马克思主义闪耀真理性光芒的特征，问题意识是时代性充分彰显的关键！

何谓当代性？一个人生活在当下，被裹挟在时代潮流中未必就有当代性。作为一个当代人，必须理解置身其中的时代，在时代的氤氲中深刻把握“当代性”。究其价值意味而言，当代性不是单纯的时间和历史的判断，当下之“当

前”不单是线性时间的过去延续和未来开启，它更有着涌现的现在之时间的主动集聚的意味（如海德格尔的“向死而生”），即“当代性”之生成有着与时代精神的深刻关联。因而，当代性（contemprary）不仅指我们的知识范式和思想体系不可避免地带有时代的痕迹，其思考无一不是对时代所提出的问题的回应，还意味着对当下时代的一种超越，甚至有一种指向未来的价值意味。就此，阿甘本在《什么是当代?》一文中明确指出：“当代性就是一种与自己时代的独特关系，这种关系既依附于时代，又与其保持距离。更准确地说，与当前时代的关系，正是通过与之脱节，与之发生时代错位，而依附于这个时代。那些与这个时代完全保持一致，在各个方面都完全循规蹈矩的人，并不是当代人，这正是因为他们并不打算看清时代，他们没有能力牢牢把握住他们所看到的东西。”① 由此可见，正是在意识中保持一定距离洞悉现在前瞻未来，才能真正把握“当代性”。马克思主义文艺理论的奥秘就在于充分彰显“当代性”，因其真正倾听了时代的声音，故而能够紧紧抓住时代。马克思主义文艺经典理论通过洞悉资本主义条件下人的异化的现实，批判了资本主义对文学艺术及人性的扭曲，全面探讨了人的本质、审美自由、美的规律、意识形态、审美形式、艺术生产等问题，在全面分析批判资本主义条件下深入文艺的肌理，把对文艺的深刻理解置于政治经济学框架中，阐明了人的自由与解放的时代主题，由此成就了马克思主义文论的经典性。马克思主义文论生成伊始就处于文艺理论发展史的“高格”，成为不断启迪后人和理论创新源头的“经典”，不外乎有三个原因：一是经典理论的生成与时代语境紧密结合，倾听并发出了时代的声音；二是经典理论所蕴含的普遍性追求与作家作品的具体实际相结合，使理论阐发不落入空谈，在作品分析阐释的“及物”中与作家对话，是一种扎根文学肌理的批评；三是基于哲学社会学形而上思考的文艺理论的创新驱动，契合了理论逻辑的升华，是一种理论思考的创造性结果。这种感性表达的理性品格始

① 转引自蓝江：《直面当下与面向未来——论国外马克思主义的当代性范式》，《内蒙古师范大学学报》2017 年第 3 期。

终蕴蓄于马克思主义文论发展中，任何有创造性的理论生成无一不秉承了这种气质。后来列宁关于文艺的论述、法兰克福学派、阿尔都塞、伯明翰学派、毛泽东文艺思想等无一不是扎根时代历史语境，以理论的创造性彰显“当代性”。同样，马克思主义文论中国化的进一步发展，也不能是理论的空转和简单的诠释解读，而要以问题意识为导向。就此谭好哲提出“马克思主义问题性”的观点，认为“认真思考和分析当代文艺所处的具体历史语境及其时代特征，由现实的历史语境和独特的时代特征中提炼出自己的理论问题，并借此对当代文艺实践做出马克思主义的阐释和评判，是当代马克思主义文艺理论研究应该承担、无所逃避的一项时代任务”。① 这已成为学界共识。段吉方认为：“对马克思主义经典文艺思想中国化的探究，必须首先回到它的特殊的历史语境中，单纯从艺术性和审美视角的把握是不全面的，也是不深刻的。”② 只有强化问题意识，在理论创造中接续这种直扑真理、直面现实的艺术之思的能力，才能焕发马克思主义文论饱满的生命力，在文艺理论研究中占据名副其实的指导地位。

追问理论研究的“当代性”，只有站在历史的高度，以一种历史性来把握“当代性”意义，才能明白它对于我们意味着什么，这就是在理论研究者面前敞开一道新的历史视阈。历史是一种传承，更是一种创造，所谓“当代性”就是在理论创造、理论阐释中深刻把握时代特质。今天，中国特色社会主义发展进入新的历史方位，要求我们必须重新审视世界与中国的关系，权力结构体的变化，国际文化秩序的重构，以及对既有世界文明的超越和人类文明的跃升，由此指向一种新的世界史观，一种有别于欧美的线性历史观，一种世界历史复线结构或者复数现代性的“中国时刻”的开启。这是一种“历史观”的理论自觉，更是一种文化地位的凸显和文化自信的彰显，同时也是一种使命的担当和文化的自省意识，马克思主义文论就是在这种历史意识中承担时代使命。中华民族的伟大复兴，既赓续了中华优秀传统文化，又要为人类文明作更多贡献，因而

① 谭好哲：《马克思主义问题性与文艺理论创新》，《文学评论》2013 年第 5 期。

② 段吉方：《从经典形态到当代发展——近年来马克思主义经典文艺思想中国化当代化研究路径》，《文艺争鸣》2018 年第 7 期。

中国的现代化不是回归过去的“辉煌”和复写欧美的现代性，而是在“世界共在”的“人类命运共同体”构建中创造创新发展，其意义不唯当下，也是指向未来的。这就是马克思主义文论研究境遇的当代视野，是在世界情怀中关注当下、关注中国的文艺现实，以问题意识彰显马克思主义文论的当代性。

什么是马克思主义文论研究的“当代性”？就时代价值指向而言，文明型崛起的社会主义文化强国是我们的诉求，它需要中国文论的理论担当，需要中国文论基于“中国经验”的理论阐释和话语体系建构，需要中国文论与外国文论的平等对话——各美其美、美美与共，从而在文学理论的交流互鉴中彰显马克思主义文论的当代性。习近平总书记强调“要按照立足中国、借鉴国外，挖掘历史、把握当代，关怀人类、面向未来的思路，着力构建中国特色哲学社会科学，在指导思想、学科体系、学术体系、话语体系等方面充分体现中国特色、中国风格、中国气派”①，这一要求是当代文论话语体系建构的指南。在当下的历史文化语境中，马克思主义文论发展要把握好“变”与“不变”以及“转变”之间的关系。所谓“变”是指要俯身倾听时代的声音，以问题导向敏感于时代语境的变化；“不变”是指坚守艺术的本体和文学性，守护艺术的核心价值及其人文情怀；“转变”是指理论建构的视角、路径和研究范式不能僵化，要在契合时代特征中回应现实挑战。在洞察时代文艺问题基础上，文艺理论研究范式的转换旨在形成一种文明型崛起下的大文化视野和融通性思维，既要走出文艺发展的自足性小圈子，增强使命担当意识；又要在大文化视野中坚守艺术的本体论价值，为中国文化产业发展注入艺术的灵魂和审美品位。

进入新的历史方位，中国正在走近世界舞台中央，中国的崛起和民族复兴是新时代影响世界格局的重大问题。文艺发展和文艺理论建设要担负时代的使命，使时代的气象和特色不断彰显，因此，新时代深化马克思主义文论研究要以问题意识为导向，在回应时代之问中使理论接地气顺民意，这是中国马克思主义文论发展遵循的原则。一代有一代之文学，同样，一代也有一代之文艺理

---

① 习近平：《在哲学社会科学工作座谈会上的讲话》，人民出版社2016年版，第15页。

论。新时代马克思主义文论的发展一定要抓住时代，这是一个人民追求美好生活的时代，一个文化自信不断彰显的时代，一个需要文艺助力文化繁荣兴盛的时代。一个时代的重大问题必然会反映在社会主要矛盾变化上，所谓问题意识就是紧紧围绕社会主要矛盾变化来思考。新时代中国社会的主要矛盾转化为“人民日益增长的美好生活需要和不平衡不充分的发展之间的矛盾”，这要在“理论转场”中成为新时代马克思主义文论研究深化的切入点。马克思主义理论关注的时代重大问题，马克思主义文论要以“理论转场”的方式作出回应。张政文指出：“理论转场是马克思主义成为马克思主义文艺理论的合理性所在，马克思主义文艺理论的理论生命力和思想引领力就是源自马克思主义合理性的理论转场。”①只有成功转场马克思主义文论才能在深入问题的肌理中思考，把人民的需求以艺术及其批评的方式反映出来，坚守以人民为中心的创作导向，讴歌真正的时代英雄，在神州大地上和火热的人民生活中书写时代的辉煌。当代文艺要有书写新时代的能力，文论发展要能充分阐释这个时代，有效言说这个时代，积极建构新时代的文论话语体系。

只有坚持问题导向，才能成功实现马克思主义文论的转场。如精准扶贫是当前社会普遍关注的问题，是中国共产党对全面建成小康社会“一个也不能少”的庄严承诺，是新时代重大问题之一。文艺不能做旁观者，必须积极回应时代之问，当代文坛如四川省作协推出文学创作重点工程，出版了系列精品力作，马平的《高腔》、章泥的《迎风山上的告别》等，都是“深情书写脱贫攻坚伟大实践，激情唱响乡村振兴时代新声”的优秀作品。作为对时代问题的回应，马克思主义文论不能失声，要在历史大势、时代之问和艺术精品的卓越性追求中做出价值引领和倡导，提出“精准扶贫文艺何为”，激励艺术家在直面人民史诗般的实践中书写中华民族新史诗，使艺术的想象力和审美追求积淀为新时代的精神动力。追求美好生活是时代主题，更是人民的心声，文艺如何倾

---

① 张政文：《当前形势下中国马克思主义文艺理论研究存在的问题及其对策——中国社会科学院大学张政文教授访谈录》，《全国马列文艺论著研究会通讯》2018 年 10 月（总第五期），第 2 页。

听这种心声，是艺术把握和理论思考的问题意识。近年来，基于市场发展起来的网络文学、青春畅销书写作、文学IP的影视改编以及网络游戏（如流行的“王者荣耀”）、火爆的博物馆文创产品的“吸粉”等当代文艺发展方式，已成为当代文化积累、保护、开发和利用文化资源的现代手段，对健全当代文艺生态产生实质性影响，也深刻影响了当代文艺理论研究和批评范式；此外，反腐题材的文艺创作和加强党的自身建设等问题，都对当下的文艺批评何为提出挑战，如何以美学的历史的艺术的人民的文艺批评发挥文艺的社会功能？市场经济条件下，如何为人民提供更丰富的高质量的文化产品？使文艺成为人的自由全面发展的重要人生向度，成为满足人民对美好生活需求的重要内容。既要健全现代文化市场体系，在机制上使文艺不能沦为市场的奴隶，在为什么人上不发生偏差，激励艺术家在艺术形式和表现形态创新中有着求道的自觉；又要在引领大众享受文化消费的身心愉悦中发挥文艺的导向作用，不断提升人的精神境界，向人的自由全面发展趋近，从而增强当代中国人的文化自信，展现新时代中国人奋进有为的精神风貌。只有把这些现实问题内化为文艺理论，并作出马克思主义文论的积极回应，才是成功的“理论转场”。文艺如何表现和增强人民对美好生活的需求，是新时代马克思主义文论创新的问题导向。唯此，要立足时代价值观念的变迁、人民的情感诉求与心灵的渴望，在对时代问题的回应中发出人民的心声。以问题导向深化马克思主义文论研究，将对学术体系和话语体系建构中的知识结构、思维方式、审美感觉、话语表达、批评范式等提出要求，进而在知识更新和理论创造中使马克思主义文论闪现出真理力量。

抓住时代是指文艺能够直面时代重大问题，在对问题的回应中彰显出强大生命力。所谓问题意识，其实是社会现实及其主要矛盾的理论反映，理论创新其实就是发现问题、研究问题和解决问题的过程。马克思指出：“问题就是公开的、无畏的、左右一切个人的时代声音。问题就是时代的口号，是它表现自己精神状态的最实际的呼声。”①只有聆听时代的声音，回应时代的呼唤，认真

① 《马克思恩格斯全集》第40卷，人民出版社1982年版，第289—290页。

研究解决重大而紧迫的问题，才能真正把握住历史脉络、找到发展规律，继而推动理论创新。人是文艺的对象，更是马克思主义文论“人民性”彰显的逻辑起点。马克思主义文论创新既要弘扬马克思对人的自由本性的追求，充分肯定“完整的人”、人的理想形态，是比感性的现实的人更高、更真实的存在这一矢志不渝的追求目标，以及对人的全面自由发展的价值祈向。新时代随着社会生产力的发展和社会文明程度的提高，促使人性的丰富与新时代美好生活的需求相契合，经由信息文明对劳动结构的改善和成果的分配机制扬弃奴役人的异化状态，培养社会主义新人，从而有可能探索出一种使人实现完整存在的发展道路。马克思在《1844 年经济学哲学手稿》中指出：“共产主义是对私有财产即人的自我异化的积极扬弃，因而是通过人并且为了人而对人的本质的真正占有；因此，它是人向自身、也就是向社会的即合乎人性的人的复归，这种复归是完全的复归，是自觉实现并在以往发展的全部财富的范围内实现的复归。”①在本质规定上，社会性使人成为人，人是现实的、单个的社会存在物，但人也是总体，即“人以一种全面的方式，就是说，作为一个完整的人，占有自己的全面的本质”②。新时代文艺对美好生活的关注要以人为中心展开，着力激发人对境界价值祈向的能力，在改造社会结构中改善人的精神性状。文艺作为人的精神性的感性生活活动，是人的本质力量的对象化，人的本质力量的一部分通过文艺创造和欣赏使之展现和外化出来，现实的感性的人是文艺的出发点、枢纽点和归宿点，文艺是作为主体的人的能动的创造，是塑造“丰富的人”“完整的人”的重要途径。说到底，美好的生活就是每一个人自由全面发展的生活，是全面实现人的能力并能够自主表达的生活。它需要在批判社会阴暗面和不公中激发美好、追求光明，不同于席勒把自由的实现寄望于审美游戏，马克思所属望的是社会实践，立足于实践的马克思主义不仅致力于科学“解释世界”，还致力于积极“改变世界”。因此，马克思主义文论特别关心美好生活的政治

① 马克思：《1844 年经济学哲学手稿》，人民出版社 2014 年版，第 77—78 页。

② 马克思：《1844 年经济学哲学手稿》，人民出版社 2014 年版，第 81 页。

决定因素，把审美渗透于马克思主义的政治经济学范畴。这一思想作为马克思主义中国化的最新成果，同样见之于习近平新时代中国特色社会主义思想指引下的文化强国建设实践，日益显现于高质量发展的文化与经济的融合。“在自由联合中全面发展的自由个性”是人的一种理想存在，是现实中的人的祈向目标，随着生产力水平和社会文明程度的提高，人在克服异化状态中向人的本质回归，就是对人的感觉的解放，使感觉成为“人的感觉”，即“眼睛成为人的眼睛”“耳朵成为人的耳朵”，使人的需要和欲望扬弃动物性本能，以审美重塑人的感觉，因此审美有着社会性力量支撑，这是文艺的社会功能显现。在直面时代问题中以人性的丰富促使感觉经由实践直接变成理论家，人的自由全面发展就有了可能，这是新时代马克思主义文论的使命。在马克思看来，生产力和人类能力的发展最终是同义的，它能够促进人性的丰富，劳动结构的变化、社会文明程度的提高，不断健全人的本质，使人的感觉和精神全面占有自己，“只有当对象对人来说成为人的对象或者说成为对象性的人的时候，人才不致在自己的对象中丧失自身”①。作为人类社会追求的一种理想境界，“这种共产主义，作为完成了的自然主义，等于人道主义，而作为完成了的人道主义，等于自然主义，它是人和自然界之间、人和人之间的矛盾的真正解决，是存在和本质、对象化和自我确证、自由和必然、个体和类之间的斗争的真正解决”。② 因而，新时代艺术和审美的价值引领与社会生产力发展之间是一种正向促进关系，它显现于文化产业日益成为国民经济支柱产业。可见，新时代的艺术和审美不单纯是一种否定性的，更不是对现实生活的逃避，而是内在于社会生活本身的一种价值引导，契合了技艺、劳动在本性上原本就有的形而上审美价值指向。这种属人的感性的丰富是对人的片面发展和感官功能抽象化的扬弃，它指向的是人生审美化的实践，是恩格斯所说“文化上的每一个进步，都是迈向自由的一步”③ 的体现，是习近平总书记指出的“人类社会每一次跃进，人类文明每一次升华，无不伴

① 马克思：《1844 年经济学哲学手稿》，人民出版社 2014 年版，第 83 页。

② 马克思：《1844 年经济学哲学手稿》，人民出版社 2014 年版，第 78 页。

③ 《马克思恩格斯选集》第 3 卷，人民出版社 1995 年版，第 456 页。

随着文化的历史性进步”。① 这是新时代马克思主义文论的价值追求。新时代，中国人民的生活，如马克思所说：“那由于劳动而变得坚实的形象向我们放射出人类崇高精神之光。”②“只是由于人的本质客观地展开的丰富性，主体的、人的感性的丰富性，如有音乐感的耳朵、能感受形式美的眼睛，总之，那些能成为人的享受的感觉，即确证自己是人的本质力量的感觉，才一部分发展起来，一部分产生出来。因为，不仅五官感觉、实践感觉（意志、爱等等），一句话，人的感觉、感觉的人性，都是由于它的对象的存在，由于人化的自然界，才产生出来的。五官感觉的形成是迄今为止全部世界历史的产物。”③ 马克思主义文论的价值在人的本质力量的丰富中得以彰显，在新时代网络原住民的数字化生存中格外凸显，在有效回应现实中得到发展。一定意义上，审美和实践是一个不可分割的整体，它们统一于感性现实，而指向审美目的本身，即人的本质力量的愉悦显现。对马克思来说，人类丰富性的展开贴近于社会生产力的提高，即生产力的最高发展也是“个体最丰富的发展”。这是人民对美好生活追求的哲学基础，也是马克思主义文论有效言说现实的理论依据。对时代问题的深刻理解和有效阐释，是新时代马克思主义文论彰显当代性的一个维度。

二、以理论自觉彰显马克思主义文论的当代性

马克思主义之所以能够始终站在时代前沿，不断回应人类社会面临的新挑战，理论自觉是其基本品格。鲜明的理论自觉决定了马克思主义的开放性，并在实践中与时俱进地推动自身的丰富。因而，一部马克思主义发展史就是马克思、恩格斯及其后继者们不断根据时代、实践、认识而丰富和发展自身理论的

① 习近平：《在文艺工作座谈会上的讲话》，人民出版社 2015 年版，第 2 页。

② 马克思《1844 年经济学哲学手稿》，人民出版社 2014 年版，第 126 页。

③ 马克思：《1844 年经济学哲学手稿》，人民出版社 2014 年版，第 84 页。

历史，是不断吸收人类历史上一切优秀思想文化成果丰富自己的历史，是理论自觉的发展史。与之相应，马克思主义文论也是在回应时代挑战中不断进步的，就此而言理论自觉是马克思主义文论彰显当代性的一个维度。习近平总书记多次指出，理论自觉、文化自信，是一个民族进步的力量；价值先进、思想解放，是一个社会活力的来源。反观理论发展史，每一时期的理论都带有时代特点和印痕，而且会形成有时代精神的理论话语体系和标识性概念与关键词，这是理论成熟的时代表征。不论是西方文艺理论的古希腊时期，还是近代性质的康德美学与黑格尔美学，更遑论现代与后现代时期的诸多理论与后理论创造，无不如此。同样在中国古代随着魏晋时期“人的自觉”带来“文的自觉”，也形成了此后不同历史时期有鲜明时代特征和话语蕴藉的美学术语与文论核心词，流派纷呈的文艺理论相互辉映，才推动了中国文艺的繁荣。从国际经验上看，理论创新和创造是一个国家意识形态充满生机和活力的表征，其依托的恰是坚定的文化自信和文艺繁荣，由此激发了意识形态自信。文化自信是话语生产和话语创造的源泉，它使创造主体活力迸发，是理论话语体系和学术研究体系建构的基础。一个缺乏自信的国家不可能有充满解释力和文化影响力的理论话语创造，话语创造能力的缺失和理论原创性的匮乏，怎能以充满活力的理论话语创造表达和阐释国家意志与意识形态诉求？复制别人创造的话语与理论体系表达自己的思想主张会自信吗？文化自信的核心是价值观自信，一个国家的文化软实力，从根本上说，取决于核心价值观的生命力、凝聚力、感召力。“如果我们用西方资本主义价值体系来剪裁我们的实践，用西方资本主义评价体系来衡量我国发展，符合西方标准就行，不符合西方标准就是落后的陈旧的，就要批判、攻击，那后果不堪设想！最后要么就是跟在人家后面亦步亦趋，要么就是只有挨骂的份。”① 中国的理论一定要立足中国经验扎根中国实践，并把社会主义核心价值观贯穿其中，才能建构有中国特色与稳定根基的学术体系、学科体系和话语体系。“一个民族、一个人能不能把握自己，很大程度上取决于

① 习近平：《在全国党校工作会议上的讲话》，人民出版社 2016 年版，第 9 页。

道德价值。如果我们的人民不能坚持在我国大地上形成和发展起来的道德价值，而不加区分、盲目地成为西方道德价值的应声虫，那就真正要提出我们的国家和民族会不会失去自己的精神独立性的问题了。如果没有自己的精神独立性，那政治、思想、文化、制度等方面的独立性就会被釜底抽薪。”① 如果没有理论自觉，学术研究根本谈不上有话语权！话语权的安全不是源自话语本身，而是取决于思想包容度、价值普遍性、理论创造性、学术原创力，话语权能力的缺失，归根结底源自意识形态不自信，是对国家发展道路、社会制度和文化的不自信。因而，倡导理论担当，提升文艺理论话语权，必须坚定文化自信，既要立足优秀的中华传统文化，更要依托文明互鉴中的当代文化创造，特别是坚定社会主义核心价值观自信，由此方能形成有效应对和阐释中国问题、中国现象、中国经验的理论自信。

对于新时代马克思主义文论研究来讲，要着重强化理论自觉意识。习近平总书记指出：“这是一个需要理论而且一定能够产生理论的时代，这是一个需要思想而且一定能够产生思想的时代。我们不能辜负了这个时代。”② 事实上，中华人民共和国成立以来，中国的确走出了一条不同于西方却更加成功的现代化之路，中国的成功必然有着价值的感召和理论的普适性，这种价值和理论远未得到学界的充分阐释，未能建构相应的学术话语体系。对中国问题及其经验的有效解释，是当代中国学人对世界可能作出的最大贡献，只有真正解释中国，才能有效解释世界。中国的也是世界的，“中国学派”不是基于本土资源的文化部落主义式的自说自话，而是充分尊重人民的首创精神，从人民创造性的实践活动和丰富多彩的文化活动中汲取养分，在不断开放的国际学术交流话语场中张扬“中国性”，增强世界的也是中国的意识，以人类命运共同体的文化理念为“中国学派”的生成铸魂。中国马克思主义文论要有这种世界情怀，要有中华文化立场的“中国标准”及其气魄。虽然中国“软实力”不断提升，

① 习近平：《在省部级主要领导干部学习贯彻十八届三中全会精神全面深化改革专题研讨班上的讲话》，载《习近平关于全面深化改革论述摘编》，中央文献出版社 2014 年版，第 88 页。

② 习近平：《在哲学社会科学工作座谈会上的讲话》，人民出版社 2016 年版，第 8 页。

但在文化贸易尤其是核心文化产品贸易中仍有不小逆差，特别是在版权贸易中显现出的原创思想落差不是在缩小而是依然在扩大，这与中国文明型崛起的诉求很不匹配，从而愈加凸显了文化创新和理论创造的紧迫性。因此，习近平总书记提出，要让世界知道“学术中的中国”，打造、建构一套有高辨识性、核心标识的为世界普遍理解和认同的学术概念与话语体系，这方面马克思主义文论要有当仁不让的理论自觉。在国际文化秩序和话语权竞争中，中国当代文艺不仅要以精品创作生成民族文艺经典，还要为世界贡献特殊的“声响和色彩”，以文艺影响力参与国际秩序重构的文化基础。我们主张以理论自觉彰显新时代马克思主义文论的当代性，旨在强调文论话语体系的建构必须基于“中国问题”和“中国审美经验”，要有鲜明的中国文化主体性。新时代“强起来”的精神追求就内含了理论自觉，“当代中国的伟大社会变革，不是简单延续我国历史文化的母版，不是简单套用马克思主义经典作家设想的模板，不是其他国家社会主义实践的再版，也不是国外现代化发展的翻版，不可能找到现成的教科书”。① 不仅要在理论上说清楚中国的历史、现实国情，更要有明晰的未来指向。就文艺发展而言，习近平总书记一再强调，“不能套用西方理论来剪裁中国人的审美，更不能用简单的商业标准取代艺术标准，把文艺作品完全等同于普通商品”。② 尊重市场和文明互鉴，落实于文论领域，就是在中国文论话语关键词的提炼和标识性符号的建构中，既要看到中国文化、文艺和审美经验的独特性，又要关注其与西方文化（文艺和审美）的可通约性，这是理论自觉的逻辑起点，更是马克思主义文论的世界情怀。

实践表明，没有文化自信，不可能写出有骨气、有个性、有神采的作品；在理论建构上，没有文化自信就谈不上理论自觉，难以形成理论体系的核心要义。首先，理论自觉是指在中国文论和美学话语体系建构中，着重关注“中国文艺和审美现实”“中国艺术及其审美经验”，在以文艺的形式和理论的思维及

---

① 习近平：《在哲学社会科学工作座谈会上的讲话》，人民出版社 2016 年版，第 21 页。

② 习近平：《在文艺工作座谈会上的讲话》，人民出版社 2015 年版，第 29 页。

其审美理念书写现代化、城市化进程中，普通中国人的心理情感变化及其价值诉求，以“作为具体的而不是抽象的人民”的情感和生活作为主要书写和研究对象，观照中华民族的伟大复兴历程。天是世界的天，地是中国的地，只有眼睛向着人类最先进的方面注目，同时真诚直面当下中国人的生存现实，才能为人类文明提供中国经验，文艺才能说“中国话”，也能说“世界语”，而不是依附于强势话语后面充当爬虫，更不是坐井观天自说自话。其次，要在理论上明白，所谓世界文学乃是成熟的民族文学的复数形式，是多元文学话语的交流、交锋和竞争，是对人类“命运共同体”的文学展望，是对“世界共同价值”的普遍遵循和艺术表达，而不是某种同质化的文化霸权独步天下。只有理论上的清醒才能找到理论自觉的方向，究其底蕴，中华文化既是历史的、也是当代的，既是民族的、也是世界的。只有扎根脚下这块生于斯、长于斯的土地，文艺才能顺势接住地气、增加底气、灌注生气，在世界文化思潮相互激荡中站稳脚跟。只有坚持不忘本来、吸收外来、面向未来，在继承中转化，在学习中超越，才能建构出更多体现中华文化精髓、反映中国人审美追求、传播当代中国价值观念、又符合世界进步潮流，并张扬中国特色、中国风格、中国价值的学术话语体系。

一个时期以来，“强制阐释论”和“公共阐释论”拉开了文艺学界理论自觉的反思帷幕，随着文艺精品不断涌现、文化强国建设的深入，文化自信的根基越发坚实，文艺理论的自觉意识和自强意识不断凸显。不可否认，改革开放四十年文艺学取得很大成绩，但自身的理论不成系统，理论原创性仍有提升空间，马克思主义文论中国化的理论创造尚有不足。2018 年 6 月 1 日，著名文艺理论家、浙江大学王元骧先生应邀在山东大学文艺美学研究中心作“文学回头看——漫议改革开放四十年”的学术讲座时认为，我国文艺理论经过改革开放 40 年的发展，眼界大开，但成绩有限，原因是观念和方法上存在瓶颈 。①2018 年 8 月 3 日，在“第四届全国文艺评论骨干专题研讨班”上，中

① 《王元骧、杜书瀛漫议“改革开放四十年来的文学”》，2018 年 6 月 5 日，见 http://www.lit.sdu.edu.cn/info/1008/10492.htm。

国中外文艺理论学会会长、中国社会科学院文学研究所高建平研究员在题为《新时期、新世纪、新时代——改革开放40年与中国文论的三次转向》的学术报告中认为，我们今天的理论仍然存在许多缺点，在理论的系统性上不够，有一些新的观点，但还不成体系。① 谭好哲教授认为王元骧、高建平作为中国文论界老一代和中年一代的代表性学者，由他们的这些判断即可看到，对我国40年来文论话语体系建设成就不能估计过高甚至盲目乐观。② 一方面是改革开放四十年的沧桑巨变、国力蒸蒸日上，一方面是置身火热实践中理论创新对此的习焉不察，理论没有对重大时代之问作出应有的回应，其结果是理论创造滞后于实践发展。谭好哲教授指出："理论内容游离于中国当代文艺审美的现实实践之外，精神气质游离于民族文艺和文论的传统规律与特色之外，思想追求游离于马克思主义的科学理论和方法之外，中国文论主体性的确立，中国文论话语体系的建构，便将只会是一个美好的愿望，而不能成为可以期待的现实存在。"③ 理论一旦脱离现实，就会陷入不及物的主观臆想的无边泥淖中。马克思主义文论研究者必须倾听时代的声音，为当代中国文艺实践服务，增强理论自觉意识，这是马克思主义文艺理论彰显当代性的维度之一。

理论自觉要在坚守本位中找准话语体系建构的逻辑起点。也就是说，新时代的理论自觉要传承马克思主义文论的本质属性——人民性，高扬人民性是马克思主义文论的核心命意，人民是社会主义文艺实践和文艺评判的价值主体。马克思指出："人民历来就是什么样的作者'够资格'和什么样的作者'不够资格'的唯一判断者。"④ 事实上，马克思主义文论中国化始终坚持人民性立场，不仅通过"身入""情入"注重文艺大众化，还通过文化教育不断提升人民的文艺素养，努力追求"大众文艺"，随着新时代人民成为文艺的鉴赏者和评判

① 高建平：《改革开放四十年与中国文论的三次转向》，《中国文化报》2018年8月15日。

② 谭好哲：《内容结构、建构机制与身份认同——40年来中国文论话语体系建设的反思》，《湖北大学学报》2018年第6期。

③ 谭好哲：《内容结构、建构机制与身份认同——40年来中国文论话语体系建设的反思》，《湖北大学学报》2018年第6期。

④ 《马克思恩格斯全集》第1卷，人民出版社1995年版，第195—196页。

者，文艺精品化成为人民美好生活的需求。可以说，中国马克思主义文论研究一直坚持以人民性为导向，谨遵“树立为人民做学问的理想，尊重人民主体地位，聚焦人民实践创造，自觉把个人学术追求同国家和民族发展紧紧联系在一起，努力多出经得起实践、人民、历史检验的研究成果”。[①] 新时代中国马克思主义文论研究的深化，更要把根扎在“中国问题”意识、中国审美经验、中国理论创新的国家需求中，才能发展有引领性和指导地位的21世纪马克思主义的“中国文论形态”，为中国的高势能文化建设和精神强起来作贡献。

理论自觉还需明确身份意识，不是狭隘的文化部落主义的“夜郎自大”，要以世界眼光充分理解和阐释何谓“中国的”。不可否认，在文艺学界的主流理论、研究范式与评价尺度中，西方文论话语仍然强势，中国当代文论的“神经”往往被西方文论的话语逻辑所牵扯，起伏于西方文论的演变与裂变，这愈加凸显以马克思主义理论包括其最新中国化成果——习近平新时代中国特色社会主义思想为指导，构建新时代中国文艺理论学术体系的紧迫性和战略性。身份自觉是理论自觉的表征，理论建构需要清理地基，需要明晰何谓“中国的”。所谓“中国的”是对文艺或审美经验的“中国性”界定，是对一种基于中国立场的普遍性的特指，中国发展走出一条成功道路，中国文艺及其文论建构也必然有着自身的独特性表达和普遍性价值诉求。“中国性”不是作为“他者”存在，不是对西方强势学术话语的补充，而是“世界中的共在”，是多元共在中的一元，其根基就是文化自信，这是拥有学术话语权和理论自觉的基础。在互为主体的平等对话基础上，中国文艺学界要努力提出为学界共同认可和普遍接受的标识性概念和符号，以理论创造赢得学术尊严，把身份自觉落实到理论创造性上。理论追求本身蕴含了一种“身份”意识及其文化认同，是“学术中国”的自信表征。现在有些期刊倡导讲学术故事、学人故事，就体现了中国学术话语体系建构的自觉。艺术人类学强调艺术生成的社会语境，对普遍理论持有一种

① 习近平：《在哲学社会科学工作座谈会上的讲话》，人民出版社2016年版，第13页。

本能戒备和抵抗。当下，世界的多元化和文化多样性，需要多声部和包容性发展，需要中国发出声音，需要中国贡献方案，需要中国参与全球治理。作为现代性诉求，审美现代性经验并非寻求一种大一统的坚固存在，而是进入一种多样化、流动性状态，展示多样性审美存在和话语表达机制，这对中国文艺理论话语权的提升是一个机遇。唯此，中国文论和美学理论话语体系建构要以本土的又是世界的“中国文化问题”和“中国审美经验”为研究对象，在以明确的身份意识和价值立场建构中，不能在热衷于“去价值化”“去历史化”“去中国化”“去主流化”中依附于西方理论，进而最终导致理论的失声。

马克思主义文论的理论自觉，需要立足中国“审美经验”，有效阐释中国文艺现实。所谓“审美经验”是对文艺作品和现实及其关系的艺术鉴赏与审美感知，作为对中国人审美实践升华的审美感知、审美意识和审美理想追求，“审美经验”以可通约性和审美共通感的追求成为理论体系建构的基础。这种理论有其界域，在理论对话和交流中相互借鉴和参照，因而不会形成理论霸权。习近平总书记在2016年新年贺词中指出：“世界那么大，问题那么多，国际社会期待听到中国声音、看到中国方案，中国不能缺席。”在2017年的新年贺词中，习近平总书记指出中国人历来主张“世界大同，天下一家”。“和平与发展”的时代主题所表达的是，中国人民不仅希望自己过得好，也希望各国人民过得好。这一价值共享性的宣示，深刻展现了中国梦的世界情怀、展现了中国作为负责任大国的使命担当。可见，中国的审美经验不是“井底之蛙”的孤独感，而是有着世界价值共享的情怀，且扎根在深厚文化传统传承中。“当代中国是历史中国的延续和发展，当代中国思想文化也是中国传统思想文化的传承和升华，要认识今天的中国、今天的中国人，就要深入了解中国的文化血脉，准确把握滋养中国人的文化土壤。”①对于中国的发展变化，以及中国要到哪里去？“我们要主动发声，让人家了解我们希望人家了解的东西，让正确的

① 习近平：《在纪念孔子诞辰2565周年国际学术研讨会暨国际儒学联合会第五届会员大会开幕式上的讲话》，人民出版社2014年版，第12页。

声音先入为主。”[①]既要讲清楚中国的历史和现在，更要明明白白地传播真实的中国形象。“介绍中国，既要介绍特色的中国，也要介绍全面的中国；既要介绍古老的中国，也要介绍当代的中国；既要介绍中国的经济社会发展，也要介绍中国的人和文化。”[②]文艺是最好的沟通桥梁，只有把跨越时空、超越国度、富有永恒魅力、具有当代价值的文化精神弘扬起来，形成一系列有时代价值的文艺精品、经典作品，进而把立足本国又面向世界的当代文化创新成果传播出去，真实立体的中国形象才能建构起来。

使理论自觉的维度得以彰显，既要对马克思主义文论历史形态做历史纵深的思想考古，为理论升华提供充实的思想资料；也要扎根现实语境与时代主潮倾听时代的声音，做出理论的思考与价值判断，从而使自身在文论研究中成为真正的主导者。马克思主义文论要在当代文论思想创新中发挥引领作用，不能做游离于当代文论主流的外在旁观者，更不能成为高高在上的压迫性力量。对于马克思主义文论中国化研究，“广大的文艺研究工作者不能仅仅满足于做领导人讲话的宣讲员，而是要发挥自己的主体性，对当代马克思主义文艺理论问题做出自己独特的具有学理性质的思考与阐发，以使领导人的思想与理论研究者的思想同构共建、交相融聚，共同构成中国马克思主义文艺理论形态建构的思想潮流。”[③]本书主张以理论自信彰显新时代马克思主义文论的当代性，倡导理论担当的话语体系建构，就是基于对文艺作品及其现实审美关系的观照，使文艺与理论批评发挥时代之用。其理论有效性的基础——对文艺作品和现实的审美感知与鉴赏批评，以及对一系列核心概念和标识性符号的提炼，如形象、意象、意境、气韵、品味、境界等，以艺术与文艺批评，当然也包括对现实世界的“审美改造”和生态环境保护与美化，以及非遗传承和文创产品开发等，

---

① 习近平：《当前工作中需要注意的几个问题》，载《习近平关于社会主义文化建设论述摘编》，中央文献出版社 2017 年版，第 209 页。

② 《在同德国汉学家、孔子学院教师代表和学习汉语的学生代表座谈》，《人民日报》2014 年 3 月 30 日。

③ 谭好哲：《论马克思主义文艺理论的历史形态与理论形态》，《山东社会科学》2018 年第 1 期。

表达中国审美经验。同时，在文化传统、现实要求和艺术追求的审美理想的平衡中诉诸世界共同价值表达。以此开展与西方文论及其美学研究的全球性对话，这是在全面提升中国理论原创性能力基础上，新时代中国马克思主义文论的使命。

三、以国家需求彰显马克思主义文论的当代性

在中华民族伟大复兴进程中，“当代中国正经历着我国历史上最为广泛而深刻的社会变革，也正进行着人类历史上最为宏大而独特的实践创新。这种前无古人的伟大实践，必将给理论创造、学术繁荣提供强大动力和广阔空间”[①]。历史地看，理论创新从来不是书斋里单纯的逻辑推演，它往往着眼于现实民生，尤其是国家需求和全民普惠性原则。人文社会科学固然有研究对象和领域的特殊性，但国家需求是普遍性追求，如国家社科基金、国家艺术基金的设立，不惟着眼于学术研究和艺术繁荣发展，更有着国家主流意志的引导和服务于国家崛起。作为重要研究领域和国家主流意识形态支撑土壤，马克思主义文论必须扎根中国文化现实，要有提高运用马克思主义分析和解决实际问题的能力，有运用科学理论指导应对重大挑战、防控重大风险、克服重大阻力、化解重大矛盾、解决重大问题的能力，以更宽广的视野、更长远的眼光思考把握未来发展面临的一系列问题，不断坚定马克思主义信仰和共产主义理想，实现维护国家意识形态安全之功效。也就是说，马克思主义文论发展进步离不开国家需求的动力机制，通常时代重大之问和国家需求相互交织，国家需求包括政府对哲学人文社会科学的重视、奖励和评价，以及国家重大战略布局的学术支持，不仅是回应中国现代化道路的探索，更是服务于中国文明型崛起及其国际

---

① 习近平：《在哲学社会科学工作座谈会上的讲话》，人民出版社 2016 年版，第 8 页。

话语权提升。

中华人民共和国成立后，在美学研究中确立了马克思主义美学思想的指导地位。此前，在抗战期间毛泽东发表《在延安文艺座谈会上的讲话》，明晰了中国新文艺的发展道路，团结了最广泛的人民大众，为着国家和民族的独立动员最广泛的抗日力量，进而掌握了中国文化领导权。无论是毛泽东的“延安讲话”，还是后来的“美学大讨论”，都使马克思主义文论彰显时代性，对马克思主义文论发展和理论创新，有着特别重要的启示意义。再有“艺术学”2011年升级为一个学科门类，从原来文学学科门类下的一个一级学科独立出来，成为新的第13个学科门类，不仅是学科自身发展的逻辑使然，更是有着国家需求特别是巩固党的文化领导权的战略思考，有着文艺繁荣与民族复兴之关联的考量。今天“一带一路”倡议和人类命运共同体命题，依然需要马克思主义文论做出理论阐释。这表明很多理论创新都有着现实关怀，都有着政治性考量，都会和国家利益与政党需求相关联，这样的理论创造不仅有效解释了时代，回应时代重大之问，还丰富了中国现代性构架和内涵，彰显了理论的生成性和过程性，并且深深扎根在中国大地上，影响了历史大势。把国家需求与理论创造彰显当代性关联起来，不是弱化理论研究的学理性、研究者的批判意识和反思能力，相反，因为把理论的现实关怀与历史置于同一个场域中而必须有超越性的思维能力，这对理论创造反而提出了更高要求，也对如何深刻把握时代提出了更高要求。

从国际经验来看，虽然各个国家的学术管理体制不同，但都普遍重视以适合本国的方式把哲学社会科学纳入为国家利益和国家需求服务的轨道中，如美国即便打着“学术自由”的旗帜，其实也是在悄无声息中把国家需求做得隐蔽和彻底。美国学者雷迅马在《作为意识形态的现代化——社会科学与美国对第三世界政策》① 中，不仅为我们揭示了美国的哲学社会科学在冷战期间如何服

① ［美］雷迅马:《作为意识形态的现代化——社会科学与美国对第三世界政策》，中央编译出版社2003年版。

务于美国政府的国家战略，还为我们揭示了美国政府为实现国家战略意图，如何有效借助国家管理职能来影响和调控社会科学研究方向，为这一战略意图服务的历史场景。作者在该书中揭示：美国社会科学家在20世纪60年代建立起来的现代化理论，一个基本前提就是服务于美国冷战时期的国家战略需要，其中重要的一项任务是参与美国对外政策制定，为其提供完整的理论依据和理论模型。在他看来，现代化理论是美国国家战略需求的产物。因自觉服务于国家需求，使得美国社会科学家“得到其学术专长的空间”。其实，“冷战”伊始美国驻苏大使级代办乔治·凯南提出的“遏制理论”，同样有自觉的国家需求目的，并深刻影响了国家政策制定和实施，为长达四十多年的“冷战”提供了理论基础。很多学术研究和理论创新都有着国家需求推动，对外政策需要社会科学研究自觉以国家需求为视角，对内政策的制定与文化的繁荣同样如此。20世纪六七十年代，美国为了夺得“世界文化领导权”，在国内和对欧洲知识分子发动的文化战中，提出“反对阐释”等系列文化策略，就是服务于国家战略需求。无独有偶，在20世纪90年代中后期，美国的著名学者亨廷顿提出“文明冲突论”，有着国家需求的“文化领导权”旁落的担忧，而面向21世纪国际政治经济文化格局重组的战略设计，就是出于国家需求的一种理论创造，旨在维护美国的国际霸权，提醒美国政府做好战略应对。从20多年的国际局势博弈来看，美国的战略布局显现无一不受其理论影响。正是基于深层次的内在关联和良性互动，使美国社会科学研究能够不断推出新理论，在许多社会科学领域涌现前沿性原创成果，并给予世界发展以深刻影响。可见，国家需求是理论创新的重要驱动力，而且随着国家实力的增长能在国际上产生重要影响，同时还助力国家“软实力”的提高。这些理论创造的案例表明，在美国的政策制定中，社会科学家基于国家需求，以此使理论研究的当代性得以彰显，学术研究在国家意识形态建构中的作用得到最大限度发挥，真正发挥了政府智库作用，而不是拍脑袋自作主张。以国家需求为驱动力充分调动社会科学家的创造力，既为政府解决政策制定所需的理论支持与合法性依据，同时又为社会科学家营造了充分发挥创造性的氛围。这种深层次的政策制定与理论之间的良性互动，彰显了社会科学的社会性本质与国家需求的动力性特征，进而表明社会科学的进步离不开政府的政策引导。可见，在关乎国家战略的政策制定中，社会科学的作用不可缺失，社会科学要为国家战略需求提供多样化系统化完整的理论支持，而不是由政府去制造理论和概念，政府的作用在于政策引导和保障理论创造与艺术想象空间，充分尊重社会科学家的研究成果。

随着文化的地位和作用的全球凸显，提升国家文化“软实力”，讲好中国学术故事，要着重提高服务国家需求的自觉性。无论是美国以“现代化理论”掌握发展中国家发展道路的话语权，以“遏制理论”主导美苏冷战格局进而拖垮苏联；还是毛泽东发表《在延安文艺座谈会上的讲话》夺取中国文化领导权，以及通过“美学大讨论”确立马克思主义美学的指导地位。其理论制高点的确立，无一不与国家(包括政党）需求紧密关联，从而使理论能够有效阐释时代、引领时代。以国家需求视角彰显马克思主义文论的当代性，是基于中国特色社会主义发展进入新时代、中华民族处于伟大复兴的拐点时刻，愈加需要国际视野和世界眼光，更加重视文明互鉴，使理论创造、创新与国家和民族命运相牵连，这既接续了中国知识分子本有的“为天地立心，为生民立命，为往圣继绝学，为万世开太平”的道统思想，又拓展了中国共产党是学习型政党的理论追求。把理论创新和国家需求融合起来，从而有利于破解“在解读中国实践、构建中国理论上，我们应该最有发言权，但实际上我国哲学社会科学在国际上的声音还比较小，还处于有理说不出、说了传不开的境地”①这一难题。当然，并不是所有的学术研究都以国家需求为鹄的，这里自然有轻重缓急和门类之别。我们在此强调的是学术经世致用的一面，尤其是与执政党思想有着紧密关联的学科与理论建设，在此方面马克思主义文论建设当仁不让。中国正走在文明型崛起的途中，随着观念性的国家利益凸显，世界发展方向从世界文明领导权的竞争迈向文明共治，使以国家需求为价值指向的马克思主义文论的当代性研究迎来重大机遇。

① 习近平：《在哲学社会科学工作座谈会上的讲话》，人民出版社2016年版，第24页。

四、在一种深刻性上实现三个维度的统一

当前，国际形势云谲波诡、风起云涌，周边环境复杂多变，充满了不稳定性、不确定性，在全球治理的复杂境遇中亟须文化价值的引导，需要中国智慧和理论创造，需要中国文艺和文论发出清晰的声音。同时，中华民族伟大复兴的内在吁求也亟须中国精神的独立与理论自强，亟须包括马克思主义文论在内的马克思主义理论在学科建设与学术研究上真正发挥引领作用，这使得深化马克思主义文论研究愈加迫切！

深化马克思主义文论的当代性研究，本文尝试从问题意识、理论自觉和国家需求三个维度展开思考，强调既要基于中国问题、中国审美经验形成有特色的中国马克思主义文论话语体系，更要有在文明互鉴中从理论研究的特殊形态走向世界一般形态的气魄，在彰显理论自觉和理论创造中以新时代“强起来”的国家需求契合中国文明型崛起。马克思主义文论发展特别是当代性的彰显，既要“究理”——坚持理论品格的普遍性诉求，更要“管用”——着眼于现实的特殊性效用。作为形而上理论追求与形而下效用的统一，马克思主义文论话语体系的建构要着重打通国家话语（政策话语）、市场话语（大众话语）与精英话语(学者话语）之间的藩篱，在超越狭隘的文艺理论框架的跨文化视域中，以三个回归(艺术本体、生活现实、中国文化立场）为指向，以回应时代问题、增强理论自觉、凸显国家需求等深化当代性研究，在当代文化发展中实现马克思主义文论的进步。

马克思主义文论的有效性是在具体问题情境中生成的，是基于本土立场和本土意识的一种有效言说。因此，马克思主义文论首先是历史形态的，是在对具体作家作品的分析阐释中提炼的，有着鲜明的本土现实的“中国问题”意识，问题的现实能指的具体性，成就了理论所指的普遍性，这一特性决定马克思主义文论能够特别理解现实、理解中国问题、中国经验。“中国问题”不仅存在

于现实中，还存在于理论家的思考和话语建构中。文学理论的“中国问题”不单纯指中国古典文论的现代转化研究，也不专指中国文学、中国社会现实的问题研究，而是着重强调一种“问题意识”，即基于中国独特的本土文化传统和中国文学现实发展所生成的文学理论问题，它在紧紧抓住时代中有着某种内在的价值指向。文学理论的“中国问题”在全球化语境中是一种杂糅存在，它生成于多重境遇与跨学科视野，对它的深刻认知需要摆脱固化的传统—现代、东方—西方等二元对立思维模式，在文明互鉴与文化交流中明白自己的过去、明晰自己的未来，在各美其美、美美与共中构建中国文学理论的学术体系、学科体系和话语体系，使马克思主义文论在其中发挥价值引领作用，在全球文化思潮相互激荡和文化竞争中提升话语权。国家“软实力”的提升和中华文化迈向全球高势能的过程，也是中国文学理论立足本土现实、回应时代之问，以理论自觉获得生长空间与建构理论体系，以国家需求应对外部挑战、坚定中国文艺发展道路的能力提升过程。随着中国越来越走近世界舞台中央，中国文学理论的问题思考与解决同样是世界性的，中国文学理论不仅要在与国际学界对话中提升话语权（如张江与哈贝马斯的对话、张江与本尼特、罗伊尔、莫德、博斯托克的对话、张江与希利斯·米勒的对话等），而且“中国的文学理论”还要成为世界的主流文艺理论形态之一。

以问题意识彰显马克思主义文论的当代性的维度，就要紧紧抓住马克思主义文论的问题性，即思考现实的丰富性与理论原创性不足问题，理论发展呈现的杂糅性与理论系统性缺失问题，文论主体的建构问题——问题导向不明与能力缺失问题，以及如何在直面中国文艺现实、中国审美经验中实现“理论转场”。多重视域下，文艺与政治、审美与批判、意识形态阐释等，都是马克思主义文论问题性的呈现，正如对现象学运动“回到事实本身”的理解一样，它既是现象学运动的口号，也是现象学的精神，马克思主义文论研究的目光要始终朝向现实、朝向人民。马克思主义文论始终是现实的，直面时代问题的；它同时又是理论的，是在理论创造中回到当下、回归人的感性生活。正如人类思想史上那些伟大思想家一样，马克思的理论生成伊始就处于人类思想史的“高格”。马克思主义文论中国化的重要成果如毛泽东《在延安文艺座谈会上的讲话》，在文艺理论史上同样是经典性著作。习近平总书记关于文艺工作重要论述是对时代之问的回应，更是对文艺使命担当的未来前瞻及国家需求的战略思考。今天，从学术上、学理上深化马克思主义文论研究，同样不能是“本本主义”式解读，而应是在扎根时代之问中对文艺发展肌理做历史的美学的运思，需要直扑真理。理论自觉就有着学术体系建构的内在冲动，尊重学术规律、遵循学术逻辑的经典马克思主义文论的阐释就是一种创造，它是一种理论生成的当代形态，也是一种理论的历史性生成。马克思主义文论发展史应该是一部文论经典的历史传承史，是一种历史文化语境中的文艺思想的对话交流史。能够成为文论史上的经典，必然是中国化的（“特色”的彰显），同时也是世界化的（理论的普遍性诉求）。所谓“特色”是以特殊形式对普遍性价值的一种表达，不包含普遍性的特殊只能是向隅而泣。正是因为马克思主义文艺理论的“高格”，才能使其上承文艺政策，下启文艺批评实践，而获得普遍性认同。因此，追求理论创造的经典化，应成为马克思主义文论研究的主导方向之一。理论的成熟形态，一定是以经典化的成果形式显现，途中的风景都是为理论的经典化做准备，是问题深化与理论创造的基础。

当下，伴随中国历史方位的变化，意识形态工作方式创新的紧迫性凸显，增强主流意识形态的感召力日益迫切，马克思主义文论的优势将会进一步加强。事实上，理论研究和意识形态之间的互动使主流意识形态安全受到某种威胁，在西方社会思潮冲击和挑战中应对乏力，甚至底气和信心不足，亟须以问题导向、理论自觉和国家需求为鹄的加强马克思主义理论及其话语体系创新。中国主流意识形态以马克思主义为指导，深化马克思主义文论的当代性研究可以发挥理论支撑作用，通过理论原创获得一种不竭的国家战略动力，在彰显马克思主义文论当代性中，消解国家意识形态工作创新与社会科学研究之间的非对称性矛盾，从国家需求的大格局中为理论创新和国家意识形态工作方式创新的有效互动提供合法性，进而为马克思主义文论自身的话语权提升赢得重要机遇和理论创造空间。如在当前学科体系调整、新的学科和专业设置中，课程设计和人才培养目标既要有问题导向，增强理论自觉意识，更要契合国家需求，由此才能在国家发展中带动学科发展，在尊重学术规律、遵循学术逻辑、满足国家需求中带动理论话语体系创新。理论话语体系创新能力，显现为在国际上对自身发展成就做出有信服力的阐释，关乎在国际文化秩序和竞争中的话语权，以及如何形成理论研究的“中国学派”。创造有阐释能力的中国理论，既不能在旧的理论话语圈子打转转，更不能脱离现实国情和文化传统去移植西方理论，而是在坚持精神独立和理论自觉上契合经济文化创新及其战略布局，用马克思主义观察时代、解读时代、引领时代，用鲜活丰富的当代中国实践，以胸怀世界的文明互鉴吸收人类创造的一切优秀成果，“要善于提炼标识性概念，打造易于为国际社会所理解和接受的新概念、新范畴、新表述，引导国际学术界展开研究和讨论”①。彰显马克思主义文论当代性的维度，旨在把研究重心落在文艺发展如何助力人民的现实民生与社会文明程度的提升上，从文论视角展示一个世界舞台上真实的中国，以及中国发展的未来指向。这个问题的清晰化和明确化将为新时代中国文艺理论学术体系建构产生深刻影响，为学科建设如何面向中国经验、中国问题以及坚定文化自信，形成成熟的文论研究的“中国学派”夯实基础。这是学术上的国家需求，也是马克思主义文论研究深化的方向，唯此才有可能推动马克思主义文论研究迈入新境界！

---

① 习近平：《在哲学社会科学工作座谈会上的讲话》，人民出版社 2016 年版，第 24 页。

以文化现实为视角重构马克思主义文学批评范式

马克思主义唯物史观及其实践性决定了马克思主义文学批评的现实品格，对这一论断的深刻性理解一定要置于时代的文化现实语境中。在文艺学研究中，“马克思主义文学批评的现实性”是一个老话题，如何使之有效常新就必须回到它得以可能的文化现实域中。现在学界对马克思主义文论和批评实践的一个普遍感觉，是“上不着天（不能有效阐释和运用马克思主义原理、方法、立场）下不着地（不能有效诠释文学现实而缺乏对社会现实言说的有效性）”，如何解决马克思主义文学批评的有效性问题，不能仅仅局限在马克思主义文论内部自说自话，而是要扎根广阔深厚的文化现实，有效参与当下文化现实的建构中，用经典作家的基本理论和思想研究不断变化的中国现实，以批评阐释的有效性支撑马克思主义文论发展，切合中国特色社会主义理论话语体系的创新——新概念、新范畴、新表述。马克思主义文学批评的有效性不仅要与中国文学实践相结合，更要与当前的文化现实相契合，这是其理论创新的基础。说到底是当下的“文化现实”发生了变化，进而影响马克思主义文学批评现实性的具体内涵和价值指向。马克思在《哲学的贫困》中指出：“人们按照自己的物质生产的发展建立相应的社会关系，正是这些人又按照自己的社会关系创造了相应的原理、观念和范畴。所以，这些观念、范畴也同它们所表现的关系一样，不是永恒的。它们是历史的暂时的产物。”①这表明，文学问题、艺术问题

① 《马克思主义经典作家论历史科学》，人民出版社1964年版，第196页。

和审美问题从来就不是超历史的抽象的，它们都蕴蓄于特定的历史文化现实，只有基于一定的历史文化语境才能有效阐释，并随着历史文化语境的变化发生精神价值的移易。当下，文学的观念和理解文学的方式、研究方法与研究范式，特别是文学批评的场域和得以可能的基础发生了变化，保障马克思主义文学批评的有效性，就只有使其嵌入当下文化现实的建构与之形成良性互动，而不是高高在上作言不及义的抽象论说才能真正接地气。因而，本文提出以“文化现实的建构”为视角来理解马克思主义文学批评的现实品格，就是基于真正的问题意识来提升文学批评的专业化水平和审美判断能力，夯实其现实性基础，增强批评的学理性和有效性。我们期望马克思主义文学批评既能仰望星空（弘扬文学理想），又要脚踏实地（扎根深厚的变动不居的文化现实），形成开放包容有逻辑自洽与文化现实有效互动的新范式。

之所以强调文学理论和批评与文化现实建构的互动性，也是为了从根本上来回应当代文艺创作中出现的日益疏离现实、脱离人民的圈子化和市场化倾向。回顾中国化马克思主义文学理论和批评发展史，无论是毛泽东《在延安文艺座谈会上的讲话》，还是邓小平在 1979 年《在中国文学艺术工作者第四次代表大会上的祝词》，以及习近平总书记《在文艺工作座谈会上的讲话》，一以贯之的核心观点就是强调文艺为什么人的根本问题以及文艺的人民性和如何体现人民性问题，这是指导中国马克思主义文论和批评的纲领性文献。现实中的文艺生产有的没有把人民的冷暖、人民的幸福放在心中，没有把人民的喜怒哀乐倾注在自己的笔端，而是做着脱离人民真实生活的“香车美女豪华酒店”与高尔夫等链接的“奢靡之梦”，或者沉溺于一己悲欢、杯水风波的自说自话，似乎现实生活离他们的文艺感觉很远，在其文艺创作中根本感受不到“心的跳动”和人之常情。回归马克思主义文学批评立场，坚持以人民为中心的创作导向，把满足人民群众精神文化需求作为创作的出发点和归宿，就必须扎根现实，这样的作品才能保持人民性立场和生活的温度。一定意义上讲，文化现实是文艺创作、文学理论和文学批评最切近的发展环境，也可以说是重要的创作源泉。所谓文化现实不是抽象的精神观念，文化现实建构的含义之一就是从文化（文艺）的眼光来观察、理解和引导社会现实，是“文化化”(文艺化）的社会现实。正是基于这样的认知，强调文学理论发展与文化现实建构之间的互动和促进关系，有利于坚守和高扬马克思主义文学批评的现实性品格，有利于中国文学理论和批评直面中国现实问题，有利于马克思主义文学批评对中国特色社会主义道路的阐释，从而体现出对社会主义文学理想的弘扬，和对社会主义文学本质的追求。

一、文化现实及马克思主义文学批评的着力点

文化现实并非现成的静止的铁板一块，而是变动不居，甚至是风云变幻的。尤其是数字化信息技术深刻地改写了当下的经济、政治、社会和文化的生存方式和显现形态，文化与社会呈现“互文化”的现实。当下的文化现实是由文学艺术、影视生产、新闻出版、音乐、美术、电子游戏、数字艺术及其网络文化新业态等核心层构成，这些文化力量是文化现实的建构者和传播者。此外，文化创意和设计也越来越凸显其在社会生活中的重要性，越来越融入大众的日常生活，不再是简单的“装饰”，而是日常生活审美化的重要支撑，它既关涉创意和手艺，也关乎审美的品格，审美获得了比以往任何时候都高得多的声望。有学者指出：“设计师越来越怀疑作为一种魅力的‘美学’，并看到了它的广泛的社会和文化功能。设计师对他们的实践，以及艺术的核心使命、技能和伦理等问题变得更加深思熟虑。在这样做时，他们常宣称自己不是‘艺术家’。”①其实这是一种新的审美观，19 世纪莫里斯等人倡导的“新手工艺运动”的诉求越来越见之于当下的文化现实，使单调的生活充溢着审美的色彩和

① [澳] 贾斯汀·奥康诺：《艺术、产业和现代化》(下)，张良丛等译，载王杰主编：《马克思主义美学研究》第 14 卷第 1 期，中央编译出版社 2011 年版，第 59 页。

情趣。随着生活与艺术边界的消弭，美学与非美学的领域在跨界融合中趋于模糊。虽然当下的文化产业生产了很多文化垃圾，制造了无数的娱乐奇观，但并不妨碍文化产业越来越成为文化价值传播、文明成果累积的一种主导方式，深刻影响着文化现实的构造与边界的转移，越来越成为公共文化空间的重要支撑力量。其中流通的不仅是金融经济，更是对文化意义和价值观的生产与传播。尽管文化产业的经济价值很受重视，但绝不能形成追逐文化 GDP 的社会导向，更不能快意于文化产品市场效益的放纵，否则会破坏文化生态的健全，导致文化现实的肢解及其碎片化。

文化史表明，所谓“文化”“艺术”是不断被建构的，对它的理解和定位取决于一定的社会权力和拥有文化话语权的人或机构，精英的、大众文化的、民间世俗的“艺术观”可谓杂糅并在。事实上，把某种事物与日常生活、直接性功用区分开的审美倾向是一种历史现象，而不是附属于那种被称作为“艺术”的永恒品质的观念，已被越来越多的学者所认同。尽管如此，我们还是不能把艺术（“文化例外”的政策对象）与文化（文化产业运作中的市场灵验对象）相混淆，它们有着不同的发展规律、使命和价值指涉。昆士兰科技大学创意产业研究院的贾斯汀·奥康诺教授认为，一个时期以来把艺术与大众文化相区别的传统观念影响了公共政策的制定。就艺术民主而言，文化政策要保障每一个公民都能“接触”到艺术，有欣赏、消费、传播、生产创造“艺术”的权利。虽然艺术包括设计等有着专业门槛和职业化诉求，但在大众文化语境下却日益成为大众市场消费的对象。事实上，艺术越来越被置于文化产业视野中，在文化创意产业中发挥重要的基础性作用。随着市场经济的完善和对文化产业观念认知的深化，对市场经济条件下高雅艺术创作的保护机制应不断健全。① 也就是说，文学艺术等各类创造性文化实践活动要被置于文化市场、产业背景下来考察，但它们并非直接受制于经济价值或迎合市场，而依旧有其能动性、创新性，并以此来拓展市场，体现了一定程度的审美自主性。

---

① 范玉刚：《在文艺和市场之间建立“隔离带”和“保护区”》，《理论动态》2015 年 6 月 10 日。

在社会生活中，除了某种文艺圈的自我欣赏，大众的文化消费主要在市场上实现，消费越来越成为大众象征身份和公民身份认同的一部分。文化产业制造出“流动的大众”，而不是强化社会阶层的固化，这有益于激发社会活力。今天的文化创意产业不再是法兰克福学派批判的同质化的原子式“文化工业”，而体现了对个性化、差异化、多样化审美追求和艺术想象力的激发，审美有助于产业经济价值的实现，又为自身营造了审美氛围。如黑格尔所言：“审美带有令人解放的性质，它让对象保持它的自由和无限，不把它作为有利于有限需要和意图的工具而起占有欲和加以利用。所以美的对象既不显得受我们人的压抑和逼迫，又不显得受其他外在事物的侵袭和征服。”①在文化创意全面渗透浸润文化现实的张力结构中，生成了审美自由和经济诉求之间的一种新的阐释文化现实的研究范式，马克思主义文学批评就扎根其中。创意建构文化现实的方式是“接合”，这是伯明翰学派代表人物斯图亚特·霍尔最倾心的一个核心概念，指文化的文本或思想观念与实践之间的“意义”生成不是恒定不变的，“接合”是行为的结果。“‘articulation’这个术语有个恰到好处的双重意义，因为‘articulation’意味言说，说出来，说得清楚明白。所以它有语言表达等等的意思。但是我们也用‘articulation’这个词来指卡车的连接。两个部分由中间特殊的链接装置连接起来，这个装置是会损坏的。就此连接是指在特定的条件之下，可以将两个不同成分连合起来的连接形式。它就是中间那个连接装置。在任何时候，它都不是势在必然、先已确定，绝对而又不可或缺的。”②可见，文化现实是经由无数的“接合”来实现其意义和体现指向未来的价值维度，并成为人的自由全面发展的环境。霍尔在《解构“大众”笔记》中曾指出，任何一种文化形式的意义并不是它本身就含有的，它在文化领域中的位置，也不是一成不变的。经由“接合”实现了文化与经济、文化与政治、文化与城市发展等的链接，这使得文化现实愈发变动不居。所谓大众文化其实是大众依据文化市

① ［德］黑格尔：《美学》第1卷，朱光潜译，商务印书馆1996年版，第147页。

② 转引自陆扬：《文化研究的连接范式》，载王杰主编：《马克思主义美学研究》第14卷第1期，中央编译出版社2011年版，第128页。

场中的全部文化商品，有所选择地“再创造”，可以说它是一种使用中的文化生产，也就是说其重心落在文化实践上，其意义可以有归顺认同、抵御抗争、冷漠地中立化等多种意味，这使文化现实愈加色彩斑斓，成为各种文化力量的演义场。

在文化现实的建构中，社会“文化化”的过程深刻影响着大众的日常行为和生活品位的养成，影响着大众对社会主流价值观的认同，只有那些普世性的价值观才最有感召力，才能获得大众最广泛的认同，从而形成某种引导社会思潮的价值指向。马克思主义文学批评就是要阐释最具普世性的文学价值，要以对真理的追求为已任，这是其最为重要的着力点之一。在参与当下文学现实建构的各种批评范式的自由竞争中，只有赢得广泛认同的批评范式才能成为事实上的主流批评观，才能实现在复杂文化现实建构中的价值导向。今天的文化现实借助于文化创意产业，重新弥合了文学、艺术、娱乐、产业与大众日常生活的关联，从而把我们带入一种新的存在形态，它已然改变了我们原有的生活、工作和交往方式，使生活越来越充满艺术性。如对创意、艺术品位的重视，以及激励大众参与文化实践并学会欣赏艺术——文学、舞蹈、音乐、建筑、绘画、雕塑等，已成为衡量个人文明程度的尺度，表征着个人在社会阶层中的地位，以及通过人的声誉、声望等积累象征资本。一个人所累积的象征资本愈深厚丰富，其拥有的话语权就越多，在社会生活中就越有威望，因此，崛起中的中产阶级在拥有经济权力后，还期望通过形塑审美品位来获得文化话语权，从而以某种集体无意识成为大众文化的守夜者。“品味不仅关乎社会卓越性的建立，更具有深层的政治性。”[①] 可见，品味不仅关乎恰当的礼仪或艺术的知识，更关乎某一阶层的主体性建构。也就是说，“品味”固然值得嘉许，但前提是拥有足够的收入以支付休闲和消费艺术的费用，这对大部分劳动者来说既缺少休闲时间也缺乏经济基础。

① ［澳］贾斯汀·奥康诺：《艺术、产业和现代化》，张良丛等译，载王杰主编：《马克思主义美学研究》第 13 卷第 2 期，中央编译出版社 2010 年版，第 54 页。

马克思的意识形态学说仍是理解当下文化现实的重要维度。有学者指出："艺术是物质实践的一种形式，也可以理解为广阔的社会文化和经济过程的一部分。然而，社会的不平等似乎和对它们的批判是合谋的。在文化研究语境中研究艺术，把它与不同的社会阶级和群体联系起来，成为意识形态和'表征'研究的一部分。经过20世纪80年代中期的酝酿，文化研究揭示多样性的大众文化形式如何象征性地介入不同社会群体的利益或困境。若非历史上与权力联盟的特权，在某种程度上艺术可以被看作是一种特殊的'亚文化'。"① 参与文化现实建构的文学艺术，其力量是不均衡的，其价值指向是多元的，越来越被置于文化创意产业视野中，作为文化产业的核心发挥基础性作用，一定意义上文艺发展离不开市场运作，其社会影响力也取决于一定的市场效应。其中所谓的"纯文学"因印数、发行量等沦为圈内的自娱自乐，越发被社会边缘化，唯有经过"触电"进入影视产业或互联网，才能参与当下文化现实的建构。文学创作以"迂回"的方式进入市场，但不是唯市场才能真正焕发文学的影响力，这恰是马克思主义文学批评现实性的基础。一旦脱离这个基础，所谓"历史的与美学的统一"的批评范式就可能被架空，其对当下文学活动的有效性就要打折扣。

当下，在文化现实建构中发挥主导作用或在文化消费中作为主导性商品形态的是依托市场运作的大众文化，作为居于社会主导地位的主旋律文化、高雅的精英文化、自娱自乐的民间文化都被裹挟其中，共同参与文化现实的建构，从而形成多元文化格局的文化生态系统。马克思主义文学批评如果无视当下的文化生态系统，就必然使自己的研究视野偏狭和影响力弱化。传统的美学救赎寓含在伟大的艺术经典中，追求历史深度和崇高维度，是一种居高临下的精英主义文学批评观，貌似不食人间烟火的虚灵般存在；当代的艺术救赎主要基于文化的民主化，旨在保障每一个公民的文化权益，体现为主体的文化意识和文

① ［澳］贾斯汀·奥康诺：《艺术、产业和现代化》，张良丛等译，《马克思主义美学研究》第14卷第1期，第10页。

化自觉，在消费美学视野中追逐价值的平面化，但在平面化的大众文化中传播着意识形态的教化及其再生产。因为市场主要受消费驱动，因而出现所谓市场导向和意识形态教化之间的矛盾，在深层次上还存在大众需求与文学艺术的卓越性追求之间的矛盾。因而，关注并有力地回应当前文化现实的建构中的复杂利益纠葛，是马克思主义文学批评的着力点之一。

作为当前文化现实建构主体之一的“创意阶层”，多是自由职业者和个体工作室，他们建构了与文学艺术相类似的社会文化空间。这意味着文化生产与传播越来越游离于政府的文化事业单位，其文化供给越来越受市场驱动，但其中一些文化机构(非营利组织）并不受利益最大化支配。正如文坛的三分天下：传统作家创作、青春文学写作、网络文学码字等，当下的文化发展格局则是政府的公共文化服务体系建构、文化活力基础的文化非营利组织、市场驱动的商业文化企业共舞，这种变化使国家文化政策不能再仅仅着眼于意识形态宣传，而突破了以“艺术”为核心的文化政策，成为文化经济政策，意识形态诉求只有悄无声息地融入产业竞争，才能在顺应世界潮流中以经济的方式收获文化的结果。

当前的文化现实建构早就超出法兰克福学派对“文化工业”的批判视野，也超出伯明翰学派和北美费斯克等人理解的文化复杂性，文化与经济、文化与社会、文化与政治、文化与生态文明之间的交融程度不断加剧，催生了无数的文化新业态，促使文艺日益融入国民经济发展、社会建设、政治民主和生态文明的大循环，这迫使我们要以一种大文化观来看待文艺的发展，文艺发展越来越成为国家文化治理现代化程度的重要参照系。政府越来越关注文化产业的竞争力、中华文化走出去的影响力、国家软实力的提升，由艺术而产业，其重心的移易，是国家政策的调整和认知观念的变化。因此，当前文化现实建构的逻辑不再是虚灵的漂浮在意识形态领域的文学艺术的自律性、自主性，更多地遵循作为产业的大众文化的生产、传播与消费的市场逻辑，两种逻辑之间是一种变动不居的关系。在文化现实建构中，文化产业是当代文化资源配置的主导方式，在国家战略、城市竞争、区域经济发展中地位日益凸显。

文化现实是马克思主义文论的创造力之源。所谓抓住现实就是须以中国问题及其文学意识为切入点，回应大众和社会对文学及其批评的关切，这既包括文学的生成离不开当下急剧变化的文化现实，也包括对文学理想的弘扬——人的自由和人性的解放与丰富。提出“现实性”问题旨在针对马克思主义文论研究中，过于注重文本化倾向、纯学术化倾向，而回归马克思主义文学批评的实践维度，既进入文本又要出来，参与文化现实的建构。纠偏某些研究中过于强调理论深度而缺失现实感，将学术研究受众狭隘地局限在若干“小圈子”的弊端。洞察国外新马克思主义研究的生机，不难发现正是密切关注社会现实、文化现实与跨学科对话，同时积极地将其他学科的研究成果与方法融合文论研究中，才能形成较成熟的研究思路，产生有影响的研究成果和人物（如伊格尔顿等）。正是因对文学现实变化的视而不见或偏离，不能有效回应文化变化、文学现实对马克思主义文论的挑战，导致在一些问题、基本理论研究中的不敏感，包括对文学形态变化不敏感，尤其是互联网技术和思维对文学现实的影响，致使在面对中西方学者的学理质疑时无以应对，这是中国马克思主义文论研究在国际上缺乏话语权的重要原因之一。作为主流意识形态的文论话语表达和修辞，中国马克思主义文学批评要担当时代的使命，要匹配中国国际角色的变化。当下的中国已从 21 世纪之初的“主动融入”世界，到以 2014 年 APEC 会议为标志，开始逐渐影响全球格局，甚至成为新一轮全球化运动的引擎。面对全球化运动形势的变化，当下的马克思主义文论不仅在国际上缺乏自信，难以发出中国声音，更难以有效传播中国经验和主流价值观。

二、文化现实建构的文学指涉

文学早已走出精英的圈子，走进大众的日常生活和文化消费。文学的碎片化见之于现实生活的方方面面，各种批评范式轮流登场。布迪厄认为当代社会既然已演变成消费社会和充满文化气氛的新社会，就不能忽视当代权力斗争和正当化程序同日常生活以及各种生活品味的密切关联。在现代社会极其轻松舒适愉快的日常生活风格和品味流行中，隐含着权力的宰制与抵抗，使日常生活成为文化交流、交融与建构的“场域”。日常生活中的艺术风格、心态、审美品味的培养和熏陶过程，充满激烈竞争，其中包括政治、经济和社会地位方面的比较和较量。一定意义上，现代社会正是依靠生活风格和审美品味的竞争，制定社会审美规制和实现区隔化，期间的杂糅和交织喻示了当前社会各阶层间的犬牙交错。各种心态、审美风格、艺术品味，虽是文化层面的东西，其背后却是政治和经济力量的博弈，其效果依靠一定的政治和经济资本及其转化结果来保障。可以说，审美时尚和艺术品味的再生产过程，是现代社会整个文化再生产过程的主要内容，经由文化与经济相互交融生成的文化创意产业来实现，它不但是当代文化生产、传播、消费的主导形态，还成长为国民经济的支柱产业。

有学者指出：布迪厄认为，作为一种实践，爱好和品味，固然有自身作为一种具体实践的特征及运作逻辑；但它这种特殊的具体实践，又不同于其他一般的各种具体实践。如不同于普通的以消耗体力为主的笨重体力劳动，因为文化爱好活动，作为美的鉴赏活动，有着康德所说的那种“无目的的合目的性”，它所追求的是摆脱一切利益的某种鉴赏乐趣和精神品味；这是一种高于一般认知活动、伦理活动及其他社会活动的最精致而又最复杂的实践。由于文化爱好有上述优越性，“艺术的界定，以及由此产生的对‘生活的艺术’的界定，就成为决定着各阶级间争斗的命运的关键场所”，而且，“美学的客观和主观两方面的立场的确立，诸如在身体化妆品、服装或家庭装饰方面所表现出来的，越加构成为社会场域中所占据的社会地位（诸如确定社会场域中所必须维持的级别或必须保持的距离）的确认因素”。由此，布迪厄强调说，“艺术作品的物质性或象征性消费，表现为一种最高形式的悠闲自在状态”；正是在这种身体方面和精神方面的悠闲自在的实际双重表现中，展示了一般经济性物质消费所达不到的高雅性，甚至由此可以展示出对纯经济优越地位的鄙视，而达到对于经济地位差异的否定性超越效果，从而最终达到与必然王国相区别的“自由王国”的间距效果。① 现实际遇促使文艺和审美难以脱离整个社会生活，而独立建构一个封闭自足自律的空间。当下的美学品味、审美时尚愈益生活化，成为大众的一种生活方式，是日常生活和历史经验的一个组成部分，它表征着每个人不同的生活风尚或某种癖好，由此生成当下时代特征的“消费性美学”。② 审美品味作为文化再生产的内容难以脱离整个社会场域运作，它浸入社会场域与其具有同步运作逻辑，这使其既有个体性特征，又有社会性意味，从而成为时代表征，显现了个体性与社会性的统一及其相互交错关系。即便如此，艺术创作和审美品味的塑造仍然需要一定程度上的自律性和独立自主的空间，市场运作不能遮蔽其对卓越性价值和高尚品味的追求。审美最终指向的是对人的自由境界的追求，即康德强调的“无目的的合目的性”的“人是目的”，或马克思意义上的“自由的人”的理想，这正是马克思主义文学批评要高扬的。

当下，日常生活实践充溢着各种审美时尚、爱好、艺术品味和视像快感，交织着历史的、文化的、个人的空间结构的叠加。依照布迪厄的社会结构理论，由于在象征结构方面的同构性及其象征运作的同步性，文化实践同各场域的实践之间有可能相互交错、连结、渗透，在完成中相互转化。唯此，文化实践才能成为现代社会中唯一贯穿渗透于社会各场域的一般性实践。文化实践看似远离社会其他场域，但它以迂回的方式参与了社会的权力正当化和再分配的斗争。布迪厄指出：“文学或艺术场域是一个各种力量存在和较量的场域。”他说文学和艺术场以“不确认”的方式，来“确认”整个社会权力正当化的程序。问题在于：文学或艺术场有它自身的自律，并以极其复杂的象征性模式呈现出

① 高宣扬：《论布迪厄美学的核心概念“生存心态”的特殊性质》，《马克思主义美学研究》第13卷第2期，第43页。

② 关于“消费性美学”的具体阐释，请参阅笔者《消费性美学的生成》，《探索与争鸣》2015年第9期。

它的运作逻辑。[①] 这种复杂性导致在文化再生产运作中，会同时朝两个方向发展。一是文化场域同社会场域相重叠和相渗透的程度不断加强；一是文化场域的专门化倾向所导致的文化场域的特殊性不断增强。这种双向复杂化过程，同文化再生产中的各种因素的复杂化相关联，并在时空结构的演变轴间来回摇摆或循环往返。

当下文化现实建构的突出特点是以消费为逻辑起点，体现了典型的大众文化逻辑。当下我们对现实的建构并非源于自身实践，很多时候以媒体为中介。在当代，人们不仅以观念面对现实（自然、社会和人自身），而且以数字化、电子化的方式链接了人的日常生活，数字化媒体尤其是新媒体凸显。一项调查显示：近八成中国用户在社交平台上分享新闻；近七成用户使用移动终端阅读新闻，在电脑上看新闻的用户不到一成，数字化现实可谓日新月异。新媒体的流行和广泛使用，使人们重新定义了信息，只有被使用或消费的信息才有效，这颠覆了媒体组织内容生产的方式。新媒体把用户和受众视为最重要的资源，把用户受众的信息作为巨大财富，把满足用户受众的需求作为一切的出发点。新技术的发展，使新媒体成为一个融合的大平台，把内容、渠道、资源、媒体、受众链接起来。90 后、00 后是新媒体时代的原住民，其他群体只能算是“移民”。其实，受众在哪里，主流就在哪里；年轻人在哪里，文学的未来和影响力就在哪里，马克思主义文学批评就要把目光投向哪里，这从当下文学期刊的境遇可见一斑。文化现实的变化决定观察文学的视角和定位的变化，不能就文学（传统的文学观）而文学（变化了的文学观），要从文化现实中来定位文学。从某种意义上说，文化日益成为一种产业（文学在其中发挥越来越重要的基础性作用），随着文化的地位和作用的提升，它日益进入国家政策的中心；作为国家软实力的核心，它还成为与国际社会交流对话、提升国际话语权的重要渠道与路径。在全球化语境下，区域文化市场日益融入全球经

---

① 高宣扬：《论布迪厄美学的核心概念“生存心态”的特殊性质》，《马克思主义美学研究》第 13 卷第 2 期，中央编译出版社 2010 年版，第 44 页。

济循环体系。

当文化艺术以一种产业方式存在时，它与通常的工业规模化生产不同，文化艺术是一种有着复杂规则的生产，唯此文化艺术为后工业社会提供了一种不同的产业模式。以此为逻辑起点的理论建构才是文化产业理论生成的根基，它的双重属性决定其发展模式的迥异性。对此，有学者指出："艺术与工业、市场的对立并不总是贵族阶级对现代化生产的抵抗，或是他们想要超脱为生活必须提供物质基础的世界。艺术对'黑暗邪恶的作坊'的拒斥并不是由于它们丑陋或是由于其与过去田园牧歌般生活方式的敌对，它只是创造不同经验和体验的尝试。艺术是与科学技术的普遍真理，与商品世界，或是现代发达的管理系统完全不同的对物质世界的一种体验。"① 当下，文化产业被视为先进生产力的表征，大众创业、万众创新的重要领域和智力之源。以文化之力助推"中国制造"的华丽转身，塑造"中国创造"的品牌形象，已成为国家战略和文化政策的重心。文化艺术不但承载着民族国家历史想象的宏大叙事，如今还是国家软实力的重要体现和支撑力量，越来越受到政府的倚重和财政政策的支持。

因此，文化现实域是当下文学创作和理论批评的场域，文艺批评要重点关注文艺产品的品质和品格。正是在此意义上，文化产业经过前期的粗放式发展已进入提质增效的产业体系的完善期，形成越来越强的自我净化与品牌提升的能力，不断满足大众日益增长的精神文化产品的差异化需求。在什么意义和程度上尊重大众的文化需求是当前文化发展的重心，而文化消费越来越离不开市场，脱离市场的文学艺术越来越不可能，文化产业发展的两个效益问题日益凸显。市场强力既催生了文化精神的粗鄙和粗俗的商业化倾向，也激励了文艺的创新、试验和多元化发展趋势，文化自身的创造性价值越来越受到尊重和认同，即使政府的"文化例外"政策和补贴以及购买文化产品与服务也要通过市

① ［澳］贾斯汀·奥康诺：《艺术、产业和现代化》，张良丛等译，《马克思主义美学研究》第13卷第2期，第67页。

场来完成。在变化了的文学格局中，谁是文学生产的主体？文学消费的对象是谁？文学竞争其实是在争夺文学发展的话语权和影响力，最终是在争夺人心。

马克思曾指出："全部社会生活在本质上是实践的。"① 正是通过人的实践活动的媒介去认识现实时，现实的全幅内涵才会向人展现出来。在马克思看来，凡是从人的实践活动的角度出发而观察到的一切都是"现实的"，即可能存在的；反之，凡是撇开人的实践活动而观察到的一切则是"抽象的"，即不可能存在的。因此，马克思主义文学批评与文化现实的互动有双重含义：一是以马克思主义立场反思现实（包括文学现实），一是这种反思本身就是现实的而非抽象的，也就是说，我们不能割裂马克思主义文学批评与文化现实的关系。事实上就中国特色社会主义建设而言，马克思主义本身非但是文化现实的有机组成部分，而且是文化现实中占主导地位的思想。正如有学者指出的："当人们从马克思主义出发去考察现实时，决不能忘记，马克思主义本身就是现实的一部分。易言之，人们必须同时对马克思主义本身做出相应的反思，否则，他们根本不可能完整地、准确地考察并把握整个现实。"② 对文学现实而言，正是在不断参与建构和反省中，才能推动马克思主义文学批评的发展。关注文化现实建构中的文学指征，通过探究文化与文学（审美）之间的若干中介，以文学化的处理和审美化的艺术追求，来提高文学及其批评的专业化水平，不断丰富艺术想象力和文学批评的领悟能力。

三、政治与市场之间：当代马克思主义文学批评新范式

文化越来越成为理解和分析当前中国发展的一个关键词。生活的媒介化、

---

① 《马克思恩格斯选集》第 1 卷，人民出版社 2012 年版，第 135 页。

② 俞吾金：《马克思主义与现实的关系》，《探索与争鸣》2011 年第 12 期。

消费的符号化（审美化）、精神的欲望化、文化市场、文化产业、文化消费、文化权益，不同程度地构成解读当下文化现实的关键词。诚然，文艺不能成为市场的奴隶，但文艺更不能成为市场的敌人，市场是配置资源和信息反馈的最有效方式，它鼓励竞争和多元化发展，有利于满足消费者多样化的需求，而不是生产者的自娱自乐。可以说，市场驱动下的文化生产与传播、消费机制的变化，以及公民日益自觉的文化权益，导致了文化现实的根本变化，其中市场的力量越来越强势。消费成为主导市场的力量，鲍德里亚的“消费的生产性”思想就是其以消费为中心的文化再生产的核心。在他看来，“生产加入了符号的消费系统。劳动力不再被粗暴地买卖，而是被指称，被市场化，被商品化。生产加入了符号的消费系统。第一个分析阶段将消费领域理解为生产力领域的扩展。现在我们必须做相反的事情。必须把生产、劳动和生产力理解为消费领域里的闲适成分，‘消费’成了普通的公理、代码化的符号交换、普遍的生活方式”①。在此境遇下，不同于此前对文学创作与批评的理解，是文学创作引导和决定读者的欣赏趣味和精神高度的养成，人们读书（阅读文学）是为了增长才智见识、审美品位，文学艺术被视为人的精神家园，作家被誉为“人类灵魂的工程师”；当下的读书（消费文学）是为了休闲、娱乐，是一种文化消费，正是文化消费决定文化生产，文学生产者被称作“码字工”，作家有了富豪榜的排名，而非真正关乎文学创作的质量，文学批评也成为一种“酷评”，一种细分市场的“合谋”。虽然市场的影响力越来越大，但市场不是万能的。市场经济并非植根于力量的平均分配和全部相同的物理空间，其发展是不均衡的，还存在市场失灵现象。文化现实的变动不居，在文化与市场的复杂关联中，亟须一种切近时代语境的新的文学批评范式。马克思主义文学批评要对这种变化有敏感性，并作出文学的美学的回应。对文化现实的价值批判，必须深入考察文化生产、传播和消费的全过程，“它将显示，离

① ［法］让·鲍德里亚：《象征交换与死亡》，《后现代性的哲学话语：从福柯到赛义德》，浙江人民出版社2000年版，第136页。

开政治或历史的连接，任何高高在上，对大众文化不屑一顾，或者居高临下稍作浏览就草草下结论，都将是隔靴搔痒、不得要领的精英主义作风”①。马克思主义对文化现实的价值批判是为了正视和研究文化的多元现实及其矛盾冲突与非整合性，以维护健康的文化生态，促使国家文化管理走向文化善治的国家治理，而非制造不食人间烟火的“审美乌托邦”。其实，审美不是真空中的存在，更非“上帝的别称”，它是世俗人间的文化情怀和对境界的价值祈向。在文化创意产业中，艺术和经济发生越来越密切的关联。有学者指出：“文化企业和市场在规模和意义上真正的增长依赖于‘审美的’革新”，“这些审美的和伦理/社会（也可能是政治的）经济在创意产业中起重要作用，尤其是在小的和微型企业中。它们没有秉承艺术和金钱的敌对关系，正如布迪厄所言，它们生产出复杂的价值系统，不能归结到价格和利润最大化的市场意义上”②。特别是被大众所消费的大众文化的创造性和动力已植根于商业世界，创造越来越体现为一种多方力量合作的产物，不仅要求技术创新、内容创新，还要有商业模式（当下文学期刊和文学理论刊物的境遇）创新，在一种综合实力中体现文艺竞争力。

伊格尔顿曾在2004年出版的《理论之后》中描述，文学理论已脱离了传统的发展轨道，文学的冷漠及其对社会现实的脱离、碎片化、个人独语等，导致社会对文学与文学批评的边缘化。其实，当前中国文学批评也面临这种境遇。今天的文学观念已发生根本性变化，早已脱出了传统文学的概念和范畴，而进入文化产业及其文化数码化主导的时代。就文学的泛在式存在而言，它并没有提升民族的文学素养和文学感悟力，并没有增强大众的语文能力。特别是当前的文学教育愈发脱离社会现实，难以有效地促进文艺的繁荣及文化产业的发展，这种与需求的脱节，使文学教育失去基本的就业能力和对社会文化发展的话语权。当前文化体制改革的中心环节是激发全民族的文化创造活力，文学

---

① 陆扬：《文化研究的连接范式》，《马克思主义美学研究》第14卷第1期，第135页。

② ［澳］贾斯汀·奥康诺：《艺术、产业和现代化》，张良丛等译，《马克思主义美学研究》第14卷第1期，第31、26页。

教育的使命也要把激发全民族的文学创造力、文学想象力作为核心内容，培育从文学创作到文学批评和传播与消费的全产业链意识。文学教育不仅要培养作家、批评家、理论家，而且要为整个文化产业发展培养有创造力的核心人才，为文化创意、影视制作、编辑出版、印刷复制、广告创意、演艺业、会展业、数字内容和动漫等提供具有原创力和创造性的人才。就艺术的本质是自由的，审美带来愉悦感而言，文化创意产业能否带来美学的再度复兴？就黑格尔的理想艺术而言，它与现代社会的组织结构和社会运行构成悖论。一个追求自由，一个讲究规范和规约。因而理想的艺术对现实社会构成一种否定关系，这是法兰克福、阿多诺等人的观点；当下的现实是大众文化的流行（改写了文学观念），使艺术成为一种肯定性的东西，消费性的审美不再否定现实，而是有利于维护现实，从而成为当今社会的一种主导性原则。文化现实的审美方式建构，验证了伊格尔顿的观点，“美学著作的现代观念的建构与现代阶级社会的主流意识形态的各种形式的建构，与适合于那种社会秩序的人类主体性的新形式都是密不可分的”①。

经过后现代主义的解构和颠覆，越来越多的理论走向日常生活实践，越来越关注日常生活问题，越来越把大众的日常生活消费及其生活方式作为文学创作和理论批评的聚焦点。须知，日常生活并不就是文化现实，这貌似切近了马克思主义文学批评的现实性，其实所谓的“文化现实”是一个不断建构的产物，它本身就包含着一个如何看待现实的价值观视角，一个超越性的价值批判维度，并非全然的认同日常生活。在某种意义上，作为日常生活审美化的美学对主流意识形态形式提出了异常有力的挑战，它挑战的是一种文化秩序，并提供了新的选择路径。历史经验表明，主流意识形态结构内核的置换往往是悄无声息的，其所起的作用又是异乎寻常的。这见之于 18 世纪资产阶级上升期对美学超乎寻常的热情建构，是为了赢得资产阶级的文化领导权；也可见之于苏

① ［英］特里·伊格尔顿：《美学意识形态（修订版）》，王杰等译，中央编译出版社 2013 年版，第 3 页。

联解体时，因美国以大众文化置换了苏联主流意识形态的内核，使庞大的苏联解体时竟然没有一个共产党员站出来振臂一呼。其实任何时代的审美现象背后都有着政治的鬼魅，连“女性美”的标准及其符号都有着政治意识的视角解读。如20世纪30年代文学作品中女性审美的主调是健康，其背后回应的是“东亚病夫”的魔咒；五六十年代文学作品中女性美的主调是解放，其对应的是男女同工同酬的平等；21世纪文学作品中的女性美是娇弱和柔媚，回应的是社会上消费主义对女性符号的消费意识。文艺进入市场，但它并未远离政治，这是马克思主义文学批评要重点探究的。

当前主导社会建构的商品美学是按照人的感性娱乐的方向进行设计的，因此它极力迎合了大众消费快感的欲望满足，在适度的紧张中“调适”人的心情和心态。一方面，商品美学通过不断制造大众欲望从而服务于大众消费；另一方面，商品美学只使用表象符号来满足大众，因此与其说它使大众感觉饱足，不如说给大众带来饥渴，有饥渴才有消费。马克思主义文学批评就是要揭示其内在逻辑与诉求。可以说，商品美学建构了一套都市生活的文化原则，并与大众的生活方式链接起来，演化出一套当下都市人的“说法”与“活法”，宣扬一种“生活在别处”的感觉和意义的播撒。依托互联网和各种移动终端，数字化构建的表象所辐射的范围使得商品的幻象能够实现全球化，这也造就了阿里旗下天猫“双11”购物的世界“奇观”，成为一种流行的文化商品学。这种全然表象的美学使大众因消费而亢奋，对符号的消费成为一种不断被追逐的精神状态，对符号的选择已无关乎现实，而仅仅与其在“世界图景”中的地位相关。固然品牌和奇观有着“不实的夸张”和“谎言的诱惑”，但对消费者来说，与品牌有关的生活便利性与精神的抚慰作用毕竟难以抗拒。“诱惑性表象”奇观满足了人类的眼睛，却掩饰了产品的品质问题，以欲望沟壑引得大众消费飞蛾扑火，从而遮蔽了“谁的美好生活”的真实境况。现在文化产业发展中涌现一些背离伦理原则的物欲冲动和“伪事件”营销，把消费者引向空洞或非理性的无意义感的符号消费，展示出一种“酷”的商品美学风范。这种消费性的物化现实的审美化情境，使消费者在恍惚迷离中沉溺其中，马克思主义文学批评应对此发声，不能顺着资本逻辑的鼓与呼，而是要提出批判！

艺术既是一种从经济逻辑分离出来的文化空间，也需要展示以区别于构造当代“文化现实”的创造或文化行为的许多其他形式。当下，文化品位越来越成为都市形象或都市流行文化的“关键词”，在日常生活中发挥着“区隔”的作用，使原本就不统一的都市文化形象 / 空间愈加色彩斑斓。一个社会中有品味不同的文化社区和群体原本正常，但当把某个文化群体的审美趣味普遍化为整个都市文化的审美标准时，不同文化群落的认同矛盾就会激发满足目的的文化冲突，加剧了社会中文化发展的无序化。事实上，当下的文化现实建构中，只有在自由竞争中胜出的文化才能实现其诉求，才能成为事实上的主流文化，唯此经由文化现实的复杂性，可以洞察出社会的基本价值导向。无疑，当下正在建构以社会主义为价值（对公平正义的追求）与市场伦理（契约、法治、诚信）合法化的“知识共同体”，相应地在文学上看到的形象是“经济英雄”（商业成功人士、豪宅、香车、美女、飞机与高档公寓的链接、宾馆与高档餐厅的链接、国际旅游胜地与度假村的链接）的出场与流行，与“蜗居”“蚁族”的文学抗争，这构成了文学形象的某种逻辑嬗变，和对社会主义核心价值观的偏离。当下的生活被消费符号和审美氤氲包裹着，生活的本真性罩上了文化的色彩，做着能指的滑动。或许，只能在有些文学中还能够洞悉到生活的本真性。现实生活被流行的大众文化或审美潮流主导了，支撑着日常生活的是物化的流行时尚、审美形象，符号消费在大众生活中有着宗教般的情感皈依色彩和狂欢性的仪式化，甚至消费活动生成为一种人生存在的理由与方式，反主流的“另类”生活方式成了主流的另一表达，这就是消费逻辑的“吊诡”之处。近年来，新型文化媒介人作为“文化英雄”登上历史舞台，呼风唤雨，在演绎着“小时代”和“后会无期”以及“心花路放”，这越来越偏离人文理性与历史价值的诉求，使人文价值处于不断的飘忽滑落状态，飘忽是要不断参与他者定位以获得现实存在感，滑落是失去而不断寻找，这就是当下大众的精神状态。

在此探讨不断建构的文化现实域，是基于一种价值批判视角，旨在提撕出一种“应当的”价值维度。提出马克思主义文学批评的现实性问题，就是在文学现实与理论批评的互动中，在变化的国内外形势和数字化生存状态下，通过直面现实获得一种力量，从而实现理论创新，建构具有中国本土经验和全球视野的马克思主义文学批评模式。主张在“返回”传统（顶天）中建构一种基于中国经验（立地）的当代马克思主义文学批评模式和话语体系。文学批评作为一种理性反思，原本与社会生活构成一种张力关系，从而有一种超越维度。在不断变化的文化语境中提出马克思主义文学批评的现实性原则，目的是使马克思主义文论重新成为一种有影响力的文学研究和批评范式。马克思主义文学批评始终不可缺失政治维度和对人心的教化，这是由其使命和责任决定的。马克思主义文学批评原本就是向现实说话的，而不是书斋中的想象物，更不是书本中的教条和静止的审美观。它通过弘扬文学理想重构一种神圣维度，在对文化现实的有效互动中坚守现实性品格。

消费性审美话语的生成及马克思主义立场的批判

消费文化的流行带来的不单是文化形态的变化和文化发展格局的改写，还深刻地影响了经典美学的审美方式、态度和话语表达方式，现实境遇催生了消费性审美话语的生成，使消费美学合乎历史机缘地出场。符号消费在大众生活中的凸显，使审美越来越成为社会现实的一种组织原则。一定意义上，文化消费而不是文化生产成为当下审美话语重构的逻辑起点，技术而不是艺术成为审美话语重构的逻辑骨架，快感和功利成为审美话语重构的价值诉求，受市场逻辑主导的文化产业是支撑其重构的现实力量。

一、消费性审美话语生成的题域

当下的全球化时代，机器人技术、仿生学、生物学、能量学、人工智能、3D 打印机、大数据开发和远距离电子应用呈几何级增长，网络搜索引擎成为新兴产业的明星，网络文化日益渗透于日常生活。大众生活中越来越多地充斥着数字技术，不管是政治、经济、文化、教育还是娱乐、旅游以及家庭生活，网络已成为社会环境的一部分，我们全面进入了数字化时代。以至于有学者断言：我们确确实实地面临着一项人类学革命，其重要性不亚于人类历史上开始使用火。[①] 与之相应，透过喧嚣的表象，可以真切地感受到，在时间碎化、空间凸显的后现代境遇下，巴西学者桑多斯的断言："我们仍然生活在全球资本主义占主导地位的时代，这是我们理解当今世界现实和变化的基础"依旧有效。[②] 美国学者德里克认为所谓全球资本主义是指：新国际分工形成，生产过程全球化；生产的无中心化，高新技术的"汉撒联盟"开始出现，指出哪个国家或地区是全球资本主义的中心变得日益困难；跨国公司已经取代国家市场而成为经济活动的中心，在生产过程非中心化的背后，生产权仍高度集中在公司；生产的跨国化不仅是全球前所未有的统一的根源，也是全球前所未有的分散化的根源；资本主义的生产方式在资本主义历史上破天荒地真正成为全球的抽象，而脱离了其特定的欧洲历史的渊源。[③] 全球化作为当下的历史语境，全面影响到经济、外交和政治民主化进程，尤为重要的是，不是生产而是消费越来越进入社会的中心，这深刻地影响到文化观念的变迁和艺术形态的变化，影响到审美观念和态度的生成，这一具有时代特征的文化形态和审美趣味，受到了迅猛发展的文化产业的支撑。一定意义上，文化和文化产业成为理解全球化的一个基本维度。在文化的"市场需求"和市场的"文化需求"的相互作用中，意义的交换（符号消费）成为大众生活消费的重心，当前世界主流消费品都有着文化的意味，"日常生活审美化"原本是一定阶层和区域的某些现实，却在当下不断跃出自己的界域，在某些发展中国家也获得部分认同。在大众文化的全球互动下，出现了审美时尚的全球流动，并影响到社会转型中的审美话语重构，多样化的审美方式和审美经验不断生成，使迥异于经典美学形态的消费性审美话语的重构具有了开放性和接纳性。

消费文化的流行凸显了人对"物"的追逐、窥视和占有欲，当文化消费执

① ［加］海威·菲舍尔：《2007 年：数字时代的革命》，张晓明等编：《国际文化产业发展报告》第 1 卷，社会科学文献出版社 2007 年版，第 155 页。

② 转引自薛晓源：《透视当代资本主义——"全球化与当代资本主义"国际学术报告会实录》，《马克思主义与现实》2000 年第 6 期。

③ ［美］德里克：《世界体系分析和全球资本主义——对现代化理论的一种检讨》，《战略与管理》1993 年第 1 期。

著于赢得票房、收视率、上座率和码洋时，我们已然处于物欲的文化状态。在现代技术的强势揭蔽下，人的物化已由外在趋向内在，原本是虚灵状态的文艺被物化和量化了，连艺术符号表意系统的象征性或表征性也被实体化或指向现实中的物。文艺作为文化的核心部分，原本超越人的物欲和自然层面而上升到精神高度，现在却反过来重新把人拉回到自然或物的层面。借助于文化资本的运营，艺术凭借商品、技术、身体等手段日益凸显"物"的诱惑力，越来越蜕变为与"物"相交融的经济、产业、技术等行为。市场通过大众的文化消费"收编"了一切文化艺术，无论是高雅艺术还是通俗文化。文化产业在政策激励下，催生了一个新的社会阶层——以新兴文化媒介人、艺术工作者为核心的创意阶层。创意阶层的崛起是文化时代来临的表征，他们主要提供智力资本和文化创造力，并以制造"审美趣味"为时代风向标，来俘获眼球和攫取经济效益；他们在很大程度上决定了一个地方的文化存量和文化流量及审美风尚的流行，决定一个地区的文化繁荣与否。不同于经典美学的领军人物是学者型的精英人士，当下消费性审美话语的引领者则是商业操盘手，因为他们成功地统合了经济和文化逻辑的合一。

当下现实生活呈现出的全新的艺术特质，使经典美学思维主导下的审美范式难以作出有效阐释，如果美学研究不对此做出积极回应，必然陷入自说自话的尴尬。如韦尔施所说，在传媒时代"电子世界不存在形象和本质的真正差别，令每一种欲解释电子媒体的传统本体论都被釜底抽薪，失却用武之地"。① 新的审美话语重构需要直面人的现实生存，把艺术、生活及其非经典性的"文本"纳入美学意义系统，予以美学的覆盖（"再确认"）。在数字化时代，计算机的虚拟能够创造出惊人的逼真，幻象之美轻易地覆盖了"生存理解"，使人们自然而然地采取了背对现实的姿态，真实感的缺席带给人的是一种不确定性和幻灭感。这就是韦尔施所说的"现实的非现实化"，即电子传媒带来的存在的虚拟性成为生活世界的主导原则；同时，曾被视为普遍特征的网络的虚拟性，却

① ［德］沃尔福冈·韦尔施：《重构美学》，陆扬、张岩冰译，上海译文出版社2002年版，第245页。

显现出实体性的现实力量。现实与虚拟相互交融，“现实的重力正趋于丧失，其强制性变成了游戏性，它经历着持续的失重过程”。“真实日渐失去操守、本真和严肃性，它似乎变得越来越轻，强制性和必然性都在减少。”①在看似虚拟化的景观社会中，大众起劲地追逐“体验”的快感，对体验和娱乐的消费成为审美话语重构的基础。这个时代“看”的技术尤为发达，视像文化的流动性、生成性使传统的“静观”式审美鉴赏被参与式、互动性审美所替代。一个脱出自然限制的景观社会或园艺化世界呈现在世人面前，当代人日益以一种观光客的身份生活在“仿像”的社会中，与外界形成一种若即若离的观赏、娱乐、不断更换底片的相互凝视的关系，人看风景，同时也成为被看的风景的一部分。在“被看”中人是生活的过客，而非诗意地栖居在大地上的主人。表面上看，绘画、音乐（作为公共艺术的绘画、雕塑）已融入生活，大众的日常生活审美化了，海报、广告、灯箱、建筑景观闪着靓丽的色彩，MTV、MP3、MP4、MP5不停歇地响着流行歌曲，但这种消费性审美话语与人的本质生成似乎没什么关系，充其量是一种技术力量的展示，只外在地培育了欣赏形式美的眼睛和感受音乐美的耳朵，是一种现成性的体验和快感而已。

阿多诺指出：“继禁欲主义时代之后的几个历史阶段中，快感成为一种解放力量。”②当下，快感已不局限于人的身体的感官世界，而进入更大的社会系统中，全面渗透进社会生产和再生产的结构及其过程，不仅由此构成快感对生产方式的促进和改造，还发展出一整套有关快感的产业，形成快感对消费社会的全覆盖，使社会成为一个快感流行的娱乐场，美其名曰：审美文化建构。在日常生活全面快感化过程中，依托技术和传媒形成了无所不在的符号经济和象征资本的流动，它以经济诉求为重心，采取各种快感形式，开始与社会的经济基础结构、生产力形态、生产关系形式以及它们的存在目的、社会文化关系和对社会的广泛影响等进行全面链接。在快感原则主导下，美下坠为甜腻的媚

① ［德］沃尔福冈·韦尔施：《重构美学》，陆扬、张岩冰译，上海译文出版社2002年版，第116页。

② ［德］阿多诺：《美学理论》，王柯平译，四川人民出版社1998年版，第25页。

美，丑不但被抽空了内涵，还失去了出场的机缘。在现代艺术中，美和丑原本作为对立面而存在，美是肯定性的东西，丑则是对现实的否定。“艺术务必利用丑的东西，借以痛斥这个世界，也就是这个在自身形象中创造和再创了丑的世界。”① 这是现代艺术的奥秘。但在消费性审美话语的流行中，“丑”已不复存在，至多是夸张、畸形、变态的形式飞扬，艺术被抽离得只剩下“美”——甜美或媚美，失去了丑的力量的制衡，剩下的是“拙劣的模仿作品或媚俗的垃圾现象”，这却被视为追逐利益的产业化的美的艺术，驯化的顺从的艺术只是对现实的无意义复制。在此境遇下，美的有力——社会经济层面上的整合能力，与美的乏力——历史深度和审美自律的缺失，都共存于当下的现实，消费性审美话语的流行与消费文化的生产具有了某种价值的同构性。

随着审美泛化趋势的蔓延，“美”不再局限于令人神往而不能至的艺术专有领域，“美学”也不再是拥有良好艺术感觉和理论思维能力的学者的专利。伴随大众文化的流行，高雅文化和世俗文化的交融，“美”日益融入生活的各个层面，美学走向了生活，催生了日常生活审美化思潮。日常生活的“审美化意味着用审美因素来装扮现实，用审美眼光来给现实裹上一层糖衣”。②“美”沦为一个粉饰现实和人生享乐的道具，下坠为一个被用以提高生活品质和身价的幌子，一种为某些值得向往的消费行为或生活方式提供合理性的话语修辞，一种消费主义意识形态的辩护词。美的生成与精神超越、心灵的自由无关，成为华丽的符号、身份的表征、快感的宣泄、欲望的修辞，在商家的蛊惑下，日益泛滥以至于由“审美疲劳”转化为“审美暴力”。现实生活中，因扮饰性的审美文化置换了社会转型中真实的生存图景，而遮蔽了意义流逝时代个体的精神困境和底层生活的困顿，与强势的媒体文化合谋，共同缔造了一个与美学精神背道而驰的“消费美学神话”。格调、品位、自由、艺术魅力、优雅、质感、个性气质、视觉冲击力成为这套话语的修辞，成为以之作为文化守夜的新富阶

① ［德］阿多诺：《美学理论》，四川人民出版社 1998 年版，第 87 页。

② ［德］沃尔福冈·韦尔施：《重构美学》，陆扬、张岩冰译，上海译文出版社 2002 年版，第 5 页。

层的巨型想象的表征。

当今社会，随着文化地位和作用的全球凸显，文化经济的社会影响力不断提升。文化与社会的互文化、文化与经济和科技的交融性不断加速，资本在文化艺术等精神领域急剧扩张，文化产权浮出历史地表，成为一种新的规定性力量，文化产品的社会化大生产与差异性消费成为当前社会的文化现实。随着消费文化的蔓延，尤其是文化的批量生产与商品符号和影像的泛滥，宣告了一个孤立的文化领域的终结。伴随以文化为核心的新的经济和社会形态的来临，一种新的人类生活方式逐渐生成，美学作为文化和社会的关键词，推动了消费性审美话语的流行。美学借着文化产业的强势而格外凸显，大有复兴之迹象！只是这种复兴具有鲜明的时代意味，是一种消费基础上的审美话语重构。

二、消费性审美话语何为

消费性审美话语能否作为一种新的美学研究范式，而摆脱对现实的失语？它能否为处在后现代焦虑中的大众提供精神的栖居地？它能否以精神力量和艺术张力来眷注大众的心灵——在经济追逐和人文价值诉求之间保持某种平衡？这些问题都聚焦于消费性审美话语何为！在文化经济理论家凯夫斯看来，文化创意产业中的经济活动全面影响了当代商品的供求关系及产品价格，自然影响了文化形态、表达方式、传播方式和审美趣味的生成。市场逻辑主导下的符号生产已跨出文化和娱乐产业的范围，而扩展到整个商品生产领域，不仅显现于经济文化化、文化经济化的现实，还日益再造了人的生存环境。同时，技术在大众日常生活中越发凸显，随着技术与人之间的相互介入，通过技术手段可以实现越来越多的人文追求。很明显，技术的人文化趋势极大地改变了现代人的审美方式，特别是信息文明基础上的数字化生存催生了人的审美方式和审美形态的多样化。一定程度上已超越了现代技术的本质特性而把一切都置于无“差异”中，来实现对人和物的绝对控制的异化处境，越来越显示出一种人与技术相互生成的“双面神”特征。当下，信息文明基础上的新技术使技术越来越具有人性化、艺术化的“返魅”特征，人—机互动、人—机共生使生产和消费都有了更多的自由，不仅出现了个性化的生产和娱乐方式，还催生了审美的多样化和同步化、规模化、专业化以及集中化，这是否是对现代技术“侵蚀”审美的救赎？是否有助于人诗意地栖居在大地上？人借助数字技术使自己得到增强和发展，极大地丰富了人的大脑，从而增强了人的认识能力和自由度，因技术被内化为人的主体性的一部分，这种新的自我就被加以合目的地改造为“新人”。数字化极大拓展了人的审美经验，但也模糊了现实世界与虚拟世界的界限，从而改写了经典美学的构成性原则。

随着文化与科技交融影响下的产业结构调整和生产方式变革，奠基于现代化大工业基础上的社会发生了转向，一种以“消费”为驱动力的发展方式来临。“如果说早期资本主义社会中人们是通过生产而进入社会的话，那么当代人则是通过消费而获得自己在社会中的位置。”①消费主义的全球蔓延，使审美文化越来越受控于消费主义意识形态，感性的释放越发受到消费的刺激和诱惑，审美很大程度上显现为欲望消费的快感。在新的历史阶段，依托数字化网络信息技术，文化产业不仅改变产品形态，还创新了文化存在的业态及消费方式。“大众化的标准产品日渐式微，对个性化产品和服务的需求越来越高。”②能否塑造出具有特定文化、审美、艺术内涵，被大众普遍接受的观念，成为决定企业、产品能否具有强大竞争力的关键。在现代传播体系引导下，“生活在别处”的幻想成为当下的“仿像”，强势的多媒体新媒体改变了大众的生活方式、消费方式和审美方式。有学者指出：“内容引发社会需求，科技改变产品形态，资本影响市场规模，服务决定事业成败。文化产业这四大核心要素，是导致全球文化产业基本生态发生变化的直接动因。”③其实，不仅文化产业，整个社会都

---

① 高亚春：《符号与象征——鲍德里亚消费社会批判理论研究》，人民出版社2007年版，第59页。

② 苗月新：《市场营销学》，清华大学出版社2004年版，第219页。

③ 熊澄宇：《并存互补竞争创新——发展中的国际文化产业》，《求是》2007年第10期。

趋于审美化，但在现实中却以物化的形态显现。

随着文化产业的发展，文化艺术产品不再是传统意义上少数人的专利（鉴赏性审美话语的生成），而是为了满足大众消费的精神文化需要（消费性审美话语往往与产业相关联），当下的文艺生产包括流通、传播和消费都被纳入大生产视野。市场经济条件下，文化艺术的审美消费已不能缺失或忽略产业化背景，经济中融入越来越多的审美要素，产品中文化的、艺术的、信仰的、心理的因素比重越来越高，产品越来越趋向符号化、艺术化，往往能讲好一个故事的产品（品牌）更有竞争力，文化竞争日益成为产业内、企业间争夺市场的主导方式。可以说，正是文化产业，使日常生活中的审美活动变得更普遍，产业化使审美成了廉价的消费品。洞察日常生活中的消费性审美话语，它已然改变了审美的经典内涵，无论是批判的转向，自律性的匮乏，还是功利性的倾向，都表现出经济诉求对审美话语的覆盖。可以说，依托文化经济的力量，是消费而不是生产，成为当下审美话语重构的逻辑起点。其中，“公民—消费者”是理解消费性审美话语的重要视角，在微观政治学上，它试图用商业主义去追求所谓的民主和民权。不仅艺术形式在商业化中失去自主性，审美精神及价值祈向也在市场主导下趋于平面化。在鲍德里亚看来，消费时代的“审美”行为是通过消费活动完成的，审美体验显现为消费的快感，审美逐渐丧失原有的形而上意义和理性精神。在日常生活的审美谋划中，审美形式的装扮作用，以及对休闲娱乐的享受追求，大大超过对精神深度的关注。在商业利润诱导下，休闲、旅游、娱乐等在产业化过程中，对感觉的追求不断偏离审美，在被无限放大的感官欲望的享乐中，对感官刺激的追逐取代了对自由感的追求。

与解构边界、审美泛化的现实趋势相应，艺术和美的根基愈发脱离大地，愈益脱离人的内心世界。美学所倡导的自由精神、独立意识、丰富人性的观念，没有真正融入日常生活的肌理，日常生活的美化趋于装饰性和标准化，其暴力性的视觉冲击，使审美愈发远离了美的本真状态和对境界的祈向，越发物化和干瘪化。如广告对商品的修饰功能使商品超越了自身的使用价值，通过包装把“罗曼蒂克、惊异、欲望、美等粉饰于平庸的消费品之上”，误导大众以为是对某种文化的诉求。其实，是大众在消费时，把创造性从艺术中解放出来，转移到了符号化的消费品中。在此情形下，许多艺术家放弃了对高雅艺术和先锋艺术的信奉，转而对消费文化采取了日益开放的态度。在资本主义工业生产中，工具理性的技术扩张和利润最大化，被认为与高雅文化占主导地位的美的表象和无厉害的愉悦相对立，因此，先锋派艺术通过把技术引入艺术、把技术从工具层面解放出来，从而动摇了资产阶级技术是进步的，艺术是“自然的”“自主的”“有机的”观念，是技术促使先锋派艺术产生并与传统断裂，但又剥夺了具有革命潜能的先锋派在日常生活中必要的生存空间，由此生成了日常生活审美化思潮。但中国当下的消费性审美话语的流行更多的是借助大众文化，而不是在消费文化中没有多少话语权的先锋派艺术的实践，成功地覆盖了消费社会的日常生活。

消费性审美话语的流行，使其在审美趣味上趋向时尚化、个体化、差异化。伴随审美观念的断裂（知识中心的分解）与审美形式的碎片化（不再有统一的形式感），审美愈发成为一个虚空的能指游戏，而难以涵括不可定义的生成性所指。美学的效力似乎越来越成为大众生活的扮饰和文化产业的修饰语，标签化、术语化、复数化成为审美话语重构的表征。尽管生活越来越具有审美色彩，但这种审美多止步于享乐，并没有深入精神层面。消费性审美话语只是借势文化产业，一定程度上促进了审美文化的繁荣；同时，被纳入产业视野中的艺术和审美，因遵循市场逻辑，而不是艺术标准，形成了对审美艺术的创造的限制。

三、消费性审美话语的人文视野批判

当下的消费性审美话语已把技术语言纳入自身的学术视野中，不再是一味地拒斥技术，而是非常关注工业设计与产品实用中的美学问题。技术与艺术的相互融合催生了新的审美形态，电脑动画特效的制作，3D 技术的艺术性生成等，如美国好莱坞的《星球大战》《玩具总动员》《阿凡达》等，这些产品带来的视觉冲击和审美体验都离不开新技术的应用。在此，“多媒体的手段和讯息将会集科技和艺术成就于一身，其背后的推动力将是人们对消费性产品的需求”①。作为网络传播的通道，互联网的普及和升级拓展了全新的审美视域，在虚拟的仿真的抑或现实的世界中，不同的群体、个人或社区实现了交互、即时、多元、自主与自由传播。无论是文学作品的写作，还是绘画与音乐的生产，网络都带来了革命性变化，网络传播使艺术越来越趋于平民化、生活化，使各种艺术走进了寻常家庭，进入大众的日常生活。同时，改变了人们对艺术和美的感知方式，艺术和美的生成很难离开技术与媒介而存在。当代艺术展，从布展到活动结束，既离不开技术的支持，也离不开媒介的参与。消费文化语境中的艺术和美的每一次生成，都有着技术的支撑和互动。在技术视域中，人们难以直接遭遇作品进而与艺术本身相遇。技术与媒介在敞开艺术的同时，也一定程度上遮蔽了艺术的本性存在。互联网使艺术的唯一性、独创性消失于拼贴与复制的链接中，艺术成为集体的生产和话语狂欢。

美的生成、审美体验离不开新技术的支撑与融合，但与此前技术只消融于艺术生成的无功利性不同，技术的功能展示与美的现象愈益和谐共在，甚至技术自身就是美的显现方式。随着文化产业的发展，技术的强势和人性化趋势在艺术和美的生成中愈益显现，技术的对象可能成为审美的对象，甚至进入审美话语的中心地带。当然，这种美的生成，脱出了技术美的规定，甚至传统美的形态和经典定义都要在新的视域中获得重新阐释。随着新技术与新媒介的融入，技术与媒介的因素成为消费性审美话语不可或缺的要素，审美消费离不开新技术和新媒体，这催生了有着庞大价值链的产业。

就现实性而言，审美需要基础和前提，马克思早就揭示过：一个饥肠辘辘

① ［美］尼古拉·尼葛洛庞帝：《数字化生存》，胡泳、范海燕译，海南出版社 1997 年版，第 101 页。

的穷人是无暇审美的，审美要培育能够欣赏形式感的眼睛和辨别音律的耳朵，也就是说需要物质和时间的投入。消费社会固然是休闲时间增多和物质极大的丰富，理论上有助于丰富人的审美经验，有助于提高当代人的审美能力和水平，但因过多地关联于“物”的功利性消费，不是对人自身的精神境界的诉求，反而弱化了美与人的本质生成的呼应。“艺术生活化”作为一种美好生活的诉求，原本是在无功利性诉求的语境下，艺术自然地融入大众日常生活的过程，是用艺术来提升生活的品位，用美来克服生活的庸俗化，以此来抒发心灵的自由和祈向人生境界，而不是用艺术来装饰、扮饰某个阶层的生活。当下，由新富阶层制造并为某些学人鼓噪的“日常生活审美化”，作为消费社会的一种审美泛化现象，其实是一种依托市场逻辑的对美及艺术符号的消费，在此境遇中艺术和美沦落为表征身份和等级的对象性的“物”，以其炫耀性关联于所谓的“成功人士”，而不再是和人具有一种存在性的关系。因有利可图，艺术化的符号生产成为文化产业的核心部分，它所制造的时尚裹挟了大量盲从的大众，使消费性审美话语披上了普遍性外衣，并受到文化政策的鼓励和经济发展的倚重，而成为消费社会的某种组织原则。此外，消费性文化的过度繁荣，必然影响到生产性文化的发展，作为有机的文化生态，只有消费性文化与生产性文化的均衡发展，才能使一个社会的文化发展处于正常状态。作为审美话语的重构，消费性审美话语不能涵盖所有的生活领域，它也并非总是依附于消费，因各种各样的原因总会使这种关联发生某种断裂、出现某些裂隙，美自身的力量总会使其祈向精神境界，而出现超越物欲快感和功利诉求的努力。可见，流行的消费性审美话语只是最大限度地改写了美学修辞及其表达方式，只是改变了主体的审美态度和审美经验，但美的性质和与人的本质性关联并未发生根本性改变。技术在审美生成中的作用，丰富了经典的审美观念、文化信念和叙事规则，颠覆了关于艺术和美的合法性的经典论断。随着技术揭蔽成为世界敞开的主导方式，受技术主宰的新媒介全方位渗入艺术活动中。在海德格尔看来，理解艺术须要回到艺术的真理本性与器具的可靠性—有用性上。虽说技术和艺术愈益相互交融，但通常技术是完成一个世界，设定了物的存在；而艺术是敞开一个世界，让物自身得以显现。艺术作品不是纯粹的物，也不是器具，而是艺术作品自身，经由对物的封闭性的克服和器具的有用性的扬弃，而敞开一个世界，成全真理的本性。艺术和美说到底，在始源上，既不是认识论的，也不是形而上学的。在现实生活中，随着技术对艺术和审美领域的渗透越来越成为主导性方式和常态，人们感受到艺术、美与功利、欲望的关系并非对立，而是呈现复杂的关联性。德国文艺批评家霍尔斯特·吕特尔斯认为：以高科技手段支持的文化形态是一种“反审美或后审美文化”，一种“视觉和听觉文化”，一种消费文化；它消解崇高、消解意义、消解精神，摧毁传统文化（特别是严肃文学和高雅艺术）的审美规范，使文化从一种“教化工具”和审美形式，逐渐过渡为一种大众娱乐方式和消遣方式，使文化产品日益蜕变为“消费品”，从而将一切文化行为和文化经验统统推入商品的洪流。① 身受“市场逻辑”主宰的大众文化奇观不仅占据社会强势地位，还以普遍性的“审美趣味”为旗号，形成以“向钱看”“感官享受”为核心尺度的流行话语，以及以“时尚”为导向的“符号”崇拜，并裹挟了无数趋之若鹜的大众，制造了数不胜数的“超现实”幻象，在大众的文化实践中形成一种新的审美规制。在数字化技术支撑下，美的生成不单是个人体验，甚至是多人、众人的互动式体验，审美经验既可以独乐，也可以众乐。艺术、美的反抗性、升华性越来越让位于感官的愉悦和快感，新技术、新媒介之于艺术表现与审美生成的变化，不再局限于曾经作为美学一个分支或一个研究领域的技术美视域，而是一种对审美话语的全面渗透和改写，最终形成新的审美话语和美学研究范式。就是说，在新的美学范式中，不是艺术而是技术，成为当下审美话语重构的逻辑骨架。

鲍德里亚曾认为，包豪斯意味着“形式和功能的综合，是美丽和用途的综合，是艺术与技术的综合……包豪斯学派已经将美学主张延伸到了日常生活之中，同样它也是服务于日常生活的技术。技术经验的普遍的符号化实际上产生

① 转引自章国锋：《信息技术与德国“构成主义”学派的文化理论》，载《欧美文学论丛》第 3 辑，人民文学出版社 2003 年版，第 213 页。

于美丽与使用之间所存在的分裂的消解。或者从另一个角度看，包豪斯试图将由工业革命所带来的社会的以及技术的基础设施与形式和意义的上层建筑融合起来”，①尽管把美学主张延伸到生活中，但包豪斯在美学和技术融合上的探索，仍然是一种现代主义的美学观和艺术观。而后现代艺术的技术性生成，更多地呈现为技术世界中的艺术游戏。艺术作为游戏，在后现代语境下，有的只是技术性话语的无尽狂欢。它固然摆脱了经典艺术哲学中质料、形式等范畴的限定，甚至走出受制于存在的规定，却空前地依赖于技术性媒介，越来越成为大众文化的组成部分。

大众文化的流行，使消费性审美话语以艺术的旗号把浪漫、自由、高雅的生活品位与消费品链接起来，由此，美和艺术被纳入媒介与商业利润的关联中。艺术和美的技术性遮蔽是一种非本源的遮蔽，它只是外向度上的狂欢，艺术、美的五彩缤纷，其实是远离自身的流浪，是行至真理半途的漂泊。不同于此前美的生成，“技术对象在它的制造与使用中，更严格地服从于功能性的需要，他们的美是外加上去的，而且还是经过预先考虑的”②。因此，不是审美自律，而是审美筹划主导了审美话语的生成，在当下数字化生存的泛在时代，伴随高新技术的非地域性应用，各种艺术之中、艺术之间、艺术与生活之间的边界都遭到解构而趋于模糊，出现不同寻常的关联与融合，生成许多新的文化、艺术业态。因时间、空间的变化而带来审美方式的转换：经典的静态审美方式与动静结合方式的交融，审美方式的变化契合的是消费性审美话语的流行。虽然艺术和美的传统形态依然存在，但其意味要在新的语境下获得重新阐释。尽管遭遇技术的遮蔽，艺术和美的使命就是去蔽，这是一种命运，消费性审美话语的生成预示着一个新的美学肇端的开启。

其实，审美从来都不单纯是美学领域的事情，它背后不仅有着人文价值的祈向和伦理意识，更关乎文化权力的运作和文化领导权的变更。美学并非普遍

① [法]让·鲍德里亚：《符号政治经济学批判》，夏莹译，南京大学出版社2008年版，第185页。

② [法]杜夫海纳：《美学与哲学》，孙非译，中国社会科学出版社1985年版，第206页。

抽象的空洞原则，而是一个有着社会历史的内涵和合乎时代机缘的生成性概念。对于当下消费文化语境下审美话语的解构与重构，如何使消费具有“意义”而不是符号性炫耀？使其从对功利价值的过度追求中超越出来，在对现代技术“座架”本质的克服和人性化技术的契合中，使美与人的本质性力量的感性展示关联起来，进而使审美成为人的自由全面发展的一个必然的向度，成为当下美学学科重构不可绕过的话题。基于此，有必要重构消费文化语境下的美学研究范式及其话语体系，明晰审美的人文价值祈向，使作为国民经济支柱产业的文化产业成为美的意义生成的源泉之一，在文化与社会的互文中丰富和拓展当代审美经验。在文化产业虚热的语境下，文化产业研究往往缺失现代性批判视野及其积极性审美经验生成的阐释，这在一定程度上误导了消费性审美话语的流行。

美学的发展不仅仅是话语层面的建构，还需要现实力量的支撑；对消费性审美话语的批判，也要回到现实生活中。首先回到美学人类学的根本——劳动的二重性，在扬弃劳作的被动性和功利性束缚下，丰富和提升能动性的劳动的美感，按照美的规律造型，积极发展以信息技术为逻辑骨架的新的劳动形式，使人在劳动中获得自由和快乐；其次在文化产业的发展中，以人文价值导向校正其发展偏颇，在文化消费和文化享受及其文化权益的实现中，从单一的经济价值追求中超越出来，而指涉人文价值祈向；再次，在思维和观念更新中克服现代形而上学的二元对立思维，回到一种圆通的现代人文视野中领会美学话语的重构。

以马克思主义历史观旗帜鲜明地批判历史虚无主义

近年来，历史虚无主义作为一种引人瞩目的社会思潮，已扩散到人文社会科学的不同领域，俘获了不少青年学生和知识分子，其产生的负面影响和别有用意不能小觑。其影响之广在看似远离政治与史学的文学创作、文学批评、文学史写作中，都不同程度地存在着“虚无”历史的冲动和表征。一个时期以来，在文学领域包括“红色经典”再创作中出现消费情色、放大欲望、追求感官娱乐的片面化倾向，在放大历史细节（如土地革命中的某些事件等）中彰显孤立静止的历史观，否定革命的合法性。打着彰显人性的旗号对英雄人物持虚无主义态度，在有些作家笔下，为国家独立、民族解放和人民幸福抛头颅洒热血的革命烈士不再庄严、崇高和神圣，而是可以任意戏谑、恶搞、亵渎；有些文学创作打着人物性格的复杂性幌子，无视历史的本质属性，主张“坏蛋也有温柔宽厚的一面”，甚至以扭曲的历史观把历史上的反动人物打扮成“历史的推动者”“革新者”；有些文学创作以“红色经典”缺失身体性为由，在影视生产中大肆宣扬情色，把“红色”英雄装扮成“粉色”人物，以迎合市场的低俗趣味。在虚无主义思潮裹挟下，一些文艺创作者把否定历史当时髦，以解构崇高为能事，挑战正义良知、扭曲价值判断、消解社会主流意识形态，助长了“三俗”文艺的泛滥。

凡此种种，无论是“虚无”历史事实、“虚无”历史价值，还是作为新变种“虚无”马克思主义历史观，都旨在诋毁英雄和革命领袖，瓦解叙述革命合法性的近现代史和中共党史、军史，试图以扭曲的历史观置换主流意识形态内核。正本溯源、以正视听，唯有树立正确的历史观，方能洞悉历史虚无主义本质，揭示其险恶用心。历史从来不是单纯的历史事件的堆积，历史叙述是一个国家政权合法性的表征，是一个政党掌握文化领导权的显现。作为一个现代人、文明人，一定要有历史意识，懂得“我们从哪里来，要往哪里去”的历史发展趋势。单纯地讲，历史是一个民族、一个国家形成、发展及其盛衰兴亡的真实记录，是前人的“百科全书”，即前人各种知识、经验和智慧的总汇，其中蕴含着历史发展的规律和领悟历史的观念。面对复杂纷纭的历史现象和社会发展趋势，一定要增强历史意识、提升历史辨识力，警惕各种历史虚无主义的侵蚀。习近平总书记指出，人民有信仰，国家有力量，民族有希望，必须积极引导人民树立正确的历史观、民族观、国家观、文化观。当前，中华民族正迎来伟大复兴的拐点时刻，正在走近世界舞台中央，各种反动势力不甘于中国的文明型崛起，极力以各种社会思潮挑战和颠覆意识形态领导权，妄图在历史观改写中抽离意识形态根基，造成大众思想的混乱。

“灭人之国，必先去其史。”苏联政权的垮台，无疑有着历史虚无主义“之功”，通过卓娅、马特洛索夫、奥列格等为代表的一批英雄人物的被污名化，党史国史相继被否定颠覆，最终国家主流意识形态的内核被所谓的“新思维”置换，苏联政权失去了存在的合法性，垮台就顺理成章。历史和现实都表明，一个抛弃或背叛了自己历史文化的民族，不仅不可能发展起来，而且很可能上演害国误民的历史悲剧。总体来看，历史虚无主义不是用发展的、全面的、普遍联系的观点看待历史，而是用静止的、片面的、孤立的观点看待历史；不是一分为二地评价历史事件和历史人物，而是对历史事件和历史人物持片面性态度；不是从历史事实出发设身处地考察历史，而是从既定的观念出发随意裁剪历史；不是去探究历史现象背后的本质和规律，而是纠缠于历史现象的支流末节。正是由于错误的历史观，导致了历史虚无主义对历史的“虚无”。在当代文艺创作和文艺批评中，要站稳脚跟不随波逐流，就要有坚定的文化自信，增强以马克思主义历史观洞察历史现象的能力，形成正确的创作导向，才能真正为时代立言。习近平总书记指出，“如果‘以洋为尊’、‘以洋为美’、‘唯洋是从’，把作品在国外获奖作为最高追求，跟在别人后面亦步亦趋、东施效颦，热衷于‘去思想化’、‘去价值化’、‘去历史化’、‘去中国化’、‘去主流化’那一套，绝对是没有前途的！”① 缺失历史定力，缺乏价值立场，其作品必然如雨中浮萍，难以成为时代扛鼎之作。作为对历史根基和创作立场的润泽，“中华优秀传统文化中很多思想理念和道德规范，不论过去还是现在，都有其永不褪色的价值。我们要结合新的时代条件传承和弘扬中华优秀传统文化，传承和弘扬中华美学精神”。② 面对文艺创作中的虚无主义思潮，一定要敢于表明态度，在大是大非问题上敢于表明立场。当代文艺创作和文艺批评不能虚无历史，更不能虚无文化。事实上，历史虚无主义的泛滥必然导致民族虚无主义和文化虚无主义，在其别有用心下，不但近现代中国历史被歪曲，以爱国主义为核心的民族精神和源远流长的灿烂文化也一并被抹杀，使文学创作愈发失去自己的根基，而充当某种强势文化的爬虫。

社会思潮是时代理论的折射，是一定时代社会意识的反映，很多社会思潮的流行往往打着理论创新的旗号，俘获了很多青年学生和知识分子，对此一定要有甄别思潮本质的辨识力。无论是文艺批评还是社会历史研究，都要有问题意识，问题是创新的起点，也是创新的动力源。马克思指出，问题就是时代的口号，是它表现自己精神状态的最实际的呼声。只有聆听时代的声音，回应时代的呼唤，认真研究解决重大而紧迫的问题，才能真正把握住历史脉络、找到发展规律，推动理论创新。只有立足马克思主义历史观，才能真正把握改革开放四十年的大势，才能真正领会改革开放四十年的理论创新，旨在要回答时代之问，即回答什么是社会主义、怎样建设社会主义，实现什么样的发展、怎样发展等重大问题，在尊重实践和历史发展趋势中实现理论创新，成功探索出符合中国国情和文化传统并符合人民意愿的中国道路，从而开创了中国特色社会

① 习近平：《在文艺工作座谈会上的讲话》，人民出版社 2015 年版，第 25 页。
② 习近平：《在文艺工作座谈会上的讲话》，人民出版社 2015 年版，第 26 页。

主义理论的新境界。对此，习近平总书记指出，“当代中国的伟大社会变革，不是简单延续我国历史文化的母版，不是简单套用马克思主义经典作家设想的模板，不是其他国家社会主义实践的再版，也不是国外现代化发展的翻版，不可能找到现成的教科书”。①

历史不仅是知识，更是眼光和价值观。胡锦涛同志指出，“只有铭记历史，特别是铭记我们党领导人民创造的中国革命史，才能深刻了解过去、全面把握现在、正确创造未来”。坚守马克思主义历史观，不仅要学习中国历史，还要学习世界历史；不仅要有深远的历史眼光，而且要有宽广的世界眼光。由此才能深刻认识到，1840年鸦片战争以来的中国近现代史，是一部中国人民为实现中华民族独立、解放和伟大复兴而不懈奋斗的历史。近代以来，救亡图存是中华民族和中国人民迫在眉睫的历史使命。争取民族独立、人民解放，实现国家富强、人民富裕，是中国人民必须完成的两大历史任务。历史和人民选择了中国共产党，中国共产党的初心和使命就是为人民谋幸福、为民族谋复兴，只有中国共产党的领导才能实现这两大历史任务。这是文学书写的对象，也是文学的母题和价值诉求，是成就当代文学经典和攀登艺术高峰的题材富矿。

历史虚无主义就是通过“虚无”历史竭力贬损和否定革命；诋毁和嘲弄中国人民争取民族独立和人民解放而进行的反帝反封建斗争；诋毁和否定我国的社会主义取向及其伟大成就。一度喧嚣的“告别革命”论，既是这种思潮的集中表现，又是它不加隐讳的真实目的。抽离历史的主流、放大细节，以片面、静止、孤立的观点看待历史，必然抓不住问题的根本，无视中国革命背后尖锐而复杂的社会矛盾，否定现代化进程中的革命必然性，对历史作出别有用心的错误评判，其目的就是在本质上否定中国共产党领导的合法性。历史虚无主义深知搞垮一个国家，首先要攻击该国的执政党；搞垮该国的执政党，就要极力丑化该党的主要领袖和英雄人物。于是我们看到在评判毛泽东历史功绩和错误时，个别人片面夸大其错误，完全忽视其在中国革命和建设中作出的历史

① 习近平：《在哲学社会科学工作座谈会上的讲话》，人民出版社2016年版，第21页。

功绩，从而作出完全违背历史事实的错误评价。其用意就是通过放大中国共产党在革命和建设的历史进程中所犯的错误，弱化其领导中国人民进行革命和建设所创立的丰功伟绩，达到否定其合法性的目的。在其别有用心下，一个民族的精神被矮化、丑化，优秀的文化和文化传统被否定、抹杀，民族独立的历史被嘲弄、糟蹋，这个民族就失去了历史的根基。历史虚无主义越过学术研究底线，以“学术研究”之名，打着“客观”“公正”的旗号，遵循所谓人物塑造中“坏人不坏”“好人不好”的人性论原则，枉顾历史事实，片面看待史料，任意装扮历史、假设历史，胡乱改变对近现代历史中重大事件、重要人物和重要问题的科学结论，借助网络兜售其“创新成果”，迷惑了很多不了解历史、缺乏历史意识的大众。数字化时代，历史虚无主义利用互联网对历史人物进行“重新评价”，断章取义、伪造历史事件、任意剪裁历史事件，利用微博微信内容短小易传播的特点，用小细节小故事歪曲大历史，利用符合大众心理和娱乐习惯的文化消费形式，把核心观点转化为夺人眼球的感性的视像，以“润物细无声”的方式，在不知不觉中美化历史上的人民公敌，颠覆人们对相关历史的正确认识，确实有很大的蛊惑性，导致大众舆论产生错误的认知。历史虚无主义在网络上的弥漫，影响了很多青少年对历史的认知，使一些青少年在不知不觉中对正确历史观和价值观产生怀疑。互联网已成为意识形态领域斗争的主阵地，是意识形态渗透与反渗透的关键领域，在技术上必须加强互联网管理，遏制历史虚无主义思潮的蔓延。

同时，在内容和价值观上加强正面引导。克服历史虚无主义，树立马克思主义历史观，必须深刻理解马克思主义经典。马克思主义经典著作是人类文明的瑰宝，体现了经典作家所汲取的人类过去和现在的丰富思想成果，体现了经典作家攀登科学理论高峰的不懈追求和艰辛历程，体现了经典作家坚定的政治立场和政治信仰、解放全人类的理想和献身共产主义事业的品格。在人格养成和历史意识的锻造中，只有在潜移默化的精神浸润和人格熏陶中，伴随思想境界和道德情操的升华，才能逐步形成坚定的马克思主义史观。有了高屋建瓴的思想武器，才能在错综复杂的世界变化面前保持头脑清醒，坚定理想信念，科学分析发展机遇和现实挑战，全面辩证认识前进道路上的主流和支流、出现的矛盾和问题，才能揭示人类社会发展的大逻辑大趋势。

坚守马克思主义历史观的自信，是克服历史虚无主义思潮的基础。马克思主义历史观指出，要坚持用联系的发展的眼光看问题，增强战略性、系统性思维，分清本质和现象、主流和支流，既要看到存在问题又看其发展趋势，既看局部又看全局，提出的观点、做出的结论要客观准确、经得起检验。就中国近代史而言，各种社会政治力量和政治主张的争论与较量的实质，是不同历史道路、社会发展的方向之争。实践证明，无论是维新变法还是资产阶级改良运动，旧式的农民反抗斗争以及资产阶级民主革命，在近代中国的探索结果是行不通，根本不可能实现中华民族救亡图存的民族使命和反帝反封建的历史任务。只有经受马克思主义洗礼的中国共产党才能肩负起历史使命，带领中华民族以其艰苦卓绝的奋斗开创了历史的新纪元。马克思主义历史观是洞察历史迷雾的指路明灯，能够引领大众深刻认识到，历史和人民造就了中国共产党，中国共产党又带领人民创造了新的历史辉煌，这是中华民族实现伟大复兴的唯一正确的道路。中国共产党的领导，是历史的选择，人民的选择，是中国特色社会主义的最大优势，也是实现中华民族伟大复兴的根本保证。针对历史虚无主义虚无中国历史、虚无中共党史、虚无价值的荒谬和别有用心，只有坚守马克思主义历史观的自信，才能把握历史发展的主题和主线，明白人民是历史发展的主体力量，进而坚定中国特色社会主义的共同理想和共产主义远大理想。

坚守理论自信、文化自信，是马克思主义历史观自信的表现。如何看待中国的改革开放和现代化进程？这是一个历史问题，也是一个理论问题。“在解读中国实践、构建中国理论上，我们应该最有发言权，但实际上我国哲学社会科学在国际上的声音还比较小，还处于有理说不出、说了传不开的境地。”①坚守马克思主义历史观，就要自觉增强历史意识和文化自觉，即想问题、作决策、剖析历史和社会现象，要有历史眼光，在历史经验中汲取智慧，自觉按照

① 习近平：《在哲学社会科学工作座谈会上的讲话》，人民出版社 2016 年版，第 24 页。

历史规律和历史发展的辩证法办事。坚持马克思主义历史观，最根本的是坚持马克思主义立场观点方法，坚持马克思主义基本原理。以科学的世界观和方法论从整体上宏观上把握历史发展规律，不拘泥于历史事实的杂多和特定历史情境下的具体现象，增强洞察历史现象、认清历史发展规律、科学评价历史的能力，坚定对共产主义必然取代资本主义发展趋势的信念。

党的十九大报告指出，落实意识形态工作责任制，加强阵地建设和管理，注意区分政治原则问题、思想认识问题、学术观点问题，旗帜鲜明反对和抵制各种错误观点。究其用心，历史虚无主义在社会实践中打着追寻历史真相的旗号，做着反历史、歪曲历史真实、扭曲历史发展规律的勾当，对它的批判早已不是学术之争，是思想斗争，更是政治斗争的新方式。习近平总书记《在哲学社会科学工作座谈会上的讲话》中指出："要正确区分学术问题和政治问题，不要把一般的学术问题当成政治问题，也不要把政治问题当成一般的学术问题，既反对打着学术研究旗号从事违背学术道德、违反宪法法律的假学术行为，也反对把学术问题和政治问题混淆起来、用解决政治问题的办法对待学术问题的简单化做法。"①面对复杂的思潮激荡，一定要有政治上的清醒和思想上的明白。历史虚无主义并不是所谓的"学术研究"，其本质是披着学术外衣的政治思潮，几乎所有把历史加以虚无化的行为都带有特殊的政治目的，企图通过否定中国革命历史、党的历史、新中国历史和革命领袖、英雄人物等，从历史依据上抽掉中国共产党领导人民走社会主义道路的必然性，最终达到否定党的领导的目的。习近平总书记曾经尖锐地指出："国内外敌对势力往往就是拿中国革命史、新中国历史来做文章，竭尽攻击、丑化、污蔑之能事，根本目的就是要搞乱人心，煽动推翻中国共产党的领导和我国社会主义制度。"②面对否定领袖、诋毁英雄、歪曲历史的历史虚无主义，应该旗帜鲜明地加以反对和批驳，而不能只做"理性"的旁观者，听之任之。针对历史虚无主义从学术领域

---

① 习近平：《在哲学社会科学工作座谈会上的讲话》，人民出版社 2016 年版，第 28 页。

② 《习近平总书记系列重要讲话读本》，学习出版社、人民出版社 2016 年版，第 32 页。

向社会蔓延、从传统媒体向网络新媒体传播扩张的倾向，要综合运用教育、舆论、法治等多种手段，积极发声，用正能量晴朗网络空间，对涉嫌违法违纪的企业和个人，要依法依纪严肃查处，绝不姑息纵容。

当前，历史虚无主义出现“虚无”马克思主义历史观的新变种，这是在新的历史语境下意识形态阵地的转移和斗争方式的改头换面，是意识形态工作的新动向，是进入新时代“必须进行具有许多新的历史特点的伟大斗争”的方式之一。历史虚无主义新变种在本质上虚无的是“历史观”，其用心是指向党的文化领导权，在国家非传统文化安全境遇中滋生文化领导权旁落的危险。历史虚无主义新变种看起来是一种学术问题的“创新”，其实质是事关党的指导思想及其文化领导权的政治问题，是关系到国家政治安全的重要问题。在当前各种社会思潮相互激荡中必须保持高度警惕，牢牢把握引领社会思潮的主动权和话语权。以虚无主义历史观置换马克思主义历史观，是对党的文化领导权的极大危害，旨在颠覆国家主流意识形态，进而从思想观念上威胁国家政权。习近平总书记强调指出，一个政权的瓦解往往是从思想领域开始的，政治动荡、政权更迭可能在一夜之间发生，但思想演化是个长期过程。思想防线被攻破了，其他防线就很难守得住。我们必须充分认识意识形态工作的极端重要性，把意识形态工作的领导权、管理权、话语权牢牢掌握在手中，任何时候都不能旁落，否则就要犯无可挽回的历史性错误。历史和现实反复证明，做好意识形态的工作，必须坚决抵制各种错误思潮对我们党和社会的侵蚀作用，确保中国特色社会主义成为各族人民的共同理想，维护我们党执政的政治基础和群众基础；同时警惕它们对改革开放和现代化建设政策的误导，始终坚持中国特色社会主义的发展方向。

东欧新马克思主义美学对当代中国美学研究的启示

严格意义上讲，东欧新马克思主义主要指“二战”后原东欧社会主义国家中的非正统马克思主义，他们基于马克思的经典文本进行学术阐释和现实性批判，主要包括南斯拉夫的“实践派”、匈牙利的“布达佩斯学派”、波兰的“意识形态批判学派”、捷克斯洛伐克的“人本主义学派”等学者对社会主义运动的反思性批判，这些学派在对苏联斯大林主义的批判中，被国际学术界称作马克思主义的文艺复兴，在此过程中涌现了数位杰出的学者。就此，有学者指出：“所谓东欧新马克思主义，是指第二次世界大战中在东欧社会主义国家兴起的一种既坚持马克思主义思想又对其作出创造性阐释。既坚持社会主义道路又对其历史进程进行深刻反思批判的新马克思主义思潮和运动。”①究其研究旨趣而言，东欧新马克思主义从来不是抽象的理论阐释，而是基于东欧社会主义实践和历史发展进程所作的理论反思与文化思想建构，其从美学视角对现实中社会主义异化现象的关注及其批判，弘扬了马克思主义美学的现实精神和超越性意识，尤其是对文化的重视，对文化与审美交融的关注，对中国马克思主义美学重新回归公共性，为中华民族伟大复兴凝聚“中国精神”，探索当代文艺道路和制定有效的文艺政策，提升中国当代美学研究的国际话语权，有着诸多启示。在当下文明互鉴的全球视野中，东欧新马克思主义美学研究彰显的独特

① 李宝文：《东欧新马克思主义的本质及独特意义》，《学术交流》2015 年第 1 期。

价值及其国际影响，有利于我们思考中国马克思主义美学为社会主义理想的实现和世界文明的发展，作出怎样的贡献？

一、以人道化世界的探索为美学研究的旨趣

从一种比较意味上看，“西方马克思主义”主要从总体上对西方资本主义发达工业社会的异化状况展开批判，旨在通过从文化批判及其文化领导权、生态学理论等视角对资本主义制度及其文化根基进行批判，以探讨在资本主义国家如何进行革命；“东欧新马克思主义”的批判主要指在社会主义国家，尤其是发达社会主义国家如何进行社会主义建设，以在世界彰显社会主义的道德优势。其研究并非理论的凌空蹈虚，而是直接针对社会主义运动的现实经验，特别是基于对社会主义实践的亲身体验及其错误倾向的批判，以追求现实性的“人道化世界”作为研究的旨趣，这是东欧新马克思主义独有的现实经历和理论阐释展开的题域。在哲学研究方法论上，东欧新马克思主义坚持在现实文化语境中从经典马克思出发，所谓“以马解马”。因此，在当代所有新马克思主义流派中，东欧新马克思主义是唯一的一个深深植根于特定的民族文化并表现为具有一定地域特征的本土式的马克思主义。① 从其理论诉求来看，他们基于经典马克思主义立场又有着浓厚而强烈的民族文化精神，这种民族文化精神具体化为高度本土化的马克思主义探索。“东欧新马克思主义的本土化不是指它被官方教条主义所强化，而是指它深刻反映本国社会现实并自觉与社会现实的需要保持高度同一。”② 也就是说，他们对马克思思想的阐释不是借助于外在的理论模式或者研究范式，更不是对官方政策的阐释和理论宣传，而是完全置于

① 李宝文：《东欧新马克思主义的本质及独特意义》，《学术交流》2015 年第 1 期。

② 李宝文：《东欧新马克思主义的本质及独特意义》，《学术交流》2015 年第 1 期。

马克思思想体系本身，基于本土的民族的文化精神以内在的方式接通马克思思想，试图通过回归马克思思想的原初视野和现实的人文关怀，使其理论或者批评焕发出现实阐释效力和说服力。

就其理论批评范式而言，正是东欧新马克思主义（尤其是南斯拉夫的“实践派”）恢复了“人是马克思主义哲学的中心”的命题，而被称作人道的马克思主义。在他们看来，对于无所不在的异化问题的克服仍要寄望于人，自由的人性是社会自由的必要条件。由此南斯拉夫“实践派”以社会主义运动经验为媒介，发展了马克思的异化理论，并试图提出克服国家集权主义的社会主义的一般方向。总体上说，东欧新马克思主义一直坚持人道主义的美学探索，逐步形成以人为核心的哲学人本主义与实践本体论，以异化理论为基础对现实社会主义与当代资本主义进行批判，坚持以民主的、人道的、自治的社会主义为目标的社会改革方案。① 在马克思主义理论体系中，现实中感性的人是其美学思想阐释的出发点，这正是青年马克思美学思想的理论基点。东欧新马克思主义美学理论阐释体现为对人的自由存在与创造性实践的关注，其中南斯拉夫“实践派”以审美性的实践（praxis）作为基本范畴，其关心的问题依然是人道化的世界，以及如何实现人的本质。“人本质上是一种实践的存在，即一种能够从事自由的创造活动，并通过这种活动改造世界、实现其特殊的潜能、满足其他人的需要的存在。”②就审美自由而言，实践作为一种特有的理想活动，它本身就内含了目的是一种价值论的概念。因而，实践作为体现人的自由创造性又富有目的性的概念是审美的。“实践有明确的审美性质，它是除了其他法则外还‘服从美的法则’的一种活动……当美变成目的本身时，活动就达到了实践的水平。”③从始源性含义看，实践作为一种广义的技艺活动，在古希腊它毋宁

---

① 见衣俊卿：《人道主义批判理论——东欧新马克思主义述评》中的相关论述，中国人民大学出版社 2005 年版。

② ［南］马尔科维奇、彼得洛维奇编：《南斯拉夫“实践派”的历史和理论》，郑一明等译，重庆出版社 1994 年版，第 23 页。

③ ［南］马尔科维奇：《马克思的社会批判理论》，《南斯拉夫哲学论文集》，生活·读书·新知三联书店 1979 年版，第 267 页。

是把“存在”带出场的“知”的一种方式，因而有着本体论的意味。由此，东欧新马克思主义美学以之为核心展开对社会主义性质的阐释，建构了一种形而上的价值规范和理想指引，而指向人的全面发展的自由创造本质。在价值指向上，他们认为哲学的出发点是“在创造一个更加人道的世界的同时如何实现人的本质”①，实践本体论的美学诉求使其高度契合了马克思的实践哲学。因此，实践内涵的丰富性和创造性自然成为东欧新马克思主义美学研究的逻辑起点，审美性的实践成为其理论批评的核心概念。在马尔科维奇看来，“人本质上是一种实践的存在，即一种能够从事自由的创造活动，并通过这种活动改造世界、实现其特殊的潜能、满足其他人的需要的存在”。②可见，东欧新马克思主义是在重释马克思主义的过程中，对之作出人道主义的解释，在克服社会主义的异化现象中追求人道化的世界。

在本质上，社会主义是能够克服异化的人道化社会，在此过程中文化艺术发挥着重要作用。格鲁博维奇认为：“文化是这样的过程和结果，即通过人对一种更人道的生活的设计而转变为一个新的世界来实现人的人道化。在创造文化的过程中，人能够更好地觉得其存在的问题，不断地发展其新的生活方面，以满足其基本的需要，丰富其动机，并发展为一个更全面的人。”③在东欧新马克思主义的理论视野中，文化不仅是社会结构的因素，也是人格的组成部分，是人生成为人的一个向度，因而在精神与现实之间发挥一种相互沟通的中介功能，这种中介更多地体现为对人道化世界的追求，以及对社会主义异化现象的批判性超越。究其底蕴，文化是一个价值意味的概念，它引导着人迈向自由的境界。正是人创造了文化，反过来又受文化所规范和教化，是文化调节着人的现实性与可能性之间的关系，并以其理想性和审美性追求而有利于遏制社会中

---

① ［南］米哈伊洛·马尔科维奇、加约·彼得洛维奇编：《实践——南斯拉夫哲学和社会科学方法论文集》，郑一明等译，黑龙江大学出版社 2010 年版，第 18 页。

② ［南］马尔科维奇、彼得洛维奇编：《南斯拉夫“实践派”的历史和理论》，郑一明等译，重庆出版社 1994 年版，第 23 页。

③ ［南］马尔科维奇：《马克思的社会批判理论》，《南斯拉夫哲学论文集》，生活·读书·新知三联书店 1979 年版，第 200—201 页。

异化的现象，因而成为完善社会主义制度的基本力量之一。在他们看来，文化艺术以符号的形式创造了人的实践，使人成为文化的存在。在文化艺术的实践性存在中充分展示了人的本质的丰富性及其塑造成为一个全面发展的人的可能性，这使东欧新马克思主义美学家寄望伟大的艺术通过对真理的追求，揭示人在现实社会中的真实境遇与存在的关系，在本质上关联着真和美，他们积极诉求的人道化的世界就是一种“善”（好的生活）的实现。在艺术实践中，形式是审美自由的表征，艺术创新是一种对表现形式的探索，是对人的全面的自我创造的表征（理想确认），是自由的一种显现。这在思想上高度契合了当前中国共产党提出的文化发展的“人民性”思想，倡导“以人民为中心的创作导向”，并发展了人民的内涵。“人民不是抽象的符号，而是一个一个具体的人，有血有肉，有情感，有爱恨，有梦想，也有内心的冲突和挣扎。”①从而把人的解放和自由、社会进步关联起来，有助于在提升国民文化素质中高扬“自由人的联合体”的社会主义文化理想，有利于在文化滋养心性和灵魂的氛围中践行社会主义核心价值观。东欧新马克思主义的美学思考对深刻理解社会主义文艺的人民性本质，弘扬人道主义精神，探索当代文艺发展道路，以及对传统艺术的创造性转化和创新性发展不无借鉴价值，这种对人的自由本质的确认，是对社会主义文艺追求人性解放的张扬！是文艺的人民性体现！

二、对异化现象的美学反思

对人道化世界的探索必然伴随对异化现象的批判，东欧新马克思主义通过对社会主义实践的反思和现代性社会的批判，深刻揭示了现代文明所面临的危机，以及社会主义运动中存在的异化现象。其中以对“现代性”问题的批判作

① 习近平：《在文艺工作座谈会上的讲话》，人民出版社2015年版，第17页。

为聚焦点，如费赫尔主编的《法国大革命与现代性的诞生》、赫勒的《现代性理论》《现代性能够幸存吗?》、科西克的《现代性的危机》、科拉科夫斯基的《经受无穷拷问的现代性》等。追求现代性无疑是人类社会发展的方向，但现代性不为资本主义所独有，而是复数性的。东欧新马克思主义美学家认识到现代性的危机，洞察了现代性潜在的可能性，这就是社会主义的现代性，它既是审美现代性反思的对象，也是当代人追求好的生活的政治条件。因而，他们对社会主义现代性的实现寄予期望，在他们看来现代性既关乎人的现实存在，也是当代人克服异化、追求好的生活的一个方向，社会主义制度有利于朝着这个方向发展。在东欧新马克思主义“实践派”看来，异化理论的重要意义绝非对资本主义特定条件下非人道的现象进行批判，而是在于从某种角度对人的存在结构与人的本质进行揭示，是对资本的一种批判，同样是对发达社会主义运动中不完善的一种反思。

在东欧新马克思主义的美学反思中，沙夫和科拉科斯基尤其注重对现代性结构中个体存在的建构，非常强调个体的创造性和表现形式，这种个体性理论为其理解文化艺术打开了一道切入口。沙夫指出，卡夫卡的《城堡》、奥威尔的《1984》揭示了官僚体制的异化，卓别林的电影批判了人沦为机器螺丝钉的异化劳动，陀思妥耶夫斯基的《卡拉玛佐夫兄弟》揭露了宗教审判的意识形态异化，海塞的《荒原狼》、加缪的《局外人》不仅揭示了社会与他人的异化，还呈现了个体的自我异化。一定意义上讲，异化现象是普遍存在的。弗兰尼茨基指出：“异化是十分普遍的现象，迄今为止的历史是异化与扬弃异化相互交织的历史。一方面，人在不断与异化抗争，争取人类的解放，但是另一方面，每一时代都只能在有限的意义上扬弃异化，旧有异化形式的消失往往为新的异化形式所取代。”① 只是资本主义制度和异化是共生关系，因而它不具备扬弃异化的现实性，而社会主义的使命则是通过真正的民主建设，积极践行人民性原则，完全可以扬弃各种异化与物化现象，进而实现个体的自由和结成自由人联

① 转引自衣俊卿:《20 世纪的新马克思主义》，中央编译出版社 2001 年版，第 555 页。

合体的理想。

针对无所不在的异化现象，真正的艺术为个体克服异化提供了根本性路径，艺术的救赎不仅揭示了现实中存在的异化，还建构了指向本真性存在的乌托邦。科西克认为，现实的人在普遍程度上总会不自觉地丧失具体性和总体性，社会的某种强制力也会抑制人的主体性和创造性，继而束缚个体的自由全面发展，相对于完整的人的理想，这就是异化。对异化现象的克服，需要发挥文艺和美学的作用。一定意义上，文化具有实现个体人的本质的可能性，满足人类真实需要的潜能。艺术史表明，艺术不是一种更好的生活方式，而是一种可供选择的生活方式，它使我们的生活具有多样性和丰富性。因此，约瑟夫·布罗茨基说："艺术不是为了逃避现实，恰恰相反，是为了使现实更具活力。"①对文化艺术的倚重，使赫勒始终把审美作为人道化世界的重要维度，并关联于对"有意义的生活"的追求。在她看来，文化作品的解释无论涉及什么，关键的问题不再是美的，而是愈来愈成为有意义的或者有意思的。因而，东欧新马克思主义基于社会主义实践提出重构美学的主张，并契合时代语境的变化高度重视大众文化的积极潜能。在其理论阐释中，尽管他们洞察到了审美与经济之间的肯定性关系，以及审美对经济的某种屈从，批判了审美在资本压迫下的异化。但就审美现实性而言，20世纪六七十年代东欧社会的发展，已使美学与经济处于非常复杂的关联状态，经济与文化开始相互交融，东欧的社会主义实践已出现大众文化流行的迹象，对此他们的审美批判关注不足，没有提出审美资本主义的命题。东欧新马克思主义美学意识到文化艺术有利于激发社会的活力，看到文化艺术对社会发展的结构性价值，但他们并没有明确提出"文化产业"的概念，更没有在积极意义上评价文化产业的价值。

基于现实经验，赫勒为着克服异化反对在社会交往中把他人当作"实现目

① ［英］齐格蒙特·鲍曼：《流动世界中的文化》，戎林海等译，江苏凤凰教育出版社2014年版，第49页。

的的手段”，提出把日常生活的人道化目标确定为生成一种“为我们的存在”的生活方式，在制度建构上既要加强对“权力”的警惕，对“道德良知”的召唤，也需要一种内在价值和文化的人道主义变革。从理论建构来看，赫勒的道德理论建立在一系列核心概念之上，即个性、责任、命运以及有意义的生活。她尤其看重道德个性，认为“道德个性愈为发达，就愈少意味着‘个人’对……道德戒律的屈从：而它就愈加表明……个体把内在化的道德秩序转化为他自己的本质、自己的实质。即是说，他使自己天生的才能品质和倾向人道化，在自己内部创造了规范的典范。这里存在着伟大道德个性的作用：他能把自己偶然的和现实的，不管多么单一的和唯一的才能品质人道化，把它们变为他人的范例，由此而把他们……提高到类的水平上”①。在类的意义上回归人的本质，意味着道德个性为个体设立道德规范，从而使个体获得抵抗外在压迫的力量和勇气。同时，道德个性成为他人的范例，作为价值引导而把人之为人提升到了类本质的水平。赫勒在《日常生活》中曾谈到，对真正的社会主义社会来讲，必须通过建立新的社会集团以改变人的生活方式，让人有一种新的活法。虽然生活方式的变革是一个缓慢的过程，并受着诸多因素的影响，但艺术、美学在生活方式变革中无疑发挥着重要作用。这里要警惕的是，在现实中一旦道德批判与批判前者的利益结合在一起，批判者就会紧紧抓住道德制高点不放，从而丧失洞察社会弊端和人民苦难真实境况的能力与反思意识，从而使人失去某种具体性，而沦为抽象的符号（异化）。

从根本上讲，“社会主义原则所蕴含的人道主义精神不允许它作为一个异化社会而存在。因此，社会主义只有将扬弃异化当成首要任务，将扬弃异化贯穿于社会主义的理论与实践的一切方面，才能展示社会主义的实质”。② 为着社会主义文化理想而激励个体追求一种有意义的生活，“有意义的生活是一个以通过持续的新挑战和冲突的发展前景为特征的开放世界中日常生活的‘为我

① ［匈］阿格妮丝·赫勒：《日常生活》，衣俊卿译，黑龙江大学出版社 2010 年版，第 255 页。

② 衣俊卿：《人道主义批判理论——东欧新马克思主义述评》，中国人民大学出版社 2005 年版，第 113 页。

们存在’。如果我们能把我们的世界建成‘为我们存在’，以便这一世界和我们自身都能持续地得到更新，我们是在过着有意义的生活，过着有意义生活的个体，并非一个封闭实体，而是一个在新挑战面前不畏缩，在迎接挑战中展示自己的个性发展的实体。”① 正是个性使人成为一个具体的人，而有意义的生活一定属于有生命力的有个性的人。这启示我们要在现实中勇于追求个性，对自己的选择负责，在“为我们存在”中重塑个体的生命，渴望有意义的生活的人在道德上是崇高的。有学者指出：“他们提出的重构思想在某种意义上可以理解为是一种新型的社会主义美学形态，其中蕴含着对人存在意义的表达和坚守，这是东欧新马克思主义美学的重要特征。”②

三、对中国马克思主义美学研究的启示

从总体上看，对异化问题的批判及对人道化世界的追求，是东欧新马克思主义美学的精神特质。这有其不可回避的文化因子，那就是对文化和意识的重视，其中道德伦理、意义探寻构成文化与意识生成的关键环节。主要表现为他们在理论建构中对符合人性的生活方式的思考与追寻、对有意义的生活的追求、对个性的高度重视等。东欧新马克思主义基于对斯大林主义及其社会主义的不完善和异化现象展开批判，积极探讨“人道化的世界”，这对当前中国全面建成小康社会有启示意义。他们针对社会主义运动中存在的某些异化现象，主张发挥美学和艺术的力量，并试图上升到国家文化政策层面，不断完善社会主义制度，这不仅彰显了东欧新马克思主义美学的批判性和价值引导的前瞻性，还提高了马克思主义美学的实践品格和国际影响力。当下，在中华民族实

① ［匈］阿格妮丝·赫勒：《日常生活》，衣俊卿译，黑龙江大学出版社 2010 年版，第 257 页。
② 傅其林：《论东欧新马克思主义美学》，《苏州大学学报》2014 年第 1 期。

现伟大复兴的历史进程中，文化不仅提供精神助力，还要以其文化实践丰富着人的本质。在党的十八大以来以习近平同志为核心的党中央提出的新思想新理念新战略中，有着一条清晰的从“人民主体性”到“以人民为中心”的执政导向，要把每一个人的人生出彩机会和伟大民族复兴统一起来，从而把审美的乌托邦积极践履于人民的现实生活。这在一定意义上承续了东欧新马克思主义美学的理想，同时也丰富了马克思主义美学对“人民”概念的理解，以及对社会主义人道理想的高扬。

在社会发展中，美学研究介入现实主要通过彰显公共性成为公共话语影响社会，这方面中国马克思主义美学不仅有其光辉的历史，更有其实践性品格所凝聚的学术感召力。究其美学旨趣，真正的审美自由是在实践而非想象中实现的，是在劳动或艺术创作中对审美的一种价值祈向，或者是对审美境界的一种追求。它是一种人生状态，而不单纯是某种心理形式或获得想象性满足，它是现实性的、世俗性的、大众性的，是真实存在的，而不是虚构的或彼岸世界的幻象。当下，文化艺术以及审美越来越成为生产力的重要因素，或者直接成为文化生产力的显现，越来越成为经济社会发展的推动力之一。文化艺术与社会现实的同构性关系，不是将文艺淹没于或臣服于资本，使文艺沦为资本的奴隶。文艺创作或者审美鉴赏依旧是人类通达自由境界的路径与方式，社会主义文艺的人民性本质促使文艺乃至审美与现实社会具有某种同构性而非异质性，现代技术的民主性和为人性也有利于文艺促进人类在现实中走向审美解放、迈向自由境界，而不是沉溺于审美乌托邦的虚拟幻境。就美学与现实的关系而言，这是一种否定性力量，同时更是一种现实建构的积极力量，在批判中体现一种价值引导，展示了人类追求的自由前景，就此而言，马克思主义美学应在推动人的全面发展和社会进步中彰显公共性的人文情怀及其伦理正义价值！

今天，美学依然要基于时代语境的变化，来促进人的全面发展、社会进步与追求有意义的生活，要有能力阐释社会主义的价值指向及其伦理道德追求（公平正义），在这一点上，东欧新马克思主义可以为当下中国马克思主义美学研究提供理论思想资源。正是它基于对发达社会主义的理论探讨和美学思考，与当下中国化的马克思主义美学研究有某种价值同构性。它们面对的共同问题是以学理性阐释和现实批判的洞察力，有效回应变动不居的社会现实，凸显美学研究的实践性（面向现实说话、面向世界说话），在全球文化艺术思潮的激荡中发出声音，不断提升民族文化的话语权，以促进世界整体的马克思主义美学研究。在美学研究范式转型中，相对于此前时代美学与现实的否定性关系，步入消费社会使得审美在社会实践中越来越与现实有某种正向度关系，不仅消费美学已成为现实社会的动力，① 而且法国学者奥利维耶·阿苏利还基于时代变化提出“审美资本主义”的概念，他认为从 20 世纪末至今，社会发展的主要趋势是审美资本主义，它的特征是审美因素成为经济增长的主要动力。但这一切不能遮蔽或者削弱美学的现实批判维度，只是研究范式或者审美形态尤其是审美体验的语境发生了变化，文艺与审美不再只是独特的精神生产，也不再仅仅是个体的精神和心灵的活动，它已经演变成一种批量生产的文化工业。资本为尊，不仅仅是因为它统治了意义领域，更在于它占据了家园的核心地带，进而构筑了美感的信仰维度。② 在这种转变中，我们既要看到其积极的进步意义，更不能忽略由此而来的对人的自由发展的束缚以及新的异化，现实中审美作为资本早已获得强势的文化创意产业支撑，加剧了文化与经济相互融合的程度，使得文化社会化和社会文化化趋势愈发明显，由此强化了经济、政治与文化和社会的轴心同构关系，在此趋势下美学与社会呈现为一种复杂的肯定性关系。这为马克思主义美学凸显实践性品格张扬批判意识，提供了现实语境。在纷繁复杂的实践中，文化产业发展不仅需要政府有为和市场灵验功能的发挥，还需要社会力量尤其是道德和文化力量的制衡，特别是美学研究不能缺位，这样才能使文化产业发展走在正确的路上，这也是马克思主义美学研究的使命担当所在。

---

① 范玉刚：《消费美学何以可能》，《探索与争鸣》2015 年第 12 期。

② 参阅［法］奥利维耶·阿苏利：《审美资本主义——品味的工业化》，黄琰译，华东师范大学出版社 2013 年版。

从国际学术视野来看，西方马克思主义之所以在对资本主义批判话语中拥有话语权，很大程度上源自它始终坚守公共性立场，有力地介入社会现实，如阿多诺提出的“否定美学”就是对资本主义和现代性的审美批判；东欧新马克思主义美学基于对发达社会主义异化现象的批判及其文化阐释，同样有力地提升了马克思主义美学的国际地位。当前，美学研究在中国有着复兴的迹象，美学在研究范式转型中与大众的日常生活、当代文化建设的关联愈加密切。从美学史上看，中国的美学研究、审美经验向来不局限于艺术及其形式鉴赏，而是更多地投向社会、自然和人生，始终充溢着感性的人文情怀。随着日常生活审美化的流行和审美资本主义的兴起，美学成为进入文化创意、文化创新、文化产业发展，建构文化共同体的一条路径，美学越来越注重现实的经世致“用”，在广阔的社会现实中审美经济不可小觑。有学者指出：“在当代理论中，美学研究的中心似乎不再是艺术而是文化。当代美学讨论的中心逐渐从艺术转向文化，或者更确切地说，我们在谈论艺术的时候，事实上是指向文化，但文化的相对性以及过于宽泛的内涵，使当代的文化研究式的美学缺乏美学应有的审美标准和核心价值。如何用更有说服力的理论去有效地解释当代艺术文化现象，跨越艺术和文化产业之间的鸿沟，正是当代社会的重大理论问题。”① 现实语境的驳杂有力地推动了美学研究范式的转型，美学日益凸显文化维度，并在经济社会转型中发挥了积极的建构作用。东欧新马克思主义美学研究启示当代中国美学，能否在全球化语境下对社会现实和文艺现象做出有公信力的阐释与批评，是马克思主义美学能否重新具有公共性的关键，也是当代美学复兴的表征。对此，中国当代文化政策以及习近平总书记关于文艺方面的重要论述无疑为中国马克思主义美学研究打开了一道视域。党的十八大报告提出的执政党面临的四大风险、四大考验，在文化艺术发展上表现为党的文化领导权问题。所谓文化领导权重在价值“引导”，而不是行政管理，是在提升文化治理能力中走向文化善治。社会价值危机的克服和

① 王杰：《文化、治理与社会——托尼·本尼特自选集》丛书总序，东方出版中心 2016 年版。

主流文化价值观的传播，需要美学研究凸显公共性，东欧新马克思主义美学的理论建构能力和现实阐释力，以及他们走向国际学术论坛的交往能力，都值得我们借鉴，旨在使中国马克思主义美学担当起引领社会思潮、批判现实的反思能力以及改变世界的历史责任！

在一百多年的西方美学引进和不断中国化的过程中，基于西方文化视野的美学经验和研究范式，在中国学术话语体系建构中一直发挥主导性作用，甚至成为某种理论思维定式。一定意义上，强制阐释中国文艺和现实审美经验的理论倾向普遍存在，套用西方理论来剪裁中国人的审美的现象司空见惯，以至于有学者提出“强制阐释论”① 予以反驳，而获得学界的强烈呼应。习近平总书记《在文艺工作座谈会上的讲话》中指出：“文艺创作不仅要有当代生活的底蕴，而且要有文化传统的血脉。”② 文艺创作要有民族特殊的声响和色彩，审美经验同样如此。虽然审美有其超越性和共通感，但任何审美经验都是具体的，是在具体的语境下审美实践的结果，而语境随着历史和文化现实不断变化，加之文化本身的民族性和多样性，这就决定了在文艺实践的解释和评价上，所有声称“放之四海而皆准”的理论都有待质疑和检验，东欧新马克思主义美学的研究成就无疑为我们树立一道标杆，美学研究一定要有其民族文化的底蕴。审美经验不是物理现象，它是情感性的，是一种带着不同民族、不同阶层、不同性别各自“气味”和特征的审美体验，对于这种审美经验、民族气质、感觉结构等，只有置身一定的文化视野才能洞悉其奥妙。在美学研究的互鉴中，东欧新马克思主义美学的理论思考和学术批判，启示我们要坚定走自己的道路，要有文化自信。中国马克思主义美学的发展必须扎根中国的文化现实语境，充分观照审美文化与大众文化经验变迁中的审美意识形态现实，彰显马克思主义美学研究的问题意识与实践品格，不断增强理论自信，建构有中华文化底色的美学话语

① 中国社会科学院副院长张江教授基于文艺学界以西方理论过度阐释中国文艺的现象提出“强制阐释论”，获得学界广泛呼应，多家学术期刊都开辟了研究专栏，相继召开多次学术会议。

② 习近平：《在文艺工作座谈会上的讲话》，人民出版社 2015 年版，第 25 页。

体系。中国美学研究需敞开胸襟，在全球视野、世界眼光的文明互鉴中，不断丰富自己的内涵，提升自身的理论思维和学理境界，更好地在赓续传统与国际学术交流对话中，以各美其美来助力中华文明的再创造。当今，中国又重新汇聚起世界目光、重新复兴为文明主体的时刻，作为当代中国和中国道路的参与者、实践者和思想者，中国马克思主义美学一定要建构自身的理论话语，讲好当代中国的理论故事，不仅有责任让文化在中国发展和秩序中成就大道，更有责任让中国在文化的怀抱和瞩目中迈向世界。

严格意义上讲，马克思主义美学不是一个固定封闭的美学思想体系，而是不同历史时期、不同学派对经典作家美学思想的阐释，它是开放的、与时俱进的。以马克思主义哲学的实践观为根本是中国马克思主义美学的特色和重大贡献所在，这与东欧新马克思主义在美学研究上高度契合。“这种实践美学的最高主题就是社会的同时又是个体感性的人的本质的全面自由发展，它是以马克思、恩格斯在《共产党宣言》中所说‘每个人的自由是一切人的自由发展的条件’的共产主义社会的实现为目标的。”① 彰显公共性是马克思主义美学其有效介入社会现实的路径，在20世纪的“美学热”中，作为公共话语的美学对中国社会发展和现代化进程发挥了积极作用。21世纪中国社会和文化的发展仍需要美学的介入和思考，实践一再表明美学是观照中国社会现实的重要维度。在资本主义扩张中，新教伦理在其中发挥了价值导向作用。后工业消费社会，审美动因成为资本主义发展的文化动因，甚至在某种程度和区域内，“美丽经济”已成为当代西方经济增长的动力之一。其在社会思潮上表现为“日常生活审美化”，在经济上表现为文化产业的国民经济支柱地位。这种趋势对深度融入国际社会的中国来讲已是现实，但在中国某些学人的观念中，因囿于经典美学的观念（康德美学的“审美无利害”）及其浪漫主义艺术思潮的影响，一直把审美和艺术看作抵抗经济中心主义和各类异化现象的“港湾”。基于此，美学研究要增强对社会变化的敏感性，正视社会的经济、文化基础以及人群结构

① 刘纲纪：《马克思主义美学研究与阐释的三种基本形态》，《文艺研究》2001年第1期。

的变化，关注审美对经济发展的促进作用，和对现实中异化现象的遏制，积极正视艺术产业园、文化创意产业园风生水起如火如荼的现实。在美学研究中积极回应当下变动不居的社会现实、文化现实，在契合时代语境中明确自己的定位和使命，这样的美学研究才会在积极介入现实中不被边缘化，马克思主义美学才会因公共性而重新凝聚起“中国精神”，才能在根本上体现对现实的批判性和价值引导的前瞻性。

中　　篇

文论话语体系建构的方法论与资源阐释

理论话语体系建构的语境意识与方法论创新

——基于“中国审美经验”的理论思考

习近平总书记《在哲学社会科学工作座谈会上的讲话》中指出：这是一个需要理论，而且一定能够产生理论的时代；这是一个需要思想，且一定能够产生思想的时代。伴随中国的文明型崛起，中华民族越来越接近伟大复兴的拐点时刻，理论工作者何为？中国越来越靠近世界舞台中心，世界需要中国发声，面对全球治理的难题和困境，需要中华文化贡献智慧，需要中国提供方案。世界也越来越重视中国，中国以什么发展理念建设一个现代化国家？任何对于中国道路的外来理论都要重新语境化，并经由本土经验的实践检验才能发挥效力；同时，文化的自信在滋长着中国文论话语体系建构的内在要求，伴随文艺精品的不断涌现和民族文艺的经典化，亟须建构基于“中国审美经验”的文论话语体系，以中国文化的主体性来表征文论和美学的自觉。在此本文倡导一种视界融合、多学科交叉、跨界的“中国经验”研究范式，以建构有国际通约性和中国价值诉求的“中国文艺理论”，使其匹配于中国发展现实和中国道路，从而提升中国文论研究的国际话语权。

一、任何理论都是关乎现实的

从理论有效性来讲，任何一种理论都有其生成的语境和发生作用的界域，都有其意识形态色彩或者价值诉求，而不能在跨文化语境中简单随意移植和挪用，“旅行”而来的理论给予我们的是启发和参照，而不能成为本土理论建构的主宰，更不能由此成为理论霸权。某些西方理论在界域内的有效性，不能表明“理论旅行”和简单移植后可以完全适用中国文艺现实，现实中往往会发生理论误读或扭曲“中国经验”——导致强制阐释中国文艺或文化现实。如某些文学批评者以后殖民主义理论解读中国当代西藏文学，往往在其理论借用中枉顾西藏文学现实本身，以强烈的主观意图或理论预设扭曲西藏文学现实，尤其是当代西藏文学对现代性的追求，主观臆断地以后殖民主义理论将其强制阐释为中央—地方、中心—边缘的关系，试图把西藏文学从中国当代文学总体性中分离出去，这背后其实有着意识形态的用意。一些现代西方理论对中国文艺现实和审美经验的强制阐释，正好显现出某些理论旅行后的无根性，近年来学界的反思表征着某些理论因其不及物确实需要淡出，而愈发显现出基于“中国经验”建构中国理论话语体系的紧迫性和现实性，亟需中国文论和美学研究的理论自觉。

关于理论与现实的关系，文学理论家卡勒曾指出：“文学理论并不是一套脱离现实的思想，而理论作为一种推理论证的实践存在于读者和作者群体之中，和教育文化机构有着千丝万缕的联系。”①可见理论并非漂浮于空中，而是内在地嵌入现实的文化网络，并与文学周边的各种实践、观念发生持久性互动，由此参与文化现实的建构。理论的生命力源自对现实的回应和创新冲动，并非理论自身的单纯推演，正是现实变动不居的压力成为理论发展动力。有学者指出：“每一个历史时期理论的主导因素各不相同，可以看到纵向理论谱

① ［美］乔纳森·卡勒：《文学理论》，李平译，辽宁教育出版社1998年版，第126页。

系产生巨大作用的情况，也可以看到现实世界促使理论范式深刻变革的局面。然而，追根溯源，横向关系的作用是决定性的。现实世界始终强有力地楔入理论。理论的真正使命是：阐释、解读现实世界，继而参与现实世界的改造实践。”①可以说，现实强有力的问题召唤使理论创新层出不穷，理论与现实的互动包含了多维的递进对话，甚至是跨文化的文化间性、研究范式间的对话，从而体现基于现实经验的理论担当。如欧洲“现代主义”理论的建构就脱离不开资本主义发展的阶段性语境。现代主义理论作为一个总括性术语主要指 1890 至 1930 年间主导欧美知识界的一群知识分子和文化运动，其内涵从个体性的文艺实践开始扩及到广泛性的文化运动，超越了文体学而扩大到现代主义者回应并试图改造的社会、经济以及政治现实。尽管其内容驳杂，但无论是前卫派或现代主义者，其理论要义都在于“回应西方文化中不断加剧的商品化，一方通过竭力从商品化对象中清除或者抽取出他性（theotherness），借以进行艺术生产，而另一方则要彻底摆脱商品化对象，寻求作为‘纯粹形式’的艺术”②。严格意义上讲，“现代主义”的命名是美学意义上的，虽然表现形式多样，甚至有不同政治立场，对其内涵的理解却离不开如下语境：现代大都市的兴起、世纪转折时期的文化危机、乌托邦文化复兴希望与堕落至“大众文化”野蛮状态的恐惧之间的危险结合，以及现代技术带来的“时空压缩”。洞察其美学追求可以看出，现代主义者的“审美”活动往往有着强烈的政治倾向，是一种文化视野下的政治理论；甚至可以说“他们希望更新现代生活，为了实现这一目的，他们建立了自己的组织”③。可见，现代主义者试图把美学造就为一种意识形态，借以抵制资本主义的商品化和物化过程，在审美基础上重新思考政治，

---

① 南帆：《审美的重启》，《中国文学批评》2016 年第 1 期。

② ［美］沃尔特·亚当森：《艺术、文学与政治理论中的现代主义》，［美］特伦斯·鲍尔、［英］理查德·贝拉米主编：《剑桥二十世纪政治思想史》，任军锋、徐卫翔译，商务印书馆 2016 年版，第 352 页。

③ ［美］沃尔特·亚当森：《艺术、文学与政治理论中的现代主义》，［美］特伦斯·鲍尔、［英］理查德·贝拉米主编：《剑桥二十世纪政治思想史》，任军锋、徐卫翔译，商务印书馆 2016 年版，第 352 页。

将文化创造的价值置于社会的中心位置。通过强调审美的优先性，追求政治审美化，现代主义者使公共领域重新恢复了活力。对此有学者指出：本雅明和阿多诺“两人都有一种现代主义的信念：即艺术是现代性乌托邦诉求的最后避难所，而且他们作为现代主义者，都不大愿意出于更新现代生活的目的而在理论上为其建构制度基础。他们的乌托邦激情和实践上的开放性所体现出的现代主义视野，再次说明现代主义作为政治理论一贯具有的巨大力量：即在思考历史性现在时的需要方面所表现出的毫不妥协的韧性。不幸的是，他们也复制了现代主义的致命弱点：即不能形成一种足够务实的政治视野，以引起对现实政治震荡的严肃关注”①。由此使我们认识到，理论建构的有效性与理论的偏颇显现于以现实为轴心的敞开中，彰显了理论背后的问题导向及其现实关怀。

从世界经验来看，20 世纪六七十年代，欧洲大陆的后结构主义（包括德里达的解构理论、福柯的话语理论、拉康的心理分析理论）、西方马克思主义理论（包括法兰克福学派、葛兰西的文化霸权理论、阿尔都塞的马克思主义文化理论）以及英国新左翼的文化研究，相继经由美国各大学的比较文学研究学科，在美国的大学和社会广泛传播，但这些“欧洲理论”只是进入了美国的大学课堂。只有在 20 世纪 80 年代后与美国本土文化和社会思潮如民权运动（反种族歧视）、妇女解放运动、反越战运动、反文化运动等相交融，有了现实问题意识后才被发扬光大。尽管学界对这场社会文化运动的性质认识不同，但正是经由美国本土文化的激荡和理论冲击，使这些“欧洲理论”经再语境化实现了“美国化”，生成了具有美国文化意味的“后现代主义”理论思潮，包括与之相关的性别研究、种族（族裔）研究、身份政治研究、后殖民理论等批评学派。这些理论在美国本土化后，逐渐失去原有的批判性锋芒和政治化诉求，形成一种与美国政治、经济相吻合的非批判的去政治化的大众文化思潮。这种理论在凸显“美国性”中开始关注非经典文本（如少数族裔文学、黑人文学、女

① ［美］沃尔特·亚当森：《艺术、文学与政治理论中的现代主义》，［美］特伦斯·鲍尔、［英］理查德·贝拉米主编：《剑桥二十世纪政治思想史》，任军锋、徐卫翔译，商务印书馆 2016 年版，第 368 页。

性主义文学、非西方国家的文学）、非文学文本（如电影、音乐、电视剧、脱口秀等），在美国一些本土理论家如苏珊·桑塔格等以“反对阐释”等策略下，以“为什么是莎士比亚而不是我们的《欲望号街车》？为什么不能是我们的百老汇”？等问题向大学课堂和文艺经典发出质疑和挑战。在各种力量的合力作用下，这些变异的理论在学术竞争中成为强势的美国理论和思潮，而开启了美国多元文化主义思潮主导的时代，最终占据了美国大学课堂和博物馆等经典阐释的场域，并作为美国的“主流理论”，向世界推广输出继而成为全球“主流理论”，有力地支撑了美国的全球“文化霸权”。

可见，任何一种成熟的理论话语体系都是民族文化的产物，是在不断交流互动中完善的。从理论旅行和嬗变来看，异质性理论不仅要随时代语境的变化而变异，还要与本土文化及其社会思潮相融合，在凸显自身理论诉求中形成不同的研究流派，才能获得理论的有效性。这些新质的“美国理论”已失去“欧洲理论”的原初批判性、激进的政治性诉求，越来越呈现多元化、非中心和去政治化倾向，在文化多元主义的“常态化”过程中，弱化了理论批判性，为新自由主义的流行和全球倾销扫清了障碍。理论因越来越追求“政治正确”而丧失了现实力量，使大众文化成了晚期资本主义的文化逻辑，在置换和新质理论生成中，“欧洲理论”成了“美国理论”，并融入美国的主流价值诉求。美国学界和社会对待异质性批判理论的策略，以及本土理论话语体系的建构及主流价值诉求，愈加凸显理论生成的历史文化语境的重要性。任何理论都不能被抽象化理解，理论旅行的再语境化不可以缺失“价值化”，这种“价值化”往往与问题导向相关联。恰恰通过弱化原初理论的批判性和重新“价值化”，“美国理论”在本土化中流行传播开来。由此欧洲理论经由“美国化”成为全球的，并成为世界主流理论，这背后有着强大的美国文化力量支撑。

无独有偶，1923 年 1 月到 1924 年 4 月，苏联戏剧表演大师斯坦尼斯拉夫斯基带领剧团在美国 12 个城市巡演，大获成功。此后，斯坦尼的表演体系及其方法契合了美国的某些艺术主张，在融入美国文化语境中扎根，在与本土艺术理论交流互动中逐渐成为美国戏剧表演方法的主流，相继培养了后来成为美国表演教学大师的李·斯特拉斯堡和哈罗德·克勒门，以及美国“方法派”演员马龙·白兰度、玛丽莲·梦露等，这些演员又通过好莱坞电影，把它们作为“美国表演方法”传播到世界各地。这种理论变异现象启示我们，理论因问题意识和现实关怀成为本土的，有着本土文化的支撑，才能在竞争中被大众接受，进而成为有本土风格和气派的某“学派”，从而产生深刻的理论影响。在中国现代化进程中，大量西方文论和美学理论进入中国学界，世界文化思潮的激荡使“中国经验”不会自闭于世界经验，“中国理论”更不会孤立于世界理论。尤其是西方文论和西方美学已成为中国理论话语体系建构不可剔除的部分，只有与现实问题相关联的再语境化中增强反思意识，成为“中国理论”，才能有效阐释“中国经验”，而不是肢解、扭曲甚至强制阐释“中国经验”。有了基于“中国经验”的成熟的“中国理论”，以厚重的中国文化为依托，同样能成为全球的，其理论观点和价值诉求得到更多人理解和认可，不断增强在全球的理论竞争力和说服力，其话语体系因立足人类公共性问题，具有理论普适性和审美共通性，自然就是国际主流话语之一。

理论的演变逻辑启示我们，无论是西方学者对中国经验的阐释，还是中国学者征用西方理论对中国经验的诠释，都有一个现实的价值立场和态度问题，也就是说必须保有反思的维度和语境意识才能本真地切近对象。不论是中国经验还是理论话语体系建构，其阐释既要观“物”也要观“我”，这样才能洞察理论和经验本身的问题意识和价值诉求，从而最大可能实现间性的沟通与平等，以自主身份参与国际学术话语生产，发出中国学者的声音和理论主张。从现实性来看，建构中国当代文论和美学话语体系，西方文论和美学理论不可绕过，它已然置身当下的现实文化语境。西方理论（文论）不仅是中国理论话语体系建构的“他者”，也是重要资源。但在“理论旅行”中不能简单移植或者复制，更不能成为中国理论的主导，而是经由本土文化的洗礼或者再语境化过程，才能在一种相互冲击甚至冲突中实现理论对话和交融。本土文化的结构、性质和开放水平决定着异质性理论对话和交融程度，由此会出现批判性、反思性与屈从性等情形，而导致某种理论变异，进而在与本土理论激荡中生成新质理论。这种杂糅性的新质性理论在观照“中国经验”时，就成为建构中国文论（美学）话语体系的有机组成部分，成为“中国理论”。其背后支撑理论话语体系的是强大的文化自信，及其强烈的社会主流价值诉求。这个过程也许是缓慢的，但最终一定会与政治变革、经济发展和文化建设相匹配，形成有自身文化底色和现实经验阐释效力的理论体系，从而拥有理论话语权，成为维护文化领导权的捍卫力量。

二、理论建构的语境意识及其文化自信

西方哲学史上有一句经典名言：哲学说希腊语，以此彰显了哲学背后深厚的西方文化自信。著名社会学家马克斯·韦伯曾精辟地阐释了新教伦理与资本主义发展之间的关联，在西方现代性理论背后是基督教文明的自信。洞察理论发展史，任何有担当的理论都厚植于某种民族文化自信的土壤。今天基于“中国经验”建构中国文论和美学话语体系，其背后依托的是中国文化自信，是优秀中华传统文化的自信，是社会主义核心价值观的自信，是能有效应对和阐释中国问题、中国现象、中国经验的理论自信。中国经济经过40年中高速增长所创造的奇迹，“中国天眼”落成启用，“悟空”号已在轨运行一年，“墨子号”飞向太空，神舟十一号和天宫二号遨游星汉，等等，以及“五位一体”的现代化事业总体布局所创造的中国现象，积累了一系列现有理论难以有效解释的问题，亟需“中国理论”来有效阐释中国经验和中国道路，这是当代理论工作者的责任和使命。“当代中国正经历着我国历史上最为广泛而深刻的社会变革，也正在进行着人类历史上最为宏大而独特的实践创新。这种前无古人的伟大实践，必将给理论创造、学术繁荣提供强大动力和广阔空间。”① 正处于现代化进

① 习近平：《在哲学社会科学工作座谈会上的讲话》，人民出版社2016年版，第8页。

程的中华民族，面对中西文化交汇、融通的未确定、未规范的杂糅状态，如何充分表达自己的理论主张？以什么样的姿态发出中国声音？

习近平总书记《在哲学社会科学工作座谈会上的讲话》着重探讨建构有中国特色的新理论新范畴新体系。“我国哲学社会科学应该以我们正在做的事情为中心，从我国改革发展的实践中挖掘新材料、发现新问题、提出新观点、构建新理论，……提炼出有学理性的新理论，概括出有规律性的新实践。”① 对于中国文论研究和文艺发展来讲，就是要深入思考和探索文化自信视野中的中国当代文艺发展道路和文论与美学话语体系建构。对中国问题的真正有效解释，将是当代中国人对世界作出的最大贡献，因为真正解释中国，才能有效解释世界。“中国理论”不是基于本土资源的文化部落主义式的自说自话，而是必须从人民群众创造性的实践活动和丰富多彩的审美活动中汲取养分，在充分开放交流的国际学术话语中张扬“中国性”，中国的也是世界的，其相互通约的底蕴是人类命运共同体意识和对世界共同价值的遵循。究其根本性而言，“当代中国的伟大社会变革，不是简单延续我国历史文化的母版，不是简单套用马克思主义经典作家设想的模板，不是其他国家社会主义实践的再版，也不是国外现代化发展的翻版，不可能找到现成的教科书”②。中国成功走出了一条不同于西方却更加现代化之路，中国的成功必然有着价值上的感召和理论上的普适性，这种价值和理论远未得到学术界的充分阐释，未能建构相应的学术话语体系。“在解读中国实践、构建中国理论上，我们应该最有发言权，但实际上我国哲学社会科学在国际上的声音还比较小，还处于有理说不出、说了传不开的境地。”③这揭示了当前的理论研究困境和局限性，亟须建构有效阐释“中国经验”的理论及其话语体系。

“中国理论”及其话语体系建构的逻辑起点是“中国经验”，此中关键是对“中国经验”的理解和阐释，中国文论和美学话语体系建构同样要以“中国经验”为观照对象。“中国经验”并非自明的现成性存在，更不是固定的静止存

① 习近平:《在哲学社会科学工作座谈会上的讲话》，人民出版社 2016 年版，第 21—22 页。

② 习近平:《在哲学社会科学工作座谈会上的讲话》，人民出版社 2016 年版，第 21 页。

③ 习近平:《在哲学社会科学工作座谈会上的讲话》，人民出版社 2016 年版，第 24 页。

在，而是在流变中被不断阐释的概念，其内涵取决于特定的历史文化语境。“中国经验”虽有客观性，是一定时空条件下和特定历史阶段的地方产物，但它并不外在于世界，而是与世界共在中有其相互交流和可通约处，故而不能过于强调“纯粹中国性”。有学者指出，“中国经验”既是客观存在的、有待发现和阐释的现象，也是通过理论烛照，被不断重新发现、重新阐释的产物。讨论当代中国文论话语的“中国经验”，应该同时在三个维度上展开：其一，从起源学和发生学的角度识别“进入中国的‘异质经验’”，其认为“中国经验”自身就内涵了西方异质性因素的影响；其二，发掘基于人类文明共性的“共同经验”，并非所有的外来经验都具有异质性，文化的共同性和理论的通约性是人类文明得以交往的前提；其三，“共同而有差异的经验”成为发掘中国经验独特价值的重要内容，立足于异质性差异的识别，而确立“具有中国性的‘特色经验’”。① 这进一步启示我们，理解和界定“中国经验”一定要有语境意识。当下的“中国经验”是一种杂糅性存在，置身于当代中国现实文化语境中，现实文化是其得以可能的历史境域。所谓“中国经验”不能是孤悬宇宙的孤立静止存在，理解和建构“中国经验”要辨析它之于“西方经验”“世界经验”的独特性，在中西比较视野甚至杂糅古今的人类文明意识中，领会“中国经验”的内涵所指，而不必计较于能指的漂浮不定。在一个全球化与本土化深度缠绕，历史性、当下性与未来性相互交织的时代，中国发展已进入多重视界融合的“新视野”，三期叠加的现实使理论面临的现实文化问题更趋复杂，人文思辨愈加激烈，促使基于“中国经验”的理论话语体系构建必须凸显反思维度。

现实中尽管中国文化建设有了长足发展，国家“软实力”不断提升，但在文化贸易尤其是核心文化产品贸易中仍有不小逆差，更严重的是版权贸易中显现的思想理论原创的落差，其差距不是在缩小而是依然在扩大，这与中国经济的发展、国际地位的提升和世界对中国的期望极不相配，愈加凸显了建构“中国理论”及其话语体系的急迫性。因此，习近平总书记一再强调，要让世界知

---

① 曾军：《西方文论对中国经验的阐释及其相关问题》，《中国文学批评》2016 年第 3 期。

道“学术中的中国”“理论中的中国”，打造、建构一套有高辨识性、核心标识的为世界普遍理解和认同的学术概念及其理论话语体系。在世界文化格局重塑和理论话语权竞争的时代语境下，中国当代文艺不仅要以精品创作生成民族文艺经典，为世界贡献特殊的声响和色彩，还要在理论阐释的有效性和审美经验的传播中作贡献。建构中国文论和美学话语体系，必须思考理论研究的“中国问题”和“中国经验”。习近平总书记指出：“不能套用西方理论来剪裁中国人的审美，更不能用简单的商业标准取代艺术标准，把文艺作品完全等同于普通商品。”① 中国文论话语关键词的提炼和标识性符号的建构，既要看到中国文化、文艺和审美经验的独特性，又要关注其与西方文化（文艺和审美）的可通约性，厘清“中国经验”的内涵及其复杂关联是建构“中国理论”的逻辑起点，更是建构中国文论和美学话语体系的叙述起点。

“文化自信是更基本、更深沉、更持久的力量。”② 实践表明，没有文化自信，不可能写出有骨气、有个性、有神采的作品；在理论建构上，没有文化自信就难以实现理论担当。中国文论和美学话语体系建构要关注“中国文艺和审美现实”“中国艺术及其审美经验”，以文艺形式和理论思维及其审美理念来书写现代化、城市化进程中，普通中国人的心理情感变化及其价值诉求，以“作为具体的而不是抽象的人民”的情感和生活作为主要书写和研究对象，来观照中华民族的伟大复兴历程。天是世界的天，地是中国的地，只有眼睛向人类最先进的方面注目，同时真诚直面当下中国人的生存现实，我们才能为人类文明提供中国经验，中国文艺才能为世界贡献特殊的声响和色彩，文艺才能说“中国话”，也才能说“世界语”，而不是依附于强势话语充当爬虫，以此来观照对象的理论才能是“中国的”。所谓“世界文学”乃是成熟的民族文学的复数形式，是各民族之间平等的互看，是扬弃“西方中心论”的多元文学话语的交流、交锋和竞争，是对人类命运共同体的关注和文艺展望，是对“世界价值”的普遍

① 习近平：《在文艺工作座谈会上的讲话》，人民出版社 2015 年版，第 29 页。

② 习近平：《在哲学社会科学工作座谈会上的讲话》，人民出版社 2016 年版，第 17 页。

遵循和艺术表达，而非依附于某种理论霸权的无效解读。究其底蕴，中华文化既是历史的、也是当代的，既是民族的、也是世界的，是依存中国当代现实的古今中西的汇集。只有扎根脚下这块生于斯、长于斯的土地，文艺创作和理论研究才能接地气、增加底气、灌注生气，在世界文化激荡中站稳脚跟。理论建构在传承根脉、包容发展、指向未来中，经由不断转化和超越，才能建构出更多体现中华文化精髓、反映中国人审美追求、传播当代中国价值观念、又符合世界进步潮流的话语体系，在理论创新与完善中弘扬中国特色、中国风格、中国气派。

中国理论所依托的“中国经验”不是作为“他者”存在，不是对西方强势学术话语的补充，而是“世界中的共在”，是多元中的一元，其依托的是中华民族的文化自信，这是拥有学术话语权和理论担当的基础。是对基于中国立场的普遍性的一种特指，是中国对全球治理的文化贡献。其本质上体现了自觉的身份意识和文化认同，是“学术中国”自信的表征。现在有些期刊倡导讲学术故事、学人故事，就体现了中国理论话语体系建构的自觉。艺术人类学强调艺术生成的社会语境，旨在对普遍理论持有一种本能的戒备和抵抗。当下，世界多元化和文化多样性需要多声部和包容性发展，需要中国发出声音，需要中国贡献方案。作为现代性诉求，审美现代性经验并非寻求一种大一统的坚固存在，而是揭示一种多样化、流动性状态，展示多样性审美体验和艺术表达，成为“中国理论”生成和话语体系建构的机遇。中国文论话语体系建构要以多重视域中的“中国问题”和“中国经验”为研究对象，在建构过程中要有明确的身份意识和价值立场，不能在热衷于“去价值化”“去历史化”“去中国化”“去主流化”中依附于西方理论，那种亦步亦趋、缺乏独立性、自主性、创造性的理论迟早会被淘汰。

中国文论话语体系建构要落在中国的审美经验上，体现当代中国人的艺术追求和价值诉求。审美经验是对文艺作品和现实及其关系的艺术鉴赏与审美感知，当代文艺发展要坚持“以人民为中心的创作导向”，人民是文艺的鉴赏家和评判者，理论体系建构同样要体现人民性诉求，作为对中国人审美实践升华的审美感知、审美意识和审美理想追求，审美经验以其通约性和审美共通感的追求可上升为理论概念体系。“中国理论”因有效阐释“中国问题”，在与异质性理论对话和交流中相互借鉴和参照，并诉求和谐世界、人类命运共同体意识，而不会形成理论霸权。习近平总书记在2016年新年贺词中指出：“世界那么大，问题那么多，国际社会期待听到中国声音、看到中国方案，中国不能缺席。”在2017年新年致辞中，习近平总书记指出中国人历来主张“世界大同，天下一家”。中国人民不仅希望自己过得好，也希望各国人民过得好。这一重要宣示，深刻展现了中国梦的世界情怀、展现了中国作为负责任大国的使命担当。可见，中国的审美经验没有“井底之蛙”的孤独感，而是扎根深厚的文化传统的传承，有着世界情怀的大格局。党的十八大以来，习近平总书记多次强调，中国共产党人不是历史虚无主义者，不是文化虚无主义者，是中华优秀传统文化的传承者和弘扬者。当代中国是历史中国的延续和发展，当代中国思想文化也是中华传统思想文化的传承和升华，要认识今天的中国、今天的中国人，就要深入了解中国的文化血脉，准确把握滋养中国人的文化土壤。在人类命运共同体建构中，文艺和审美是最好的沟通桥梁，只有把跨越时空、超越国度、富有永恒魅力、有当代价值的文化精神弘扬起来，把立足本国又面向世界的当代文化创新成果传播出去，才能建构真实的中国形象，“中国理论”才能获得世界认可和遵循。中国文论话语体系建构，是基于对书写“中国经验”的文艺作品及其现实审美关系的观照，其理论有效性的基础——对文艺作品和现实的审美感知与欣赏批评，及其对系列核心概念的提炼，如人民性、崇高、形象、意象、意境、气韵、境界等，要作为审美的“中国经验”的标识性符号，也包括对现实世界的“审美改造”和生态环境保护与美化，并在文化传统、现实要求和艺术追求的审美理想的平衡中诉诸普适性价值。

“哲学社会科学的特色、风格、气派，是发展到一定阶段的产物，是成熟的标志，是实力的象征，也是自信的体现。”① 作为理论建构基础的“中国经验”

① 习近平：《在哲学社会科学工作座谈会上的讲话》，人民出版社2016年版，第15页。

以中国社会改革开放的伟大实践为观照对象，以中国越来越融入世界并靠近舞台中心，中国文化传统与西方现代文化相互碰撞与交流的杂糅状态为表现内容。面对如此纷繁多元共时呈现的语境，中国当代文论话语体系建构不仅受到不同文化、不同价值观念的影响，还要面对即使同一文化、同一价值观念也存在不同阶层、不同地域、不同身份、不同趣味的思想性冲突，这决定其必须是一种多元化的包容性对话体范式。但多元中要有主导性声音和色调，有“中国理论”的主张和价值立场，充分发挥中国美学和文艺批评介入社会现实的能力，有效辨别、辨识和阐释复杂境遇中当代中国文艺问题、审美经验及其情感结构的特殊复杂性和主流文化价值诉求，才能提高中国文论的国际话语权。

“不能套用西方理论来剪裁中国人的审美”，就要增强对中国特色社会主义的文化自信，中国特色是马克思主义与中国传统文化的有机融合，是对中国传统文化的弘扬和对社会主义文化的张扬。建构中国文论和美学话语体系要把凸显“面向中国的审美经验”，作为中国文艺发展的特有方式与形态。美学理论建构既要有“审美共通感”的底蕴，又要在审美经验的艺术表达上，凸显民族的地方的色彩。“地方性”“民族性”越来越成为后现代文化空间中艺术表达的底色，只有文艺多样性才能丰富人类精神家园。全球文化思潮相互激荡下，各民族文艺发展愈加斑驳，在相互交流、交融中文明互鉴，以及大众文化的全球互动及其文化均质化的当下，凸显审美的“中国经验”，意味着在当前文艺发展多元格局中诉求一种主流文艺形态，以书写和表现特色社会主义道路探索的“中国精神、中国力量、中国价值”，弘扬当代中国人的审美理想和艺术价值追求。这种理论着重解决和探讨的是中国文艺的发展道路及其主流话语表达形态，是中国的审美经验或中国文化底色，而不是什么别的国家或民族的审美经验；不同于其他社会科学，文艺理论和美学研究关注的基本问题是人的审美经验及其艺术表达，其独特性是价值所在，因此其研究范式和批评话语建构要围绕独特性展开，却不必执着于地方性和民族性，而是在开展文化间、范式间对话和沟通中追求一种形而上的超越性。也就是说，中国特色、中国经验要有世界意义，既要文明互鉴，又要关注文明的异质性和变异性，不能陷入西方中心主义窠臼，也不能落入文化部落主义泥潭。中国的文明型崛起是21世纪人类世界对美好精神家园及其意义秩序探索的贡献，唯有自觉地、牢牢地把握中国特色社会主义的文化使命、文化权利和文化责任——以文艺或审美的方式展现中国人对美好生活的追求，才能建构基于“中国经验”和呈现人类命运共同体意识的中国文论话语体系。

三、“中国理论”建构的方法论创新

究其现实文化建构而言，中西文化相互影响。从历史上来讲，东方文化不仅帮助西方人摆脱中世纪的蒙昧，即使西方文化率先走上现代化之路也离不开东方文化的助力和滋养，对此一些西方启蒙学者有着清醒认知。如伏尔泰在《风俗论》中，就把中华文明史纳入世界文化史之中，而打破了以欧洲史代替世界史的欧洲中心主义史学观。不唯如此，现实文化同样传承和弘扬了优秀中国传统文化，有着对传统文化的创造性转化和创新性发展。“中国经验”置身的现实语境一定有着传统文化的底色，否则何来“中国特色”？就此而言，“中国经验”始终浸润在中华文化之中，它的每一个辉煌高峰，都得益于传统文化的滋养和润泽。也就是说，“中国经验”不仅有着现实的语境意识，还有历史的维度和指向未来的前瞻性，从而构成一个立体的丰富的多维的现实存在，有着不同的视角和路径的切入及其无穷的阐释空间。因此，“中国经验”既有西方的视域，但不能“套用西方理论来剪裁中国人的审美”；又有着历史的维度，但不能回到历史循环论中阉割当下的现实。

建构“中国理论”需要打破对西方文化的迷失，走出西方文化中心主义的阴影，才能实现理论自觉，而不会脱离文化主体性去任意表征。不仅“中国理论”是地方的，即使披着普遍性外衣的西方理论同样是地方的，打着文化多元主义的美国理论也有其界域。这样理解并不妨碍各种理论在全球化舞台上同台竞技、相互交流和影响，在价值共享和理论竞争中展现超越性，以普适性诉求和反思性维度，成为世界主导性理论之一。不唯“中国理论”的建构，需要在平等、开放和包容中共在共处，中国文论的发展更是离不开文明的互鉴，离不开多种方法的交融使用。“面对一个全球化无处不在的当今世界，不同文化因素之间的渗透和影响已成为常态，我们的研究重心不是一定要去提炼一个纯之又纯的‘中国性’，而是真正直面这个‘混杂’、‘多元’的经验现实本身，并且在这个多元混杂的经验之中发掘和提炼出中国的特殊性及其普遍性意义来。”① 说到底，中国文论话语体系要扎根现实文化，而不是遥不可及的“过去”，更不是说“希腊语”的“他者”。

建构基于“中国经验”的“中国理论”及其话语体系，不仅要增强反思意识，还要从不同视角追求方法论创新②：

1. 以中国为历史——重塑世界历史逻辑

从既有的世界史叙述来看，中国近现代史是伴随西方现代性扩张，中国不断融入其中的过程，这是以西方历史观来裁剪中国现代史的结果。事实上，伴随中华民族的伟大复兴和文化自信，我们既要看到中国人对现代性的矢志追求，更要洞察中国道路的独特性。文明型崛起的中国开启了世界史的新纪元，世界进入了一个新的发展周期，中国是一个积极的主导性力量。因此，以中国为历史重塑世界历史逻辑，重新梳理中国史与世界史的关系，为“中国理论”的建构开启了新的世界史视域。中国现代史丰富了世界历史内涵，中国越来越现代化了，但中国不是复制西方，中国的现代性追求是建设社会主义文化强

---

① 曾军：《西方文论对中国经验的阐释及其相关问题》，《中国文学批评》2016 年第 3 期。

② 提出建构“中国理论”的方法论创新的三个视角，受惠于冯鹏志的《历史逻辑、实践路径与理论自觉——论习近平总书记的文化强国思想》，载《文化视野》2015 年第 1 辑，中共中央党校出版社 2016 年版；[日] 沟口雄三的《作为方法的中国》，孙军悦译，生活 · 读书 · 新知三联书店 2011 年版。在此一并感谢。

国，中国的文艺和审美经验不是依存于西方，而是有着独特性和世界意义。以中国革命实践为观照对象的红色文学，作为世界无产阶级文学联合体的一部分，早已进入世界文学的多元化版图。中国的革命、社会主义建设和改革开放的实践，有着“中国经验”的世界史意义。以中国为历史——世界史书写的新视角，其前提是全面客观地认识当代中国、看清世界、理解中国特色。阐释中国特色就要做到习总书记8·19讲话所要求的“四个讲清楚”：讲清楚每个国家和民族的历史传统、文化积淀、基本国情不同，其发展道路必然有着自己的特色；讲清楚中华文化积淀着中华民族最深沉的精神追求，是中华民族生生不息、发展壮大的丰厚滋养；讲清楚中华优秀传统文化是中华民族的突出优势，是我们最深厚的文化软实力；讲清楚中国特色社会主义植根于中华文化沃土、反映中国人民意愿、适应中国和时代发展进步要求，有着深厚历史渊源和广泛现实基础。基于此，提出重新理解中国史与世界史的关系，实质上是全球化时代如何看待中国历史、如何塑造世界历史逻辑。就当前世界主流历史哲学话语体系而言，中国作为东方或非西方，始终是欧洲民族国家海外扩张及其殖民的对象，在其表述中始终处于边缘性、依附者地位，“中国问题”与“中国经验”始终是另类的“他者”存在。因此，西方历史哲学基于对基督教文明以及现代西方文明的一种理论自觉，始终强调的是文明的冲突以及潜在的或显在的对其他文化传统的排斥或贬低。20世纪80年代以来，随着新古典自由主义或新保守主义的推进，尤其是90年代东欧剧变和世界社会主义运动陷入低谷，西方历史哲学呈现全面抬头之势，甚至日裔美国学者福山断言“历史的终结”。然而自20世纪90年代以来，中国道路的成功探索和文明型崛起，使得“中国经验”对西方历史哲学提出了尖锐质疑。与此同时，欧盟的动荡特别是中东难民、英国脱欧和美国特朗普上台等表征了西方世界三十多年来推行的新自由主义已陷入巨大危机，这在深层次上表征了西方历史哲学传统的当代危机。现实和世界发展态势召唤“中国理论”出场，以纠偏世界发展的单向道。只有基于中华文化的特点、天下体系的而非单纯民族国家的文化观、天人合德的思想观念，以“创新、协调、绿色、开放、共享”的新发展理念，在世界战略格局重组中重塑一种全新的更具阐释效力的世界历史逻辑，发挥中国文化在全球治理中的智慧，弘扬“中国理论”的世界意义，就有可能使世界发展进入新境界。这种方法论的创新，对建构中国文论话语体系有着诸多启示。

2. 以中国为价值参照系——重塑中国文化主体性

今日的中国是历史中国的延续，中华优秀传统文化是中国独特的优势，基于“中国经验”建构“中国理论”及其话语体系，需要重塑中国文化主体性。理论担当不能缺失中国文化主体性，当代中国文艺繁荣发展是中国特色社会主义文化自信的表征。从世界史角度看，中华民族是一个文化内在超越意识很强的民族，一个有着天道信仰与天下情怀的文化民族，而不是一般的世俗政治民族。自尧舜以来，中华民族就有一种“克明俊德，协和万邦”的天下关怀。独特的天下观意识，使中华民族不是一般单纯民族主义意义上的民族，而是有着担当和天下文明意识的民族，因此中国通常被某些西方学者视为一个“文明体”。在现代化道路探索中，当代中国成功推动传统文化的现代转化，积极探索马克思主义中国化，正在实现马克思主义与中国传统文化的融合，使中国特色社会主义的“特色”愈加鲜明，这必然要在人类文明秩序与重建人类共同价值（人类命运共同体）上形成重要突破和建树。虽然当前世界格局充满不确定性，各种不稳定性因素在增多，但随着非西方世界的金砖国家尤其是中国坚定地走上独立自主的现代化道路，随着连同西方在内的区域性与民族性开始朝着全球性和人类性开放，不仅中国文化传统的内在价值及其对于重建人类文明秩序的作用不断凸显，而且中华民族的伟大复兴和中国道路自身就蕴含着一种独立完整的有普遍意义的世界价值。中国文化的包容性使其能有效阐释世界的多样性，维护世界的多元化发展，这意味着对不同文明均持有一种欣赏与学习的态度（“各美其美、美美与共”），这种价值观显现于中国倡导的“一带一路”愿景。说到底，“一带一路”沿线国家和地区的互联互通是文化的交流和价值共享，是民心的相通，这种价值理念是当今世界发展所急需倡导的，它体现了中华文化的智慧及普适性价值诉求。重塑中国文化主体性要以马克思主义中国化为内在支撑。一方面，马克思主义中国化直接推动了中国传统的现代转化；另一方面，中华文化传统的活力与生命力、它的学习性与创造性及其在现代世界历上中的遭遇，使马克思主义能够在中国现实扎根，与中国传统文化相融合，从而夯实了一个伟大民族现代复兴的坚实基础。

3. 以中国为方法——准确阐释人类文明进程中的中国道路

在世界文化思潮的相互激荡中，中国文化的主体性表征着当代中国的现代化是有主体性的现代化，是有着迥异于西方现代性的发展理念的现代化。这一主体性不仅显现为每一个有担当的个体，还体现为国家、民族、文化、政治、经济、社会等多重社会实体及其发展实践。文明型崛起的中国已成为理解世界的一种新方法，改革开放四十年来，既是中国以前所未有的气魄和力度融入全球化进程，中国与世界同频共振，也是近年来在中国倡导下不断建构人类命运共同体的时期，这一世界性意义尚未被学界充分阐释。当年，邓小平同志提出“和平与发展是当今世界的主题”的重大判断时，它不仅统一了中国人的思想，也建构了影响着西方人对于中国如何发展的判断。显然，这是一个由中国人带入并深刻影响了世界新格局的重大理念。今天中国所拥有的全球化的现实成就，特别是 2016 年 G20 杭州峰会所达成的共识及中国方案，很大程度上是这一理念的深化，这种人类文明新秩序的开启是全世界各种机缘及包括中国在内的世界合力所为。中国道路的成功是一种哲学的突破，是理论自信的基石，它具有积极的方法论启示。当下，我们既处在一个深受新自由主义主宰、而其又不断受到挑战和危机的全球化时代；同时，又是一个全球化非单向的西方化或美国化的时代，特别是在新一轮经济全球化的引擎和动能转变之际，中国在人类命运共同体建构中的主导性作用愈益凸显，一些非西方民族国家在全球化语境下，依据自身传统的流变从而形成多样化民族国家的时代，很多发展中国家现代化了，但并非西方化或者美国化。不同的民族国家既承担着实现自身国家现代化的使命，又分担着实现整个人类永续发展的责任。显然，以中国道路的成功为方法，可以洞悉中国这个古老文明及其中华民族的复兴，不仅从客观上不可能走依附于西方新自由主义的道路，而且中国的发展必然要形成一条有效地遏制新自由主义矛盾、有着示范效应的新型发展道路，这种方法论对建构中国文论话语体系有着根本性启示意义。

“强制阐释”的合法性及其限度

经过近70年的社会主义道路探索，21世纪的中国已站在近代170多年来的历史最高点，随着中国越来越成为国际社会有影响力的国家，中华民族走到了一个通向民族复兴和大国崛起的历史节点。中国的持续发展坚定了我们的理论自信、制度自信、道路自信。历史表明，民族复兴和大国崛起需要文化支撑，中国国际话语权的提升更需要全社会的合力推动，需要学术界的努力和理论自信，中国文论研究和文学批评的使命担当自不待言。就中国当代文论发展而言，自20世纪80年代开始，当代西方文论被大量引进中国，对中国文艺理论和文学批评实践产生了重要影响，对文艺学、美学学科建构发挥了积极作用，有力地提升了中国文论研究的理论水平、世界眼光和国际视野。然而就当下的历史节点而言，从强化中国文学理论自信的视角来看，确实有必要全面检视反省西方当代文论之于中国文艺实践的有效性问题，其前提就是较为客观地辨识当代西方文论自身的发展，及其进入中国问题域的重新语境化所带来的问题。近年来，张江教授在系列论文中详细剖析了当代西方文论的根本性缺陷及其对中国文论发展的镜鉴价值，引发了文艺学界的高度关注和热烈讨论。笔者在拜读其系列论文后，获益良多，现不揣浅陋谈一点自己的想法。

一、问题剖析一针见血，切中要害

张江教授通过对当代西方文论本身发展的客观性辨析，考察其对场外理论的征用及其应用于中国文艺实践的有效性问题，在综合分析基础上做出一种学术判断，以“强制阐释论”概括其基本特征来把脉当代西方文论的根本性缺陷，视之为本体性特征，可谓一针见血。他把强制阐释视为20世纪西方文论的一种总体性缺陷，认为诸如“幽灵批评”“混沌理论批评”等理论应用于文学研究非常牵强，其实质是在这种批评模式下不见了对文学意义和美的价值的追问，这种场外征用理论带来的“主观预设”导致了对文学意义的消解，对文学文本的非文学阐释，就此张江教授得出的“强制阐释超越了文学批评的正当界限”的论断可谓切中要害，体现了批评者的深刻洞察力和整体把握能力。尤其是他对晚近西方文论，如后现代主义思潮、女权主义、新历史主义及文化研究等的评判更是切中肯綮，对其一个时期以来的甚嚣尘上有所纠偏和矫正，可以说强制阐释论批判，有力地廓清了长期以来缭绕于中国当代文论研究中的一些模糊认识和误区，今以“强制阐释论”来命名这种研究弊端确有以正视听、令人豁然开朗之感。

在张江教授看来，强制阐释是当代西方文论的基本特征和根本缺陷之一，“强制阐释是指，背离文本话语，消解文学指征，以前在立场和模式，对文本和文学作符合论者主观意图和结论的阐释”。① 主要表现为实践与理论的颠倒、具体与抽象的错位，以及局部和全局的分裂。其中，主观预设被视为强制阐释的核心因素和方法，具体指批评者的主观意向在前，预定明确立场，强制裁定文本的意义和价值。其要害有三：一是前置立场，二是前置模式，三是前置结

① 张江：《强制阐释论》，《文学评论》2014年第6期。

论。①强制阐释论的基本特征有四：场外征用（确实存在理论硬性移植现象）、主观预设（确实存在脱出文本原初含义的过度滥用现象）、非逻辑证明、混乱的认识路径。总体上看，强制阐释的最大弊病在于僭越（理论有效性的界域），以及由此导致的理论应用的牵强（一些理论征用无关乎文学经验），仅凭猜想、假设理论来推演，在理论阐发中难免有削足适履之嫌，以至于出现“偏执与极端”化倾向，这种判断和认知是贴切的。正是基于以上理论分析，张江教授得出“从理论背景来看，许多西方文论的发生和膨胀，都是基于对以往理论和学说的批判乃至反叛”②的结论，是令人信服的。事实上，当代西方文论研究不断地“追新逐后”，话语狂欢式的符号术语内爆，助长了轻视文学理论的传承和过度重视理论的场外征用，致使强制阐释论泛滥。就理论建构而言，张江教授还认为，强制阐释不是过度阐释，前者可以包含后者，后者无法替代前者。也就是说，过度阐释的意图依旧落在阐释文本上，而强制阐释不在于阐释文本，其把重心落在阐释者的阐释本身上（理论自身），这个理论是阐释者先前持有的，他要借助文本来说明和证明理论。正是经由深刻洞察，张江教授的一些理论见解都是颇有见地的。

二、对一些问题的补充意见

大体上看，张江教授以“强制阐释论”来评判当代西方文论并视其为根本性缺陷，从当代文论自身发展视角来看，可以说处于当代理论创新前沿；倘若跳出文论发展而基于时代人文制高点（如文化间性的当代哲学观、交融共在的文化生态观），则不免就有一种囿于认识论视野的对象化思维之嫌，因过于倚

① 张江：《强制阐释的主观预设问题》，《学术研究》2015 年第 4 期。

② 张江：《关于“强制阐释”的概念解说》，《文艺研究》2015 年第 1 期。

重逻辑推论来看待文学批评和文论研究，因而缺乏一种圆融性本体论意义上的场域思维，缺失了一种前瞻性的本体论建构维度。固然其论证批判很有锋芒，但眼界似乎未能超出当代西方文论如现象学文论、实存主义诗学以及诠释学和接受美学等所达到的时代高度。一定意义上，正是现象学文论、实存主义诗学教会了我们如何看待与研究对象之间的关系，及其所能达到的思想高度；也正是现代阐释学教会了我们对文学意义和价值的追寻，而将理论思维拓展至文化间性。就此来说，以“强制阐释论”对当代西方文论的批判本身尚未达到时代应有的思想高度，有其自身的不周延之处和理论批判的偏颇。事实上，正是在理论自身的扬弃式辩证否定中，当代西方文论在不断克服现代形而上学的过程中走向综合发展，不停地以文学实践为圆心做着各种钟摆运动。随着人类文学研究视域的拓展，期间出现一些偏离和过度倚重理论自身，从而呈现超出限度的“强制阐释”特征，这是其偏颇之处，需要引起中国当代文论研究者的警觉，但回到当代西方文论生成的场域，则有一定的合理性，或者说是理论阐发的宿命所致。

就此我们不得不追问：所谓强制阐释——谁在阐释？如何阐释？阐释什么？回顾当代西方文论发展史，可以发现是西方文学实践和对文学观念认知的变化引发各种理论泛在式地进入文学研究和批评场域，这当然会出现种种不适和难以对症，但这些理论操演既深化了对文学内部研究规律的把捉，也有力地拓展了文学外部研究规律的适用性。尤为重要的是，当代西方文论界的多元文学理论和研究范式的共存，体现了文学和文化民主力量的生长，有力地增强了西方当代文论的自信，也极大地激发了文化和社会发展的活力，它在根本上切近了文学本质和人的自由精神。我们还要追问不强制阐释又如何呢？当下的中外文艺学界，的确存在相对理论的“繁荣”，和理论应用于文学实践(文学批评)的“无效”现象。

另外，一个基本的理论现实是：契合时代和理论自身的发展变化，当代文艺学发展的跨界、扩容、多学科的交叉融合，研究范式的不断转换、研究界域的不断拓展，自然关乎“场外理论征用”的合法性及其限度。正是在此意义上，我们认为“强制阐释”有一定的合法性，其合法性意义主要体现在知识论层面上，越来越多的理论成果从不同的视角成为当代文学理论及其研究范式建构的知识资源。其实，文学理论向来不囿于文学自身，它涵括文学却有着广阔的阐释空间和价值指涉能力，从而拥有对社会现实的发言权。但理论的立场和思维是至关重要的，也就是说它不能迷失自身，它必须是文学的，这一点张江教授的阐述非常到位。文学理论研究和批评实践是诗学的人文性的，它固然要遵循逻辑、不能背离逻辑，但不能是囿于逻辑来压抑诗性与审美之维。作为人文学科它有着人文属性的特殊性及其精神价值导向，在理论阐释中允许一定的想象与“揣测”，而不是完全囿于社会科学的“规范性”。如韦勒克所言：“文学研究，如果称为科学不太确切的话，也应该说是一门知识或学问。”① 正是思维的广阔和文学价值的指涉，构成文学研究范式和文学批评的一个特征。

此外，“理论”固然不应遮蔽“文学理论”，但理论之间、理论与文学理论却应该跨界交融，以共同应对文学实践的变化，应对不断建构中的文化现实。说到底，既然“文学观念”“文学理论的观念”发生了变化，再以传统的思维方式看待文学和文学理论自然就是“刻舟求剑”了。理论当然要有正当性与合法性，要追求一定的客观性，但不能为了追求所谓的“科学性”而封闭自己，把文学理论孤立起来以杜绝与文化现实之间的互动。可以说，任何理论都不是一成不变的，或者只能适用于某一领域，理论的交叉、延展是学科发展的必然。当下，学科的扩容、跨界和交融是社会、经济、文化，当然更是文学理论与文学批评的发展趋势。在此意义上，适当的“场外征用”是必要的合理的，当然就域外理论而言要有一个重新语境化问题，就其他学科理论而言有一个“消化、锻造”问题——在文艺学视野中作文学化、诗性化处理。

在对“强制阐释论”的核心论点进行阐述时，张江教授以女性主义文学批评实践来论证主观预设的不合理性，很有学术见地。他指出“先于文本、凌驾

① [美]勒内·韦勒克、奥斯汀·沃伦：《文学理论》，刘象愚等译，江苏教育出版社2005年版，第3页。

于文本之上的主观预设，说到底，就是无视甚至践踏了文本的这种主观质地，其结果，自然是背离了文本，所生发的阐释无疑属于强制阐释”。①但结论一经放大，认为“毫不夸张地说，主观预设已经成为一个多世纪以来文艺批评实践的稳定套路、固化模式，也成为众多批评家操练中常见的思维模式。并且，随着西方文论被引入到国内，这种主观预设的问题在国内批评理论界也已经司空见惯”，②则不免有失偏颇。事实上，文学批评的立场可以预设，甚至批评模式也可以预设，但在具体文学文本的解读中需要适时修订，但是结论的确不可预设。一定意义上，接受美学视野中的“前见”固然是一种潜意识，但在特定文本语境下完全可以被激活为一种自觉意识的表达，此时它就是一种立场，这在理论研究和批评实践中并无不妥。可以说，任何理论都有理论有效性的界域，一旦僭越就会出现偏颇。同样，在对其评判时也要置于一定的界域内，否则就会犯以“理论预设”来遮蔽理论本身合理性的错误。批评家对文学作品（任何文本）的阐释评判都可以独立于作者的主张（仅作参考），它只是依循理论和批评的逻辑向着文本开掘和发言，可以基于文本的客观性而无关乎作者的文学主张，这就是韦勒克所说的“批评的时代”的意味。但批评家确实不可滥用理论强制阐释、随意处置文本，文学批评的客观性基础是文本，还包括作者的文学主张和人生经验，以及批评家的阅读经验和文学感悟，在此之上还要融入理论推演和人文情怀。理论只是观照文本的一种视角，不同的理论有不同的视角。正如一千个读者眼中有一千个哈姆雷特一样，不同理论视角下的文学文本会呈现出“横看成岭侧成峰，远近高低各不同”的格局。理论视角的多样性表征着文学文本的开放性，但不意味着某种理论可以适用于任何文本，可以“包打天下”。面对鲜活的文学文本和文学活动，任何理论都不是万能的，理论与批评对象要相互契合，相互引发阐释，可谓“相看两不厌”。

说到底，文学理论是关于文学的理论，但它的根要扎在文化现实中，以获

① 张江：《强制阐释的主观预设问题》，《学术研究》2015 年第 4 期。

② 张江：《强制阐释的主观预设问题》，《学术研究》2015 年第 4 期。

得深厚的时代底蕴和主流价值支撑，而不是追逐于大众文化的狂欢。事实上，确实有很多所谓的文学理论或者理论陷入话语狂欢中。其结果，就是“文学理论无关文学、没有文学，或者文学只是充当了理论的佐证工具，其学科特性受到了前所未有的削弱，成了凌空蹈虚的‘空心理论’”①。这样的理论遭致诟病或者质疑是必然的。因此，有学者指出，文学理论的初衷“是试图从自身外围的学术领域中来获得启发，寻找出路，结果却邯郸学步，丢掉了自身”。②这种观点值得重视。同时，我们还要反思文学理论除却有文学价值，是否还有思想价值和文化价值？尤其在当下文学越发被置于文化观念中来阐释而处于杂糅状态下，对任何文学文本的理解都不可能是单一文学性的视角，任何单一性的文学视角都不可能真正切近文学自身。

三、以理论自信来克服强制性阐释

张江教授的“强制阐释论”启示我们：对当代西方文论的辨识和评判非常重要，它关乎中国文学理论的自信。100多年来，特别是改革开放40年来我们所取得的文论成就，可以说西方文论的引入对中国文艺学、美学的学科建构和理论发展有筚路蓝缕之功，至今依然是重要参照系。一定意义上，中国当代文艺学、美学是在西方当代文论的深刻影响下，通过某种程度上的移植、借鉴以及试图相互通约的对话与交融基础上发展成熟的。因此，中国文艺学学科和美学学科建构以及文学史、文论史和美学史研究，一定程度上都存在着对西方理论的移植、借鉴和参照，存在着“照着讲”与“接着讲”的问题。以美学学科建构为例，有学者就曾辨析过“美学在中国”与“中国的

① 张江：《当代西方文论若干问题辨识——兼及中国文论重建》，《中国社会科学》2014年第5期。

② 姚文放：《从文学理论到理论——晚近文学理论变局的深层机理探究》，《文学评论》2009年第2期。

美学"之别。[1] 对此，我们确实应该站在理论特别是理论自信的立场进行反思和批判。

当代西方文论普遍存在的强制阐释特征，除了理论逻辑的自身惯性外，是否还有着西方语言的暴力？它在理论旅行和向域外扩张中是否还有着潜在的"西方中心论"的顽疾？西方文化霸权不仅是思想理论的霸权，还有着英语的语言霸权。此外，除了在文论研究领域自古希腊就开始的强制性阐释外，这种特征更显现于中外文学史的研究领域中，特别是以西方概念术语来解释中国文学经验，尤其见之于中国文学史、美学史的写作与研究范式的建构，这其中的深刻复杂性原因值得探究。

回到中国文学理论和文学批评范式的建构，中国文论向何处去？文学理论最始源的出发点和价值指涉是文学实践，否则理论是没有生命力的。其有效路径是全方位回归中国文学实践，"回归中国文学实践，就是要把中国文学理论的建构基点定位在中国文学的现实上，系统研究中国文学创作、文本、接受规律，在此基础上形成有中国特色的文学理论体系"。[2] 同时文学理论研究和文学批评要有效切近不断变化中的文化现实。对此，我们不得不追问：是理论阐释和推演偏离了当下的文学实践，还是当下的文学发展已经碎片化并泛化为当前的文化现实而愈益偏离了文学自身？就是说我们正在谈论的"文学观念"是需要重新界定的。与之相应的是，理解"文学本体论"的方式发生了变化，阐述文学理论和文学批评的本体特征离不开特定的文本语境，是一种历史境域的敞开。关于文学理论与文学批评"脱离文学实践"，我们是否可以追问：

1. 是在什么意义上的脱离？

2. 是何种意义上的文学实践？

3. 如何领会理论与实践的关系？实践是认识的唯一来源吗？如何认识理论的普适性与当前数字化媒体的"虚拟真实"？

---

① "美学在中国"和"中国的美学"是高建平先生最早阐释和界定的概念，参阅其《"美学"的起源》《全球化与中国艺术》等论文。

② 张江：《当代西方文论若干问题辨识——兼及中国文论重建》，《中国社会科学》2014年第5期。

事实上，对于认识的来源及其理论成果要分层次多维度进行研究，尤其不可忘记理论自身有自我生发的特性，也就是理论可以生成理论。如康德美学的理论建构就是其哲学体系逻辑推演的结果，其关于艺术品鉴和天才艺术家的分析，基本上无关乎康德自身的艺术欣赏实践，却自成理论之高格，被视之为人类思想史上的“美学经典”。

其实就理论生成而言，一部文学理论或批评史是不断挑战既有文学观念和研究范式（批评模式）的历史，通过对既有文学观念（包括文学结构、情节、人物塑造等）的消解与拒斥，以创新（包括“新奇”“怪异”等）手法挑战现成性的文学、审美观念及其核心规范，来重新建构一种新的文学观和批评范式。至于学科间的碰撞和融合，只能是研究方法和思维方式的启迪，而不可能是理论成果的简单翻版或者生硬移植。“文学理论是关于文学的理论，本质上是对某一特定时期文学实践的经验总结和规律梳理。其中最重要的是文学理论对文学创作取材、构思、技法以及对文学作品审美风格、形成构成、语言特质的理论归纳和概括。在总结和梳理过程中，理论的应有之义还包括‘问题域’的拓展和思维方式的切换。”①这种认识是全面深刻的。就此而言，这样一种研究思路也是可行的：“对文学研究来说，外部研究是必要的，但只有外部研究远远不够；内部研究也是必需的，但只满足于内部研究也万万不可。”②尊重文学的内部研究规律，坚持文学的文本细读原则，回到文学文本和文学活动本身，以此将具有中国特色文艺理论治理体系的建构推向新阶段。只有准确辨识和把脉当代西方文论的本体性缺陷，才能有效地增强中国文学理论和文学批评的自信。

坚持理论自信，不可忘记文学及其文论研究的本土化特征，以及文学理论的人文关怀，其理论建构尤其不可缺少民族的文化底色和历史底蕴。就理论探索而言，吸收、借鉴国外相关文论研究成果非常必要，加强与国外理论学派的

① 张江：《当代西方文论若干问题辨识——兼及中国文论重建》，《中国社会科学》2014年第5期。

② 张江：《当代西方文论若干问题辨识——兼及中国文论重建》，《中国社会科学》2014年第5期。

对话、交流尤其不可或缺，因为任何文论研究都不是封闭的而是开放的。正如习近平总书记所说，文明因交流而丰富，因互鉴而多彩。但是，重视当代西方文论不等于依赖甚至产生依附性，不能充当西方文论的爬虫，而仰仗西方文学理论来阐释和说明中国文学问题及其中国文学经验。近年来中国当代文论和文学批评的乏力，就与其逐渐远离现实不断丧失社会话语权相关，它越来越不能有效解释中国的文学现实，这样的理论和批评自然就被社会边缘化。西方文学理论与文学批评范式主要基于西方文学经验和文学实践，它不可能真正站在非西方立场上来考虑所谓全球性的文学经验与文学批评问题。也就是说，西方文学理论所提出的问题不完全是发展中国家文学真正存在和需要解决的问题。由于社会发展阶段和所面对的问题不同，特别是文化现实的建构不同，导致西方理论不足以解释发展中国家的复杂情况，尤其是难以说清像中国这样一个急剧变化的发展中大国的文学复杂状况，其理论阐释不足以应对发展中国家的复杂矛盾；生长于西方文化场域的当代西方文论可能对说明某些方面的文学问题有所启示，但绝不是放之四海而皆准的“真理”，它虽然披着普遍性的外衣，却不能遮蔽其理论的“地方性”和“民族性”。对于我们来说，需要理论借鉴，但更需要基于本土经验的理论建构，只有把脉自身问题的理论才有效，也就是说自己的事情自己最有发言权，自己的问题只有靠自身的理论来阐释。因此，对当代西方文学理论的重新语境化阐释，不能形成过分依赖。对西方学术盲目推崇，会妨碍我们独立思考；对当代西方文学理论资源和文学批评范式的过分倚重，会遮蔽中国文学问题的真实性，导致“顾左右而言他”，难以击中真实的文学“靶子”。理论探索实践一再表明，脱离文学实践基础和文化现实条件提出的理论问题和观点，大多是一种虚假、空洞的概念。只有用中国的话语、中国的方式来研究和阐释中国的文化问题，基于中国的文学经验和文学批评实践，才能真正形成具有中国特色、中国风格、中国气派的当代马克思主义文学理论和批评。

增强中国文学理论的自信，但这种自信不是盲目的，而是从比较中获得的，是在各种文学理论的自由竞争中获得的。任何一种文学理论的当代价值都不是自封、自我认定的，而是在同其他理论的比较中彰显的，是在成功解释、解决中国文学问题中不断胜出的。理论的发展离不开阐释甚至“强制阐释”，一定意义上讲，理论工作不断面临“强制阐释”的困境，西方理论强制阐释理论自身，中国理论家再用西方理论阐释中国问题都会面临此困境。“强制阐释论”问题的提出，可以说是时代语境在文论和美学研究领域的显现，是中国文学理论研究的自觉和自信的彰显，是对西方中心论在文学理论和文学批评范式建构中的反思与批判，是以文学理论的方式接通中华民族伟大历史复兴的历史节点。所谓理论自信，最根本的是能够直面现实、能够解决中国问题包括文学和美学问题，这样才是真正增强中国文论的自信，最终建立起有自身需求和特点的理论体系。

归根结底，理论的建构不是单向度的，它既要面向实践，也要基于理论逻辑。文学理论发展史表明，文学理论的发展一直是复线双向结构，既存在其他理论向文学研究领域的延伸，也存在文学理论向界域外的拓展。当前，正是在这种双向互动中才能建构一种既尊重文学内部规律，又有效应对变动不居的文化现实的可以打通外部研究的文学理论和文学批评新范式。

“强制阐释”的歧途与“公共阐释”的正道

——对张江教授《公共阐释论》的一点思考

张江教授的“公共阐释论”在《学术研究》刊发后，引发了学界的关注，既有学术期刊发表相关文章，也有相关学术会议专门探讨这个话题。其实，任何争鸣都要回到问题的本源，一个绕不过去的问题是：阐释论是一种认识论还是本体论？它是否是一种“元理论”？它对当代文艺理论和美学研究的意义何在？在不同的理论源头处，其实践意味是不同的。马克思在《关于费尔巴哈的提纲》第二条中说：“人的思维是否具有客观的真理性，这不是一个理论的问题，而是一个实践的问题。”①在海德格尔、伽达默尔的阐释学理论体系中，阐释学是一种超越性的现代本体论建构，需要在现代本体论意义上来理解“阐释”。可以说，阐释学就是一种从语言视角进入的现代本体论，它虽有认知的价值，但不是一种认识论，而是意义的阐发和价值的守护。在中国当代文艺学美学实践中，阐释学意味着反本质主义的当代批评学，抑或就是当代文艺学美学学科的话语建构，它同样是一种本体论承诺。新时代语境下，“公共阐释论”的出场为文艺学美学话语体系建构清理了地基，提供了核心概念和理论范畴，表征着中国当代文论话语体系建构的自信，是时代变化和实践发展情形下的一种理论创新。

---

① 《马克思恩格斯选集》第1卷，人民出版社1995年版，第55页。

一、“公共阐释论”问题出场的语境

党的十九大报告作出中国特色社会主义发展迈入新的历史方位的重大判断，文艺及其文艺理论作为时代的先声，要有能力表征这个时代的精神追求。问题是时代的声音，只有倾听时代才能把握问题所在。习近平总书记指出：“面对世界范围内各种思想文化交流交融交锋的新形势，如何加快建设社会主义文化强国、增强文化软实力、提高我国在国际上的话语权，迫切需要哲学社会科学更好发挥作用。”① 随着中国发展迈入“强起来”的新时期，社会主义文化强国建设彰显出时代的新气象，亟须在文化自信逻辑中构建中国文艺理论话语体系。一定意义上，拥有本土文化及其价值立场的阐释权，也就掌握了意义的生成和价值的引导方式，为各种社会思潮的引领、文化领导权的建构提供理论支点。究其现实性而言，拥有丰富资源的中国文艺理论批评话语的自主表达，自然就成了文化自信的理论支点和话语体系建构的突破点。“当代中国正经历着我国历史上最为广泛而深刻的社会变革，也正在进行着人类历史上最为宏大而独特的实践创新。这种前无古人的伟大实践，必将给理论创造、学术繁荣提供强大动力和广阔空间。这是一个需要理论而且一定能够产生理论的时代，这是一个需要思想而且一定能够产生思想的时代。”② 当代文艺理论研究中曾长期存在唯西方文论马首是瞻的现象，这在某些特定历史时期可以理解，对中国当代文论和美学学科建设是有意义的，但长此以往不仅丧失当代中国文论自信，甚至还出现以西方理论强制阐释中国文艺现象的情形，如若察而不觉甚至习以为常，就会麻痹了文艺学研究者的学术神经，扭曲学术研究的价值观和话语体系建设。缺失自身价值立场和话语体系的学科建设，如何能以学术创新

① 习近平：《在哲学社会科学工作座谈会上的讲话》，人民出版社2016年版，第7页。

② 习近平：《在哲学社会科学工作座谈会上的讲话》，人民出版社2016年版，第8页。

使中国文化自信得以彰显？面对杂糅的西方理论及其话语体系，随着中国文化“软实力”的增强及其话语权提升，文化自信的中国学者必然要在学术话语体系建构上有所突破，改写单纯的追随者、模仿者、引进者的角色，需要立足中国的审美经验和文艺现实，表达自身的文化立场和学术理论主张，因而理论地基的清理和话语体系的平台建构就是必然。在我看来，这就是“强制阐释论”和“公共阐释论”话题出场的历史语境，其影响将是深远的，一定意义上是中国人文学术研究进入新时代的表征。

新时代，文化自信的根本性要求和中国特色社会主义发展步入世界舞台中央的新方位，需要中国当代文论自觉寻求生长点，需要在加强理论的现实关怀中建构中国哲学社会科学话语体系，以理论的创造和主流价值观的传播彰显中华文化自信，以中国精神的传承和弘扬续写中华文明的辉煌。在一系列重要讲话中，习近平总书记一再强调：“当代中国的伟大社会变革，不是简单延续我国历史文化的母版，不是简单套用马克思主义经典作家设想的模板，不是其他国家社会主义实践的再版，也不是国外现代化发展的翻版，不可能找到现成的教科书。”① 作为伟大民族精神的创造者、传承者和弘扬者，中国人民不仅能够创造史诗般的实践，还能够在实践中升华出有时代特征的理论创造，在理论与实践的互动和相互支撑中实现中华民族的伟大复兴。作为时代表征的“强起来”是一种精神的伟大和文化价值的感召，自然离不开理论的创新创造，以此才能回应历史性的变革和时代的风云际会。在我看来，从“强制阐释论”到“公共阐释论”是文化自信视域下，中国当代文艺理论话语体系自觉建构的显现，它表征着文明互鉴视野下中国文论的自觉，旨在以中国文化价值立场重构当代文艺学美学话语体系，并与西方文论进行平等交流对话。

文化自信视域中的中国文论话语体系建构，需要回到中国当代文论的现实境遇。当前，文艺学学科重构及其理论范式转换，需要不断廓清西方理论的“强制阐释”掣肘，在文化自信的多元开放格局中清理地基、构建平台、启迪

① 习近平：《在哲学社会科学工作座谈会上的讲话》，人民出版社2016年版，第21页。

方法论，由此“公共阐释论”可谓是多元话语交锋的一个聚焦点，喻示了中国文艺理论话语体系的重构。公共阐释作为当代文论话语体系建构的前提性基础和地基式平台，一定要有世界眼光和文化自信意识。不能完全采用西方的理论标准来评价中国的文艺创作实践，也不能机械运用中国古代文艺理论中的道、圣、气、文、情、词采、意境等批评尺度来评判当下的文艺现实，必须立足当代文化现实和中国审美经验，在文艺问题的具体阐发中，尤其要深刻领会习近平总书记关于文艺方面的重要论述中关于“历史的、人民的、美学的、艺术的标准”的部分，以中华文化立场来建构一套合乎时代特征和文艺发展实践的文艺评价体系。

随着中国越来越走进世界舞台中央，中国的学术研究要使文化自信有所彰显，使中国特色社会主义文化的旗帜高高飘扬在世界舞台中央，使中国的人文社会科学研究在国际上拥有话语权，为此当下的学术研究需要深化马克思主义基本理论，积极阐发马克思主义中国化最新研究成果，亟须建构面向21世纪和全球的中国马克思主义文论。在文明汇通基础上建构中国当代文论话语体系，需要清理地基、构建文明互鉴视野下的交流沟通对话平台。立足中华文化价值立场，讲好中国学术故事，既要以学理支撑建构中国当代文论的核心概念和理论范畴，又要以理论创新切近时代特征和现实需求，重构中国故事的叙述逻辑，利用故事传播的普遍性效应，以面向世界的开阔胸襟书写全球化进程中人类共同命运，及其日常生活中的喜怒哀乐，创造出一个可以与他人对话的学术世界，为世界各地的人们带去真善美的体验，把在文艺学美学研究中能引起共鸣的普遍性价值与情感表达传播开来，发挥好当代文艺在消除误解、避免冲突以及增强世界人民相互好感等方面的作用，打破西方理论话语独大的垄断格局，以学术研究能力和话语权来提升中国软实力，以价值共享推动人类命运共同体的构建。

二、阐释的逻辑起点和公共阐释之可能

问题是创新的起点，也是创新的动力源。直面新时代中国国内社会的主要矛盾变化，以及国际形势的纵横捭阖，必须坚持创新发展理念，党的十九大报告指出，“全党同志一定要登高望远、居安思危，勇于变革、勇于创新，永不僵化、永不停滞”,①创新是使命，创新是发展动力，尤其是要在全社会培育一种创新文化，并需要率先在学术上有所突破。作为学术话语体系建构的表征，“公共阐释论”的出场，某种意义上就是文艺学美学研究中理论创新的探索。

文艺学美学是人文性学科，其学科建构的路径主要依赖学理性阐释，阐释是其学术研究的常态化。自 20 世纪中叶以来，阐释学已成为人文社会科学的基础性学科，是各具体学科门类建构的基础性理论框架。阐释需由个体性阐释进入公共阐释，阐释的公共性追求是阐释有效性的保障，由此才能实现意义的共享。就此而言，阐释都有走向公共性和开放性的愿望，都需要倾听和对话，其表述可以是个体性的，但其价值指向一定是公共性的，唯此阐释才会进入公共交往空间，不同话语表达的场域，实现愿望的达成或失效。阐释首先是个体性阐释，但它之所以能够走向公共领域，主要源自人类的审美共通感基础，基于现实中的人性相通，由此形成一个确指的“意义”共识。进入阐释活动中的主体无论有怎样的差异，或者基于何种学理基础与学派，都应该是“类”意义上的人，都有着诉求某种理解、理论或者意义生成的愿望。因此，阐释总是意味着要进入一个话语交往的场域，总是要以某种确定性为旨归，总是在追逐“虚灵的真实”中达成某种可传达的共识。张江教授经由词源学考据和语义辨析指出，阐，开也。从门（門），单声。阐之发生离不开“共在”之前提，由

① 习近平：《决胜全面建成小康社会　夺取新时代中国特色社会主义伟大胜利》，人民出版社 2017 年版，第 2 页。

此实现阐之向明、向显的公共追求。"'开'字原形已明示，阐释者是从内向外而开。此'开'，乃主动之开，自觉之开，表征阐之本身开放欲求。此动作暗示，阐释者清楚，个体阐释必须求之于公共承认，在争取公共承认之过程中确证自己。"① 从始源性意义来看，"阐"从"开"讲，有启义，有通义，有广大义，有吸纳义。启发之本义即有对话、协商、引导意，而非强制、独断、一统意。阐，居间说话也，要以意逆志，要争取公共承认。由此可见，主体及主体间性之存在，是阐释生成的基点，也就是说，阐释总是由某个确定主体生成和发出的。阐释之发生乃源自主体的阐释愿望，更确切地说是主体间的互阐互释。因而，从个体性阐释走向公共阐释，是一种学术研究的必然。即便如艾柯那般高度强调文本的开放性，认为面对一个既定的文本，接受者可以从既定经验和立场出发，可以对文本做任意方向的理解和阐释。却依旧要承认，"总之，作者向欣赏者提供的是一种如有待完成的作品：他并不确切地知道他的作品将会以哪种方式完成，但他知道，作品完成后将依然是他的作品而不是另一部别的作品"。② 可见，无论如何开放式的阐释，都要围绕文本的意图展开，都会有一个大致确当的东西存在，这种存在可能是一种"虚灵的真实"，但它无疑是确当的，而不是真的虚空和某种任意。这个不是"别的作品"的意图正是某种确定性存在，诚然，它并非实体性的固定存在，而是一种不能脱离阐释主体的"虚灵的真实"存在，这正是阐释的公共性基础。诚然，文艺创作是个体性的，文艺的欣赏和消费同样是个体性的，但文艺的阐释（包括批评）却不能止于个体性，阐释的有效性要求其进入公共领域，由此形成阐释的公共性即公共阐释。公共阐释是对个体性阐释的超越与规约，也是对强制阐释的纠偏，使之回归文本中心。任何可通达的有效阐释都是公共阐释，公共性是阐释的基本特征。在阐释活动中，任何阐释都必有其"先结构"，也就是说公共阐释的基础恰是个体阐释，经由视域融合和特定的机缘（时间性）才能进入公共领域，不

① 张江：《"阐""诠"辨——阐释的公共性讨论之一》，《哲学研究》2017 年第 12 期。

② ［意］安伯托·艾柯：《开放的作品》，刘儒庭译，中信出版社 2015 年版，第 23 页。

断地"现象"出来，逐渐臻至"澄明"状态，这一过程不可能一次性完成。其中真理的闪光引导个体阐释迈向公共阐释，只有在"机缘"出场中才能完成这样"一跃"，个体阐释成为公共阐释，否则就跌落为私人阐释成为个体的"喃喃私语"。"理解并承认阐释的公共性，是构建当代中国阐释学的重要起点。此其公共性，并非人之主观意愿所决定，而是阐释生成及存在之基本要素。阐释的公共性，由阐释主体及其间性而定位；由阐释之目的和标准而使然；由阐释行为的实际展开及衍生过程而主导。阐释之所以为阐释，就是因为它是公共的。"① 可见，阐释所内含的公共性品格，是公共阐释之可能的逻辑前提。

文本是阐释的现实基础，阐释必须立足文本，以文本为中心展开。文艺文本的特殊性存在及其真理性探寻，是阐释存在的合理性依据。诗无达诂的文艺蕴藉性特征，决定着阐释的合法性存在，旨在以理论批评之力使文本的"真理"处于澄明之境，在照亮文本中走向公共性。"任何艺术作品事实上都不是'封闭的'，而是每一部作品外表上都是确定的，'阅读'它的可能性是无限的。"② 文艺掌握世界的特殊方式及其真理性诉求，决定了阐释的必要性，要求文艺批评者经由个体性阐释迈向公共阐释，以使艺术的真理处于澄明状态。著名哲学家海德格尔通过对梵高的"农妇的鞋"的现象学阐释，揭示了"艺术就是真理的生成和发生"的命题，③ 进而洞悉了艺术作品的本源，为人打开了一道理解艺术世界的视域。无独有偶，加拿大著名批评家弗莱强调，"艺术只是表现，但不能直说任何东西"，"并非诗人不知道他在说些什么，而是他不能够直说他所知道的东西"④，阐释的必要性旨在表明，文学艺术的真理性指向不同于自然科学和社会科学，但它同样是真理的一种存在形态。阐释是文艺批评及其理论建构的一种思维方式，它以真理的探寻为旨归。在伽达默尔看来，艺术经验是

---

① 张江：《"阐""诠"辨——阐释的公共性讨论之一》，《哲学研究》2017 年第 12 期。

② ［意］安伯托·艾柯：《开放的作品》，刘儒庭译，中信出版社 2015 年版，第 33 页。

③ ［德］海德格尔：《海德格尔选集》，孙周兴译，上海三联书店 1996 年版，第 307 页。

④ 转引自张隆溪：《过度阐释与文学研究的未来——读张江〈强制阐释论〉》，《文学评论》2017 年第 3 期。

一种独特的认知模式，它固然不同于可量化的科学技术的知识，但同样有真理的性质，其宏著《真理与方法》就是为艺术和人生之真理和价值而作的一种哲学论证。对文学艺术而言，阐释是必须的，但阐释不能是无边的，它必须基于文本、立足现实语境。有学者经由不同案例辨析指出："在艾柯那里，文本的开放是有限度的开放，阐释者对文本的理解和阐释必须立足于文本。文本规定了开放的限度，决定了阐释的界限及其合法性。"① 通常，文艺文本能指的丰富性为鉴赏者（批评者）解读文本带来多种可能性，甚至有理论家认为，"作者向欣赏者提供的是一种如有待完成的作品：他并不确切地知道他的作品将会以哪种方式完成"。② 但不能由此放任阐释的无边性，任性解读，甚至以主观预设强制阐释，完全置文本的意图于不顾。张江教授指出："我们的主张是，文本是自在的，不能否认文本自身所蕴含的有限的确定意义；文本是开放的，不能否认理解者的合理阐释与发挥。确定的意义不能代替开放的理解，理解的开放不能超越合理的规约。我们的结论是，在确定与非确定之间，找到合理的平衡点，将阐释展开于两者相互冲突的张力之间。各自的立场都应该得到尊重，无须对具体文本阐释过程中各个方向有限的过度夸张加以过度责难。"③ 阐释的有效性必须立足文本，文本的客观性绝不是如后现代主义者所说的是一个幻象，任凭读者随意指涉，它必然有其真理性依循。就一般性而言，文艺是人类掌握世界的一种实践方式，文艺不仅表达真理，文艺实践本身也体现某种真理性。这种真理性依存于阐释，并印证于文艺实践。文艺思维的实践性可以是一种阐释，它显现为理论把握现实的能力。固然，文艺文本是开放的，需要破除"意图谬误"和"感受谬误"，但这种开放仍是有边界的，否则就会失去阐释的公共性，而阐释正是在多元主体参与的意义追寻中实现情感共享。诚哉斯言，"文本在文学理论建构中只是依托，而不是全部；文本细读也只是所有理论建

① 张江：《开放与封闭——阐释的边界讨论之一》，《文艺争鸣》2017年第1期。

② ［意］安伯托·艾柯：《开放的作品》，刘儒庭译，中信出版社2015年版，第23页。

③ 张江：《开放与封闭——阐释的边界讨论之一》，《文艺争鸣》2017年第1期。

构的第一步，而不是终点"。① 同理，回归文本也不是回归文学实践的全部，恰是批评阐释的起点，其可能路径是"在重新梳理现当代西方文论的基础上，去其糟粕、取其精华、细嚼慢咽、消化吸收，融合本民族优秀的文论传统，形成新理论"。② 如何使文艺理论观照文艺现实和审美经验自然离不开阐释，阐释不是单纯的理论逻辑推演，而是一种深入文本的审美体悟式解读，一种理论的反思和现实批判，旨在激发理论的创新和思考的洞察力，使理论研究在回归文艺现实中，展示人文情怀的境界提升，最终建构基于中国审美经验和本土文艺现实的当代文艺理论话语体系。

阐释是一种艺术，既取决于天赋才能，又关乎人类普遍性的知识修养，由此才能把握好"度"，即"既阐发作品的含义，又不脱离文本容许的范围和程度，做出合情合理的解释"。③ 文本是公共阐释的根，公共阐释强调文本的客观性，是为了强化文艺经验的本土化意味，强化扎根文本实践的个体性阐释，并以其文艺的体验与感悟而升华于具有共通感的审美经验，在回应现实关切中实现超越，而走向公共阐释，当然这种建构不是一次完成的，所谓阐释的循环。因此，公共阐释既有意义世界敞开的澄明，又有文本大地的归隐，文艺批评作为一种阐释活动就是保藏与绽出的统一，这是文艺批评的魅力之源（奥秘之所在）。文艺的蕴藉性决定了阐释的多元化形态。公共阐释基于文本及其实践现象的本体论阐释，旨在探究文本的意义世界的丰富性、生成性与可能性，并因着机缘（时间性）使文本世界敞开与归隐，因而文本意义的生成是动态的实时的，是充满生机和活力的，它既可以有效回应文本的历史性生成，也可以以介入性回应现实关切而搔到痒处。德国哲学家施莱尔马赫指出，阐释需要把作者无意识的创作带入意识的领域，"首先理解得和作者一样好，然后理解得比作者更好"④。在阐释

---

① 张江：《作者不能死》，中国社会科学出版社 2017 年版，第 51—52 页。

② 蒋承勇：《"理论热"后理论的呼唤》，《浙江大学学报》2018 年第 1 期。

③ 张隆溪：《过度阐释与文学研究的未来——读张江〈强制阐释论〉》，《文学评论》2017 年第 3 期。

④ 转引自张隆溪：《过度阐释与文学研究的未来——读张江〈强制阐释论〉》，《文学评论》2017 年第 3 期。

活动中，似乎某些作者追求文本写作的非确定性，成了随意阐释文本的合法性依据，认为这样的作品才是“开放的”，混乱的书写才是好作品的标志。其实，任何写作意图都是在场的，任何的解读阐发都是向这个“意图”的无限趋近，都是为了把这个“意图”讲得更好，但批评家理解的“意图”并不必然就是作者文本固有的“意图”，只是向着那个合力形成的“意图”靠近。就此而言，文本能指越是模糊，其审美意味和语义就越丰富，就越有可阐释的空间，往往会有文本解读的“理性的爽朗”及其通透感油然而生。就此而言，公共阐释通过构建追寻真理与意义共享的研究范式，旨在尊重文艺及其批评的差异性和多样性现实，诉诸阐释的公共性，成为重构中国当代文艺理论的逻辑起点。

在理论建构和批评实践中，可以说，个体性阐释的每一次出离文本之间都是一次冒险，都会游离于“强制阐释”与“公共阐释”之间。因着理论的普遍性和抽象性（抽离出具体语境），强制阐释指向的是从理论到理论的探险，自然难以搔到文本的痒处，而陷入理论的“自说自话”或者话语自我复制的困境，形成一种没有文学的理论泛滥，无怪乎理论越来越不及物，甚至因不断僭越而滋生强制阐释乱象。有学者指出：“文学理论取代文学，使文学沦为理论的仆从，把文学当作文献资料，为文学之外其他领域的理论提供佐证材料，甚至为宣扬一种理论而肆意歪曲文本，强词夺理，强作解人，这些都使文学研究产生了深刻的危机。”① 张江教授的“强制阐释论”所批判的，就是在西方理论强势影响下脱离文艺文本、空谈理论的倾向，及其在“理论旅行”中存在的某种理论空转现象。“以理论为中心，依循理论的意志展开和运行自己，是20世纪西方文艺理论生成和发展的基本特征。”② 脱离文本实际的强制阐释，是以一种理论取代另一种理论，只能造成整个文艺研究的碎片化，形成各种学术研究壁垒。公共阐释不是从理论到理论，而是从文艺文本（包括实践文本）到理论批评，是有文艺初心和现实关怀的。强制阐释的后果是扭曲初心、忘记初衷，偏执于理论自身话语的复制与喧

① 张隆溪：《过度阐释与文学研究的未来——读张江〈强制阐释论〉》，《文学评论》2017年第3期。

② 张江：《理论中心论——从没有文学的“文学理论”说起》，《文学评论》2016年第5期。

器，而公共阐释则是基于交往原则强调其公共性、理性等原则，旨在使文学批评能有效回到文艺自身，回到文本及其现实性上，是基于本土文艺实践的一种批评及其理论范式建构，是文艺学美学学科建构的正道。

三、“公共阐释论”的元理论建构

从当代文论研究中“强制阐释论”的破，到“公共阐释论”的立，表征着中国当代文论话语体系建构的自觉，以及中国当代学人的文化自信。所谓“强制阐释是指，背离文本话语，消解文学指征，以前在立场和模式，对文本和文学作符合论者主观意图和结论的阐释”。① 这种通过普遍存在或强化了以主观预设的立场、方法，把歪曲文意的解释强加在文学作品之上的谬误，必然带来文学危机、文艺理论危机。“强制阐释论”就是对这种在西方理论强势影响下，脱离文学文本空谈理论的倾向及其理论空转现象的批判。“公共阐释论”则是旨在反思和克服“强制阐释”弊端，进而建构中国当代阐释学元理论的一种尝试。“公共阐释论”的地基清理旨在为文艺理论的重构奠定基础，使文艺理论能够有效言说文艺文本、回应文艺现实，这本质上是一种“元理论”层面的重构。正是在这个意义上，公共阐释学可视为一种立足文本、厘清边界、追求某种确定性，具有反思意味的“元理论”。张江教授指出：“公共阐释的内涵是，阐释者以普遍的历史前提为基点，以文本为意义对象，以公共理性生产有边界约束，且可公度的有效阐释。”② 所谓“普遍的历史前提”是指阐释的规范先于阐释而养成，阐释的起点由传统和认知的前见所决定；“以文本为意义对象”是指，承认文本的自在意义，文本及其意义是阐释的确定标的；“公共理性”

① 张江：《强制阐释论》，《文学评论》2014 年第 6 期。

② 张江：《公共阐释论纲》，《学术研究》2017 年第 6 期。

是指，人类共同的理性规范及基本逻辑程序；“有边界约束”是指，文本阐释意义为确当域内的有限多元；“可公度”是指，阐释结果可能生产具有广泛共识的公共理解；“有效阐释”是指，具有相对确定意义，且为理解共同体所认可和接受，为深度反思和构建开拓广阔空间的确当阐释。张江教授罗列了公共阐释的六个特征：第一，公共阐释是理性阐释；第二，公共阐释是澄明性阐释；第三，公共阐释是公度性阐释；第四，公共阐释是建构性阐释；第五，公共阐释是超越性阐释；第六，公共阐释是反思性阐释。①一定意义上，公共阐释的这六个特征，可视为一种文艺学美学研究的“元理论”基础，一种重新回归文艺文本和审美经验的理论研究范式建构的尝试。

张江教授进一步强调，“公共阐释乃阐释的本质特征”，其理论依据不单是借鉴了西方伽达默尔阐释学的文本间性理论，更有着中国传统文化特别是词源学意义上的语义支撑。他在《“阐”“诠”辨》中指出，“阐”之公开性、公共性，其向外、向显、向明，坚持对话、协商的基本诉求，闪耀着当代阐释学的前沿之光。究其生成性和价值指向而言，公共阐释论本质上是一种现代本体论，可以说它就是当代文艺批评学和当代美学理论建构。在实践中，公共阐释需要“同情的理解”，更要强调主体间性、文本间性、文化间性的视域融合，由此才能在阐释中把握文艺的多重意蕴。公共阐释通过遵循主体间性和文化间性原则，进入协商式社会交往领域，在多元主体合力作用下，完成对文本的可通约性理解，其旨归依旧是对人及其意义世界的理解，是对现实的一种人文关怀。同时，公共阐释还要尊重理论建构的历史性存在及其理性原则。实践是理论之源，理论生长要扎根现实、传承传统、吸收外来，这样才能有效回应文艺及其批评的现实关切，形成把握当代文化现象、揭示真理的能力。马克思指出：“人应该在实践中证明自己思维的真理性，即自己思维的现实性和力量，自己思维的此岸性。”②实践是检验真理的唯一标准，它关乎理论创新性及其真理性

① 张江：《公共阐释论纲》，《学术研究》2017年第6期。

② 《马克思恩格斯选集》第1卷，人民出版社1995年版，第55页。

追求。理论自觉的前提是文化自信，需要我们勇于正视自身的审美经验，立足本土的文艺现实，克服学术研究中的自卑情绪，从而使学术研究能够有效观照 13 亿中国人民史诗般的实践。张江教授指出：“我们必须坚持以中国话语为主干，以古典阐释学为资源，以当代西方阐释学为借鉴，假以对照、选择、确义，由概念起，而范畴、而命题、而图式，以至体系，最终实现传统阐释学观点、学说之现代转义，建立彰显中国概念、中国思维、中国理论的当代中国阐释学。”①说到底，公共阐释其实是一种学术机制和平台意识，它是对独断论的遏制和霸权思维的批判。也就是说，公共性是前提，也是旨归。阐释活动是一个主体间沟通交流对话的过程，也是意义增值即再创造的过程。有学者指出：“‘公共阐释’因而不是阐释者对文本世界的再现还原，也不是对作者观念的表现还原，而是阐释着在‘生活世界’与‘文本世界’的互相照映中，通过想象性模仿与历史性创造，把握文本的可能意涵。”②通常，审美具有公共性，审美王国是自由、平等、民主的公共领域，因此成为文学阐释公共性的价值旨归。

公共阐释作为学术框架，是对长期浸淫于西方文论知识语境中的文艺学、美学的反思、清理，非一朝一夕所成，需要久久为功。在跨界融合发展的现实文化语境下，阐释的多视角、多学科化甚至跨学科化是一种必然。认同文学理论研究和文学批评，“需要接通一些其他的学科，可以借鉴哲学、历史、心理学、人类学、社会学等方面的知识，完成理论的建构，但是，他们研究的中心却依然是文学”。③目标指向是回归文艺自身、回归文艺现实，建构文化自信视域下开放式的基于文学实践的中国文艺理论话语体系。从当代中国文艺理论构建的需要出发，思考“中国智慧、中国方案”。从容地面对西方文论，立足中国审美经验和文艺现实，在回应时代之问中推进马克思主义理论中国化，在建构中国文论话语体系过程中，体现当代文化的创造性和理论创新性。在价值

① 张江：《“阐”“诠”辨——阐释的公共性讨论之一》，《哲学研究》2017 年第 12 期。

② 谷鹏飞：《“公共阐释”论》，《西北大学学报》2018 年第 1 期。

③ ［英］拉曼·塞尔登等：《当代文学理论导读》，刘象愚译，北京大学出版社 2006 年版，第 132 页。

坐标系调整中，以中华文化为价值立场，结合时代条件，以中国为方法，在重新认识中国与世界的大历史叙述中，重建中国文论的主体性，使马克思主义文论与中国文化在相互融合中创新，作出无愧于时代的理论探索，以纠偏西方理论对中国文论话语构建的误导。有思想的学术才能产生理论创新，强调公共阐释的公共性与现实性，旨在批判与反思中不落入单纯的知识生产，而是在倾听时代声音中激发思想解放、观念创新，在智慧与自由迸发中不断提升社会文明程度。

究其底蕴，西方文艺理论研究契合后现代主义思潮的勃兴，在20世纪八九十年代就已出现“向外转”的大趋势，随着西方理论的旅行和全球化思潮的扩张，中国在20世纪末和21世纪初，国内就有诸多学者开始倡导文艺学的越界与扩容，文化研究渐成显学而独霸文艺学研究领域，由此出现文艺学研究范式的转换。西方理论的长驱直入并大量被征用于文艺学研究，出现了近年来为中国学者所反思的文艺学的文化转向，及其基于西方理论的“强制阐释”现象。有学者指出，文艺学转向文化研究已成大势，文化研究使被“元理论”（或“原理”）困扰的文艺学突然有了解放的希望。从文化研究那里取得后现代真理的文艺学，对当代文学熟视无睹，却对新生的媒体、各种文化现象乐此不疲。文化研究重新填充了文艺学的空镜子，给予了新的内容。① 因此，本土文学经验、审美经验的缺席，使文艺理论成了各种后学的演练场，各种“理论”独步文艺学研究领域。对理论的过度追捧，使得术语、概念满天飞，词汇轰炸遍布文本，导致文艺批评脱离文本、批评家对文本解读的能力低下。更为根本的是，“强制阐释”作为当代西方文论的基本特征和根本性缺陷之一，使得各种发生于文学场外的理论或科学原理纷纷被征用于文学阐释活动，或以前置的立场裁定文本意义和价值，或以非逻辑论证和反序认识方式强行阐释经典文本，或以词语贴附和硬性镶嵌的方式重构文本，它们从根本上，抹杀了文艺理论及其批评的本体特征，导致理论偏离了文艺、艺术家、作品和鉴赏者，滑向了

① 陈晓明：《历史断裂与接轨之后：对当代文艺学的反思》，《文艺研究》2004年第1期。

"理论中心"。作为对历史的反思和纠偏，本文倡导回归文本，回归文艺现实，不是不要理论，而是需要立足文艺实践的理论，"公共阐释论"的出场彰显了中国当代文艺学美学的重构姿态。有学者指出，这种对于"理论"的反思和对于文学理论的乡愁，透露了"理论"回归文学理论的新动向，成为"后理论"转向的风向标。[①]契合文化自信的彰显，文艺理论和美学研究的人文属性更加凸显价值立场的重要性，哲学社会科学理论话语体系的建构日益迫切，"公共阐释论"的价值就愈发凸显。

① 姚文放：《从形式主义到历史主义——晚近文学理论"向外转"的大趋势》，《山东社会科学》2016 年第 1 期。

20世纪五六十年代“美学大讨论”的价值与偏颇

——“十七年”时期美学思想研究之一

伴随中华人民共和国的成立，经过长期战争之苦的民众，终于走进了新的时代，中国共产党政治革命的胜利，不仅获得了政权，还赢得了社会和民心。民众对国家的高度认同，使整个社会的凝聚力日益增强。国家的统一，不仅是政治的统一、社会的统一，更是文化的统一、道德的统一和民族自信心的提升，而且作为新政权指导思想的马克思主义，代表着人类最美好的社会憧憬，富有极强的文化吸引力。大一统的国家梦想和现代性最新价值追求的契合，对知识分子有着巨大的精神感召力。这个时期既是新政权在政治、经济、文化和军事等各方面根据对社会主义的无限憧憬，按照苏联模式进行规划；又是发动和号召学术、文艺为社会主义建设服务的时期，国家新形象一切都体现出某种规划和规训的色彩。

一、“美学大讨论”的性质辨析

“美学”这个术语原是日本学者中江兆民翻译西方 Aesthetics 首用的，后被传入中国。Aesthetics 在西方的准确含义是肇端于鲍姆嘉通的感性学，感性学研究的中心范畴是美和艺术，这是"美学"的基本意涵。美学作为一门现代学科，就内涵和旨趣而言，在不同的学者那里有不同的理解。"美学之父"鲍姆加登认为，"美学的目的是使感性认识本身得以完善，并且还避免感性认识的不完善。即丑。"①而依康德的理解，审美判断作为反思的判断力，其核心在于审美的契机，特别是"无利害"的质的规定性，因而，美学是对事物的审美判断，是判断在先感觉在后；而按黑格尔的理解，美学是一种"艺术哲学"。美学作为"西学东渐"的产物，在与本土化审美经验的融合过程中，有学者颇有眼光地提出对"美学在中国"和"中国的美学"的区分，这对描述20世纪美学史及其美学学科建设很有价值。②

中华人民共和国成立至"文革"前的时期，通常被学界称为"十七年"。"美学大讨论"是这一时期浓墨重彩的一笔。出于意识形态的规训目的，中华人民共和国成立初期开展了一系列知识分子思想改造运动，旨在文化领域确立马克思主义的指导地位，建构以马克思主义为核心的国家主流意识形态。1951年，文艺界开始对电影《武训传》的批判。1954年，文艺界的中心话题，是关于《红楼梦》的讨论。这个由李希凡和蓝翎两个"小人物"开始的对"旧红学派"的批判，得到毛泽东的支持，最初的矛头指向俞平伯，又由俞平伯带出对胡适等人的批判。在关于《红楼梦》的讨论中，不断有人提到朱光潜，借着批大人物，大批朱光潜。正是在此背景下，"美学大讨论"肇始于1956年《文艺报》组织的对朱光潜1949年前的"资产阶级唯心主义"美学思想的批判，这是《文艺报》为响应中央"展开对资产阶级唯心主义思想批判"的号召，对"胡适派唯心主义"发起批判后在美学研究领域的延伸。期间因着"双百"方针的要求，有着政治动机的思想批判不得不转入美学"争鸣"，但它绝非严格意义上的学术争

① ［德］鲍姆加登：《美学》，李醒尘译，载刘小枫主编：《人类困境中的审美精神——哲人、诗人论美文选》，东方出版中心1994年版，第4页。

② "美学在中国"和"中国的美学"是高建平先生最早阐释和界定的概念，本文在领会和认同其意味的基础上，作为论文的核心概念予以借用，参阅其《"美学"的起源》《全球化与中国艺术》等论文。

鸣，不仅有着意识形态规训的意味，还囿于文艺政策的干预，有着文艺为政治服务的功用，期间又受着强势苏联美学话语的侵蚀。可以说，原本作为一场大批判运动因其契合国内国际的时代风云际会，而演变成一场长达数年之久的美学论争，虽然其性质依旧是一场政治性的对唯心主义的批判和自我批判，但却结出了"美学硕果"，可谓20世纪中国美学史上的一道奇观。按照时代发展逻辑和策划者的初衷，它与中华人民共和国建立后出于意识形态对知识分子规训，而开展的一系列思想改造运动一脉相承，有着明确的意识形态教化意图，体现了国家对知识分子的思想改造和精神规划；从历史进程和发生机制看，"美学大讨论"溢出了大批判的轨道，而以学术的力量实践了"双百"方针，以学术姿态表征着"百家争鸣"的实现，从而在一种较为宽松的环境下游走于"政治与学术"的罅隙。正是基于此，相比中华人民共和国成立初期的思想批判，只有"美学大讨论"脱出了纯粹的政治批判，可谓学术硕果仅存，仅有几人被打成"右派"，受到人身攻击或陷入囹圄。

"美学大讨论"始于1956年6月朱光潜在《文艺报》上正式发表《我的文艺思想的反动性》，而终于1964年对周谷城"时代精神论"的讨论，是文艺界大规模思想批判中的一股思潮，它遵循着从对具体作品批判再到艺术哲学即美学批判的从具体到抽象的一般规律。也就是说，它不是美学研究领域的"自由论辩"，在讨论中不仅有意识形态导向性异常清晰的"编者按"掌握航向，而且充斥着激烈的美学话语权争夺。实际上"美学大讨论"多停留在哲学认识论上的唯物与唯心之分，而生成于思想改造运动和"双百方针"两股政策力量交锋形成的罅隙，是意识形态规训下美学发展的自我确认，和美学话语体系的自我建构，是"政治生存"和"美学想象"的博弈，也可以说是披着学术外衣的话语批判。虽然"美学大讨论"，吸引了众多理论家的参与，出现了众多的美学观点，最终形成以蔡仪为代表的"客观派"、以高尔泰和吕荧为代表的"主观派"、以朱光潜为代表的"主客观统一派"和以李泽厚为代表的"客观社会派"，但总体水准不高，除却美学由此成了显学，学术研究上乏善可陈。就内容而言，"美学大讨论"主要涉及有关美的本质的一些深层次哲学问题，对于“中国的美学”发展，以及美学研究人才队伍的培养，形成全民性的“美学热”，产生了深远影响。在大批判盛行的年代里，“美学大讨论”给学术界带来一些研究气氛，形成了一种注重思辨的学术传统。尽管这种讨论属于思想改造运动的一部分，但基本上是在学术范围内论争。从国家文化建设上看，五六十年代的“美学大讨论”其实已融入新质的文化建构，成为社会主义现代新文化的有机组成部分，但因其方法论的前现代色彩而角色尴尬。从学科发展上看，它有利于“中国的美学”建构和美学教育的开展，及各艺术门类的审美实践，但因存在一定程度的“隔阂”而缺乏深刻互动。特别是一些美学家有感于当时“美学大讨论”中美学知识的匮乏，通过美学知识的普及，推动了社会和学界对美学学科认识的深化，由此使小圈子的美学成了一门社会显学。

时至今日，在审视这一时期美学发展史时，学人对“美学大讨论”仍有不同甚至截然对立的评价。有学者认为“从一开始就具有全国性的意识形态论争和阶级斗争的特点”，而且“实际上是在唯物主义和唯心主义的对立中发出的，具有原始性、普范性和低层次性，缺乏原创性”，在主义的喧嚣背后是“知识的贫乏、思想的贫乏、学术的贫乏、学科的贫乏”。① 也有学者认为这场规模巨大的美学讨论贡献在于“将先前中外美学所具有的历史性从属关系或主从包含关系，变成为共时性并列关系或主体间性关系”，还“汇聚和培养了一支阵容壮大、力量雄厚的研究队伍”，其消极影响则在于“将美学研究的马克思主义基础窄化为认识论或反映论的一个方面”，排除了马克思主义哲学丰富多维的内涵，而且讨论“带有较为明显的形而上特点”，与现实和实践相脱离。② 对此，我们主张回到当时的历史语境，不能以今天的社会环境和学术标准来要求历史中的人，而要给予“同情的理解”。

从《文艺报》的策划初衷来讲，五六十年代“美学大讨论”的主要目的是

---

① 王建疆:《中国美学：主义的喧嚣与缺位——百年中国美学批判》,《探索与争鸣》2012 年第 2 期。

② 谭好哲:《二十世纪五六十年代美学大讨论的学术意义》,《清华大学学报》2012 年第 3 期。

清除朱光潜的资产阶级美学思想的影响，展开对资产阶级思想的全面深入批判，有着明确的政治诉求。批判初期具有典型的政治意识形态规训色彩，随着批判内部观点发生分歧后才逐渐由“政治批判”转入“美学讨论”。尽管“美学本身的问题讨论较少，对美学学科建设的意义不是很大”，但讨论“最后没有否定谁，也没有定于一尊，而是相互有所推动。初步发扬了学术民主的精神”。① 历史地看，“美学大讨论”提升了社会对美学的浓厚兴趣，使美学知识的普及与提高显得尤为迫切，对促进美学学科的体系化产生了积极影响。因此，有学者认为美学论争是“中华人民共和国成立以来我国学界认真贯彻百家争鸣的一次十分突出的现象”，② 是“唯一的一套有别于主流意识形态的边缘话语，因此，它始终没有遭到政治批判”。③ 因此，对这一现象我们既不能过于乐观地“颂扬”，也不能悲观地全盘否定。“美学大讨论”的发生从思想层面意味着中华人民共和国成立后清理旧文化思想追求新生活新文化的历史必然；从学术层面上看意味着通过对美学本质问题的论争，传播美学常识，扩大美学的社会影响，在与各种非马克思主义美学思想的论争中，确立了马克思主义美学研究的主导地位。尽管存在研究范式中“认识论”模式和“主体性”意蕴不足的局限，但其美学影响不容否定。从整体上看，这是一场意识形态规训下基于“批判资产阶级唯心主义”的思想改造运动的学术演练，是苏联强力推行“社会主义现实主义”为唯一合法性原则的“日丹诺夫话语模式”在中国美学研究领域的一种借鉴，是思想改造大环境下具有意识形态规训色彩的一次学术争鸣，但却生出了政治寂寥环境中的“一片水草”，尽管稀疏却也茁壮。

① 周来祥、戴阿宝：《透过历史的迷雾——访周来祥》，《文艺争鸣》2004 年第 1 期。

② 蒋孔阳：《建国以来我国关于美学问题的讨论》，《复旦学报》1979 年第 5 期。

③ 刘再复：《李泽厚美学概论》，生活·读书·新知三联书店 2009 年版，第 72 页。

二、马克思主义美学研究主导地位的确立

除了政治批判和思想改造动机，“美学大讨论”还基于不同学术观点的分歧，而遵循自身的学术逻辑。从 20 世纪 50 年代开始，车尔尼雪夫斯基的《生活与美学》中提出的“美是生活”的观念就在国内广为传播，成为“十七年”时期的美学“经典中的经典”，也成为国内美学研究的“逻辑起点”，在中国美学界和文艺界产生广泛影响，①这一奇特现象既是主流意识形态建构的结果，也是当时知识分子的集体性选择。对车尔尼雪夫斯基美学观点的高度重视，可能与当时周扬的社会地位有一定关系。周扬不仅翻译了《生活与美学》，还为译本撰写了重要的前言，对其美学进行详细阐释，并表示：在美学上，我是车尔尼雪夫斯基的忠实信奉者。他认为车尔尼雪夫斯基把美从天上拉到地下，把美置于广阔的生命基础上，揭去了美的神秘帷幕。堵塞了艺术家走向非现实的一切道路，从而使艺术和生活紧密地结合起来，引导人热爱生活并为美好的生活而奋斗。汝信主笔的《西方美学史论丛》②重点研究了车尔尼雪夫斯基的美学思想，并由此导入对黑格尔美学的关注，在上溯到古希腊美学思想中，以车尔尼雪夫斯基的主要思想为基本评价尺度，爬梳了西方美学史上最重要的人物的思想面貌。从学术层面看，车尔尼雪夫斯基的美学思想在中华人民共和国成立初期受到高度重视。对其主要美学观点的理解存在分歧，特别是对“美是生活”理解的分歧埋下了日后“美学大讨论”的伏笔。“美是生活”论的内在缺陷及其理论的模糊性，使其难以真正解决生活的问题（本质）和美学（如艺术

① 如叶秀山在《什么是美?》中指出：“提到什么是美，我们当然都不能忽略车尔尼雪夫斯基的著名的定义：‘美是生活’……这个定义影响非常深远，可以说，它几乎是以后一切马克思主义文艺批判家、艺术理论家的出发点。”参阅《文艺报》编辑部编：《美学问题讨论集》第 2 集，作家出版社 1957 年版，第 99—100 页。

② 汝信、杨宇：《西方美学史论丛》，上海人民出版社 1963 年版。

美、自然美研究）的难题。在当时文艺为政治服务的气氛下，受“美是生活”影响的反映论文艺观，要求艺术去再现和模仿生活，具有苏式文艺政纲的社会主义现实主义之所以能在“十七年”时期占据文艺创作主导地位，其内在理据就是“美是生活”的理念。可见，当时学界对车尔尼雪夫斯基的美学思想的推崇，有一定的社会功利论色彩，并非出自学术本身。就此有学者指出：“有意思的现象是，在西方美学史上排不上位置的车尔尼雪夫斯基的理论却成了中国现代美学的重要经典。原因是由于对它做了革命性的改造和理解，舍弃了原来命题的人文主义和生物学的‘美是生命’的含义，突出了‘美在社会生活’等具有社会革命意义的方面。而这也就与马克思关于‘社会生活在本质上是实践的’（马克思《关于费尔巴哈的提纲》）的基本论断联系了起来，而使现代中国美学迈上了创造性的新行程。正是在这行程中，严肃地提出了如何批判地继承和发扬本民族的光辉传统，以创建和发展具有时代特色的中国的马克思主义美学的任务。”① 事实上，中国美学界一方面抛弃了车尔尼雪夫斯基思想中的“自然性”倾向，一方面又加强了他与马克思主义的“社会性”关联，作为一个学术“燃点”启动了“中国的美学”的学科建构。由此出发，开始了中国化的马克思主义美学建设，1958 年周扬在北京大学中文系作了题为《建设中国马克思主义美学》的演讲，第一次提出“中国化”的马克思主义美学口号。当时的一些著名美学家，如蔡仪、王朝闻、李泽厚等都以马克思主义美学家自居，甚至朱光潜都在努力成为马克思主义美学家。除了蔡仪早就发表的《新美学》是马克思主义美学著作，李泽厚也出版了《门外集》（长江文艺出版社 1957 年版），周来祥、石戈出版了《马克思主义列宁主义美学的原则》（湖北人民出版社 1957 年版）。严格意义上讲，并没有现成的马克思主义美学理论可以“化”，中国马克思主义美学不是马克思主义美学理论的中国化，而是马克思主义基本理论与中国的审美经验和艺术实践相结合的产物，它是中国现代化过程及其社会主义实践的一部分，其审美合理性与政治性相关联。除了政治性外，“十七

① 李泽厚：《李泽厚哲学美学文选》，湖南人民出版社 1985 年版，第 236 页。

年”时期的马克思主义美学建设与这一目标还有相当落差，并没有真正深入学术与艺术实践的肌理。

尽管 20 世纪五六十年代“美学大讨论”参与人数很多、著述较丰，但研究的问题多聚焦于“美的本质”，可以说“美的本质”是当时中国美学界研究的“核心问题”，这将本来丰富的美学研究压缩到主客之辩的哲学抽象中。因此，在“美学大讨论”的话语喧嚣中，尽管各家各派观点不同，相互批驳，但所有参与论争者的“逻辑前提”是明确的，那就是何谓“美的本质”。似乎“美的本质”问题解决了，所有其他美学问题都迎刃而解，美的本质构成了所有其他美学问题的哲学基础；所有论者都不怀疑“美是有本质的”，只有从“美的本质”出发，才能建构马克思主义美学思想体系。可以说，当时美学研究的成绩和局限几乎都关联于“美的本质”，甚至当时的美学教科书和著作也以之为中心展开。在“美学大讨论”中，以唯物主义反映论为基础，注重美与艺术的社会性，可谓是反映论美学和社会美学。讨论中由对“美的本质”问题演化为“美的根源”问题。“只有从美的根源，而不是从审美对象或审美性质来规定或探究美的本质，才是‘美是什么’作为哲学问题的真正提出。”① 自 1962 年写作《美学三题议》始，李泽厚对美的本质和根源的解答一以贯之，即美的本质和根源来自实践，来自自然的人化。在 1956 年发表的《论美感、美和艺术》中，李泽厚认为美学的基本问题是认识论问题，美是一种客观存在，美感是对美的反映，同时又强调美是人类社会生活的产物，即美的社会性。在认识论框架中探讨美的根源之后，李泽厚研究了社会美和自然美问题。社会美是中国美学研究中的特有概念，中国美学界对社会美和自然美概念的重视，与以马克思主义哲学为理论基础密不可分。这一时期的美学论争以确立文化领导权、意识形态纯化和社会中“知识分子改造”为背景和前提，初步确立了中国美学的学科地位，从认识论角度探讨了美的本质问题，兼及美感、自然美问题。经过“美学大讨论”，“十七年”时期“美学在中国”与本土文化实践不断融合，不仅推动

① 李泽厚：《美学三书》，安徽文艺出版社 1999 年版，第 465 页。

了美学学科的发展，还形成了具有时代特色的“中国的美学”研究学派。

“美学大讨论”因思想改造的意识形态要求，参与者都自觉地从马克思主义著作中去寻找理论资源，在引经据典中阐发自己对美的看法。尽管有当事人认为，这是一场“双百方针”下真正的“百家争鸣”，远离了政治干预，“美学始终保持了难得的某些学术自由度”。①但不能由此否认，这种“自由”囿于强势意识形态规训下，其目的旨在“争鸣”中逐步确立马克思主义美学研究的主导地位。正如有研究者指出的：“在那样一种单一性的政治文化语境中，真正要做到‘百家争鸣’是不现实的。因此，‘美学大讨论’也始终只能游离于思想改造的政治批斗与‘双百’方针二者间拉锯制造出来的狭窄空间中有限的生存。它仍然是一场意识形态规训下的基于‘批判资产阶级唯心主义’思想改造运动的延续与深入。”②在1957年反右斗争中，主观派美学家受到了不公正待遇。尽管如此，总体来看，这场持续到1964年的美学大讨论取得了丰硕成果，主流是健康的，“它的最大的成果是马克思主义在中国美学领域的指导地位得到确认”。③此外，“美学大讨论”的成果也体现在美学专业教材的编写和美学研究资料的编辑中，培养了一批美学研究人才，为80年代的“美学热”准备了条件。

经由“美学大讨论”等学术论争和一系列文化活动，在美学研究上建构了反映论的美学研究范式，以反映论作为美学研究评判的尺度，逐步确立了马克思主义美学研究的主导地位。因把马克思主义哲学思想的丰富性窄化为认识论或反映论的单向维度上，用本质主义的思维方式追问所谓美的“客观真理”，最终只会陷入主客二分的认识论框架，而难以洞悉美的“奥秘”，导致对美的认识的肤浅和逻辑混乱。在关于美学本质的论争中，诸派美学均片面看待美学与哲学认识论的关系，甚至把美学与认识论捆绑，而没有洞察到认识论之外马

---

① 李泽厚、马国川：《我和八十年代》，生活·读书·新知三联书店2011年版，第49页。

② 参阅李圣传：《二十世纪五十年代“美学大讨论”学案研究》，北京师范大学博士学位论文，2014年。

③ 陈望衡：《20世纪中国美学本体论问题》，湖南教育出版社2001年版，第237页。

克思主义经典作家的丰富内涵，以及方法论体系的多元复杂性。其实，“美的问题不属于哲学本体论的问题，美是一种价值，是世界、客体对主体人的意义，局限在本体论的角度就从根本上限制了对美学的深入探讨和研究”。① 美的本质不等于美的本体，美的本体论其实是美的存在论，只有引入价值论维度，才能走出美的本质论争的泥淖，这需要哲学方法论和视野的突破。只有改变认识论的提问方式，不去追问“美是什么”，而是关心“美学何为”，才会溢出反映论美学研究的框架。重新审读这一时期的美学论争，可以发现黄药眠的美学思想中曾出现过思维突破的萌芽，在《论食利者的美学》中，他开始了对“美学评价”“审美评价”的思考。在 1957 年“美学讲坛”所做的“不得不说的话”的讲座中，他就明确提出：“美是人对于客观事物的审美的评价”，“审美对象首先应该从生活与实践中去找寻根源”。② 按其运思逻辑，“美学”与“美”不能等同，而且也不能把哲学认识论简单地套用到美学研究上。美学非单一的“认识—反映”关系，而是一种人的艺术理想和审美评价。应该说，其在“生活实践”基础上提出的“审美评价”思想，对后来李泽厚实践派美学的形成及美学运思突破有一定的推动作用。而在 1956 年，朱光潜像蔡仪一样，把美学隶属于认识论，③ 但至 1957 年就发生了怀疑：“应不应该把美学看成只是一种认识论”？ ④ 到了 1960 年，他已坚信美是人类在历史性“实践过程中既改变世界又从而改变自己的一种结果”。⑤ 正如有学者指出：朱光潜的美学研究不再附属于反映论的“认识论”，甚至已超越物质劳动水平的“实践论”，而直奔“价值论”了。⑥ 正是有此认知，朱光潜对列宁的《唯批》有着清醒的认识，十分警

① 应必诚：《〈巴黎手稿〉与美学问题》，《中国社会科学》1998 年第 3 期。

② 黄药眠：《美是审美评价：不得不说的话》，《文艺理论研究》1999 年第 3 期。

③ 朱光潜：《美学怎样才能既是唯物的又是辩证的——评蔡仪同志的美学观点》，《人民日报》1956 年 12 月 25 日。

④ 朱光潜：《论美是客观与主观的统一》，《哲学研究》1957 年第 4 期。

⑤ 朱光潜：《朱光潜全集》卷十，安徽教育出版社 1993 年版，第 190 页。

⑥ 夏中义：《青年马克思与中国第一次“美学热”》，王杰等主编：《中英审美现代性的差异》，中央编译出版社 2012 年版，第 52 页。

惕把《唯批》生吞活剥地套用到审美或艺术反映上去，而“主张美学理论基础除掉列宁反映论”之一家独尊，否则，整个美学讨论将走入“死胡同”，“错处当然在他们自己而不在列宁”。① 不同于当时学人紧抱《唯批》不放，朱光潜认真钻研青年马克思的《1844 年经济学哲学手稿》，通过对青年马克思的“实践美学”观系统译介与简明概述，为当代“中国的美学”建构，安置了一块质地厚实、意蕴深邃的思想基石。

可以说，“十七年”时期，马克思主义美学已占据了美学研究的主导地位，甚至说只有马克思主义美学才是“科学的美学”，才能确立正确的美学观，指导艺术的健康发展，给艺术研究以“科学的理论基础”，给艺术批评以“科学的根据”。作为重要的理论来源和学术支持及其美学领域的意识形态规训化过程，“美学大讨论”的价值不可绕过，它是建构具有时代特色的中国马克思主义美学主导地位的重要推动力。

三、历史的局限和时代的悲剧

从今天的视角看，“美学大讨论”中“各派代表人物在思维方式上都形成一种定式，即僵化的、模式化的、唯认识论化的主客二元对立”，但“美（审美）不是客体、不是实体。既不是客观派所谈的那种‘自然性’的客体；也不是李泽厚所说的‘社会性’的客体（‘物的社会属性’），也不是他后期所说的‘自由的形式’（在这里他实际上已经把‘形式’客体化了）。美（审美）只是客体对于主体的意义、意味，是一种特殊的价值形态）”。② 但当时对美的认知难以突破那层“茧”，即使“美学四大派”中占优势的“李泽厚派”，也未能幸

① 朱光潜：《朱光潜全集》卷五，安徽教育出版社 1993 年版，第 66 页。

② 杜书瀛：《价值美学》，中国社会科学出版社 2008 年版，第 92—98 页。

免，有学者指出其存在“把实践范畴当作其核心范畴，把作为美学基础的哲学理论当成美学本身”的历史缺陷。① 不同于蔡仪、朱光潜等人对美的对象的认知，李泽厚认为，“自然对象只有成为‘人化的自然’，只有在自然对象上‘客观地揭开了人的本质的丰富性’的时候，它才成为美”，而人之所以能够“在自然对象里直觉地认识自己本质力量的异化，认识美的社会性”，这却是“一个长期的人类历史的过程”。② 美的本质是“人化的自然”，因此，“人”并非自然意义上的人，而是实践中的社会的人。李泽厚指出这是“脱离人类社会生活、实践的根本观点的机械唯物主义是不能回答的。它不能解决具有深刻社会性质的美的问题”，而“只有从生活、实践的观点才能回答这问题”。③ 李泽厚通过对“实践观”的阐发，打破了美在“物”与美在“心”的静态思想，在人类历史实践关系中建构了审美主客体之间的互动关系。基于此，李泽厚认为：“美的本质就是现实对实践的肯定；反过来丑就是现实对实践的否定。”④ 可见，李泽厚所认知的美的本质源于社会实践，自然的美、丑取决于自然“向人生成”的程度，只有艺术地掌握了客观规律的实践才是创造美的实践。即便如此，李泽厚本人也承认其在讨论中把“实践”过于“唯物”化了，从而滤去了原本丰富的“自由”“自觉”“人格”等精神性内涵，他在 1979 年为结集出版《美学论集》重阅旧文时，数次表示“论点太简单”，⑤“论证非常粗鄙简单”，且特别痛惜“美感也未谈其构成诸因素（知觉、想象、情感、理解）”。⑥ 可见，当时李泽厚是在认识论框架中带着《唯批》的眼镜俗化“实践”概念的，他所主张的“实践”概念，主要是一种剔除了精神观念的生产，从而缺失一种能动性，充其量是一种受动性的劳作，怎能充当美的核心概念和基石？他强调实践的纯

① 徐碧辉：《对五六十年代美学大讨论的哲学反思》，《中国社会科学》1999 年第 6 期。

② 李泽厚：《论美感、美和艺术——兼论朱光潜的唯心主义美学思想》，《美学问题讨论集》第二集，作家出版社 1957 年版，第 232、236—237 页。

③ 李泽厚：《〈新美学〉的根本问题在哪里?》，《美学论集》，上海文艺出版社 1980 年版，第 143 页。

④ 李泽厚：《〈新美学〉的根本问题在哪里?》，《美学论集》，上海文艺出版社 1980 年版，第 147 页。

⑤ 李泽厚：《美学论集》，上海文艺出版社 1980 年版，第 99 页。

⑥ 李泽厚：《美学论集》，上海文艺出版社 1980 年版，第 51 页。

物质性和功利性，主要为了吻合其“美感是美的反映”的观念。之所以如此，源自“当初李泽厚介入美学论争的内驱力，与其说是志在为当代中国建构美学原理，不如说是想借四面出击，来凸现自己《唯批》的立场的坚定与自觉”①。尽管李泽厚未脱出主客二分的认识论窠臼，但通过对马克思的“自然人化”的引入和对“历史实践”的阐发，逐渐把美学研究视野转向“实践论”，已显现出可贵的对认识反映论美学研究范式的反思。“实践”是《手稿》的第一大词，朱光潜在《手稿》中爬梳出“实践”的三个特点：自由性、自觉性和审美性，②这种理解深深契合了马克思“论美”的文化人类学视野，倚重的是“实践”非实用的“超越性”价值。饶有趣味的是，相对于当时过于强势的苏式马克思主义美学，不是马克思主义者的朱光潜反倒更多地体现了马克思的本色。“美学大辩论对我个人最大的收获，就是促使我认真学习马克思主义”；“我根据《费尔巴哈论纲》《资本论》和《巴黎手稿》以及恩格斯《从猿到人》等马克思主义经典著作，证明了马克思主义不但不否定人的主观因素，而且以人道主义为最高理想，自然科学和社会科学终于要统一成为‘人学’，因此我力闯片面反映论，强调实践论，高呼要冲破人性论、人道主义、人情味、共同美感之类禁区”。③可以说，朱光潜对《手稿》的美学研究，是以哲人的智慧回归了美学之可能的正常轨道。此外，“美学大讨论”中人们也没有真正洞察高尔泰的价值——追求自由的审美品格。如其所说，当年“人们对我的批判纵然十分无情，都没有抓住要害：强调美的主观性，也就是强调人的主体性，人的自由权利，和呼唤人文精神的多元化，等于挑战权力意志。我没有自觉地这样做，人们也都忽略了这一点。”④高尔泰以诗性的笔触和对美的现场感的描述，一定程度上突破了认识论的桎梏。

---

① 夏中义：《青年马克思与中国第一次“美学热”》，载王杰等主编：《中英审美现代性的差异》，中央编译出版社2012年版，第164页。

② 参阅夏中义：《青年马克思与中国第一次“美学热”》，载王杰等主编：《中英审美现代性的差异》，中央编译出版社2012年版，第154—155页。

③ 朱光潜：《朱光潜全集》卷十，安徽教育出版社1993年版，第534、649页。

④ 高尔泰：《寻找家园》，广州花城出版社2004年版，第94页。

今天检讨 20 世纪五六十年代的“美学大讨论”，在罅隙的“中国的美学”的建构中，马克思主义美学的丰富性被窄化了，因囿于认识论视野，缺失西方美学话语体系参照系，“中国的美学”愈发干瘪和空洞，缺乏生机与活力。它虽参与了中华人民共和国现代文化主体性工程的建构，却在中国社会特定时期的现代化进程中颇感尴尬。现代学科“美学”的发源地在欧洲，在西学东渐的过程中，“美学在中国”必定有一个与中国本土文化相交融的过程，特别是在共和国初期面临现代新文化建构，及其掌握文化领导权的过程中，必然存在意识形态对学术和文艺的规制，这决定“中国的美学”的建构充斥着政治化的意味，由“美学在中国”的狭隘化到“中国的美学”的单向度，都显现出这一过程的曲折复杂及多重力量之间的博弈，和文化结构变动的不确定性。所谓尴尬是指处于现代化进程中的“美学大讨论”，它讨论的根本问题却是一个“古典问题”，并在哲学思维的逻辑起点上打转转。这决定它在学术高度上，已落后于时代了，不仅脱离了世界美学发展主潮(疏离于现象学美学、存在主义美学、分析主义美学、接受美学和结构主义美学之外)，还抑制了本土美学研究的创造性，并打上了强烈的苏式美学话语底色。对参与大讨论的学者来讲，尽管有个体主体性意识不足的自身原因，但在强势政治环境下，学者个体无疑太弱小了，由此造成的学术悲剧是时代的，是个体学者本身难以担当的，可谓个体的难以担当和时代悲剧之重。

肤浅僵化的研究范式、认识论的禁锢、美学知识的匮乏、反映论的文艺观及研究视野的狭隘，使得有着丰富人文价值内涵的“美学何为”的本体论追问，下坠为工具性的“美是什么”的认识论问题。学科的错位使对“美的本质”的哲学运思始终局限在“主观—客观”的认识论框架，难以脱出主客二分的思维模式，因而其研究成果大打折扣，不仅与国际主流美学研究成果有相当的落差，国际美学在现象学之后早已超越“主客”二分，更不会在唯物与唯心的根本点上打转转；就是相比此前王国维、鲁迅、梁启超、蔡元培、朱光潜、宗白华等人的美学研究也嫌不足，没有形成美学学科坚实的知识论基础，使得“美学在中国”命运多舛、步履蹒跚。

今天，在实施“文化强国”战略中，十八届三中全会把激发全民族的文化创造活力，视为深化文化体制改革的中心环节，作为创造主体之一的知识分子义不容辞，但要有足够的学术自主空间，在政治和文化（学术）之间保持足够的距离和清晰的边界，要限制权力的渗透和干预，维护一定的学术逻辑自洽。

“人民美学”的独尊与崇高风格的凸显

——“十七年”时期美学思想研究之二

从20世纪美学史来看，“十七年”美学杂糅了“美学在中国”和“中国美学”的现代建构，既形成了“美学大讨论”中的四种代表性的学术观点，也以马克思主义美学理论的实践品格和美学观念影响各门类艺术发展。研究“十七年”美学，不能缺失文艺视角，艺术实践与理论建构及主导美学观念的互动与偏离，是考察“十七年”美学发展的重要线索。就艺术实践而言，各门类艺术既体现了鲜明的时代美学特征及其审美特色，从时代主导性方面看彰显了对“人民美学”的独尊以及文艺的崇高风格，但二者并非完全对应的关系。

一、“人民美学”的独尊

从中华人民共和国成立初期到“文革”前的时期，通常被学界称为“十七年”。作为政治话语与美学理论相结合的概念，“人民美学”是“十七年”文艺的一种审美追求，是马克思主义美学理论在文艺领域的实践，它以人民大众的审美追求和审美理想为本位，把人民大众作为艺术表现的对象和审美创造的主体，从而体现鲜明的“人民性”价值取向。就理论诉求而言，马克思主义文化现代性确立的目标是建构人民主体性，赋予人民以自由发展的权利。正如有学者所说："人民主体文化身份的确立，是人民美学的现代性标志。"① 正是毛泽东提出的"文艺为人民服务"思想，在理论上确立了"人民主体论"的文化发展观，在其倡导下"人民美学"体现在社会主义文艺实践中，通过在审美主体论中明晰人民主体身份，建构了一种有别于康德美学的中国现代美学。在此过程中因瞿秋白、毛泽东、冯雪峰、周扬等都是党的文艺运动的领导人，有意识地在文艺实践中张扬马克思主义美学的革命功利性，而不同于西方马克思主义美学仅是对现实的理论批判。由于中国马克思主义美学思想的创造主体是党的领导人和文艺政策的制定者，而不是学者和文艺工作者，由此因缘际会地造成中国马克思主义美学思想的权威性和不可商榷性，极大地抑制了非马克思主义美学发展的空间；同时，又因缺少批评性对话和异质美学的学理滋养，一定程度上束缚了思想的丰富性和真理的敞开性。中华人民共和国成立后，马克思主义在意识形态领域完成了合法化，文艺成为国家形象的意识形态修辞，马克思主义美学因成为权力话语而弱化了批判精神，知识分子在思想改造后很难向权力说真话，多为附和论证文艺政策之语。毛泽东思想作为全党指导思想，广大文艺工作者对毛泽东文艺思想的积极践行和文艺方针政策的有效贯彻，使其获得广大民众与艺术家的情感认同。

毛泽东文艺思想从根本上是迈入现代化进程中的中国现代性文化的重要组成部分，是"反对帝国主义压迫，主张中华民族的尊严和独立的"文化。作为新的大众文化，"它应为全民族中百分之九十以上的工农劳苦民众服务，并逐渐成为他们的文化"。② 这种以人民大众为社会主体的思想，一直贯穿在毛泽东的文艺思想中，使其重新改写了大众的定义，重构了知识分子与大众的关系，表现为他对"人民大众"的独特阐释和价值评判。毛泽东《在延安文艺座谈会上的讲话》（简称《讲话》）中说："什么是人民大众呢？最广大的人民，

① 冯宪光：《人民美学与现代性问题》，《文艺理论与批评》2001 年第 6 期。

② 《毛泽东选集》第二卷，人民出版社 1991 年，第 708 页。

占全人口百分之九十以上的人民，是工人、农民、兵士和城市小资产阶级。"①毛泽东重新定义了支持革命的主体，确定了革命合法性依据，革命的合法性带来艺术的进步性。毛泽东把大众提高到一个绝对的革命高度，赋予其崇高的政治和社会地位，并让艺术家向他们学习，这体现了毛泽东追求社会平等的人文关怀。中华人民共和国成立后毛泽东虽然进了城，党和国家建设的战略重心由农村转向城市，但毛泽东心目中的"大众"仍以5亿农民为主体，这些基层民众是革命的依靠，既是革命主体也是新文化建设主体，广大农民的文化认同是建构文化领导权的基础。在毛泽东看来，农民（大众）天生就具有伦理优势，是道德上的"纯净者"，这种优势催生了他们在艺术欣赏和创作上的发言权。在毛泽东文艺思想的实践中，"人民美学"不仅是一种话语建构，更是特定时期一种有着鲜明价值取向的文艺存在。在毛泽东看来，使农民在喜闻乐见的文艺形式中接受意识形态的教化，是赢得大众思想意识统一的重要文化形式，当时不仅电影生产，包括新年画运动以及民间文艺创作，都被新政权通过各种形式、方式（如评奖活动）调动起来。新年画创作不仅经常听农民的意见，到20世纪60年代中期，甚至创作主体也成了"人民群众"，在《美术》上发表的几乎全是工人、农民的作品。因为有着广泛群众基础的戏曲、电影能激发民众的爱国主义精神，新诗歌运动、戏曲改良运动，包括电影如何讲故事，都要尊重农民的文化意愿。因强调为工农兵特别是5亿农民拍摄，导致电影的思维、语言和格调都倾向于情节曲折、结构完整、叙事简洁、节奏明快。如有学者指出：许多影片擅长表现新旧社会两重天的对比，体现鲜明的意识形态倾向性。人物被分成好与坏、忠与奸、革命与反革命等二元模式，通过情节的引导，使一方获胜，一方失败或受到教育，从而使人物所代表的思想或价值观等灌输到观众思想中，而凡是表现人物复杂性格的都被冠以"中间人物论"的帽子。这种美学发展到极致，就使复杂丰富的生活简单化，使人物脸谱化，情节公式化。②另

① 《毛泽东选集》第三卷，人民出版社1991年，第855页。

② 尹鸿：《论新中国社会主义经典电影体系》，《清华大学学报》2006年第4期。

外，为加强艺术家与大众的直接沟通，1962年设立以群众评选为主的“百花奖”，一方面是观众表达对影片好恶的重要渠道，一方面成为协调审美趣味的途径，是电影人了解工农兵需要，调整自我创作的一种机制。农民是文艺工作者的服务对象，虽然农民受教育水平很低，普遍是文盲和半文盲，但在艺术生产体系中却占有重要地位，故而毛泽东提出艺术的主要任务是普及而非提高，普及成为当时文化发展的首要任务。最体现毛泽东文艺思想的《讲话》成为“新中国文艺运动的战斗的共同纲领”，在此理念主宰下，“艺术为大众服务，首先为工农兵服务”得以贯彻落实，由此在实践中确立了以“普及第一”为文艺工作的基本方针，以表现工农兵生活和工农兵形象为文艺的主要内容，以体现民族化和大众化为文艺的主导风格，以它是政治与艺术相互统一基础上的“政治标准第一，艺术标准第二”为文艺批评标准，以作家深入工农兵、改造世界观为实现任务的保障，以此规约整个文艺发展。因此，中华人民共和国成立初期文艺政策强调普及先于提高，文艺的政治内容优于艺术形式，文艺创作目的是服务5亿农民；同时，通过意识形态教化和思想改造，知识分子不再凌驾于劳动人民之上，而转变情感和态度与价值观，自觉站在劳动人民立场为其代言。在毛泽东看来，掌握了革命的主体和文艺生产与消费的主体就掌握了文艺领导权。

作为时代的美学概括，毛泽东文艺思想是一个具有时代特征的美学史范畴。从欣赏对象上看，5亿农民是艺术服务的主体，以能否让农民看懂为评价艺术生产的标尺，体现了毛泽东心中的“农民情结”，及其思想中追求社会公平的人文情怀；从艺术形式上看，毛泽东对“大众”（农民）的高度重视，使其注重民族文艺形式的传承，进而要求文艺高扬民族风格和中国气派。当时，不仅电影、美术提出为5亿农民服务，大力发展新年画这一底层大众喜闻乐见的艺术形式，连雕塑也提出“为5亿农民服务”，[①] 其辉煌创作是20世纪60年代的《收租院》，作为共和国美术史上的一件经典作品，虽然其设计出于符合

① 钱绍武：《让雕塑为五亿农民服务》，《美术》1964年第2期。

特定主题和概念的需要，但仍不失艺术感染力。《收租院》的成功，与"阶级斗争"主题、"为农民服务"的立场以及"民族化"形式密切相关，三要素的集聚体现了毛泽东文艺思想的光辉，它虽非毛泽东某一具体观点的图解，却渗透着毛泽东思想的精髓。为5亿农民服务是"十七年"文艺生产的主创思想，从根本上说，"中国马克思主义美学是劳动人民的美学，不是关于劳动人民的美学，而是为了劳动人民的美学，是劳动人民自己的美学，知识分子只是人民美学的知识手段"。① 在毛泽东思想中，有着素朴的人民性诉求的"人民美学"，是由劳动人民和转变了立场和情感的知识分子共同创造的。可以说，"十七年"中毛泽东的文艺思想集中体现了人民美学的价值诉求，形成其独有的审美风格和批评标准，确实体现了普通大众尤其是农民的审美趣味和审美理想，很大程度上体现了人民的主体地位，并把党的意志熔铸其中，张扬了一个大写的"人民"的概念，因着共产党"为人民服务"的宗旨，使"人民美学"与"党的美学"有了价值的通约性。但无论在理论上还是在实践中，因着"人民"概念的片面性与过于强调文艺的政治维度和意识形态的教化功能，一定程度上压抑了知识分子的美学理论探讨空间与作为"代言者"的艺术家的主体意识。虽然在五六十年代的"美学大讨论"中确立了马克思主义的指导地位，形成了美学研究的四派，并生长出实践美学的萌芽，但"中国的美学"的理论建构因缺乏异域美学（除苏联美学外）的滋养，又缺失与当下文艺审美实践的有效互动，因而难以从理论上直接支撑"人民美学"，进而实践中又在审美意识的普及和向"下"看齐中，使原本丰富的"人民美学"的内涵和表现形式过于狭隘化了，以至于连"中间人物论"等都被排除在外，在进一步发展中逐渐导致自身的封闭和僵化。

作为"人民美学"最集中的显现形式，新年画运动是中华人民共和国成立初期一个令人瞩目的现象。某种程度上，年画这种艺术形式最能体现毛泽东"文艺为工农兵服务"的思想。因此，在文化部成立伊始，毛泽东就找周扬

---

① 章辉：《中国马克思主义美学的历史选择与现实命运》，《甘肃社会科学》2009年第3期。

谈话，说年画是全国老百姓老老少少特别是劳动人民最喜欢的东西，应该引起注意，要文化部发一个开展新年画创作的指示。① 在新年画创作指示精神鼓舞下，全国许多地方举办了新年画作品展，一些展览特意改在郊区，除了让农民欣赏，还让他们提意见，这样既扩大了年画的影响，也取得较好的宣传党的方针政策的效果。1950 年中央人民政府还颁发新年画创作获奖作品，这是一次表达共和国形象的尝试，也是对群众的一次思想教育活动，体现了新年画为新政权服务的意图，用新年画的形式宣传党的各种政治主张，极具象征意义。实践证明，新年画是宣传党的政策、认识共和国形象、思想和观念的一个有效载体，切实地体现了共和国之“新”。新年画作为最早宣传共和国形象的艺术形态，影响了其后的油画、国画改造。新年画在后来发展中不断程式化，并向其他画种渗透，逐渐形成“红、光、亮”的艺术表现模式。“中国的新年画建构了毛泽东时代社会主义艺术的基础，而这个基础不仅体现在形式上，也体现在内容上，还体现在它的组织形式上。这里所说的基础，实际上还包含着另一种含义，就是新年画作为一种为农民服务的艺术形态，是毛泽东的政治和社会理想的表现，也就是说，新年画之所以在中华人民共和国成立以后具有那么重要的价值，最根本的问题在于它和毛泽东的政治理想、社会理想是不可分割的。”② 可以说，“十七年”文艺一直处于毛泽东文艺思想的指导下。毛泽东时代的文艺，总体上不管是谁，不论有怎样的地位，在公开场合都坚决拥护毛泽东文艺思想。这除了毛泽东的政治权威和拥有至高无上的国家权力，以及毛泽东思想作为执政党的思想的统治力量外，在建构中华人民共和国形象、改造艺术家思想、推动社会主义文艺发展等方面还有其内在依据和动力，即毛泽东文艺思想以独特的思想创新而在共和国文艺发展中占据统治地位。“道德的优势是毛泽东文艺思想能够从延安之后直到社会主义文艺的发展过程中，一直占据统治地位的根本原因。这也就是说，毛泽东在文艺思想史上的创新和独特性，

---

① 参阅蔡若虹：《蔡若虹文集》，人民美术出版社 1995 年版，第 52 页。

② 邹跃进：《新中国美术史》，湖南美术出版社 2002 年版，第 34 页。

主要体现在道德的优势上。而这种优势又是建立在人文主义和启蒙文艺思想上的。换句话说，毛泽东的文艺思想既吸收了西方启蒙运动以来对普通大众的关注，又同时在这一基础上向前推进了一步。"[①] 其在根本点上体现了社会主义国家人民当家作主的诉求，人民大众有享受艺术、创造艺术的平等权利，真正践行了"人民美学"的价值取向。相应地，在全国开始建立服务普通民众的博物馆、展览馆、文化馆等公共艺术空间。对普通民众的关注，使启蒙思想的艺术观有了道德优势，艺术家被提高到一个新的道德高度，艺术不再是为一小部分贵族和统治阶级服务的工具，永远处于被支配地位，而是把艺术还给人民大众，让艺术成为大众的欣赏对象，使其从作品中看到自己的形象，感受到生活的意义。"从新中国文艺发展史的角度看，正是毛泽东的社会理想的独特性质，使他在艺术家、知识分子与大众的关系上具有独到的认识；使他的艺术观具有道德上的优越性和情感上的感召力；使新中国文艺，在毛泽东时代里，成了他的理想的象征表达。"[②] 中华人民共和国成立后的社会主义转型，从根本上确立了文艺发展的政治方向和价值诉求，通过确立人民主体身份，而实现了把马克思的人类解放愿景，同中国革命诉求的现实目标，与人民大众作为文艺创作、欣赏和批评主体的社会主义文艺本性的统一。唯此，通过政策确立了以《在延安文艺座谈会上的讲话》精神为主体内容的共和国文艺思想的权威地位，并清理与之相矛盾的各式形态的文学传统与美学观念，积极传播社会主义意识形态。因此，在毛泽东文艺思想占主导地位的同时，其他艺术方式受到压抑，这就使得"人民美学"在凸显主导中失去了丰富的边缘艺术形态的支持。

1956年中央正式提出"双百方针"的政策，这种对封闭性的纠偏重新使"人民美学"显现出恢宏的气势，"双百"方针在精神和气度上显示出社会主义意识形态和权威话语的充分自信，这种对艺术家前所未有的信任，一度使其深受鼓舞，极大地调动起创作激情，使"人民美学"的表现形式丰富多彩。同时，

① 邹跃进：《新中国美术史》，湖南美术出版社2002年版，第10页。

② 邹跃进：《新中国美术史》，湖南美术出版社2002年版，第13页。

人民当家作主的巨大激情要求文艺表现新的生活、新的人生，合力促成歌颂社会主义新天地的“人民文艺”成为主流，“人民文艺”成了中华人民共和国文艺的指导思想。它不仅体现了文艺政策的指向，还契合了从新民主主义向社会主义建设道路上前进中获得政治自由的广大人民的文艺诉求与政治要求，而成为一种国家文艺观。“‘人民’作为一个具有内在深度的政治民族主义文化概念得到各民族文学传统的有力支援，导致在现代中国‘人民文学’作为民族国家的文化建设力量，最终成为政治—文化民族主义的意识形态的权力话语。”①在文艺创作上，《讲话》确立了“人民文艺”的发展方向；在文艺管理中，经由一系列文化批判，及对知识分子思想改造的意识形态规训，而保障了“人民文艺”的有效性。无论各级文艺组织的成立，还是文艺理论批评标准的设立都以国家政治要求作为规范指导，这一方面体现了中华人民共和国成立后整治改造文化的迫切要求，一方面说明“人民文艺”的建构是国家政治力量、文艺自身的发展逻辑与时代精神相结合的产物。在此观念指导下，创作了一大批有中国特色、反映时代风貌的革命经典作品，描写和塑造了一系列“新人”形象——工人、农民和革命知识分子，它体现了中国马克思主义美学的实践品格，“人民文艺”成为现代中国最具特色的话语形态，是中国文化现代性的重要组成部分。“人民文艺”在创作上坚持现实主义典型化原则，1953 年第二次文代会确立了社会主义现实主义的正统地位，1960 年第三次文代会，随着中苏关系的交恶，确立了“两结合”的创作方法。社会主义现实主义观念最早源自苏联日丹诺夫的解释，后经周扬在 1935 年介绍到中国，成为当时左翼文坛的主要创作方法。日丹诺夫作为斯大林在文学与艺术上的具体实践者，通过诉诸革命领导权，以行政的手段肆意干涉文学艺术，滥用权威强力推行社会主义现实主义创作手法、风格和理论，要求作家坚守文学的“党性原则”，宣传党的方针，表现社会主义经济建设中的劳动主题，揭露文学艺术中的“唯心论的和反科学的观念”，反对“为艺术而艺术”的西方资产阶级的理论倾向，使作家机械

① 朱德发、贾振勇：《评判与建构：现代中国文学史》，山东大学出版社 2002 年版，第 53 页。

地成为人民和国家利益的"忠实和灵敏的表现者"。① 中华人民共和国成立后，周扬指出："向苏联文学的社会主义现实主义学习，对于我们，今天最重要的，就是要学习如何描写生活中新的和旧的力量的矛盾和斗争，学习如何创造体现了共产主义高尚道德和品质的新的人物的性格。"② 周扬借机强化了其中的阶级性。"判断一个作品是否是社会主义现实主义的，主要不在于他所描写的内容是否是社会主义的现实生活，而是在于是否以社会主义的观点、立场来表现革命发展中的生活的真实。"③ 邵荃麟则具体地指出："社会主义现实主义所要求的，是政治性与艺术性统一的作品，也就是艺术描写的真实性和以社会主义精神教育改造人民的人物相结合的作品。"④

中华人民共和国的成立使包括工农兵在内的所有劳苦大众不仅翻身做了国家主人，也成了社会主义现代新文化的建设者。"十七年"电影作为最具大众化和意识形态号召力的娱乐与宣传工具，故事片总产量大概是769部，观众从1949年的4700多万人次，发展到1965年的46.3亿人次。影片建构了中华人民共和国形象，塑造了工农兵群像，特别是阶级斗争题材、英雄颂歌等影片的主人公，豪迈乐观、自信坚强、富有斗争精神。为实现影片的教化意图，电影不仅要有"人民性"的价值取向，在情节设计和人物形象造型上，还要体现革命"大家庭的温暖"和对个人的救赎。"十七年电影一直试图在意识形态领域内将党的路线、方针、政策融入感性的、个人化的历史无意识之中。个人政治群体化与政治群体家庭化构成了基本的叙事策略，并由此确定了革命家庭的历史表象。一系列影片确立了革命队伍在表意含义上首先是一个温暖的家。"⑤ 事实上，无论《青春之歌》还是《小兵张嘎》《苦菜花》《母亲》

---

① ［苏］日丹诺夫：《关于〈星〉与〈列宁格勒〉两杂志的报告》，载《苏联文学艺术问题》，曹葆华译，人民文学出版社1953年版，第58、45页。

② 周扬：《社会主义现实主义——中国文学前进的道路》，《人民日报》1953年1月11日。

③ 周扬：《社会主义现实主义——中国文学前进的道路》，《人民日报》1953年1月11日。

④ 邵荃麟：《沿着社会主义现实主义的方向前进》，《人民文学》1953年第11期。

⑤ 潘若简：《十七年新中国电影的辉煌与惨淡》，载《拓展中的影像空间》，北京广播学院出版社2000年版，第55页。

《闪闪的红星》等，所展示的革命大家庭，不仅充溢着温情；还显现出只有在革命大家庭中，在党的教育下，才能成为一个英雄，揭示出革命对个人命运的拯救，表明个人只有献身革命(如董存瑞)，或者放弃个人回归集体(如《李双双》中的喜旺)，才能成为英雄。因为尽可能淡化英雄人物的个性、个人欲望、私人生活，过分突出其作为阶级的代表，从而产生人物符号化、个体消融于集体的现象。"十七年"文学的意义通过对作品中主人公"我们是谁""我们向哪里去"来揭示对共和国的文学想象，描绘了一幅新社会应该尽善尽美的蓝图，体现了农民翻身做主人的自豪感。这里既有显性政治话语的主流价值诉求，也有隐性的民间话语和艺术自律性的潜在屈伸。如柳青在谈到《创业史》时说："这部小说要向读者回答的是：中国农民为什么会发生社会主义革命和这次革命是怎样进行的。回答要通过一个村庄的各个阶级人物在合作社运动中的行动、思想和心理变化过程表现出来。这个主题思想和这个题材范围的统一，构成了这部小说的基本内容。"① 有学者指出：《创业史》的写作"完成了意识形态对新中国文学长久的期盼"。② 小说不仅有史诗般的厚重，在反映农村生活广阔性和深刻性方面作出贡献，还塑造了"典型环境中的典型人物"——青年农民梁生宝——一个符合社会主义理想的新人形象，也是政治话语和国家话语的代言人和积极承载者。"《创业史》是一部深刻而完整地反映了我国广大农村在土地革命和消灭封建所有制以后所发生的一场无比深刻、无比尖锐的社会主义革命运动的作品。"③"梁生宝是一个无产阶级化了的青年农民的高大而又真实的形象。它既具有渭河边的普通青年农民的美好性格和他自己的个性特色，也具有我国农业劳动模范的共同特征。这真是一个社会主义的、共产主义的新人。作者是把他作为马克思列宁主义真理和中国共产党的政策在农村的接受者、执行者、传播者和体现者来表现的。"④《创业史》是柳青深入

① 柳青：《提出几个问题来讨论》，《延河》1963年第8期。

② 萨支山：《试论五十至七十年代"农村题材"长篇小说》，《文学评论》2001年第3期。

③ 冯牧：《初读〈创业史〉》，《文艺报》1960年第1期。

④ 冯健男：《谈梁生宝》，《上海文学》1962年第1期。

生活的艺术结晶，它所展现的生活，为后人了解那火热的时代提供了重要的认识价值，其呈现的丰满动人的各色人物形象，对剖析中国各类农民的心理诉求有重要的历史文本价值。

二、崇高风格的凸显

在审美风格上，粗犷雄浑的崇高是界定"十七年"文艺的风向标，这一时期的文艺作品表现了革命的浪漫主义斗志和改天换地的革命气魄！普遍通过典型化创作，凸显崇高的意蕴和雄奇的美感，来追求一种国家话语的宏大叙事，一种纪念碑式的大制作。诚然，崇高作为美学风格相应于革命英雄主义的文学叙事，体现了"人民文艺"的文学理想，是"人民美学"在审美风格上的主要显现，二者虽有一种内在的关联，但并非一一对应关系，对"优美""意境"的诗意追求同样是"人民美学"的审美风格，甚至"喜剧""滑稽"和"幽默"也是"人民美学"的题中之义。因而，"人民美学"主要在理论诉求上体现人民性的价值导向，而崇高风格主要在艺术形态上体现革命英雄主义，二者共同契合于时代的政治向度，属于两个不同的美学范畴。只是"十七年"中因着时代精神的主导性使文艺的审美追求过多地聚焦于"崇高"，从而在文艺实践中使崇高风格凸显。如电影是普通大众最喜爱的艺术形式，在电影的美学运用上，借助灯光、机位角度、化妆造型、环境布置和空间表达等，美化影片要着力塑造的一方，鲜明地体现出对"崇高"的追求。在艺术创作中，"庆典式的叙事风格，仪式化的戏剧场景，英雄化的人物性格，礼赞性的叙述语言，构成独具魅力的崇高美"。① 在艺术的韵味上，崇高的凸显体现了民众为打破旧世

① 郦苏元：《当代中国电影创作主题的转移》，转引自罗艺军、杨远婴主编：《百年中国电影理论文选》，中国电影出版社 2001 年版，第 542 页。

界、建设新社会由衷而发的激情，从而成为“十七年”文艺的基调。随着文艺的发展，崇高风格逐渐成为一种固定的甚至唯一的美学规范，由此限制了电影人的艺术创造，电影语言越发保守，许多镜头尤其是群像很像是某种舞台造型的定格，越发遵循“典型环境中的典型性格”的文艺原则，对英雄的仰拍和对反面人物的俯拍构成基本的镜头法则。如有学者指出，在影片的结尾处，摄影并不遵从电影叙事惯例升拉开去，而是定格在主人公、胜利红旗或庆典的某一细部的近景或特写镜头上，因为它希望观众接受的并非好莱坞式的故事，而自觉要求影片构成一种现实，至少是现实的一部分。它要求最大限度的认同以实现最有效的询唤。① 因而，教化功能成了这时期电影的第一任务。

在艺术性追求较高的“十七年”诗歌创作上，弘扬崇高意味的政治抒情诗很发达，诗人通过选取一系列唤起崇高感的词语和意象，营造一种恢宏的历史感。如郭小川的《甘蔗林——青纱帐》《向困难进军》，贺敬之的《放声歌唱》《雷锋之歌》《回延安》等，有学者指出：“爱国主义、国际主义和民族奋发向上的英雄气概，是‘十七年’诗歌蓬勃发展的主旋律”②。郭小川用诗人的情怀写出了战士的革命精神，以一个“战士型”诗人对内心的不断探索来感知社会的巨大变化，审视个人与集体、个人与时代的关系，抒发对社会主义、对新时代、党和人民的赞美歌颂之情。在诗歌形式上，他追求民族化与大众化的目标，通过押韵和节奏来创造雄浑的气势，渲染激情。相对郭小川艺术精神的复杂性，贺敬之的诗歌追求可能更质朴，他的诗歌始终洋溢着昂扬向上的奋发之气和革命乐观主义精神。“在贺敬之的诗中，‘我’、抒情主体已是充分本质化的，有限生命的个体已由对整体的融合、对历史本质的获得而转化为有充分自信的无限，我们无法觉察、寻觅到其间的不协调的缝隙，感受不到可能有的情绪上、心理上的焦躁不安、困惑和痛苦。”③ 贺敬之的诗具有政治美学化与美学政治化的突出品格，其以诗学传达政治学的理念和情绪，把刚性的“文学为政治服

① 戴锦华：《历史叙事与话语》，《北京电影学院学报》1991 年第 2 期。

② 苏景超：《论十七年的诗歌创作》，《文艺理论与批评》1997 年第 3 期。

③ 洪子诚：《个人“本质化”的过程》，《诗探索》1996 年第 3 辑。

务”艺术地化为诗的形象性、情感性，以此来建构政治的美学形象；同时，他又通过象征主义把美学政治化，从而把文学的社会性、政治性维度推进到历史的高度，直接切近了时代主题。他把政治抒情诗融入时代号角，张扬诗歌的功利性，强调题材的时事性和主题的政治化，形成他具有崇高意味的诗歌创作。尽管如此，“在贺敬之的诗中，很难感受诗人的个体自我与大我、个体化的感性与集体化的理性、美学与政治、个体与历史之间的裂隙、矛盾与冲突，看不到由张力所引发的个体抒情的忧郁、游移、感伤和痛苦。感性的个体自我完全融入了集体、理性、政治和强势的历史意志中”。① 中华人民共和国成立初期歌颂性的抒情诗和与政治相融合的叙事诗是诗歌的主导形态，无论宏大的政治抒情诗，还是温情的生活抒情诗，其审美底蕴都是崇高情愫。“它们在内容上从宇宙之大到蝼蚁之微，从心灵到外物都可入诗，形式上更是各施绝技，自由体、格律体、楼梯式、民歌体等八仙过海，各臻其态，民歌体受到了普遍推崇。它们不仅最早为当代文学带来青春气息，而且还在以民族化的方式传达了中华民族五六十年代的情感精神和心灵历史的同时，构筑了一种阔大的诗风，形成了以力和崇高为主、兼具绮丽与美的独特审美风格。”② 政治抒情诗因切近时代的审美形态而成为“十七年”诗歌的主流样式，它以其政治化的诉求积极参与了民族国家共同体的想象，在诗中建构了“人民共和国”形象，弘扬了对祖国和人民深沉的爱。

“十七年”中比较接地气的散文也充分展现了共和国气象，在文学美的创造上可谓独步高蹈。前期散文创作注重叙事性与人物化，抒发新社会新景象的激情与表现抗美援朝的主题成为散文创作的重点。特别是战地通讯很发达，如巴金的《生活在英雄们中间》、魏巍的《谁是最可爱的人》、杨朔的《鸭绿江南北》和刘白羽的《朝鲜在战火中前进》等。另外，建设社会主义的火热激情也是创作重点。如杨朔的《香山红叶》和《东风第一枝》、秦牧的《社稷坛抒情》

① 王金胜：《“情”的政治与抒情的政治学：20 世纪中国政治抒情诗》，《青岛大学师范学院学报》2012 年第 3 期。

② 罗振亚：《是与非：对立二元的共在——“十七年诗歌”反思》，《江汉论坛》2002 年第 3 期。

和《花城》、冰心的《小桔灯》和《樱花赞》、刘白羽的《红玛瑙集》等，以及《一场挽救生命的战斗》《为了六十一个阶级兄弟》《毛主席的好战士——雷锋》《县委书记的好榜样——焦裕禄》等报告文学以其政治向度的凸显，充当了歌颂社会主义建设的号角。此外，还有吴晗、邓拓的杂文，相比较报告文学的政治性追求，杂文反倒在坚持作家个人立场的同时，保持了艺术的独立，显现了超脱政治之外的艺术魅力。总体上看，这一时期的散文时代感强烈，热情饱满，反映现实，服务社会主义事业的色彩明显，发挥了“文艺轻骑兵”的作用，在审美观念、个性追求和文学进展方面特点鲜明。如杨朔散文中的诗意追求，把散文“当诗一样写”，其散文有诗的旋律，充满了抒情诗的美。而秦牧散文的“知识性”和刘白羽散文的“激情”都给读者留下深刻印象。

现代戏的改编创作同样体现出对崇高的审美追求，当时并非提倡创作所有现代题材剧目，而是提倡某种现代戏——歌颂现代史进程中胜利者的剧目，其内涵是“歌颂大跃进，回忆革命史”。主要以中国共产党革命斗争史为题材的现代戏剧成绩突出，如京剧《红灯记》《沙家浜》《智取威虎山》《红嫂》《六号门》，沪剧《芦荡火种》，话剧《槐树庄》（胡可）、《东进序曲》（顾保璋）、《豹子湾战斗》（马吉星）、《兵临城下》（白刃等）、《八一风暴》（刘云等）、《英雄万岁》（杜锋）、《红色风暴》（金山等）、《七月流火》（于玲）、《杜鹃山》（王树元）等。这些戏剧延续了中华人民共和国成立后以革命史为题材，以歌颂赞扬为基调，以政治理念宣传为目的的创作路径和创作模式，在传播中不断被确认和强化，为“文化大革命”中“样板戏”的生成发展奠定了基础。现代戏创作在1958年和1964年比较突出，试图使整个戏剧创作演出部门成为庞大的国家机器的一部分，但因缺乏自由创作空间，纵然数量空前，多是粗制滥造。成绩最突出的是“新歌剧”，如《白毛女》。所谓“新”，首先在于确立一个全新的主题：旧社会把人变成鬼，新社会把鬼变成人，从而直接表达阶级斗争的观念。这一时期不断凸显的“新歌剧”以传达革命意识形态为主导意图，不断通过文艺创作建构民众对革命意识形态的认同，成为建构民族国家文化领导权的一种有效文艺形式。其前身是延安时期的“新秧歌剧”，抗战中“新秧歌剧”发挥了动员和教育民众坚持抗战的功能。中华人民共和国成立后作为“新文艺”的载体，伴随艺术上的成熟和内容含量的增大，发展为具有中国作风、中国气派的“新歌剧”。“新歌剧”的艺术叙事重构了党所领导的革命史，通过确立民族国家的历史主体地位，以艺术、美学的形式捍卫中国共产党作为历史主体的资格。换言之，“新歌剧”以大众喜闻乐见的形式，对中国共产党革命史与中华人民共和国作为革命斗争的结果及民族国家的独立，进行合法性论证。《长征》以宏大的规模和气势，再现红军二万五千里长征的伟大历程，在舞台上首次塑造了毛泽东的艺术形象。《洪湖赤卫队》写贺龙创建和领导洪湖赤卫队打恶霸、斗土匪的英雄事迹，被视为继《白毛女》之后中国第二代民族歌剧的代表作。《刘胡兰》改编自共产党员刘胡兰的英雄事迹，塑造了对党和人民无限忠诚的英雄形象。《江姐》改编自《红岩》，塑造了共产党员江竹筠的高风亮节和坚定信仰。这种革命史的理想化重构，与牺牲和苦难的严酷事实相链接，给予幸存者及后人以突出的警示和教育意义。

从“新歌剧”的发展史来看，其诞生伊始就肩负着民族救亡、阶级解放的民族动员使命。在中国革命史的讲述中，“新歌剧”形成了昂扬激越的主导美学风格，开创了“新歌剧”的民族国家叙事模式，这一模式后来随着中国革命史的推进发展为阶级模式。诞生于“新秧歌剧”的“新歌剧”注重吸收并化用民间文化资源，将民族解放和阶级斗争故事做了充分民间化、伦理化处理，极大地激发了解放区文化程度并不高的广大农民的政治热情，建构了底层民众对新意识形态的情感认同，充分昭显了“新歌剧”的民族性和阶级性。就此而言，“新歌剧”作为新文化的一部分，同样具有浓厚的历史性、政治性品格，侧重于文艺的现实介入性，回应了民族救亡和阶级解放的历史询唤。尤其是，作为一种体现了民族化、大众化追求的文体，具有广泛的受众，极大宣扬了新民主主义和社会主义的思想文化，召唤民众对“新社会”“新中国”优越性的理性认知和文化认同。“新歌剧”除鼓动宣传的工具价值外，还提高了戏剧的美学化、民族化品格，由最初单纯的消遣娱乐演变为意识形态教化。有学者从话语分析视角指出：“《白毛女》中革命话语的背后隐含着对民间话语的借助和转换。民间话语中的道德逻辑构成了政治话语进行有效运作的基础，政治话语借此获得了民众道德文化意识深层的认同；同时，政治话语又以自己的逻辑转换了道德话语秩序，将后者有效地纳入自己的运作逻辑之中。民间文化（文学）和民间道德伦理中一些因素如惩恶扬善（替天行道论）、善恶有报（因果报应论）、神魔鬼怪、离奇变幻等被延续和保留下来，并被纳入'阶级'的理论视域和'阶级斗争'的情节构思中，实现了革命意识形态的转换，一变而为阶级控诉、斗争动员和抒发革命浪漫主义情怀的有力凭借。"① 在话语转换中，"新歌剧"转向对民族国家的宏大叙事，着重展示革命者、解放者的历史功绩，对其思想、精神、境界、意志等进行一种本质化、静态化、纯净化的诠释，把普通民众的"成长故事"更换为"英雄传奇"，把政治理念、政策观念、时代本质"植入"英雄人物，使其具有无可置疑的权威性。

从理论建构上看，"人民美学"的逻辑起点是人民群众，它不讳言审美的功利性和文艺的意识形态性，积极主张人民的文化权利，既不是文化专制主义对民众文化权利的剥夺，也超越了狭隘的党派政治立场。美学从来不是真空中的"假花"，伊格尔顿通过对美学的政治意识形态分析，认为"审美只不过是政治之无意识的代名词，它只不过是社会和谐在我们的感觉上记录自己、在我们的情感里留下印记的方式而已"。② 美学一定意义上是审美政治，不仅有其政治立场，更有其特定的价值诉求，无论是披着普遍性的外衣，还是打着地方性理论的旗号。作为时代的强音，"人民美学"试图把散乱的个体整合到共同体想象中，强调个体对共同体的服从与规训，在艺术实践上体现出人民性诉求。其实，中国马克思主义美学本质上就是"人民美学"，是一种以表达广大人民群众的情感和愿望为基本诉求目标的美学。文艺作品通过创作情感化的个别性艺术形象来表征和体现人民大众的内在情感和伦理要求，传达"某种历史的必然"，这是文化领导权建构的合法性基础，它在理论上应和了"美学大讨

---

① 朱德发、魏建主编：《现代中国文学通鉴》，人民出版社 2012 年版，第 903 页。

② [英]特里·伊格尔顿：《审美意识形态》，王杰等译，广西师范大学出版社 2001 年版，第 27 页。

论”中马克思主义美学主导地位的确立，在学理上支撑了美学研究的“中国学派”得以可能。可以说，中国马克思主义美学起源于农民文化，是农民革命意识形态的组成部分，但中华人民共和国成立后中国马克思主义美学成为权力话语，角色的转换使其不再有原初的革命性和批判精神，而成为一种肯定性美学。“十七年”，文艺不是作为体制性力量的对立面，而是以独尊“人民美学”的价值取向传达底层民众情感和审美经验，成为一种肯定性力量融入社会主义现代化建设中，是新文化建设的重要构成部分。在建构文化领导权过程中，文艺服务对象从市场意义上的“大众”，转变为政治意义上的“人民”(基层民众)，文艺内容主要由娱乐转变为宣教，风格由多样化日趋凝固定型为歌颂式的崇高，文艺发展因失去创新力和自由创造空间，而在盛极一时的“典型化”中逐渐走向单一和审美风格的单调，为“文化大革命”中文艺的极端化、沙漠化埋下伏笔，出现使“人民美学”孤立化、抽象化的极端倾向，进而导致把《我们夫妇之间》《早春二月》《革命家庭》《舞台姐妹》《聂耳》《阿诗玛》《烈火中永生》等作品当作“毒草”予以清除，体现了“人民美学”的偏颇和狭隘性。

“人民美学”的价值取向使“十七年”文艺创作在契合时代精神中，主动追求一种宏大话语和历史叙述，随着文艺政治意识的融入和宣扬，在文艺创作上普遍追求崇高意味，尽管对崇高的内核和底蕴有争议。但可以说，由人民性内涵和政治激情支撑的崇高是文艺审美的主导形态。有学者指出：“我们的文学作品的突出特色，是充满爱国主义和国际主义精神，充满革命英雄主义和革命乐观主义精神，充满对伟大的社会主义建设事业和人类解放事业的无限信心。”同时，“我们的理论批评有鲜明的政治倾向，它坚定不移地为无产阶级的政治服务，为人类历史创造者——广大劳动人民服务”。① 这种爱国主义和革命英雄主义的崇高审美形态，在区分中逐渐明确了社会主义文艺的意识形态属性，使文艺成为当时社会主义文化改造的一部分，有力巩固了党的文化

① 邓绍基等：《建国十年来文学简述》，《科学通报》1959 年第 22 期。

领导权。尽管在意识形态上确立了“我国社会主义时代劳动人民自己的崭新文学”。[①] 但他们对文学审美的认知无疑是狭隘的、肤浅的，甚至扼杀了文学创作的活力和审美趣味的丰富性。使文学题材变得单一和审美风格日趋单调，“中国在50年代之后的文学历史，基本上是被一些大大小小的政治—文学运动推动着。这构成了当代文学的主流现象。它的确严重地伤害文学自身的品质和规律”[②]。似乎文艺体制培养的是一支“文艺部队”，创作的个性化、差异化和超常想象力受到压制，人民性的内涵越来越抽象化为概念，在越来越少人间烟火气中凸显“崇高”。文艺创作中呈现某种“模式化”，即作品主人公的人生经历和性格成长大都以革命进程为依据，常用的结构方法是“接近革命——革命——革命胜利”的情节模式，主人公与现实的冲突多表现为阶级矛盾，以革命主题来整合感性经验，将伦理、人性等概念纳入阶级对立范畴，影响人物成长的社会文化及历史因素做简单化处理，片面强化阶级观念。“模式化”导致人物与现实之间发生一种断裂，使作品显得单薄苍白，丧失了作为历史进程参与者的丰富意义。人物因“设计化”而失去获得深刻社会体验和广阔历史视域的能力，浮于认知世界的表层，追逐所谓认识和“意图”正确，最终造成单一浮夸的“颂歌”长期占据文艺主流。这解释了何以“十七年”文艺审美风格单一、艺术手法单调，缺失深厚的审美意蕴挖掘和审美想象的丰富。遍览“十七年”文艺，可谓强势推崇英雄人物、阶级性、革命性，这成为文艺创作的主导理念。到“文化大革命”时期，顺理成章地把文艺的“三突出”原则推到极端，文艺审美成了审美政治。有学者指出：“从左翼时期到‘十七年’，文学创作的政治目的越来越明确，文学艺术的审美价值与普世意义越来越淡薄。”[③] 作品中的人固然有血有肉，但缺失人的“身体感”和人之常情，成了抽象的符号和空洞的政治外壳。不仅“敌人的身体”在革命叙述中成为“道具”，就是革命者的身体也多是沉默的，革命者的家庭是不完整的。这种叙事结构表明，在当时

① 邵荃麟：《文学十年历程》，《文艺报》1959年第8期“庆祝建国十周年专号”。

② 谢冕：《文学的纪念》，《文学评论》1999年第4期。

③ 朱德发、魏建主编：《现代中国文学通鉴》，人民出版社2012年版，第644页。

的封闭语境中，审美经验的伦理基础不是个体性的自由情感，而是社会性和大众性的阶级情感，即最广大的人民群众的情感成为区分艺术作品好坏的标准。也就是说对艺术作品的评价，审美的标准要服从社会的标准和政治的标准，实践的要求和社会进步的要求是评价文艺的最终标准。正是这种被规训的文艺创作的审美激情，凭借强势的政治内涵支撑趋向崇高的审美形态，使“红色经典”成了今日商业文化开发的重要的文化产业资源，也使“人民美学”与“大众文化”有了某种连接点。而追求国家大制作凸显崇高的宏大话语奇观却留存下来，那种融多种艺术形式创新和彰显综合实力的国家庆典的宏大美学制作及其崇高风格一直延续至今，甚至愈演愈烈，在2008年北京奥运庆典、2010年的上海世博会、2012年的广州亚运会、2014年的南京青奥会上不断刷新纪录。

三、“人民美学”再出发

从根本上说，中国马克思主义的大众文艺是为启蒙大众，而非在市场上媚悦大众，其最终目的是服务于大众解放。毛泽东通过政治权力改造文艺家的情感和态度使之成为大众的代言人，一定程度上体现了普通大众的审美趣味和审美理想，从而成就了具有影响力的毛泽东文艺思想。在今天不断建立健全现代文化市场体系的背景下，主导文化发展的行政力量弱了，权力和文化的界域明晰了，那么文艺家能否自觉代言底层群众？底层是否需要艺术家代言？随着人民大众主体意识的高扬和自觉，实现文化意志和文化追求的自主表达越发离不开市场，市场使大众有了更多自主选择和自主表达的可能性，依附于市场的“大众文化”成为消费社会的主导文化形态，而体现出更多的大众化诉求。伴随新富阶层的崛起和“成功人士”的财富效应，社会结构开始分化并不断拉大“贫富差距”的鸿沟，从而在如梦如幻的大众文化的繁华中遮蔽了底层民众的生存困境。在新的历史语境下，如何继承毛泽东的美学遗产，表达底层的生存境遇，体现人民的本位价值观，为边缘人群和社会正义呼吁，正是中国马克思主义美学发展的契机，也是"人民美学"重新出发的时代机缘。就此而言，"人民美学"的概念仍有合理性，有学者在现代性话语中提出"'人民美学'重新出发"的命题，"重新出发的'人民美学'的目标，是建设有中国特色社会主义文化的现代性美学"。① 在当下非革命的消费主义意识形态泛滥，符号消费流行的大众文化时代，成功的经济人士愈加追逐文化资本、打造无数娱乐奇观，似乎重提美学的"人民性"诉求和基于底层大众立场的意识形态诉求，不仅显得迂腐，也与社会主潮格格不入。固然，每一个时代都有其审美趣味和价值取向，我们不能把"十七年"的"人民美学"内涵和崇高风格搬到当下，即使"红色经典"改编及其商业化再生产，也是体现出鲜明的"大众文化"取向，② 而非"人民美学"的本真诉求。虽然在市场条件下"大众"与"人民"的内涵有分歧，使"大众文化"与"人民美学"在价值取向上有抵牾，但二者绝非对立，而是存在一种复杂的关联，即如何最大可能地传播社会主流文化价值观。"人民美学"的"人民性"诉求问题不容回避、更不能遮蔽，一定意义上它仍是文化现代性之基，中华民族的伟大复兴不能走老路，更不能走邪路，这警醒中国马克思主义美学不能丢弃"人民美学"的旗帜。党的十八届三中全会提出激发全民族文化创造活力是文化改革的中心环节，就旨在充分尊重每一个人的创造力和基本文化权益，保障文化民生追求文化的自主表达和社会公正。有学者指出："在当今世界，人民的主体文化身份在美学和审美活动中，受到了扭曲和消解。特别是当资本和权力共谋破坏社会主义根基的严峻时刻，当自由主义理论家以精神贵族自居，抛弃对底层人民审美欲求的关注的时候，马克思关于每一个人的全面、自由发展的主体性文化建设目标，就是维护人民文化主体地位的神圣召唤。对人民在社会和文化领域公正、平等、自由的政治意识形态的诉

① 冯宪光：《人民美学与现代性问题》，《文艺理论与批评》2001 年第 6 期。

② 范玉刚：《试析"红色经典"再生产对公民的询唤功能》，《人文杂志》2012 年第 4 期。

求，就是马克思主义的，也是人民的。这种站在人民立场上的审美意识形态的政治批判的任务之一，是破除人们生存处境的审美幻象，使人们真实地认清处身的现实和自己的生存面貌。”①这体现了对马克思主义的核心——人民性思想以及历史唯物主义的坚守，也是新时期从现实民生问题出发对中国化马克思主义美学的思考。当今，在不断提高文化开放水平的语境下，“崇高”仍是处于伟大历史复兴拐点上中华民族的精气神的表征，只不过不能独尊和过于膨胀而已！“人民美学”、“自由主义美学”都是时代所需，都有生长和复兴的空间，多元共在竞争才有良好生态。我们爬梳这段历史，肯定“人民美学”的历史合理性和学术价值，并非独尊一元，而是使其回归人民大众的文化视域，维护人民大众的文化主体地位，主张每一个人都有平等自由的审美权利，追求审美的包容性增长。所谓“告别革命”与“告别自由主义”都有片面性，现实生活的复杂性和处于社会主义初级阶段的国情，要求我们学会宽容和尊重，给人以尊严。

“十七年”文艺生产不仅与“美学大讨论”有某种呼应，还形成了美学价值取向的同构性，相应于美学研究中马克思主义美学主导地位的确立，艺术生产充分贯彻了“党性原则”和独尊“人民美学”的价值取向，我们的学术研究对此反思得还不够深刻。20世纪中国美学史尤其是断代史研究，多常见美学思想史或艺术发展史的研究模式，而放在同一理论框架及其审美理念主导下来洞察美学发展与文艺的审美追求互动的“平远”式研究不多见。“平远”乃是“自近而望及远曰平远”，它多是渲染而虚无缥缈，从近山瞭望极目眺望远山，即平视，视野左右宽阔。以这种思维和视角关注美学断代史是一种新的探索，它试图在文本的敞开状态中建构一种融入历史意识的现场感，以激发美学观念与艺术审美追求的互动，本文也仅是一种尝试。美学史特别是断代史研究，在描述和评判中固然需要历史的还原，或坚持论从史出，但更需要一种思想的激烈交锋和审美经验的震荡。

① 冯宪光：《人民美学与现代性问题》，《文艺理论与批评》2001年第6期。

“十七年”逐步确立了马克思主义美学研究的主导地位，在苏联美学话语影响下，建构了认识论基础上的反映论美学研究范式，在艺术上运用社会主义现实主义和“两结合”创作方法塑造了一系列典型形象。“美学大讨论”尽管形成四派，但研究范式和哲学基础的同构性，使不同艺术在生产和审美风格上有同质化倾向，从而形成主导性的“人民文艺”和崇高的风格。这一时期，“人民美学”和国家主义的价值取向对文艺发展的规约，不同程度上影响了文艺的存在形态，催生文艺创作的实用理性和狂热政治激情的结合，呈现出阶级斗争的二元对立思维模式的普泛化，以及民族主义、爱国主义热情的膨胀，对西方文化及其思想观念全面排斥，对待传统文化的某种虚无主义倾向。相应于“美学大讨论”中美学研究的偏狭，这一时期的文艺生产除受到苏联日丹诺夫式文艺的影响，基本上都是在封闭环境下完成。这与“中国美学”的理论建构几乎异曲同工，其研究范式形成于“美学在中国”的苏式审美话语膨胀和压抑西方美学话语中。这种互动、审美观念与艺术体验之间的复杂关联，演绎出一幅色彩斑斓又有着同质化底色的审美画卷。

在那个付出沉重代价的封闭性政治文化语境下，仍然产生一批代表和体现时代特征与主流价值诉求的美学符号及其本土文艺，有的堪称经典，既有鲜明的民族性，也有不逊色于时代的对国际化色彩的追求。可以说，毛泽东时代真正实现了对文化的统制，实实在在掌握了文化领导权，生产了一批时代经典。可能远比今天的某些文艺精品更有时代底蕴和中国特色，而且有一定的思想高度和历史深度，当然其偏狭性和局限性也很突出。今天，文化建设不能对历史持虚无主义态度，不能忽视中华民族深层的精神追求，尤其是“十七年”文化的深刻影响，继而使当代文化建设失去与之相关的历史、现实、思想的语境，即曾经的文化经验和教训构成当下文化发展的资源。当前，一些当代艺术家靠国家数以亿计的投入制作的巨型展览、装置、绘画等视觉奇观，虽然奢华和亮丽，但相对于形式的豪华和巨大，内容的空洞和乏味却令人震惊，很多观念不伦不类，价值诉求模糊混乱，大多被空洞而虚妄的能指所收编，鲜有自己的文化主张、审美理念，多是对市场上某些畸形艺术消费的迎合。除模仿西方时尚新潮和展示“古老落后”，似乎在文艺创造和美学创新上并无多少建树。留下的多是空洞的奇观和遍地西方后现代建筑的实验景观，这是实现“文化强国”战略所应有的文化自觉和美学追求吗？中国当代艺术家不用“中国文化符号”，还能创造出当代中国艺术吗？在全球化日益深入的语境下，文化建设早从革命斗争转变为稳定有序的发展，不仅从改革开放前的文化统制转向科学的文化管理，更要在不断提高文化开放中实现文化治理的现代化，这是时代的课题。

“人民文艺”的建构与文艺话语的一体化特征

——“十七年”时期美学思想研究之三

从美学学科发展来看，一个时代的美学观念必然影响文艺的发展，并通过文艺实践得以显现；相应地，从一个时代文艺创作的艺术追求及其生产方式的特点，同样可以洞察时代的美学主导观念。“十七年”美学杂糅了“美学在中国”和“中国美学”的现代建构，相应于在“美学大讨论”中确立马克思主义美学研究的主导地位，文艺生产呈现出强势的国家规划和“人民文艺”的时代特征。

一、文艺发展的国家规划及其文化领导权建构

1949年10月1日，中华人民共和国成立。这种“新”不仅意味着新的执政党、新的国家政体，对民众来说还意味着新的生活、新的世界、新的理想，在艺术上表现为一种新的价值追求和审美风格的确立。对“新”的渴求使各门类艺术创作充满革命激情。大一统的国家梦想和现代性最新价值追求的契合，对知识分子产生巨大的精神感召力。从中华人民共和国成立初期到“文化大革命”前的时期，通常被学界称为“十七年”。“十七年”既是新政权在政治、经济、文化和军事等方面开展工作，基于对社会主义的无限憧憬，在全面向苏联

学习的语境下，按苏联模式进行规划；又是发动和号召学术、文艺为社会主义建设服务，全面建构和传播社会主义意识形态的时期。国家新形象一切都体现出国家规划和意识形态规训的色彩。也就是说，共和国文艺发展有着鲜明的国家、政党组织的特点，呈现出国家组织文艺生产的一体化特征，通过不断挤压社会空间把文艺纳入体制内，张扬了“人民美学”的价值诉求。

为使国家从战争状态转入和平建设，一方面新的执政党努力为自己创造社会主义的新政治、新经济和新文化，试图完成社会主义经济基础和上层建筑的统一，以形成稳定的社会结构；一方面因国内外政治形势的风云际会，长期政治斗争的惯性，使中国社会常常处在“革命”压倒“建设”的状态，难以实现有效转型，只是“革命”的形式从“战争”转为“运动”，但依旧笼罩在革命话语中。① 这种稳定与发展的错置与错位状态，必然使文化领导权的建构带有“革命”的底色和“运动”的特点。以与大众生活最密切的戏剧为例，同其他艺术门类改造一样，共和国的戏剧有一个转制过程，在此过程中掌握戏剧界话语权的人基本来自两个群体，一是曾在国统区从事“剧运”的人士，一是人民军队及各地政府从事宣传工作的“文工团”，戏剧转制主要是把文工团式的意识形态宣传与现实社会中作为民众日常文化娱乐生活重心的戏剧演出相结合，但发展理念的不同使戏剧改革非常艰难，甚至道路曲折。主要是文化政策的制定者及管理部门尚未把文艺从战时不计成本的意识形态宣传，向和平建设年代通过为民众提供文化娱乐与艺术享受而谋生的特定文化行业转变，因缺失戏剧生存土壤自然难以实现“百花齐放”，只能是某些剧种如“新歌剧”一枝独秀，可见文艺规制的强制性。随着民族自信心和自豪感的增强，大众和知识分子都对中华人民共和国成立抱有极大的热情和期盼，有一种中华民族“站起来”的

① 这种状态在今天应该反思的，为什么我们没有及时地从“革命”状态回归正常的“建设”状态，很大程度上是在思维和文化上没有完成“更化”。所谓“更化”是指两千多年前董仲舒思考的“欲求善治必先更化”，以使天下太平；这也是国际上美国所走的不同于法、俄革命后的另一条道路的启示，在很快去革命化过程中，它把政治问题转变为法律问题，让革命的手段终止于宪法，让革命的成果凝结于宪政，让革命精神成为社会共享的道德源泉。

冲动。尽管经济基础薄弱、国家一穷二白，却有着一种精神上的充实和审美的想象，人的面貌和文艺发展都有一种新气象。新政权通过在学术领域对知识分子实施一系列思想改造运动，经意识形态询唤转变其政治立场，最终在美学领域确立马克思主义思想的指导地位；在文艺领域则实施了一套有别于学术领域的领导权建构方式和策略，通过占据道德舆论优势建构了党的文化领导权。

文艺领域的文化领导权主要通过文艺发展的国家规划，对非社会主义意识不断清理与纯化，确立了文艺的社会主义意识形态。作为一项国家文化工程，它需要党和国家的最高领导人毛泽东出面进行战略定调，包括文化政策的制定、文艺体制和生产方式的确立，都由最高领袖“钦定”，以确保实现党和国家领导文艺事业的意图。文艺作为文化的核心，在与政治的关系中从来都不是配角，凸显政治向度是其社会功能的重要体现，文艺作为政治理念载体和宣教工具的政治功能在纵横捭阖、风云激荡的历史演进中不断被确认和强化，为政权的合法性进行文艺辩护。在文艺生产的国家规划及政策保障下，文艺成了传播社会主义意识形态的大众媒体，文艺创作不断想象和建构国家形象，为社会主义建设鼓与呼。可以说，这一时期的美学发展和文艺生产是国家的“文艺事业”，是中国追求现代性进行现代化建设的一部分，并没有游离于中国自 1840 年以来始自被动继而主动的现代性追求。

文艺生产固然是一种精神生产活动，但作为生产方式之一它必然离不开人、财、物的有效配置。国家规划首先体现在文艺生产的组织方式的体制保障。国家形象需要新的思想和艺术观念来创造和表达，就必须有一个占主导性地位的力量，这个力量必须是以中国共产党为核心的政治集团，在其主导下成立文艺管理机构，仿照政治权力的等级模式建立各级文艺组织，包括文联、作协、美协、音协、剧协和中国电影工作者联谊会等，在行政上受中宣部和文化部领导。创造国家新形象，除对艺术家进行选择，对其所代表的力量给予充分的估计，在体制上须有相应的方式来保证共和国文艺生产和宣传等的顺利进行，这套新的机构和体制是新政权的重要组成部分。以美术创作为例，在中央政府层面由文化部对美术工作担当行政领导，由中国文联、美协组织美术活动，并对美术教育、出版、发行机构进行接管与改造，加上画院、研究机构、展览馆、美协、美术院校、美术出版社和专业杂志等各种文艺团体和文化机构共同构成中华人民共和国的美术生产和宣教体系。这套体系是计划性的，所有单位都要在分工基础上实行合作。在中宣部领导下，文化部主要管理美术院校及美术家的生产和培养，管理群众文化普及和教育工作，其下属单位如群艺馆不仅负责艺术品的收藏，还要组织各种业余文艺活动；文联领导下的美协主要抓专业性美术创作，安排、分配各种创作任务，协调艺术创作中的各种关系；美术出版社和专业杂志在艺术生产中发挥连接生产与宣教的作用，同时承担把党的文艺政策、艺术观念、指导思想和创作原则传达给广大美术工作者的重任，建构传播各种观念、进行艺术争论和讨论的空间。从功能上看，中华人民共和国的艺术创作，不论是文学、电影、戏剧还是美术等，一定意义上都不是单纯个人心志的表达，而是在思想上"教育人民、打击敌人的有力武器"，其在性质上逐渐向社会主义过渡并纯化。有学者指出："进入新中国美术生产体系的艺术家，首先是一个文艺战士，其次才是一个艺术家。作为制度保证，美术机构和美术干部体制必须使广大的文艺工作者严格服从文艺战线的需要。因此，这一体制的整个工作性质是计划性的、全国调配的。它可以在任何时候根据需要安排艺术家去从事与国家意识形态领域相关的工作。"①这时几乎所有人都被纳入体制，几乎所有的文艺工作者不论是来自解放区还是国统区都进入单位，艺术家都被国家养起来了，整个社会都体制化了。一方面文艺机构本身能保障文艺创作、传播活动的正常运转，而不致在某些基本环节停下来；一方面为保证艺术服务社会主义的方向，干部体制发挥了重要作用，它作为艺术家生存所依托的唯一对象，关乎其生存和荣誉。另外，还有一系列审查、奖励和批判手段，来保证艺术创作的方向。

在文学领域有学者指出，第一次文代会是中国当代文学发生的历史和逻辑起点，它确立了文学的领导和被领导关系，制定了文艺方针，颁布了文学政

① 邹跃进：《新中国美术史》，湖南美术出版社 2002 年版，第 8 页。

策，建立了文学机构和组织。它还借助会议报告和个人表态整合并统一了文学观念和思想，进而完成了对文学创作的规范，由此，当代文学进入了一个有计划的管理时代。① 第一次文代会对当代文学的影响有四点：其一，中国现代文学学科最初的建制，得益于“文代会”的推动与指导。其二，当代文艺生产与管理体制的形成，是以“文代会”为发端，并得到最直接的理论支持。其三，20世纪五六十年代的文学史研究和评论，以及整个新的革命的文学观念的普及和推广，都被“文代会”的巨大影响所覆盖。“文代会”所形成的文学话语包括那些基本概念、术语、思维习惯，很快渗透到普通的文化与文艺生活中。其四，“文代会”显示了一个特殊年代对于文学传统的理解力，同时也表现出难以超越的历史局限性。② 中国文联及其作协的干部管理体制保障了文学创作的顺畅和文艺政策的有效贯彻。可见，“十七年”文学是一种服务于国家，由政府来监管的国家文学，文学不再仅被视为是出于个人情趣的一种爱好，而成了关乎国计民生的一项国家的事业。文学的国家化也就是文学的合法化，因而它必然要遵从国家的权力意志。③ 在文艺体制内培养的似乎是一支“文艺部队”，创作的个性化、差异化和超常的想象力受到限制，这一时期的文艺越来越具有国家的色彩，越来越凸显“崇高”的审美风格。

国家规划也体现在文艺家的体制化。当时通过赋予不同类型的文化人以政治资本和象征资本（如名誉、政治级别、生活待遇等），使这些文化人（作家、编剧、演员、画家等）借助体制化迅速提高了政治地位，从社会底层进入新的精英层，在情感上自然乐意接受和认同社会主义意识形态的询唤，由此成功地赢得艺术家政治上的支持，以及艺术上的合作，这契合了共产党政权让人民（底层民众）当家作主的宗旨。通过授予“人民艺术家”称号，实行国家工资制度，把其纳入组织结构改写身份使其自觉真诚地为广大工农兵服务，从而夯

---

① 王本朝：《第一次文代会与中国当代文学的发生》，《广东社会科学》2008年第4期。

② 胡慧翼、温儒敏：《第一次“文代会”与新闻学传统的规范化阐释》，《河北学刊》2008年第5期。

③ 路文彬：《国家的文学——对于1949—1976年中国文学的一种理解》，《文艺争鸣》1999年第4期。

实了国家主流文化价值观传播的支柱，自觉担负起守门人的职责。通过这种支持与合作，各艺术门类都在大众中积极传播新政权的合法性，书写演绎中国共产党历史，建构国家新形象，塑造社会主义新人。通过组织化、体制化，国家规划对艺术家创作具有某种规制，文艺生产不再是此前个体散漫的自由创作，而有了一种文化生产的国家特点，并被整合进一体化话语结构。在此进程中，借助意识形态的力量，而“意识形态不仅仅是一套观念体系，而是渗透和浸润社会生活一切方面的实践性力量和机制，意识形态的作用是维系社会的运作以及保障主体的再生产”①。从而带来文艺生产主体意识和意志的改变，在毛泽东思想中，非常看重因意识和意志的作用而发生的思想和情感以及态度的转变，改变了文化人的意识和意志，也就成功地转变了艺术家的情感立场，再通过社会化改变文艺的生产方式，自然就掌握了文化领导权。这构成“十七年”文艺发展的常态和鲜明特点。

文艺发展的国家规划还体现在对生产资料的控制和调配，在生产资料的社会主义改造完成后，国家几乎掌控了所有文化资源，由国家按编制划拨经费，组织排戏和生产电影赞助艺术创作等，从而实现国家对文化的统制。“十七年”通过对文艺机构和团体的逐渐国有化，主导了整个社会的文艺生产，使文艺生产主体被赋予国家意志，体现鲜明的“党性原则”和国家性质，而呈现组织化、规范化特征。1949 年后，随着中央政府专设戏曲改进局和戏曲改进委员会，中国有史以来第一次在艺术领域，进行了一场政府主导的大规模戏剧改革运动。通过“三改”实现了戏曲组织的机构化、戏曲形式制度化、戏曲内容和创作形式统一化，改变了文艺发展的生态及其权利结构。雕塑有利于展示新政权和新的意识形态，契合国家建构形象，宣扬政治主张和思想观念，重新书写历史，为其合法性进行阐释而获得国家赞助，如人民英雄纪念碑、南昌起义、五四运动、虎门销烟等雕塑体现了国家制作的特点。电影生产在中华人民共和

① 王杰：《中国马克思主义美学的基本问题与理论模式》，载《中英审美现代性的差异》，中央编译出版社 2012 年版，第 10 页。

国成立后由私营完全转向国营，在高度的行政管理体制下，电影可以说是政治性的，政治电影成为主导模式，并创造了中国社会主义政治电影的经典，在1959和1962年前后形成电影创作的两座巅峰。电影创作强调文艺直接歌颂光明面，反映的生活比现实生活更高、更美、更典型、更理想，凸显英雄主义的崇高风格。电影成为一种政治文本，为接受者替代性地虚构出一个主体生存的社会环境，通过叙事策略和语言结构的意识形态化，形象地诠释党和国家的方针政策，经意识形态的询唤，和对历史的重新编码，使电影观众往往主观性地把银幕情景误认为现实世界，从而实现"国家对思维模式进行塑造，将对未来的憧憬附加于大众身上，形成大众自己的思考模式"。为保障电影教化的有效性，题材规划是电影生产的一大特色，"新中国的电影在很大程度上不是由电影制作者而是由负责题材规划的各个权力领导部门创作出来的"，"领导部门按照全面反映政策、配合当时形势的原则制定题材规划，创作人员则按照规定好的题材和主题去寻找人物和事件。在当时特定的情况下，文化现象已被简化为经济、社会或阶级的等同物。这种题材规划和好莱坞式的'样式电影'有着根本的区别，题材规划直接反映的是政府的意识形态，而样式电影是为观众的口味拍摄的"。① 在国家主导下，通过建构"人民文艺"开启了全国范围内新意识形态的传播，歌唱新政权和弘扬社会主义伟大胜利，论证新政权的合法性。因而，这一时期的艺术具有鲜明的社会主义性质，文艺与政治的关系空前密切，文艺体现了为工农兵服务，为5亿农民服务的毛泽东思想。以毛泽东文艺思想和国家的名义来规划文艺生产，确实创造了一些恢宏的艺术作品，尤其是集体创作彰显了国家美学风范，如歌舞剧《东方红》、美术创作《开国大典》、雕塑《人民英雄纪念碑》、大型声乐套曲《长征组歌——红军不怕远征难》、芭蕾舞剧《红色娘子军》《白毛女》等经典，都体现了时代特征和美学特色，追求"崇高"的审美风格。当然在过渡期这种追求是有效的，但在长期和平发展中因文艺和政治距离的消失，使文艺失

① 胡菊彬：《新中国电影意识形态史：1949—1976》，中国广播电视出版社1995年版，第39页。

去独立性，从属于政治，也就使文艺失去创造活力和自由生长空间，自然导致文艺的萎缩。这表明执政党虽从思想上进入建设时期，但在思维和实践中仍有战时的痕迹和惯性。

二、“一体化”话语建构与文艺规制

历史地看，中国共产党自成立就非常重视文化，党的早期领导人都论述过文化的重要性，在革命战争中善于利用文化的影响力。如瞿秋白对大众文艺的重视，毛泽东关于两个战场两支队伍的论述，他们始终把文化视作革命的重要组成部分，以至于抗战中成立“鲁艺”，就是明确看到“艺术——戏剧、音乐、美术、文学是宣传、鼓动与组织群众最有力的武器”。① 中华人民共和国更是把文化统一作为建构文化领导权的基础，使马克思主义成为全社会的指导思想和信仰，以文艺书写革命激情，使“人民文艺”占据道德优势。为掌握文化领导权，革命领袖不仅从宏观上规划国家的文化，还以“社论”等形式亲自领导、指导文化批判运动。历史表明，文化领导权的获得并非与经济、政治霸权的取得同步，即使一个政党掌握了文化领导权，还会有旁落的危险。由于毛泽东深谙文化领导权的重要，格外关心文化建设，其文化思想充溢着大视野、大手笔、大气势。

“十七年”文学在体制框架内展开，在建构高度政治化的一体化话语中演绎着自身的“辉煌”和不足。有研究者指出：文学体制在一个完整的社会系统中具有一些特殊的目标；它发展形成了一种审美的符号，起到反对其他文学实践的边界功能；它宣称某种无限的有效性（这就是一种体制，它决定了在特定时期什么才被视为文学）。这种规范的水平正是这里所限定的体制概念的核

① 文化部党史资料征集委员会：《延安鲁艺回忆录》，光明日报出版社 1992 年版，第 1 页。

心，因为它既决定了生产者的行为模式，又决定了接受者的行为模式。① 文学体制不但对文学发展有规范作用，还承担了掌握文化领导权、发挥主流意识形态规训的功能。文学新格局、新规范、新秩序的建构，既表现为对当时及未来文学发展的规划，也包含对已有的文学历史存在的清理与价值的重新确认。"'十七年'文学思潮的发展过程，首先体现在一系列的文艺运动——批判、斗争的交替更移中。这整个过程，既是社会主义文艺理论建构的实际步骤，也是确立文学新规范、新秩序的重要部分。"② 文学规范的建构离不开一系列革命历史题材的红色经典，如《保卫延安》（杜鹏程）、《红日》（吴强）、《林海雪原》（曲波）、《红旗谱》（梁斌）、《青春之歌》（杨沫）、《战斗的青春》（雪克）、《三家巷》（欧阳山）、《红岩》（罗广斌、杨益言）、《风云初记》（孙犁）等，这些作品承担着以革命形象诠释革命意识形态的叙事功能，具有民族风格、民族气派、为工农兵喜闻乐见的特点，体现了新的历史语境下新文学的追求。这些作品"以对历史'本质'的规范化叙述，为新的社会的真理性作出证明，以具象的方式，推动对历史的既定叙述的合法化，也为处于社会转折期中的民众，提供生活准则和思想依据——是这些小说的主要目的"③。因作家生活经验、艺术想象以及所采用的叙述方式的差别，革命史小说有多种形态：一部分长篇小说继承"史传"传统显现出对历史"本质"的"史诗化"追求；一部分借鉴现代"通俗小说"样式，延续古典的传奇叙事的表现形式和内部构造，通过加入"传奇"因素，将革命历史传奇化，而被称为"革命英雄传奇"。作为一种国家意志的张扬，"这些作品在既定意识形态的规限内讲述既定的历史题材，以达成既定的意识形态目的：它们承担了将刚刚过去的'革命历史'经典化的功能，讲述革命的起源神话、英雄传奇和终极承诺，以此维系当代国人的大希望与大恐惧，证明当代现实的合理性，通过全国范围内的讲述与阅读实践，建构国人在这革命所建立的新秩序中的主

① ［德］彼得·比格尔：《文学体制与现代化》，周宪译，《国外社会科学》1998 年第 4 期。

② 朱栋霖等主编：《中国现代文学史 1917—2000》，北京大学出版社 2007 年版，第 5 页。

③ 洪子诚：《中国当代文学史》，北京大学出版社 1999 年版，第 106 页。

体意识”①。如《林海雪原》充沛的革命英雄主义的豪迈情感及传奇色彩，使读者油然而生对国家的崇敬感，以此实现对大众的询唤。通过对民族国家想象和国家蓝图的建构，“革命”意识被植入广大民众思想中，建构起与现代民族国家的关联，实现对国家的现代化想象。这些小说多以民族艺术形式注入政治内涵，歌颂英雄领导群众进行阶级斗争，强化民族性、政治性向度，而弱化文学性和艺术性价值。被称为大革命前后农民革命运动壮丽史诗的《红旗谱》，以恢宏的气势，史诗化的审美质素再现了波澜壮阔的革命斗争史，昭示出：“中国农民只有在共产党的领导下，才能更好地团结起来，战胜阶级敌人，解放自己”②。小说不仅描写了“壮阔的农民革命的历史图画”，还塑造了“高大、完美”的农民英雄朱老忠的形象，这种史诗性使其成为“革命历史的审美化见证”③。这些作品在叙事上把民间叙事与政治话语相结合、宏大叙事与民族艺术形式相结合，在审美风格上追求“崇高”，文艺的政治教化意味明显。

中华人民共和国美术有别于旧美术体现为对国家视觉形象的建构，是以视觉形象的方式，理解、认识和表达国家形象，实现意识形态的询唤。有学者指出：“在新中国的历史中，美术创造在总体上是围绕着执政的中国共产党对新中国的认识、理解和希望的维度开展的。”④只不过新美术延续了“延安传统”，它之于国家形象是中国共产党自觉、主动参与建构，以国家力量动员艺术家为创造共和国形象服务，必然存在一个指导思想、艺术观念、创作手法及其研究模式的转型，在否定过去中融入新的艺术生产体系。典型做法是“深入生活”（所谓“生活”是指工农兵的生活）参加生产和劳动实践。从某种意义上讲，“新国画”关联于中华人民共和国的成立，是特定身份的艺术家在特定历史条件下的一种心态表达，即对国家的一种认同。尽管中华人民共和国成立初期多方美术力量的会聚和重组隐藏着未来的斗争和冲突，但此后的美术创作，毛泽东文

① 黄子平：《革命·历史·小说》，牛津大学出版社（香港）1996年版，第2页。

② 梁斌：《漫谈〈红旗谱〉的创作》，《人民文学》1959年第6期。

③ 雷达：《〈红旗谱〉为什么活着》，《文艺报》2010年7月7日。

④ 邹跃进：《新中国美术史》，湖南美术出版社2002年版，“前言”第1页。

艺思想处于绝对主导地位，是“十七年”美术的一个新的也是最重要的发展阶段。在毛泽东文艺思想指导下，通过一体化的艺术体制，才逐渐完成毛泽东的社会理想和社会主义国家的形象建构，在这一历史过程中，诞生了一批“红色经典”的美术作品。① 毛泽东关于社会主义国家的理想，在美术领域得到完美的形象表达。李可染等艺术家不仅在绘画中表现“红色山水”，还深受毛泽东诗词境界的感染，创作了一系列毛泽东诗意山水画，以及“革命圣地山水”的题材作品。在20世纪五六十年代，山水、花鸟画向毛泽东诗意的转换以及对描绘社会主义新农村的推崇，特别是人物画对现实生活的赞美，对广大劳动人民的歌颂，对社会主义国家形象的肯定性描绘，都在价值诉求上切合了一种文化领导权的逻辑走向。在电影领域，中华人民共和国电影不同于旧电影，在性质上从娱乐、教化、启蒙等多功能的混合转向了以政治功能为主导，担负意识形态教化的新艺术形式，站在党的立场重新书写中国历史乃至人类历史，阐释中国社会的走向，完成大众对自我的身份建构和对新生共和国的认同，在传播上从以城市市民为主要对象的流行文化转向以“无产阶级”和“劳动人民”为主体的政治文化。在此背景下，“十七年”间电影工作者创作了电影《桥》（王滨、于敏编导，1949年）、《白毛女》（王滨、水华导演，1950年）、《南征北战》（成荫、汤晓丹、萧郎导演，1952年）、《董存瑞》（郭维导演，1955年）、《祝福》（桑弧导演，1956年）、《林则徐》（郑君里、岑范导演，1959年）、《林家铺子》（水华导演，1959年）、《青春之歌》（崔嵬、陈怀皑导演，1959年）、《红旗谱》（凌子风导演，1960年）、《红色娘子军》（谢晋导演，1961年）、《甲午风云》（林农导演，1962年）、《李双双》（鲁韧导演，1962年）、《小兵张嘎》（崔嵬、欧阳红樱导演，1963年）、《早春二月》（谢铁骊导演，1963年）、《英雄儿女》（武兆堤导演，1964年）、《舞台姐妹》（谢晋导演，1965年）等一批红色经典。这些影像话语生产遵循的不仅是艺术规律，政治标准成为文艺生产和文化管理的首要标准，凸显学术的实用性，应和意识形态的教化要求，中华人民共和国

① 邹跃进：《新中国美术史》，湖南美术出版社2002年版，“前言”第2页。

电影在美学精神上割断了与民国时期电影艺术多元化追求的联系，并在与旧传统对立基础上确立了新美学原则，不断强化电影作为国家意识形态的手段和对象，把广大民众纳入一种国家规范的道德意识和政治意识中，在政治与艺术、时代要求与传统继承的夹缝中书写了自身的辉煌。虽然不同艺术家所处的社会地位和政治文化观点不同，影片所表现的内容和产生的效应有很大差距，但都凸显社会功利性。"十七年"中几乎所有的艺术创作都不只是艺术家的个性张扬，更是时代或群体乃至政治的意志使然，至少是某种集体潜意识的流露。电影作为艺术家参与社会政治化现实的一种方式，其高度的社会责任感显现为影片中强烈的现实性与时代感，着重表现政治气氛和时代脉搏，积极地为电影观众重述历史。这种强烈的国家意志源自时代氛围和发自艺术家内心的激情，以及当时普遍的社会心理。许多艺术家努力寻求政治与艺术的平衡，所谓平衡也就是让影片更"艺术"一些，润色主题先行下的艺术感觉，以技巧雕琢电影画面等。电影艺术家对社会主义现实主义创作原则的实践，以其独有的美学诉求服务于国家意识形态，使观众最大程度地认同影片内容，唤起民族自信心、自豪感，以及建设家园的热情，对坚定和巩固党的政治领导地位发挥了无可替代的作用，这种强大的社会整合力确立了电影在"十七年"间中国文艺舞台上的核心地位。

从艺术性来看，音乐是最应远离意识形态属性的艺术形态，但共和国展示的新气象，使全国人民沉浸在当家作主的欢乐气氛中。受其鼓舞，广大音乐家迸发出"为新中国放声歌唱"的高涨热情，以充沛的创作激情与灵感，在歌曲、歌剧、管弦乐、室内乐、民族器乐等不同音乐门类里都创作出大批优秀作品。受时代熏染，很多作品有着意识形态的颂歌意味，特别是群众歌曲创作成为这一时期的特色和主旋律。这从当时某些获奖作品，如《歌唱祖国》《全世界人民一条心》《中国人民志愿军战歌》《我是一个兵》《王大妈要和平》《草原上升起不落的太阳》《小鸽子》《歌唱二郎山》中，可见一斑。这些歌曲或抒情，或叙事，或歌颂，都有"崇高"的美学追求。从内容上看，作品主要反映中国人民当家作主的无比自豪、乐观奋进的时代情绪，洋溢着翻身得解放的喜悦和主人翁的豪情；从体裁上看，主要以中小型的声乐作品和器乐曲为主，革命群众歌曲在音乐生活中占主导地位，标题性成为器乐曲创作普遍追求的美学原则；在创作技法上，主要借鉴欧洲古典派、浪漫派和民族乐派创作手法，自觉探索与民间旋律、民族调式结合的有机性，纵向结构上以主调音乐为主，讲究旋律的线性之美，和声简洁，出现不少既有浓郁民族风格，又有鲜明时代特色的优秀作品；在审美风格上凸显“崇高”，以歌颂性、战斗性和风俗性题材居多，虽情感充沛、煽情有余，但题材不够丰富、展示的生活画面不够宽广、缺乏历史深度。

总体上看，“十七年”文艺基本上被纳入一体化话语结构，呈现出一体化的特性。洪子诚甚至认为，一体化是当代文学的本质。首先，它指的是文学的演化过程，一种文学形态，如何“演化”位居绝对支配状态，甚至几乎是唯一的文学形态。其次，“一体化”指的是这一时期文学组织方式、生产方式的特征。包括文学机构、文学报刊，写作、出版、传播、阅读、评价等环节高度的“一体化”组织方式，和因此建立起来的高度组织化的文学世界。再次，“一体化”又是这个时期文学形态的主要特征。这个特征，表现为题材、主题、艺术风格、方法等的趋同倾向。① 中华人民共和国文艺发展的规划，使“十七年”在美学上成为意识形态与审美活动现实感距离最小的时代，也是社会主义意识形态与社会主流文化价值观缝隙最小的时期。杂糅多元的价值诉求与艺术多样化的文艺形态，最终在政治挂帅的框架下，伴随马克思主义美学在学术研究中主导地位的确立，有着不同表情的文艺形态不断聚焦“人民文艺”的建构，在风格上不断趋向崇高。可以说，“十七年”文艺发展几乎是配合政治逻辑展开，那些激情澎湃的作品大多遵循政治逻辑。因着时代的际遇，意识形态的规训，对文化的整合和改造，及对现实文化的询唤，在凸显文艺的政治向度时使政治文化与文化政治在很大程度上处于共鸣状态。“‘文艺为政治服务’的观念在‘十七年’文学创作中得到强化和系统化，在描写革命历史题材的作者那里，

① 洪子诚：《问题与方法》，生活·读书·新知三联书店 2002 年版，第 188 页。

更有一种圣洁的仰视和庄严的使命，他们唯恐歪曲了历史，损害了英雄的形象；唯恐减低了作品的教育意义。”[①]“十七年”文艺作为共和国精神发展的主要形式，清晰地烙上了时代政治的印记，诠释新政权的合法性，书写民族战争的历程及其伟大胜利，在新生政权的意识形态询唤下愈加趋向话语的一体化。其在一定程度上保障了意识形态的有效性，培养了一批文艺新人，并赋予其政治资本，在统一文化基础上巩固了党的文化领导权。这种对文化人的精神意识及其文艺观念的重塑，强化对意识形态的认同，对共产主义的信仰，使文艺在发展中不断凸显人民美学的价值取向，及对崇高风格的追求。

三、历史的反思与现实的期望

在毛泽东的社会主义发展规划中，主要利用马克思主义经济基础与上层建筑辩证关系的原理，试图通过建构“新文化”来创建“新社会”“新中国”和“新生活”。在其构想中，“新中国”是一个纯粹的、政治化的、道德化的世界，而“新文化”也在不断追求纯粹、净化、透明的境界。可以说，在毛泽东文艺思想指引和国家规划下，共和国艺术的发展方向一直牢牢掌握在毛泽东的思想和观念中。实现“纯洁”就要依靠集体生产、“改编”创作，以组织化、体制化方式发挥意识形态对文艺最大程度的整合，从而最大限度地建构和巩固党的文化领导权。如作为新文化的“新歌剧”创作，就是文艺工作者用无产阶级政党的意识形态对民间/民族传统戏曲的现代性开发和改造的典范，是建构党的文化领导权的重要手段，其主要特性是文艺的政治化和政治的美学化。这造成了戏剧的情节封闭、性格扁平、冲突简单对立、语言直白、直露甚至空洞，具有缺失文学性、个性化程度不高等弊病。在歌剧的真实性、政治性和艺术性三者

① 孔范今主编：《二十世纪文学史》，山东文艺出版社1997年版，第1016页。

关系上，真实性品格被政治性要求所压抑和统一，而艺术性也被统一于政治性要求。结果：其一，是真实性的匮乏和思想主题的单义性，表现为多“歌颂”，少甚至无“揭露”“批评”；多“喜剧”而少或无悲剧，回避和粉饰现实。其二，在文艺日益政治化、政策化，阶级斗争意识日益激进的环境中，艺术探索无法在开放、平和的语境和心境中从容展开。可见，以“纯洁”为目标去诉求纯粹、净化、透明的无杂质的道德世界，很难容忍原生态生活的复杂性、多面性和混沌性，不能接纳人情、人性的常态存在，不允许人道主义、洋派风格的自由生长和肆意蔓延，终致新文化发展陷入“乌托邦的幻象”。

“十七年”逐步确立了马克思主义美学研究的主导地位，在苏联美学话语的影响下，建构了认识论基础上的反映论美学研究范式，在艺术生产上主要运用社会主义现实主义和“两结合”创作方法塑造一系列典型形象。尽管“美学大讨论”中形成四种代表性的学术观点，但研究范式和哲学基础的同构性，使不同艺术门类在创作原则和审美风格上有同质化倾向，从而形成主导性的“人民文艺”和崇高的审美风格。这一时期，“人民美学”和国家主义的价值取向对文艺发展有某种规约，不同程度地影响了各门类艺术的存在形态，体现出文艺创作的实用理性和狂热的政治激情的结合，呈现出阶级斗争的二元对立思维模式的普泛化，以及民族主义、爱国主义热情的膨胀，对西方文化及其思想观念全面排斥，对待传统文化的某种虚无主义倾向。相应于当时“美学大讨论”中的美学研究的偏狭，尽管有一批红色经典，但这一时期的文艺生产除了受到苏联日丹诺夫式的文艺的影响，基本上都是在相对封闭的环境下完成的。如当时深受大众喜爱的电影就是在封闭系统内运行，而脱出了世界电影发展主潮，如法国的“新浪潮”运动、新德国电影、以黑泽明导演为代表的日本电影，以及意大利的新现实主义等，这些现代主义思潮（表现手法）被作为资本主义的产物遭到拒绝和排斥。对中国电影产生重要影响的是苏联社会主义现实主义影片，主要是苏联蒙太奇学派的对立冲突观念，和日丹诺夫式的“党性原则”及政治功利主义理论，好莱坞电影只能作为供内部观摩批判使用。有学者指出：“为了强调政治的优越性而强调新生文化的优越性，而为了强调新生文化的优越性，就要排斥其他文化……这样我国电影在世界电影从传统时期向现代电影转变过程中未能同步，与世界电影在技术和艺术观念上越来越疏远，中国电影逐渐走向了封闭自足。”① 这与“中国美学”的理论建构几乎异曲同工，其研究范式是在“美学在中国”的苏式审美话语膨胀和压抑西方美学话语中形成的。这一时期的美学研究与文艺实践的互动、审美观念与艺术体验之间的复杂关联，演绎了一幅色彩斑斓又有着同质化底色的美学画卷。

中华人民共和国成立初期的现实国情和毛泽东的思想意识决定了“十七年”文艺在创作上主要趋于普及，在“为政治服务”的方针指导下，文艺拨弄了时代的政治琴弦。文艺作为无产阶级革命宣传机器上的“齿轮”和“螺丝钉”，要用艺术的审美方式去塑造革命传统，以史诗般的庞大气魄感染和凝聚新一代中国人对现代政治革命理念的价值认同。通过讲述“革命故事”论证新的现实秩序的合法性，解决“我们从哪里来”；通过现实题材（工业题材、农业题材）作品解决“我们是谁”和“我们向哪里去”，即通过主体本质的构建来确立现实意义秩序。革命战争题材、当代农村题材、名著改编影片、反特片是最具时代特色的主流电影。其中，革命历史题材片超过百部，居各类题材之首，从风格样式上大致分三类：英雄成长片、革命战争 / 斗争片、史诗传奇片。在主导性的英雄成长类型中，对英雄形象的刻画取代了情节设计，性格冲突取代了事件冲突，过度关注形象塑造，导致部分国产电影忽视情节，出现拖沓、人物造型僵化的弊端。不仅电影创作充斥着意识形态教化意味，电影批评和学术研究也愈加政治化，以政治标准为主要或唯一的批评标准，注重思想内容、社会内容评价，缺乏美学批评，尤其缺少电影美学分析，用政治斗争话语取代学术批评分析，成为当时文艺批评的主要方式。在“走群众路线”“文艺为工农兵服务”的口号下，似乎电影的主要职责是政治教化，而不是娱乐观众。电影阐释的是“没有共产党就没有新中国”的历史法则，叙述的是“只有社会主义能够救中国”的宏大主题，既歌颂现实社会的光明，也为大众勾勒一个将要出现的完美

① 尹鸿等：《新中国电影史》，湖南美术出版社 2002 年版，第 22 页。

世界，唤起大众对新生活的渴望和向往。同时，迎合没受过教育的大众欣赏口味，以通俗易懂、喜闻乐见的形式描绘充满乐观主义的故事和美好生活，使工农兵得到精神的愉悦和满足，既满足他们的自我投射欲望——一种从作品中看到自我形象的光荣感，又使他们忘掉现实的忧愁和艰难，从而勇敢坚定地走向未来。

"十七年"文艺大多成为"国家建构过程中的一个关键手段，是现代中国民族国家中不可缺少的文化纽带，是中国民族主义的一个基本政治因素"。在此进程中，"既包含一套特殊意义的生产与分配，也试图抑制或阻止其他意义的潜在扩展。它总是被利用来作为文化——经济抵抗的策略，以及在面对国际控制时主张民族自治的手段"。① 文艺的民族认同强化了政治与艺术的关联，无论是影片讲述的故事或对这些故事的讲述，都是讲述故事的那个时代的最形象的铭记，当再度审读这些影像时，依旧令人心潮澎湃，为时代精神所感染和激励！"十七年"文艺担当了意识形态对公民的询唤功能，以其艺术的探索创作出有民族风格、形态多样的作品，即使是表现革命史的正剧，也以抒情性、叙事性和戏剧性的完美结合展现"十七年"文艺的水平，成为大众记忆中难以磨灭的红色经典。不可否认，"十七年"文艺有高度的政治性，但这不仅是权力意志的体现和意识形态教化的需要，更是当时社会情境下人民群众的政治期待。在毛泽东文艺思想的强有力领导下，特定历史时期和时代际遇，使社会主义意识形态与社会主流文化价值观处于共鸣状态，使二者之间的缝隙弥合和落差成为最小的时期。在发挥鼓与呼的功能中，文艺与政治的关系愈加密切，这种关系不应仅被理解为政党对艺术的利用和改造，也是文艺深刻复杂的文化内涵的体现。

当时，在贯彻"双百"方针中，戏剧还提出了"推陈出新"的发展观。二者之间的价值取向有一定错位，"百花齐放"意味着政府要营造一个艺术发展的自由宽松环境，在提供适当规范与引导的前提下，让民众根据自己的艺术欣

① 鲁晓鹏：《文化·镜像·诗学》，天津人民出版社2002年版，第67页。

赏趣味与需求自由选择，体现了对艺术多样性的发展规律的尊重；而为"推陈出新"进行"戏改"则是政府的直接行为，是政府权力对文化领域的干预，试图直接向民众提供符合政府意志的作品，以改变大众欣赏趣味。随戏改出现的经改编的一些传统剧和创作剧目，确实受到当时民众的喜爱，它们在艺术上的成就，也一直为后人称道。① 这一定程度上体现了五四新文化运动的革命理想，得到很多激进知识分子的认同。但随之出现的后果即"演出剧目贫乏"问题始终未解决，有论者反思："戏剧事业在整体上是否符合戏改的理想目标，仿佛并不是戏剧繁荣的标志而且恰相反。换言之，尽管20世纪初以来两代文化人坚信的文化与审美理想，在20世纪50年代以后的戏改历程中出人意料地成为主流意识形态，它所导致的最终结果，却远不像倡导者们当年想象的那样美好。十分接近于激进主义审美理想的戏改，不仅没有实现使中国戏剧脱胎换骨成为一种新的、更有生命力和更繁荣的艺术样式的初衷，反而导致它丧失了自身生存发展的动力，并且不可遏止地落向衰亡，这样的结果，肯定是知识分子们始料未及的"②。从意识形态的规训看，戏改是当时文化改造的一部分，它不仅"改戏"，还"改人""改制"，把戏剧纳入一个控制严密的社会梯级结构中，以硬性的文化制度使其担当传播社会主义意识形态的使命。其实，如何"改戏"体现了对待文化传统的态度。1956年8月24日，毛泽东在会见中国音乐家协会负责人时，曾明确谈道："中国的语言、音乐、绘画，都有它自己的规律。过去说中国画不好的，无非是没有把自己的东西研究透，以为必须用西洋的画法。当然也可以先学外国的东西再来搞中国的东西，但是中国的东西有它自己的规律。""应该是越搞越中国化，而不是越搞越洋化。"③1955年，周扬在中国美术家协会全国理事会第二次全体会议上讲话时，曾指出："必须反对两种偏向，一是对待遗产的虚无主义，一是保守主义。""目前主要应反对虚无主义倾向，同时在一些画家，特别是国画家中间，也应反对保守主义倾

① 张庚主编：《当代中国戏曲》，当代中国出版社1994年版，第48页。

② 傅谨：《"戏改"与美学的意识形态化》，《文学前沿》第3辑，首都师范大学出版社2000年版。

③ 金铁宽主编：《中华人民共和国教育大事记》第1卷，山东教育出版社1995年版，第354页。

向。”[①]这一时期虽确立了社会主义革命文艺的主导地位，但一些追求“资产阶级现代性”文艺思想与美学的作品依然隐约可见。在短暂的“百花时代”，出现过文艺审美的多样性，显示了一种普世主义的民主、自由价值观的强大生命力。一些描写人性、人情的小说，展示了“人”的情感世界和精神生活的丰富，呈现出“非英雄化”的倾向，这些作品以青春的激情和干预生活的勇气表明了文学的“人学”本质，在“一体化”话语缝隙中，闪现出文艺审美之光。如王蒙的《组织部新来的青年人》、萧也牧的《我们夫妇之间》、路翎的《洼地上的“战役”》等作品。但这些作品只是“十七年”文学创作的潜流，在文学整体性的单一色彩上涂抹了一些斑斓。针对“十七年”文学形成过程中向来被忽视的历史扭结，有学者揭示出：“尽管1949年以来文学界领导反复、强调小说创作为现实的政治斗争服务，甚至倡导小说创作要配合某一时期的政策，而且总的文学倾向也大致环绕着政治运行，但是仔细考察就会发现，‘十七年’小说与古今中外文学传统依然保持着密切联系，并非横空出世般的‘无产阶级文学’。”[②]可见，文艺发展要以尊重艺术发展规律为前提，否则，只能使文艺脱离世俗常情而被架空。

“无戏可看”既透露出多元审美需求被歪曲为单一审美理想的强制性，民众审美意愿的自由表达空间比较小，缺少自主的审美选择；也揭示出对待民族文化遗产的某种倾向，忽略了传承与发展及其文化土壤的培育。把戏剧演出完全纳入国家意识形态宣教系统，凸显其政治向度，虽然符合政治理想，但忽视戏剧生存的土壤——戏剧演出在根本上既是一个拥有数十万从业人员的特殊行业，又关联与民众的日常文化娱乐。过于“纯洁”不染尘俗而单调的“新剧目”，自然无法激发民众欣赏的兴趣，难以实现繁荣戏剧的目标，市场的凋敝，难以通过演出收入维持艺人的生活，这造成作为一个特殊行业的戏剧演出活动严重衰退。“因之，由单一的、意识形态化的美学理想统揽一切的艺术制度，注定

① 原魁英等：《回顾美术战线上的思想斗争》，《美术研究》1959年第2期。

② 董之林：《旧梦新知：“十七年”小说论稿》，广西师范大学出版社2004年版，第16页。

无法通过政府、文化人、民众三方互动，建立通过不同社会阶层的审美趣味与理想的妥协，以维持艺术与审美整体上多元的均衡。"① 如新歌剧发展到极致，蜕变为激进主义思潮和政治道德化的极端，割裂了左翼戏剧表达人性、人情的传统。艺术只有与社会各阶层多元的审美趣味形成良性互动，以它自然而非人为设定的方式生存、发展，实现多元共存才是一个时代和一个艺术门类保持活力的必要前提。事实上，因对现实生活题材的抑制，古代题材创作倒有了更多自由想象和发挥才能的空间。这个期间，以田汉、郭沫若、曹禺、丁西林等老一辈作家的新编历史剧成绩斐然。田汉的《关汉卿》（1958 年）、《文成公主》，郭沫若的《蔡文姬》(1959 年)、《武则天》(1960 年)，曹禺的《胆剑篇》(1961 年)，丁西林的《孟丽君》（1961 年）等是这一时期的代表作。虽然这些作品多是顺应形势或为某些活动而进行的"命题创作"，创作初衷多是"古为今用"，人物性格、情节设计通常是对时代政治动向的某种呼应，但历史叙事与现实的时空距离毕竟给作家的艺术创作提供了延伸和拓展的可能性，无论是题材选取、剧情结构、人物塑造还是语言运用，与现实题材的剧作相比，历史剧表现出较强的创作个性和主体精神。如《关汉卿》就带有作者田汉自况的意味，表现出对知识分子自由精神的揄扬，传递了新潮文化的信息。尽管有历史题材的"保护色"，但这些历史剧仍存在过于完美、过多颂扬之词的瑕疵，表明所谓的"客观"历史事件也会随着政治局面的变化而变幻莫测。

今天看来，"十七年"文化领导权的建构不是通过激励创新、艺术创造及其表现形式的多样化和欣赏的多层次性，而是经倡导文艺普及化，把创作主体的复杂性这个现代性的核心问题简单化为与工农兵大众相结合，以及一定程度上"双百"方针的贯彻实施等来实现的。这种文化领导权"不是通过技术的进步导致审美模式的变化来实现，而是通过对艺术家情感和内心世界的改造和进步来实现的，也就是说，主要是通过价值观和意志的转变来实现的"②。在毛泽

① 傅谨：《"戏改"与美学的意识形态化》，《文学前沿》第 3 辑，首都师范大学出版社 2000 年版。

② 王杰：《中国马克思主义美学的基本问题与理论模式》，载《中英审美现代性的差异》，中央编译出版社 2012 年版，第 8 页。

东的思想观念中，文艺领导权就是要通过转变艺术家的情感立场和文学艺术的生产方式来实现。因中国现代化的晚发和输入特征及其本土问题的复杂性，“十七年”文艺不是作为审美现代性的批判力量，而成为推动社会变迁和为人民服务的上层建筑的现代性驱动力，形成有时代特色的政治性与审美合理性之间的矛盾。反观“十七年”艺术的发展，虽然以国家体制支撑的“人民美学”以其高远的审美理想成为时代强音，成为时代主导性的美学理念，可它一旦成为全社会居于统治地位的审美规制，无疑会忽视个体的人的创作自由和艺术自主，即使它看起来很美妙，如何“高大上”，在美学上看似合乎逻辑，仍有可能导致艺术的衰亡。历史地看，“十七年”文艺在政治向度上强化了历史理性的合理性，表现为对新政权的歌颂和合法性的艺术辩护上。但是在对艺术的人文维度及其人性理解的深度上开掘不够，停留在生活的表层掩盖了深层次的复杂性而显得比较肤浅，凸显了现实的合理性，而忽视了更为真实的某些细节、弱者和不同心灵心态下的体验和遭遇，进而遮蔽了在“宏大话语”下的“小”的感受。也就是说在历史理性和人文关怀之间的张力被撑破了，“理性”过于强大了，“人文”弱小得以致发不出声音。因此，在艺术创造上，“十七年”文艺的张力失度了，仅有一些微光，在新政权的建构过程中，只是对期间的复杂性做了简单化处理——歌颂、凸显政治向度。事实上，只有以艺术逼近生活的真实和复杂性，才能达到艺术的真实，给人以心灵的震撼，和祈向文学的理想。实践表明，生活的真实一定会折射出一些悖论的东西，只有抓住悖论才会洞察生活的本真状态，才会生成文学的亮点，这是新文学的经验也是历史的教训。今天压抑文学创造性的可能不再是政治强权，而是经济霸权，文学有可能再度“失据”而成为市场的奴隶，这正是很多人士所担忧的，对此我们要始终睁开双眼保持一种警觉。此外，具有历史性本质内涵的所谓“人民美学”观，不仅要注重集合性名词的“民”，更要关注到作为词干的“人”，人民之“人”应是每一个自主自由的解放的个体组成的集合，是一个内涵丰富的复合名词，而不是一个抽象的集合名词。今天，“以人为本”的执政理念和“五位一体”的现代化事业总体布局，使我们看到了在尊重“个体的人”的基础上的进步和文化生产力的解放。

在当下大众文化流行、数字化技术日新月异、经济全球化愈益深入的语境下，文艺的观念及其生产和传播、消费方式的变化，都会给文化领导权的建构带来挑战，在威廉斯所谓的创生文化、主流文化和剩余文化的博弈中，都有可能出现文化领导权旁落的危险。历史经验表明，实行文化统制并不能保证文化领导权的一劳永逸。相反，政府统制文化的权力过强会导致政府和文化双输。控制太强文化会丧失独立性，甚至禁锢文化生长，使文化空间被政治挤压而沦为附庸，其极端化就是“文化大革命”期间“八亿人民八部样板戏”的文化困境。同时，使大部分文化单位和人养成对政府的依赖，使文化成为非自主空间，缺乏创新动力和刺激，形成文化的僵化和体制内的运转失灵，这是文化体制改革前的状态。21 世纪以来，在全球化日益深入的语境下，文化建设早已从革命运动转变为稳定有序的发展，意识形态工作也由此前的思想阵地转向日益开放的文化市场，在文化制度建构上不仅从改革开放前的文化统制转向科学的文化管理，更要在不断提高文化开放水平中实现国家文化治理的现代化，这是时代的新课题。

苏式美学话语的膨胀及美学研究的偏狭

——“十七年”时期美学思想研究之四

1949年中华人民共和国成立后，中国共产党在思想文化和意识形态领域的主要任务是确立党的文化领导权，确立马克思主义、毛泽东思想的指导地位，建构社会主义意识形态和价值体系。思想文化领域的几次大批判，就是对知识分子思想的改造和主流意识形态的一种询唤。藉此马克思主义成为意识形态的指导思想，马克思主义美学逐步取得美学研究领域的主导地位。在此进程中，苏式美学话语及其研究范式的全面输入，不仅成为这一时期“美学在中国”的主导性内容，还以其苏式审美话语的霸权式膨胀极大地推动了“中国的美学”的建构，并以压倒性话语优势构成其底色和时代特色。“一边倒”的外交政策和国内的一系列思想改造运动，使苏式美学话语具有了全国性的话语生产机制，成为建构“中国的美学”的唯一有效的合法性资源，并在美学研究领域取得话语优势。这一时期的美学学科建设，“苏式美学话语体系及其研究范式”逐渐挤压遮蔽“西方美学话语体系及其研究范式”，不仅抑制了西方美学话语在美学学科建构中的合法性，还因研究视野狭隘和方法陈旧，使原本丰富多彩的美学研究被窄化为哲学认识论基础上的“反映论美学”，简单化为“主观—客观”“唯物—唯心”的贴标签过程，终因学理性缺失造成“中国的美学”研究的偏狭。

一、苏式美学话语和研究范式的全面输入

美学作为一门现代学科，原本是西方文化的产物。在20世纪初经由日本传到中国，尽管有王国维、梁启超、蔡元培等大家的极力倡导和学术实践，但对中华人民共和国成立初期的大多数人来讲，还是陌生的，要从马克思主义美学立场对资产阶级唯心主义美学进行批判，就必须有一种知识上的积累和研究范式的借鉴。国际风云的变动不居和国内主流意识形态的建构需求，使学界把寻求资源的目光聚焦到了同为社会主义国家的苏联，此时作为“老大哥”的苏联正开展关于“美的本质”问题的激辩。国际形势的战略格局迫使我国采取“一边倒”的外交政策，即全面倒向苏联。在普遍“向苏联学习”的政治文化语境下，苏式美学话语体系和研究资料以种种不同的形式源源不断地被引进国内，既作为学术资源参与“中国的美学”的知识建构，也作为思想资源参与了五六十年代的“美学大讨论”，致使苏式马克思主义美学在中国美学研究中占据压倒性的话语优势。

通过对“十七年”时期美学思想史的审读，可以发现苏式美学话语及其体系是影响中国美学本土建构的重要思想资源。就连“美学大讨论”的发生，也有学者认为是“苏式马克思主义哲学的美学说明”,① 是为了在意识形态领域逐步确立苏联马克思主义话语体系主导地位的必然。仔细洞察，可以发现不论是苏联“自然派”美学提出的“美是客观的”思想，还是“社会派”基于马克思《1844年经济学哲学手稿》“自然人化”观提出的“美是客观的”，在“人类社会历史的实践关系”中形成的观点，都在中国美学研究和大讨论中有着即刻直观的反应。当时的学人更是有着自觉，如朱光潜先生所言：“我们现在建设美学，必须从马列主义哲学的基础出发；而从马列主义哲学基础出发，必须以苏

① 赵士林：《对“美学热”的重新审视》，《文艺争鸣》2005年第6期。

联为师”，“边讨论，边学习，边建立，这是我们今后美学工作的道路”。① 在有意识引进和自觉学习的背景下，国内的报刊都辟有“学术动态”专栏来及时通报苏联美学研究动态。1956 年及之后，苏联《真理报》《文学报》《哲学问题》等杂志刊登的各种有代表性的讨论文章，都逐渐被介绍进国内。如《学习译丛》1956 年 10 月号刊载的《关于马克思列宁主义美学对象的讨论》，《文艺理论译丛》1956 年第一辑刊载的特罗非莫夫的《马克思列宁主义美学原则》，《美术》1956 年第 12 期发表了《苏联美术界展开学术讨论》，《学术月刊》在 1957 年的发刊号中发表了司马舒的《苏联美学问题讨论简况》等文章。除了介绍文章和研究信息，还有大量的国外美学文艺学资料涌入，出现了一些重要的译丛和文选，如创始于 1959 年的《外国文艺理论丛书》（计出版 19 种）和《马克思主义文艺理论丛书》（计出版 11 种）。创办于 1957 年的《文艺理论译丛》（到 1965 年出版 17 期），伍蠡甫主编的《西方文论选》上下卷，也在 1963 和 1964 年组织专家编写完成。重要的翻译作品，还有朱光潜翻译的黑格尔《美学》三大卷和宗白华翻译的康德《判断力批判》上册。此外，克林兼德的《马克思主义与现代艺术》（未知译，生活 · 读书 · 新知三联书店 1951 年版），列斐伏尔的《美学概论》（杨成寅、姚岳山译，朝花美术出版社 1957 年版），鲍桑葵的《美学三讲》（周煦良译，人民文学出版社 1965 年版），以及贺麟翻译的《1844 年经济学哲学手稿》的最后一章《黑格尔辩证法和哲学一般的批判》的单行本，也由人民出版社 1955 年出版。在众多翻译资料中，苏式美学话语占据压倒性优势。不仅出版了马克思、恩格斯、列宁等人关于马克思主义文艺问题的经典论述，如《马克思恩格斯论文学与艺术》（J. 弗莱维勒编选，王道乾译，平明出版社 1951 年版）、《马克思恩格斯列宁斯大林论文艺》（曹葆华译，人民出版社 1951 年版）、米 · 里夫希茨编的《马克思恩格斯论艺术》（四卷本，曹葆华译，人民文学出版社 1960—1966 年版）、索洛维耶夫编的《马克思恩格斯论文学》（曹葆华译，中国人民大学出版社 1962 年版）、列宁的《党的组织和党的

① 朱光潜：《把美学建设得更美！》，《文汇报》1959 年 10 月 1 日。

文学》（司徒真译，新潮书店 1950 年版）、《论托尔斯泰》（林华译，北京中外出版社 1952 年版；立华译，五十年代出版社 1953 年版）、克拉斯诺娃编的《列宁论文学》（曹葆华译，人民文学出版社 1959 年版）、《列宁论文学与艺术》（两卷本，人民文学出版社 1960 年版）；等等。另外，《别林斯基论文学》（梁真译，新文艺出版社 1958 年版）、《车尔尼雪夫斯基论文学》（辛未艾译，新文艺出版社 1956 年版）、《生活与美学》（周扬译，人民文学出版社 1957 年版）、杜勃罗留波夫的《文学论文选》（辛未艾译，第一卷：新文艺出版社 1954 年版；第二卷：上海文艺出版社 1959 年版）、《赫尔岑论文学》（辛未艾译，上海文艺出版社 1962 年版）等著作都在中国产生广泛影响，成为美学和文艺研究的重要内容。此外，普列汉诺夫（《论艺术（没有地址的信）》，生活·读书·新知三联书店 1964 年版）、高尔基（《苏联的文学》，曹葆华译，东北书店 1949 年版；《俄国文学史》，缪灵珠译，新文艺出版社 1956 年版；《文学论文选》，孟昌、曹葆华译，人民文学出版社 1958 年版；《文学书简》，曹葆华、渠建明译，人民文学出版社 1962 年版）、托洛茨基、卢那察尔斯基、波格丹诺夫等人的马克思主义文艺理论著述，经过系统的翻译和有意识的推介，均在中国学界产生了巨大影响。

一方面，是大量输入；另一方面，是基于国内形势的有意识“挪用”。早在 1950 年 3 月由周扬选编的《马克思主义与文艺》就进行了再版，在选集的序言中周扬按照中国的标准和本土化要求，重新编制了马克思主义文艺权威的经典谱系：一方面，确立了从马克思、恩格斯、列宁、普列汉诺夫、斯大林到高尔基的国外谱系；另一方面，加上了中国的两位代表人物——毛泽东和鲁迅。需要重点提及的是苏联美学家里夫希茨主编的《马克思恩格斯论艺术》，该书于 1960 年、1963 年、1966 年分四册翻译出版，是一部高质量的马克思主义文艺研究读本，对我国的美学和文艺学研究产生重大影响。第一册主要包括了《艺术创作的一般问题》《唯物主义的文化史观》《阶级社会中的艺术》《艺术与共产主义》；第二册主要包括了《关于艺术史和文学史》《从古代到十九世纪上半期的艺术和文学》；第三册主要包括了《对欧仁·苏的长篇小说〈巴黎的秘密〉的批判分析》《诗歌和散文中的德国“真正的”社会主义》《反对资产阶级的庸俗性和反动思想》《工人阶级政党和文学中的资产阶级风尚》；第四册主要包括了《马克思和恩格斯与诗人们的关系》《英国的社会主义作家》《马克思青年时代的著作与书信（摘录）》《恩格斯青年时代的著作与书信（摘录）》和《马克思恩格斯的生活与文学》。编者采取了文化哲学的视角，目的在于肯定马克思和恩格斯美学思想的科学性与合法地位，批驳第二国际机会主义者的谬论，指出马克思和恩格斯的美学思想在“当今世界无产阶级与资产阶级之间思想斗争”中的巨大作用。正如里夫希茨在《马克思恩格斯论艺术》的序言中指出的，马克思主义美学才是一种代表了时代精神的“新美学”，而此前的任何美学形态(包括德国古典美学）都被归之于“旧美学”。马克思主义美学与“旧美学”的本质性差异，就在于旧的美学或艺术哲学由于历史视野的局限，把旧社会制度所固有的矛盾归结为无关乎历史的永恒的“人性之谜”。而马克思主义美学是基于现实历史的发展来考察社会矛盾，揭示了资本主义生产敌视艺术和诗，指出资本主义的发展必将成为克服艺术繁荣的最大障碍。这些思想和观点在中国马克思主义美学建构中影响深远。

审视这一时期“美学在中国”的发展，可以说除偶尔的西方美学翻译资料，铺天盖地的苏式美学话语作为理论资源，已成为中国学界展开美学争鸣和学科建构的重要外部推手。这一时期的“中国的美学”潜在地体现了西方美学话语体系与苏式美学话语体系的冲突，以及两种美学研究范式的较量，在意识形态规训下，苏式美学话语体系不断占据压倒性优势地位，甚至直接影响了“美学大讨论”。如“客观派美学”德米特里耶娃的《美的美学范畴》，“客观社会统一派美学”的万斯洛夫的《客观上的美存在吗?》，“主客观统一派美学”的布罗夫的《美学应该是美学》等，论文集如《论苏维埃艺术中的美的问题》（1957年）、《美学与文艺问题论文集》（1957年）等，在被及时翻译过来后，有些观点和资料就被运用到“美学大讨论”中。在当时的政治文化语境下，正是借助苏式美学话语的强势，蔡仪、李泽厚一直占据争论的上风处于权威的地位。而朱光潜的“物甲物乙说”、高尔泰的“美即美感说”作为上一个历史时段的西方美学研究的延伸，在强势的苏式美学话语的挤压下，或处于艰难的守护地位（朱光潜），或被排挤出局（高尔泰）。甚至在“实践美学”的理论缘起上，苏联“社会派”从马克思“自然人化”思想出发，在“社会历史实践”关系上阐释“美”的“社会性”意义的思想，对中国语境中“实践论”美学思想的萌芽与转向都起到了关键的学理支持，尽管这一时期中国学界对“实践”的理解未脱出认识论框架。同时，苏式美学话语的强势，迫使朱光潜的美学思想渐趋完成了对早期西方“直接论”美学思想的根基性替换，这意味着朱光潜在批判中基本完成了马克思唯物主义的思想改造。饶有趣味的是，相对于过于强势的苏式马克思主义美学，不是马克思主义者的朱光潜反倒更多地体现了马克思的本色。“美学大辩论对我个人最大的收获，就是促使我认真学习马克思主义”；“我根据《费尔巴哈论纲》《资本论》和《巴黎手稿》以及恩格斯《从猿到人》等马克思主义经典著作，证明了马克思主义不但不否定人的主观因素，而且以人道主义为最高理想，自然科学和社会科学终于要统一成为‘人学’，因此我力闯片面反映论，强调实践论，高呼要冲破人性论、人道主义、人情味、共同美感之类禁区”。① 正是朱光潜对《巴黎手稿》的研究而非苏式美学话语的借鉴，使其以哲人的智慧回归了美学之可能的正常轨道。可以说，在几近相似的时段内关于“美的本质问题”的讨论，既是“马克思—列宁—斯大林”主义在“主观—客观”的认识论框架内展开的一场中苏同步共振的哲学回响，又是一场以“社会主义现实主义”作为唯一合法的思想原则的美学批判。不仅蔡仪的“客观典型说”与德米特里耶娃、波斯彼洛夫为代表的“自然派”相近，体现了斯大林时期唯物主义客观反映论的美学主张；而且李泽厚的“客观社会说”更与万斯洛夫、斯托洛维奇为代表的“社会派”相似，体现了后斯大林时期美学试图超越机械唯物主义的哲学认识论的初步尝试。当时能跳脱出苏联美学影响的学人很少，而从背离苏式美学话语的程度，可检验“中国的美学”建构的难度和高度。

---

① 朱光潜：《朱光潜全集》卷十，安徽教育出版社 1993 年版，第 534、649 页。

从学科建设上看，“美学在中国”的前期主要以西方美学资料翻译和研究范式为主，从20世纪初期的美学拓荒到50年代朱光潜遭到批判为止，主要是对西方美学进行翻译和介绍；此后一直到中苏关系交恶，苏式美学话语及其研究范式成了“美学在中国”的主导性内容，并以其审美话语的膨胀及其对西方美学话语的压迫和遮蔽，构成了“中国的美学”的底色和主要特色。随着“一边倒”的“全面学习苏联”，马克思主义美学和俄苏美学大量传入中国，在中国出现了一些以列宁式马克思主义为指导思想的美学研究成果，有力地推动了马克思主义美学研究主导地位的确立。当时，在美学研究领域，无论是美学课的教学、课程设置、知识建构、教学资料，还是聘请苏联专家讲学、派遣美学专家和学生赴苏交流学习，都是对苏联的借鉴和学习。可以说，“苏联美学经验模式”为“中国的美学”的建构提供了“体制原型”和“理论原型”。① 从专业设置和教材视角看，20世纪50年代可以说是在学术和教育体制上全面借鉴苏联的时代，其时代特征是文艺创作和学术研究高度政治化，受其影响，我国的美学研究和学科建设具有高度政治化意味。不仅马克思主义美学占据学术研究的主导地位，大量翻译的马克思列宁主义的经典论著，还为中国马克思主义美学及其文艺学研究提供了某种“规范”，尤其在美学和文艺理论的教学与教材建设上具有鲜明的“苏联模式”特征。苏联文艺与政治高度融合的模式契合了当时我国文化建设的迫切需要，“全面学习苏联”的思路几乎成为“一边倒”的现实趋势，即使60年代中苏关系交恶，苏联的文艺理论和美学研究还通过“黄皮书”式的“内部参考资料”影响中国的美学研究。当时许多高校的文科教材、教学大纲，甚至院系和学科设置都完全照搬“苏联模式”，在教学上基本采用的是苏联的教学模式，甚至直接用苏联的教科书、教学大纲和教师，有些高校（如北大、人大、北师大）直接从苏联聘请教师到中国来授课。以致有学者指出：五六十年代的全面输入的苏联理论模式不仅毁了那个年代的人文学术，更僵化了在那个年代享有“学术地位”的数代学者的价值取向与思维建构，

① 史磊、王确：《新中国美学课发生进程中的“苏联经验”》，《东北师范大学学报》2013年第3期。

酷似被统一做了“脑外科手术”。①

“十七年”时期，马克思主义美学占据美学研究的主导地位，甚至说只有马克思主义美学才是“科学的美学”，才是正确的美学观，才能指导艺术的健康发展，给艺术研究以“科学的理论基础”，给艺术批评以“科学的根据”，但“此马”乃是建立在列宁《唯物主义与经验批判主义》基础上的苏式马克思主义美学。所以如此，固然有着经过“美学大讨论”平台的意识形态纯洁化的效果，更有着苏式审美话语的全面侵蚀，而在某种程度上二者具有理论资源的同构性。在中国美学学科建构中，苏式美学话语已成压倒性优势，强烈影响了“中国的美学”的生成和发展，在推动马克思主义美学研究占主导地位的进程中，苏式美学的研究范式“功不可没”，但西方美学和中国古典美学研究也非完全销声匿迹，而是作为潜流及其美学史发展的复线结构，成为“中国的美学”建构的有机组成部分。

二、苏式美学话语的膨胀及其对西方美学研究的遮蔽

在“一边倒”的外交政策下，苏联被置于“榜样”和“先生”的地位，国内全方位地掀起了向苏联学习的运动。翻阅当时的报刊可见，苏联的文艺政策、各种报告、决议、社论、专论等，都及时地在中国得到传播。苏联的文艺理论、美学理论和研究范式被完整地引入中国。中国的文艺实践和学术研究，不仅面对西方资本主义社会被迫关上大门，还在对待民族文化和传统文化方面采取了虚无主义态度，尽管中央提出“推陈出新、古为今用”的文艺主张，但在实践中却畏首畏尾，成效不大，似乎建成社会主义文化只有苏联一途。尤其

① 夏中义：《“脑外科手术”是如何实施的——追问“苏联理论模式在中国”》，《探索与争鸣》2012年第4期。

在研究中还形成了一种路径依赖，甚至在“中国的美学”建构中把“反映论”作为“党性原则”来贯彻，贴标签成了思维惯性。“可以说，在五六十年代中国语境为维系或赢取‘学术地位’，学界极少有人不想‘活学活用’此（苏联）理论模式。”① 只要与苏联模式不同，与“社会主义现实主义”的创作原则、批评原则相悖，都毫无二致地被作为反动腐朽的资产阶级思想予以否定和批判。

“十七年”时期，中国美学界逐渐失去了与欧美学界的联系，单方面地向苏联学习和靠拢，在美学研究上几乎保持了与苏联美学研究的同步话语共振，一些苏联最新的研究成果不断被介绍到中国，其中有堪称苏联马克思主义美学研究的权威著作：《马克思列宁主义美学原理》（苏联科学院哲学研究所编）、《马克思列宁主义美学概论》（苏联科学院艺术理论和艺术史研究所编）。就教材而言，苏联哲学所、艺术史研究所编辑的《马克思列宁主义美学原理》在中国形成了一种“范本”，有四个美学关键词：生活、共产主义、艺术实践、审美教育，都是马克思主义与列宁主义美学发挥重要作用的地方。“我们的美学作为马克思列宁主义学说的组成部分，是一种革命的和批判的科学。马克思列宁主义美学不断加强同生活、同共产主义建设实践和艺术实践的联系，促进社会主义艺术文化的发展，促进社会主义现实主义的繁荣以及广大劳动群众的审美教育。”② 另外，苏·特罗斐莫夫的《马克思列宁主义美学原则》（马晶锋译，新文艺出版社 1955 年版）与《马克思列宁主义美学概论》（杨成寅译，人民美术出版社 1962 年版）都极大地丰富了马克思主义与列宁主义的美学教学体系。可以说，苏式美学研究范式和美学教材，以其权威性和指导思想，成为“中国的美学”建构的重要参照系和主要借鉴目标，全面地影响了中国美学学科的发展。

何谓苏式美学研究范式？总体上看，无论是确定美的“自然标准”的自然

① 夏中义：《“脑外科手术”是如何实施的——追问“苏联理论模式在中国”》，《探索与争鸣》2012 年第 4 期。

② 苏联科学院哲学所、艺术史研究所编：《马克思列宁主义美学原理》，陆梅林译，生活·读书·新知三联书店 1961 年版，第 2 页。

派美学家，还是明确美的“社会—人的标准”的社会派美学家，都是“以直接的自然科学认识论代替审美地掌握”或干脆“否定自然界事物的审美的客观性”过程中走向两个“极端”。① 其共同性表现在“对艺术单一的认识论态度”，将美与“真”相提并论，把美视为认识论范畴，从而把审美感知、审美体验问题纳入“认识—反映”的单一视角内，并以一种“似乎是唯一正确的、始终唯物的、以反映论为基础”的思维模式得出美是客观存在于现实之中。② 它可以简化为“立场—方法—观点”，是苏联理论模式③在美学研究领域的具体运用。苏式美学研究范式在“一边倒”的外交环境下，成为“中国的美学”建构的唯一合法性参照系，成为美学研究者竞相借鉴的研究范式。因此，这一时期中国的美学研究基本上陷入“主观—客观”与“唯心—唯物”的论争和贴标签中。因着深厚的西方美学功底，朱光潜先生意识到把“认识论”硬搬到美学研究中不妥，但由于大气候的意识形态干预和自身思维惯性终究未能超越，其后通过对英国马克思主义美学家鲍威尔以及《1844 年经济学哲学手稿》的研究，获得新的视域后，把马克思的“实践观点”引入自己的美学体系，显现出一种美学研究的新气象，但仍在坚持“实践论”的同时将“反映论”摆在首位。

受控于主流意识形态话语规训，这一时期的美学建设呈现出同质化的苏式美学话语霸权的膨胀，在“一边倒”的话语复制与繁殖中，以正宗主流姿态压抑和遮蔽了“西方美学话语”及其研究范式，伴随思想改造的规训背景，在话语和研究范式转换中完成了对知识分子的思想形塑与精神改造，进而完成了马克思主义在美学研究领域的“典范”建构。对苏式美学话语和研究范式的“压倒性”引进，不仅禁锢了中国美学研究者的视野和思维，还使得本土美学研究和讨论在“以苏联为师”的旗帜下，愈发脱离了中国社会现实和文艺创作实践，

① ［苏］亚·伊·布罗夫：《美学：问题与争论——美学论争的方法论原则》，张婕译，文化艺术出版社 1988 年版，第 19 页。

② ［苏］斯托洛维奇：《审美价值的本质》，凌继尧译，中国社会科学出版社 1985 年版，第 15—16 页。

③ 所谓苏联理论模式是指斯大林时代所规定的，以列宁的《唯物主义与经验批判主义》为哲学基础，以苏联主管意识形态工作的政治局委员日丹诺夫为人格符号的苏共文化政纲。

从而陷入概念式的理论思辨和自说自话。因强势苏式美学话语的压迫，西方美学话语基本上“失声”，朱光潜完全转到了“马克思主义”的学术立场，似乎仅有“主观派”的高尔泰还在坚持，认为美产生于美感，美只有人感受到它才存在，明显脱出唯物主义的反映论模式。他以“人论”为中心的“人化的创造说”在否定“客观的美的存在”基础上所张扬的“美即美感”有其合理性。在高尔泰看来，美之发生，仅有“物象”是不够的，还需另一个重要条件——“审美的人”。① 如其所说，当年“人们对我的批判纵然十分无情，都没有抓住要害：强调美的主观性，也就是强调人的主体性，人的自由权利，和呼唤人文精神的多元化，等于挑战权力意志。我没有自觉地这样做，人们也都忽略了这一点”②。正是高尔泰以其诗性的笔触和对美的现场感的描述，一定程度上突破了认识论的桎梏。这主要源自高尔泰继承了中国美学传统中“情景合一”的思想，虽在美学思维上未脱出“主客二分”的认识论模式，但体现出挣脱狭隘认识论窠臼的努力。可以说，高尔泰的美学思想是“苏式美学话语体系”之外的“中国的美学”中的“一枝独秀”，它潜在地接通了此前20世纪美学传入中国以来的“美学在中国”的传统和中国古典美学精神。对此有学者指出，这种“西化文论模式”的余韵回响，在意识形态主导的全面“苏化文论模式”的霸权冲击下，“不甘于失败而徘徊不忍离去”。西方美学话语虽声音微弱，但并非完全销声匿迹。这一时期学界还发表了几篇研究康德美学的重要论文，如宗白华的《康德美学原理述评》(《新建设》1960年5月号)、朱光潜的《康德的美学思想》(《哲学研究》1962年第3期)、蒋孔阳的《康德美学思想——简评〈判断力批判〉》(《文汇报》1961年7月4日)。

“一边倒”的外交政策，使“中国的美学”研究失去了国际视野，这种排斥“西方”话语又否定“传统”话语的近乎“自我封闭”的文化态度，除了无产阶级式的“空白地基”和主观臆造的“空中楼阁”，就只能追随和模仿苏联

① 高尔泰:《论美》，文艺报编辑部《美学问题讨论集》第二集，作家出版社1957年版，第133页。

② 高尔泰:《寻找家园》，花城出版社2004年版，第94页。

美学话语和研究范式了，在与本土中国政治文化语境的结合中，制造了一系列革命激进的“乌托邦奇观”——抽离人性的丰富性、拔民族文化的根脉、宏大叙事和革命话语的杂糅、不食人间烟火的纪念碑式的美学巨制，形成了美学宏大话语和概念的笼罩。结果，在罅隙中建构的“中国的美学”，几乎复制苏式美学话语而打上同一性的底色。朱光潜因深厚的西学功底，成了被批判和清除的“资产阶级唯心主义美学”的代表。蔡仪、黄药眠、吕荧等人都是无产阶级的马列主义宣传者，早在40年代就开始译介苏联文论，李泽厚、高尔泰是在我国全面学习苏联的教育环境中成长的，这决定了当时大多数美学研究者对“苏式美学话语体系”的情有独钟或心仪往之，在对苏式美学话语和苏联文艺的“师承”中发展自在情理之中，由此形成了“中国的美学”的时代特色。某种程度上，单一性的“话语挪用”和美学研究范式的重构，并没有使“美学在中国”的内涵更丰富，反而因对“西方美学话语体系”的压抑和遮蔽，使“中国的美学”研究愈加偏狭和逼仄。直到80年代重新赓续西方美学、文论研究的传统，“中国的美学”才再度融入世界美学图景，迎来了中国现代史上的第二次“美学热”，美学也成为思想再启蒙、人性解放、真理大讨论，催生改革开放的思想先声与舆论资源，而担负更多的文化使命，就毫不奇怪了。

三、国际视野的缺失与主体性意识的不足

审视这一时期的美学研究和学科建构，一方面要立足于中华人民共和国成立后被调动起来的巨大革命激情的美学张扬；另一方面要对照世界范围内的美学发展实际，以及二者之间的落差与错位。什么美学观点和美学资料能进入和如何进入我国，需要从内外关系进行考察和分析。可以说，研究这一时期的美学史，有两个坐标。一是纵向的历史梳理，一是横向的现实对照，二者相互观照可能会对这一时段的美学状况有一个科学的（合理合情）定位。

这一时期的文艺政策主要是通过马克思列宁主义思想的灌输，建构党在文化艺术上的领导权，在文艺上反对封建的、资产阶级的颓废的落后的倾向，要求文艺为工农兵、为社会主义建设服务；在文艺理论和美学研究上，主要批判“资产阶级唯心主义”，以应和意识形态的话语规训。在“一边倒”的引进苏式美学话语体系的进程中，“日丹诺夫式的批判风格和话语言说方式”一并被中国文艺界和美学研究者“吸纳”了。在“中国的美学”建构中，特别是“美学大讨论”中，从朱光潜先生自我批判的宣言“我的文艺思想的反动性”开始，到最后大讨论的偃旗息鼓，整个过程中无不充斥着“日式语言”的暴力、粗鲁、专制、嘲讽等词汇。尽管其间有贯彻“双百”方针的要求，但在“一体化”话语的规训语境中，它也仅是文化政治化的一个注脚。

美学研究固然不能脱出时代过度政治化的大潮而独善其身，但学者主体性意识的不足愈发加剧了这种不堪，甚至使美学研究现出一种“丑相”。“中国的美学”的这种扭曲跛足的发展，不仅进一步拉大中国同西方国家在社会文化方面的差距，西方国家正经历现象学美学、存在主义美学、分析主义美学、接受美学、结构主义甚至后现代主义美学的讨论，而“中国的美学”虽置身于中国现代化进程，却在古典式命题“美是什么”中打转转；同时，也把中国的文艺发展逼向单极性维度，人似乎都成了“抽象的人”“真空的人”，从而限定了社会主义文化多元化的发展，为“文化大革命”期间文艺的极端化发展提供了逻辑。这一时期的美学研究确实存在“时代的症状”，但更有着研究者主体性意识不足和缺乏担当的精神品格，加之研究者美学修养良莠不齐，美学学科基础薄弱，缺乏多元化的美学资源和理论滋养，导致狭隘化的美学研究基本上遵循列宁所阐明的“认识论—反映论”原理，使“美的本质”问题讨论始终囿于“主观—客观”与“唯物—唯心”的贴标签式的身份认定中。对于这种狭隘化的苏式美学研究范式，苏联美学家有过反思：“马克思主义哲学不把意识反映现实的过程本身理解为机械的、镜子似的复制，而是理解为复杂的、辩证矛盾的过程……人的审美关系历来是价值关系，没有价值论的态度，要认识它原则上是不可能的……马克思主义美学有可能把认识论态度同价值说态度结合起来，而没有任何逻辑上的不协调。我们有时片面地看待美学同哲学的相互关系，仿佛美学只同认识论相联系。”① 对此，中国美学界也有过诸多反思。事实上，马克思主义哲学的内涵和方法论原则很丰富，认识反映论只是其中的一个向度，与美学更为相关的是价值论思想。正是对经典作家丰富思想的匮乏和理解的片面，导致美学研究的哲学基础窄化，加之缺乏必要的美学知识和文艺修养，导致“中国的美学”建构大多套搬马列主义话语，常纠缠于概念，陷入形而上的玄谈。如蒋孔阳批评的：“当前美学讨论的问题还不仅在于兜概念，而是对概念还没有钻进去，争论的双方常常对概念缺乏共同的理解”，“学习美学应该先学哲学史和美学史，摸清了美学发展的线索，才能使学习有了基础和出发点”。② 可以说，当时处于“移植”“复制”苏式美学话语的“中国的美学”的研究水平，不仅不及苏联，还处于苏联美学研究的末端（未能突破狭隘的认识论桎梏），这是十分令人遗憾的。

另外，要深刻反思研究视野的狭隘。“十七年”时期，可以说仅有“苏式美学话语”及其资料成为中国美学建构的合法性资源，不仅缺乏高远的国际视野（当然有政治外交的主因）导致与西方学界交流中断的“隔”。就西方美学的输入而言，经由王国维、朱光潜等大家的研究传播，在国内已有相当基础，不仅推动了“美学在中国”的发展，还使作为一门学科的美学逐渐被认可。朱光潜在三四十年代就把西方流行的现代美学理论，如“直觉说”“距离说”“移情说”等介绍到国内，并出版了《悲剧心理学》等专著。但在中华人民共和国成立后“一边倒”的苏式美学话语体系的压迫下，西方美学被置于“反马克思主义”的对立面，甚至被视为需要批判和清理的“反动思想”，可以说西方美学研究范式被苏式美学研究范式遮蔽了，一度造成中国美学现代性的中断。另一方面，还因缺乏深邃的历史眼光和虚无主义态度而与中国古代美学思想研究

---

① ［苏］列·斯托洛维奇：《审美价值的本质》，凌继尧译，中国社会科学出版社 1985 年版，第 17、20—21 页。

② 《探讨当前美学研究中若干问题部分美学和文艺理论工作者举行座谈》，《文汇报》1962 年 5 月 18 日。

相“隔”，在五六十年代的历史文化语境中，中国传统美学思想被嵌入“封建”的镜子中，其性质与西方资产阶级思想一样，需要用“马克思主义”加以重新清理和批判；同时，因缺乏宏阔的现实感执着于苏式“社会主义现实主义”而与当下生活状态或者文艺实践相“隔”。无论是西方现代美学还是中国古典美学，在主流意识形态规训下只能被视为“异端”，沦落为被批判和清除的下场，因只见概念和宏大话语，而无视人情冷暖和生活细节，结果经由列宁唯物主义反映论的“折射”，美学几乎成了一种认识论，从“社会存在决定社会意识”出发，粗暴地把“美”实体化为客观现实的反映，把美感视为美的反映，从而在美是“主观—客观—主客观统一”的闭环中打转转。以上反思启示我们，一个国家的文化政策和学术研究视野，不能太狭隘，文化发展和学术进步是在文明互鉴中实现的。经过四十年的改革开放，中华民族已处在伟大复兴的历史拐点，我们不仅单纯地和国际接轨，而且已经融入甚至就在世界中，并越来越走近世界舞台中央。因此，党的十八届三中全会提出：不断提高文化的对外开放水平。这种国内外形势的变化，要求学术研究一定要有全球视野和世界眼光。

回到研究现实，当时大多数学者遵从的马克思主义立场，主要基于列宁的《唯物主义与经验批判主义》，而不是马克思等经典作家的文本，可谓“唯马是举”而又言马非“马”，从而带有明显的“苏式美学话语”的色彩和印记，因着政治教化的外因和主体性意识不足，愈加远离审美活动实践，陷于“规定动作”中争吵不休。美学研究不仅偏离了马克思主义美学的精神实质，还在“唯马是举”的“虚无主义”的态度中抛弃了原本丰富的民族的和传统的美学资源。正如诸多学者早就指出的在理论阐释上“缺乏原创性”，美学讨论和当时的研究多是“宏大词语”，在远离美学理论和精神品格外的概念中兜圈子，而缺少真正的学术批判精神与人文关怀。若放在比较视野中，这种认知即这一时期的美学研究在主义的喧嚣背后是“知识的贫乏、思想的贫乏、学术的贫乏、学科的贫乏”，① 可能

① 王建疆：《中国美学：主义的喧嚣与缺位——百年中国美学批判》，《探索与争鸣》2012 年第 2 期。

会更真切。反观国际美学研究则是硕果累累，即使面临后现代主义兴起的挑战，依旧有阿多诺、伽达默尔、杜威、巴尔塔萨等美学研究大家的体系性美学大作问世。

总体上看，这一时期的美学研究基本处于意识形态规训与时而浮出历史地表的“双百”方针的微观松绑间的多向复杂曲折的互动中，制造了具有强烈时代特色的“美学奇观”——“学术外衣政治里子”的精神符号，体现了强势意识形态对学术研究的挤压和话语笼罩。在研究范式的建构上，哲学思维方式的禁锢、美学知识的匮乏、思想的僵化和认识论模式的束缚及其研究视野的狭隘，使得有着丰富人文价值内涵的“美学何为”的本体论追问，下坠为机械性的“美是什么”的认识论追问。学科的错位使得对“美的本质”的哲学运思始终局限在“主观—客观”的古典认识论框架中，难以脱出主客二分的思维模式，因而其研究成果大打折扣，不仅与国际主流美学研究成果有相当的落差，就是与此前的王国维、梁启超、蔡元培、鲁迅、朱光潜、宗白华等人的研究相比也显不足，没有形成美学学科坚实的知识论基础，使得“美学在中国”命运多舛、步履蹒跚。导致“中国的美学”学术水准和理论层次不断下坠，出现中西美学思想源泉的断裂以及当代美学的长期“空缺”。对于这种长期居于主导地位的学术流弊，不仅要在深刻反思中不断进行“解毒”，还要对其生成的土壤和历史局限，特别是学者主体性意识的不足保持足够的警惕。时刻保有现代性意识，在一种深刻性上理解文艺与政治、美学与意识形态的关系，建构权力的边界意识和文化空间的自主意识。使美学在“文化强国”建设中，担负起引导人的自由全面发展的文化使命。

美学学科体系的构建及其历史遗产

——"十七年"时期美学思想研究之五

美学学科建设，就外部性而言，主要关涉国民教育体系的课程设置、学科规范和学位制度；从内部视角看，具体指涉美学研究机构的建立和美学教材的编写。从学科发展来看，美学被纳入国民教育（高等教育）体系，对美学学科建设具有重要意义。早在蔡元培就任北大校长和民国政府教育总长时，就把美育上升到国家教育方针的地位，在 20 世纪 20 年代美学就成为高等学校的一门课程。中华人民共和国成立后，尽管学界的"美学大讨论"很热烈，但美育的地位有所下降。在生产资料的社会主义改造基本完成后的 1956 年，毛泽东在《关于正确处理人民内部矛盾的问题》中提出，教育方针应使受教育者在"德育、智育、体育"各方面都得到发展，美育并没有被提到相应的高度。从学科规范上讲，按照国务院学位办制定的学科分类标准，与美学相关的一级学科主要是哲学、文学和艺术学，因此，通常在高校的哲学系、艺术系和中文系开设有关美学研究的课程，有哲学美学、文艺美学和艺术美学等二级学科。在高校的人文学科专业（哲学、中文、艺术、旅游等）中，美学是一门专业基础课或必修课，另外，还在其他专业中作为通识性课程或美育课。本文主要从内部视角探讨"十七年"时期美学学科的体系化发展。

一、美学学科体系的初创

“美学”原是日本学者中江兆民翻译西方 Aesthetics 首用，后被传入中国。Aesthetics 在西方的准确含义是肇端于鲍姆嘉通的感性学，感性学研究的中心范畴是美和艺术，这是“美学”的基本意涵。美学作为一门现代学科，就内涵和旨趣而言，在不同的学者那里有不同的理解。依康德的理解，它更近于“感觉学”，是对事物的审美判断，是判断在先感觉在后；而按黑格尔的理解，美学是一种“艺术哲学”。美学作为“西学东渐”的产物，在与本土化审美经验的融合过程中，有学者颇有眼光地提出了“美学在中国”和“中国的美学”的区分，这对描述 20 世纪美学史及其学科建设很有价值。

虽然美学在 20 世纪初已被译介到中国，但 1949 年后，美学的学科语境在中国有了很大不同。中华人民共和国成立后，美学从此前零散式的研究，经由五六十年代“美学大讨论”的普及，并在全面引进的苏式美学话语和研究范式的推动下，日益受到社会和学界的广泛关注，逐渐从此前的一门学科开始朝着体系化方向发展。中华人民共和国成立初期，百废待兴，当时的美学学科基础很薄弱，缺乏学术积累，面临研究人才不足，美学学科建设严重滞后。在全面“向苏联学习”的语境下，20 世纪 50 年代我国仿效苏联的高等教育体制进行了院系调整，随着国内高校院系调整和学科重组，当时能够开设美学课程的学校很少，几乎没开设什么美学课，也很少有人撰写美学方面的专著。1952 年全国院系调整时虽然北大哲学系的力量全国最强，但哲学系并没有美学专业，也没有专人开美学课。虽然美学早就传入中国，出现过王国维、梁启超、蔡元培、鲁迅等大家，但中华人民共和国成立前除少数学者在大学开过美学课外，可以说尚无成熟的学科建制和专业设置。中华人民共和国成立后的一个时期内，也仅有北大、人大等极少数大学开设美学课。美学教学受苏联影响很大，基本上采用苏联的教学模式，甚至直接使用苏联的教科书、教学大纲和教师。

美学学科体系化建设始于制度化的学科编制和研究人才的培养，其标志是1960年教育部批准北京大学、人民大学成立美学教研室，这是中华人民共和国最早的美学教研机构。中国人民大学哲学系从20世纪60年代开始正式讲授美学，成立美学教研室，马奇任主任，田丁、丁子霖、李永庆和杨新泉等是教研室成员。北大的美学教研室最初由王庆淑主持，后由杨辛担任教研室主任，教师有甘霖、于民、李醒尘和阎国忠，金志广负责资料工作。此后宗白华、马采相继调入，朱光潜虽然编制在西语系，但教学科研工作基本上在美学教研室，朱光潜主讲"西方美学史"，宗白华主讲"中国美学史"，杨辛、甘霖主讲"美学原理"。随着美学研究机构的成立，美学学科建设初步体系化。1977年5月，中国社会科学院由中国科学院哲学社会科学学部的前身独立出来，1978年在哲学所原有六个研究室之外成立美学研究室，由齐一主持恢复工作并任主任，李泽厚、郭拓任副主任。

在美学学科体系化过程中，除了成立教研室和加强人才队伍建设，以及经由"美学大讨论"和苏式美学话语的全面输入，确立马克思主义美学研究的主导地位外，还有一系列美学活动作为支撑，其中"美学小组"活动和北师大的"美学论坛"推动了美学学科的发展。所谓"美学小组"事件是指1956年七八月份，在黄药眠、朱光潜等倡导下，以自愿结合的方式成立"美学小组"，黄药眠、蔡仪、贺麟、宗白华、朱光潜、张光年、王朝闻、刘开渠、陈涌、李长之和敏泽等10多位学者多次参与小组活动，《文艺报》的敏泽担任美学小组秘书，负责会议的联络和组织工作。因为敏泽的关系，美学小组的讨论地点设在《文艺报》，讨论的主要话题有：美学的对象问题、美的主观和客观问题、美的主观规律性问题、美感的差异性、形象思维和逻辑思维在创作和欣赏中的原则等问题、中西雕塑的差异性等问题。"美学小组"是中华人民共和国成立后的第一个美学组织，也是一个组织松散而自由的学术社团，对推动美学学科发展作出了贡献。① 作为主要

① 参阅敏泽、李世涛：《"国家不幸诗家幸，赋到沧桑句便工"——敏泽先生访谈录》，《文艺研究》2003年第2期。

当事人，敏泽先生表示：美学小组成立后，美学讨论更加关注美学，更具建设性，并探讨了一系列重要的美学问题。① 北师大“美学论坛”是指1957年3月，为响应中央“向科学进军”的号召，黄药眠组织发起了“美学论坛”，依次邀请蔡仪、朱光潜、李泽厚三位美学家到场开设讲座。其中，蔡仪讲了四次，朱光潜讲了两次，李泽厚讲了一次，多是“美学大讨论”中的主要观点，有的最后以书面形式发表。据黄药眠在《看佛篇》中的总结，“蔡仪的报告和《新美学》论点仍相似”，“认为花的美是花的自然属性”，“不是从社会、个人对花的实践关系去谈美”。朱光潜讲座的核心思想后来以《论美是客观与主观的统一》发表于1957年《哲学研究》第4期上，在讲座中，朱光潜通过引入马克思主义生产和实践的观点试图摘掉此前“唯心主义”的帽子，但在引入马克思“艺术生产观”及其实践观的同时，由于他对人的主观能动性的意识形态的强调，在对“物甲”“物乙”的区分中，仍把美的社会性理解成了主观的“意识形态的反映”，且仍将马克思主义美学的基本原则建立在诸如“感觉反映客观现实”的反映论模式中。李泽厚的讲座后来以《关于当前美学问题的争论——试再论美的客观性与社会性》为题，发表在《学术月刊》1957年第10期上。黄药眠本人最后依次做了《看佛篇》和《塑佛篇》两场讲座，5月27日的《看佛篇》是对前面三人讲座内容的点评，6月3日最后一讲《塑佛篇》是对自己“美是审美评价说”思想的阐发。因其一周后被打成右派，黄药眠的讲座内容在新时期以后才发表。

美学学科体系的初创，还体现在这一时期出版的一系列研究成果上，代表了“中国的美学”的研究实绩。如蔡仪的《唯心主义美学批判集》（人民出版社1958年版）、朱光潜的《美学批判论文集》（作家出版社1958年版）、洪毅然的《美学论辩》（上海人民出版社1958年版）、吕荧的《美学抒怀》（作家出版社1959年版）、蒋孔阳的《论文学艺术的特征》（新文艺出版社1957年版），尽管大多是“美学大讨论”中论争的产物，但都是依据马克思主义美学原则研

① 侯敏则、李世涛：《关于美学讨论和美学研究二三事》，《河北学刊》2010年第4期。

究的成果。这里需着重指出既是理论家又是艺术家的王朝闻，虽不是论争中的哪一派，却以其思想的开放性对四派中的合理性观点多有吸收，他把马克思主义美学原则与中国的诗文评传统相结合，并基于自身的艺术实践，形成了一套符合马克思主义的“艺术辩证法”。从《新艺术创作论》（新华书店1950年版，人民文学出版社1953年版）的起笔不凡，到《新艺术论集》（人民文学出版社1952年版）、《面对生活》（艺术出版社1954年版）、《论艺术的技巧》（艺术出版社1956年版）、《一以当十》（作家出版社1959年版）、《喜闻乐见》（作家出版社1963年版），王朝闻不仅著述颇丰，还以其美学研究成绩和学术声誉被中宣部副部长周扬选中担纲国家统编教材《美学原理》的主编。

二、国家工程：美学教科书的编写

20世纪五六十年代的美学学科教材建设可谓“一穷二白”，直到1957年才翻译出版了两本美学教材：一本是法国列斐伏尔的《美学概论》，该书是其早年著作；一本是苏联的瓦·斯卡尔仁斯卡娅在中国人民大学哲学系的讲稿《马克思列宁主义美学》。可见，中华人民共和国成立初期美学学科建设的薄弱，几乎没什么积累，以致难以进行有效的美学教学。为改变这种状况，总结“美学大讨论”的成果，完善美学研究领域的意识形态工作，确立马克思主义美学研究的主导地位，基于当时中央对教育形势的判断，特别是对使用苏联教科书的不满，中宣部会同高教部决定成立全国文科教材办公室，直接规划统编文科教材，其中包括美学学科教材。这是一项国家工程，在其宏大规划中体现了国家意志和意识形态的工作要求，学术界和教育界都非常重视。尤其是《美学原理》的编写，可以说是一个重要的美学事件，特别成立了编写组，抽调当时的美学研究骨干，在中共中央党校（当时称中央高级党校）集中编写。以国家的力量调动学术骨干参与编写教材，史无前例，影响深远，带出一批美学研究人才，有力地促进了美学研究队伍建设。这是当时“中国的美学”发展的重要成就，连同当时为编写教材进行的资料整理和积累，为日后80年代的“美学热”奠定了基础。编写美学教材不仅有助于总结“美学大讨论”的研究成果，有助于对社会大众关于美学知识的普及与提高，还有助于推进“中国的美学”的研究深入，对美学学科建构具有重要价值。“五十年代以来，我国学术界对美学若干基本问题展开过讨论，对推动我国的美学研究工作产生了一定的积极作用。六十年代初期，一些文科院校开办了美学专题课，北京大学、中国人民大学建起了美学教研室，高等院校文科教材编选机构也开始组织编写并出版美学方面的教科书。”① 作为理论家的周扬非常支持美学学科教材编写，不仅主导美学专业教材的规划，亲自选定这些教材的主编，从人、财、物等方面给予支持，② 还多次到编写组鼓舞大家的士气，并提出一些中肯的指导意见。尽管《美学原理》未能及时出版，《中国美学史》没有完成编写，只有《西方美学史》完稿后出版，但当时的资料工作如《中国美学思想史资料选编》(上下卷）和《西方美学家论美和美感》等，不仅推动了当时的美学研究，还在日后的“美学热”中发挥了重要作用。

中华人民共和国成立后，政府对大学教育（1952年的院系调整）和教材建设很关注。1961年，全国文科教材办公室成立，直接负责教材的规划与协调，由中宣部副部长周扬亲自负责。具体到美学学科，最终商定由朱光潜主编《西方美学史》，由宗白华主编《中国美学史》，王朝闻由周扬亲自点名主编《美学原理》(1981年出版后改为《美学概论》)。参与编写的成员，“北大的老师有杨辛、甘霖、于民、李醒尘，人大的老师有马奇、田丁、袁振民、丁子霖、司有仑、李永庆、杨新泉，后来陆续调入的有中国科学院哲学所的李泽

① 周扬：《关于美学研究工作的谈话》，中国社会科学院哲学研究所美学研究室、上海文艺出版社文艺理论编辑室合编：《美学》第3卷，上海文艺出版社1981年版，第2页。

② 周扬对《美学原理》的主编王朝闻说：“要钱给钱，要人给人，你可以按需要从全国各地调人。”在接见编写人员时，周扬寄希望于他们，希望从他们中产生几个美学家，带出一批美学研究队伍。

厚、叶秀山，武大的刘纲纪，山大的周来祥，《红旗》杂志社的曹景元，北师大的刘宁，中央美院的佟景韩，音乐所的吴毓清，《美术》杂志的王靖宪，中宣部文艺处的朱狄，兰州师院的洪毅然等。”①共有20余人，其中多是一些美学名家。该书虽然1981年出版，但1964年就写出了40万字的讨论稿，足以代表五六十年代的美学成就，体现了那个时代的美学观点和美学话语特色。作为统编教材《美学概论》“力图以马克思主义观点为指导”，全书共引用马克思主义经典作家原文119处，其中马恩的有6处，马克思的有30处，恩格斯的有9处，列宁的有12处，毛泽东的有9处，普列汉诺夫的有24处，高尔基的有14处，鲁迅的有15处，②这些权威话语构成了该书立论的基础。就基本观点而言，该书总结了“美学大讨论”的成果，综合了以蔡仪为代表的客观派和以李泽厚为代表的客观社会派的观点。主要从反映论视角指出：“美学的研究对象包含客观世界的美和人对客观世界的美的反映的全部领域，它把艺术作为审美意识的集中表现来研究其本质和一般规律。”③基于认识论的美学研究范式，《美学概论》承认美的客观存在，认为美感是对美的反映。同样，《美学概论》还坚持美是社会实践的产物，认同美的本质在于客观社会性：“就其本质而言，美并不是事物的某种与人无关的自然属性，也不是意识、精神的虚幻投影，而是事物的一种客观的社会价值或社会属性。这也就是美的客观社会性。因为美的所谓客观性，正是指美的客观对象所具有的这种不依存于我们主观意识的社会属性。”④从中可见，该教材吸收了当时“美学大讨论”中的主流观点。因为，参与教材的编写人员中，除了李泽厚外，洪毅然、曹景元、叶秀山等人都坚持美的客观社会说。洪毅然指出：“关于美的看法，我基本同意李泽厚的所说，美是客观地存在于现实生活中的、事物本身所具有的社会性与自然性的统一。而且也认

---

① 李世涛：《中国当代美学史上的“教科书事件”——关于编写〈美学概论〉活动的调查》，《开放时代》2007年第4期。

② 参阅张法：《20世纪中西美学原理体系比较研究》，安徽教育出版社2007年版，第219页。

③ 王朝闻：《美学概论》，人民出版社1981年版，第4页。

④ 王朝闻：《美学概论》，人民出版社1981年版，第30页。

为社会性是决定因素。”① 而曹景元认为：“美不是事物的个别属性，美是一定对象的一种性质。这种性质是为一定的对象与人、与人的生活发生的特定的关系，内在的联系所规定的。正是一定对象在社会生活中的意义，对人所发生的关系，才使人有可能赋予事物以美的性质。”② 在整体框架方面，《美学概论》分三部分：审美对象、审美意识和艺术，也就是通常所说的三大块：美、美感和艺术。全书有340页，审美对象部分有56页，审美意识部分有49页，艺术部分有221页。可见艺术部分是全书的重点，体现了鲜明的王朝闻的艺术研究特色。

按照教材编写规划，《西方美学史》由朱光潜主编。1963年3月23日朱光潜在《文艺报》上发表《美学史的对象、意义和研究方法》，由此确立了西方美学史研究的对象：从学科独立来看，美学由文艺批评、哲学和自然科学的附庸发展成为一门“独立的社会科学”；从历史发展看，西方美学思想始终侧重在“文艺理论”，也是“根据文艺创作实践作出结论”，又转过来“指导创作实践”。然后，按照朱光潜先生接受的马克思主义中国化的观点，美学要符合“从实践到认识又从认识到实践”的规律，美学必然要侧重社会所迫切需要解决的文艺方面的问题，所以美学必然要成为文艺理论或“艺术哲学”。其中，“艺术美”是美的“最高度集中的表现”，从方法论角度看，文艺应该是美学的“主要对象”。当然，其哲学基础是马克思的历史唯物主义，在此基础上朱光潜发表了一系列构成美学史著作内容的文章。1963年7月人民文学出版社首版《西方美学史》的上册，下册于1964年8月首版，1979年上、下册经修订后，6月上册出第二版，11月下册出第二版。当时就有学者指出，这是“一部具有开创性的教材，中国人撰写的第一部《西方美学史》，而且是用马克思主义观点为指导写成的《西方美学史》”，“善于从全局的观点出发来分析和评价每一个美学家和每一个美学问题”。③ 从整体结构看，《西方美学史》分三部分：

① 洪毅然：《略谈美的自然性与社会性——与李泽厚同志商榷》，《新建设》1958年3月号。

② 曹景元：《美感与美——批判朱光潜的美学思想》，《文艺报》1956年第17号。

③ 蒋孔阳：《西方美学史研究中的一项重要成果——评介〈西方美学史〉》，《文学评论》1980年第2期。

第一部分从古希腊罗马时期到文艺复兴，第二部分是17、18世纪和启蒙运动，第三部分从18世纪末到20世纪初，从前苏格拉底时期一直贯穿到克罗齐时代，可谓是贯通古今的简要美学通史。这部著作深受黑格尔《美学讲演录》的影响，事实上，朱光潜先生是该书的译者。《西方美学史》对中国美学研究真正产生影响，应是20世纪80年代之后。有“中国第一部西方美学史”赞誉的朱光潜的《西方美学史》，有其不可替代性和本土化特色，是一部中国特色的西方美学史。对此后研究和撰写“西方美学史”具有重要影响，并开创了中国学者撰写《西方美学史》的惯例。按照朱光潜先生的构想：能够“入史”的标准是“代表性较大”“影响较深远”“公认为经典性权威”“可说明历史发展线索”“有积极意义”，“足资借鉴的才能最终”入选《西方美学史》。按此思路，朱光潜先生选取主要流派中的主要人物，很合乎马克思主义文论中的“典型说”——典型环境中的典型人物。只是他把这些人物放在唯物史观的历史线索中，并以唯物主义哲学的基本立场进行评价和批判。因此形成自己的特色，建构了美学史撰写中的“朱光潜模式”：时代背景—人物简介—著述介绍—思想呈现。

从全书内容和结构来看，囿于当时中国学术的封闭和深受苏联影响，朱光潜写到20世纪初就戛然而止。从世界范围的《西方美学史》撰写来看，“朱光潜模式”既同于又不同于西方的美学史梳理，所谓“同”是指叙述线索几乎都是依照古希腊、中世纪、文艺复兴、启蒙运动到德国古典美学的顺序，接续西方审美心理学诸派和克罗齐思想；而“不同”是指朱光潜没有关注到现代美学的最新发展。如同时期的美国分析美学家门罗·比尔兹利1966年出版了《从古希腊到现在的美学史——一段简史》，在欧美美学界产生重大影响。该书尽管言简意赅，却是“全史”。同时，“朱光潜模式”既同于又不同于苏联撰写的西方美学史。其中的“同”是指都把德国古典美学作为叙事的第二个重要环节，诉求价值都是以马克思主义美学的最终确立作为叙事的逻辑终点，“前马克思主义”美学从这种历史发展来看，犹如万水归海般在终点上实现了“辩证整合”；而“不同”是指，尽管从中推出西方美学史的发展过程从古希腊至德国古典美学是自低向高发展，但这种唯物论的进化模式在苏联美学界看来，发展到俄国民主主义才达到历史的高点，而朱光潜却在其后重点介绍了移情派和克罗齐。对于“朱光潜模式”的“逻辑叙事”部分，可用四个关键词统摄：美的本质、形象思维、典型人物、浪漫主义和现实主义。① 从今天的视角来看，这种美学史的书写无疑过于简单化、粗陋化，从历史的顺序观之，典型人物由于囿于机械反映论，而最早被扬弃，② 然后是形象思维论又为“审美心理学”所替代，浪漫主义和现实主义也被视为文艺问题，只有“美的本质”作为主线来统摄西方美学史依旧在使用。而在70年代出版的塔塔科维兹的《古代美学》可能更贴近历史本身，该书以开阔的眼界指出：西方美学史应包括“美学思想史”与“美学名词史”、“外显美学史”与“内隐美学史”、美学“陈述史”与美学“阐释史”、“美学发现的历史”与“美学思想流行的历史”。由此可见，学术视野和知识谱系建构的落差，是研究者个人所难以担当的。

按照统编教材编写计划，由宗白华主编《中国美学史》，但很遗憾该书未能按时出版，只出版了《中国美学史资料选编》。“十七年”时期关于中国古代美学的研究成果可谓寥寥，据统计，1955年到1965年，“国内各报刊发表了约50篇有关中国古典美学的文章”。③ 不仅主题零散，研究范围很狭窄。比较重要的是宗白华的若干研究论文：《关于山水诗画的点滴感想》（《文学评论》1961年第1期）、《中国艺术表现里的虚与实》（《文艺报》1961年第5期）、《中国书法里的美学思想》（《哲学研究》1962年第1期）、《中国古代的音乐寓言和音乐思想》（《光明日报》1962年1月30日）等。从这些零散的研究成果，大致可以感受到当时美学界对中国古典美学研究的虚无主义态度，这注定了“中国的美学”建构既外在于西方，又疏离于自身的美学传统和本土化的美学经验，仅仅追随于苏式美学话语及其研究范式（包括美学教材）的末端而已。

① 朱光潜：《浪漫主义与现实主义》，《吉林大学学报》1963年第3期；朱光潜：《从历史发展看美的本质》，《新建设》1963年第6期。

② 朱光潜：《典型性格说在欧洲美学思想中的发展》，《人民日报》1961年8月3日。

③ 詹杭伦：《当代中国古典美学研究概观》，《西北师大学报》1988年第1期。

三、反思美学“教科书”遗产

教科书编写是一个国家教育事业发展中的重要事件，不仅体现了国家的教育理念和人文理想，还体现了执政党的意志和意识形态的教化意图。中华人民共和国成立初期，除了通过组织建设和意识形态规训来保障对文艺的领导，还实施了一系列教育制度和文艺政策，包括文化政策的制定、文艺体制和生产方式的确立，甚至都由领导人定夺，以确保党和国家领导与组织文艺事业的意图得以实现，这一切的制度安排对文艺创作和学术研究产生了深刻影响。可以说，文化政治化构成了文艺创作和学术研究的外部环境，并以隐性的方式深入到文艺创作和学术研究的内部肌理，这是美学学科体系化建设包括教科书编写的直接背景。

可以说，编写美学教科书是当时美学学科体系化的一个重要事件。以国家工程的方式，来组织全国力量编写高等教育的学科教材，这一做法至今仍在延续，其利弊得失仍有待历史评说。为了编写高质量的美学教材，编写组非常重视调查研究和资料建设，先后拟定了中国美学资料选编、马克思恩格斯论美、西方美学家论美和美感、西方现当代美学、苏联当代美学讨论、中国当代美学讨论、马克思的《1844年经济学哲学手稿》论文选、西方主要国家大百科全书美学词条汇编等专题。通过对资料梳理，编写组熟悉了中外美学研究现状，也了解了美学基本理论问题研究方面的新进展，为编写教材打下了牢靠的基础。受当时“美学大讨论”的影响，编写组讨论后确定，把马克思主义作为探讨美的本质的哲学基础，以马克思主义对“生活本质”“人的本质”的论述和马克思主义实践观为根据，来处理美的本质、美的对象、审美主客体及其美学和审美现象，殊不知“唯马是举”之“马”非“真马”，不过是苏式的列宁主义而已。其中，美的本质问题是教科书的重点和难点，它关乎整部教材的重要观点和理论基础、结论和结构。1964年，《美学原理》

编写组写了一部40多万字的讨论稿，几经修改在1981年由人民出版社出版时将书名改为《美学概论》。现在看来，评估20世纪中国美学史的得失，不仅教材编写对“十七年”时期的美学学科建设意义重大，就是当时的资料整理也有效地推动了学科发展，对“中国的美学”建构意义非凡，是“中国的美学”学科建设的奠基礼。当时，不仅“美学在中国”发展不充分，甚至越来越狭隘化、单极化，“中国的美学”研究更是准备不足，美学知识的普及、研究机构建设、对什么是美学的共识等，都存在很大争议。因此，美学教材资料的编写对建构“中国的美学”有填补空白的价值。一方面，这些资料作为论据被教材撰写者广泛引用，或被作为支撑论点的材料；另一方面，这些资料开阔了编写组对美学研究的视野，从中外比较的视野吸收了国外的学术成果，提高了教材的学术水准。作为当时编写教科书留下来的“美学遗产”，这些资料对20世纪80年代的“美学热”提供了理论基础，即使在今天中西学术研究交流频繁和便利的语境下，这些资料仍有重要的学术参考价值，仍不时地被学者引用。同时，资料编辑工作的另一重要遗产是培养了一批美学研究人才，王朝闻指出：“文化大革命”之后，“过去只做资料工作而未能参与撰写篇章的同志，大都能够独立作战，教授美学和出版专著，这与当年收集和整理资料工作是密切相关的”。①

教材编写作为美学体系化的重要工程，中宣部副部长周扬的一些观点值得玩味。可以说周扬对文科教材编写倾注了极大精力，他在一次文科教材编写会议上特别指出：“关于精神领域的东西，除政治外，有些东西我们没有搞清楚，尤其是美学、创作。唯心主义根本上是错误的，但在某些方面解释得非常细，娓娓动听。有些也是对的，只不过把它夸大了，本末倒置了。唯物主义却没有做深刻的解释，有些解释得很简单。如艺术是产生于劳动，但后来它离开了劳动；所有美的东西都是实用的东西，也有许多实用的东西不能引起美感；等等。可见还有另外的东西，你总得讲出个道理来。我们没有去深入研究，没有解决

① 李世涛、戴阿宝：《王朝闻先生访谈录》，《东方丛刊》2000年第4期。

这些问题。”[①]应该说，周扬作为学识渊博的领导对教学规律、知识学问颇有独到见解，也比较实事求是，但这些见解并没有被贯彻到学术研究中。

除了美学教科书，与美学研究相关的还有文艺学教科书。当时，有两部苏联文艺学教材对中国文艺学研究产生重大影响，一是季摩菲耶夫的《文学概论》,[②]一部是他的学生毕达可夫的《文艺学引论》[③]。以其为范本，这一时期我国高校统编的文艺学教材，主要有两种，一种是以群主编的《文学的基本原理》[④]，一种是蔡仪主编的《文学概论》[⑤]。这两种教材，同时启动于1961年周扬主持的高校文科教材编选计划会议结束后。这两部教材对中国文艺学学科建设发挥了重要作用，两书都以马克思列宁主义为指导，结合中国文学实际，以历史唯物主义的态度研究文学的各种问题，在许多问题上有重大突破，建立了相对完整的理论体系，为建设有中国特色的文艺理论奠定了基础。有学者指出：丰富的材料引用和中国化的表述语言、逐步深入的表述方式，对于后来的研究都具有很好的借鉴作用。[⑥]可以说，这两部教材各有其显著特点：一是理论体系的完整性、系统性比较强；虽是不同版本的教材却大致同属一个理论体系，基本理论观点具有普遍性和可通约性。其存在的问题主要是“理论视野的狭窄和文学观念的滞后”。[⑦]对此“教科书”遗产，在国际比较视野中来看其局限性愈加突出。蔡仪的《文学概论》1979年出版，而苏联学者波斯彼洛夫1978

① 周扬：《关于高等学校文科教材编选情况和今后工作意见的报告》，《周扬文集》第4卷，人民文学出版社1991年版，第140页。

② 1953年由查良铮翻译，上海平明出版社以三卷分册、合册同时出版，1955年7月，又出版了该译著的修订本。

③ 此书为其在北京大学文艺理论研究生开设的讲稿，有其口授、打字员打字记录，中文系文艺理论教研室集体翻译，1955年北京大学印刷厂印刷。1958年9月由高等教育出版社正式出版。

④ 初稿写成于1961年年底，曾在1963—1964年分上、下册出版。在1978年以原编写人员为主，修订重版，上海文艺出版社出版。

⑤ 1963年完成讨论稿，1979年修订，人民文学出版社出版。

⑥ 毛庆耆等：《中国文艺理论百年教程》，广东高等教育出版社2004年版，第217页。

⑦ 赖大仁：《也谈现行文学理论教材问题》，《光明日报》2002年8月14日。

年出版了《文学原理》。相形之下，苏联波斯彼洛夫的教材无论在文艺学的知识积累和研究的深入，还是在突破意识形态禁锢上，都有很大变化。不再像50年代的苏联文艺理论那样，很少或绝对否定西方文艺学派，只对马列经典作家推崇备至，他不仅在书中客观评价了文化史派、比较文学派、形式主义派以及结构主义等文学研究流派，还对苏联文艺学中的庸俗社会学进行了批评。差不多同一时期（1977年），荷兰学者佛克马和易布思出版了《二十世纪文学理论》，作者声称本书的写作，旨在提供有关20世纪文学理论的“审慎而精确的情报”。① 此后英国西方马克思主义者伊格尔顿出版了《当代西方文学理论》，作者不仅在书中阐释了马克思主义文论，还系统介绍了现象学、阐释学、接受理论、结构主义和符号学、后结构主义以及精神分析。正如有学者指出的，从比较中可以看到，中华人民共和国成立后近三十年的时间，“我国文艺学在原来的起点上几乎没有前进多少。文艺学没有被作为知识向学生传授，而是作为一种意识形态向学生灌输。因此，我国两本统编的文艺学教材，从一个侧面表达了权力形式。也就是说，当文艺学教学纳入到社会体制之内的时候，对它的传授并不是随心所欲的，支配性也不取决于专家教授的研究成果，它是国家权力的一个表征”。② 这种评价一定程度上也适用于美学“教科书”，这更加警示我们注意权力运用的边界。

作为时代的“风向标”，教科书具有一定的示范效应。在20世纪50年代中后期，除了北京大学、北京师范大学、华东师范大学等高校有自己自编但尚未正式出版的美学、文艺学教材外，还有一些比较有影响的教材：巴人的《文学论稿》（1950年由上海海燕书店出版，1954年分上、下册由上海新文艺出版社出版）、霍松林编著的《文艺学概论》（陕西人民出版社1957年版）、冉欲达等编著的《文艺学概论》（辽宁出版社1957年版）、李树谦、李景隆编著的《文

① ［荷］D.W. 佛克马、E. 贡内－易布斯：《二十世纪文学理论》，林书武等译，生活·读书·新知三联书店1988年版，“作者前言”。

② 孟繁华：《激进时代的大学文艺学教育（1949—1978）》，《文学前沿》第2辑，首都师范大学出版社2000年版。

学概论》（吉林人民出版社 1957 年版）、刘衍文的《文学概论》（新文艺出版社 1957 年版）、蒋孔阳的《文学的基本常识》（中国青年出版社 1957 年版），此外，还有山东大学文艺理论教研组编著的《文艺学新论》（山东人民出版社 1959 年版）。这次教材编著热与由周扬主持的全国文科统编教材，显示了中国美学界和文艺学界开始建构自己的美学与文艺学教材体系的尝试，但遗憾的是大多数教材基本上没有脱除苏式美学话语和“日丹诺夫”式的文艺学研究范式的影响。

从美学学科体系化建构来看，中华人民共和国成立初期的一系列思想文化“设计”和组织制度建设，特别是意识形态对知识分子的询唤和规训，取得了一些成效，却使我国的文化建设和学术研究付出了沉重的代价，不仅迟滞了文化和学术的现代性进程，还因把文艺创作和学术争鸣政治化，而留下极深刻的历史教训。

消费文化语境中的美学担当

当下的美学主张有重新融入生活、融入自然的趋向，既在创造着自己的形式、形态，也在复兴中建构了一套新的话语体系。这既是一种知识论的范式转型，也是某种新的价值理念的生成，并有着文化实践(文化产业）的支撑。“毫无疑问，当前我们正经历着一场美学的勃兴。它从个人风格、都市规划和经济一直延伸到理论。现实中，越来越多的要素正在披上美学的外衣，现实作为一个整体，也愈益被我们视为一种美学的建构。”[①]实际上，审美泛化已渗透到大众生活的一切领域。

一、消费文化语境下的美学新主张

当今时代，消费不单单是生产过程的结果，而是消费引导生产、消费即生产的发展趋势凸显，消费越来越成为经济社会发展的一种驱动力。作为一种以符号为表象的消费，因在消费中杂糅了个人的文化诉求和审美情趣，以至于在日常生活中大众很难区分是在消费还是在表现意志，这是消费文化得以流行的

① ［德］沃尔夫冈·韦尔施：《重构美学》，陆扬、张岩冰译，上海译文出版社2002年版，第4页。

策略。当下，美的生成和审美话语重构越发具有消费性文化生产的特征。虽然美学的定义在当前还部分地起作用，但当它作为“美学”存在时，不可能期望它的普遍有效性，而是一个更多地呈现地方、某个领域、瞬时的概念。在学术常识中，美学以有情感的形式表达着一种特定的真理性知识与道德诉求，其生命力离不开审美感觉和理性思维能力。曾经，美学作为一门人文学科，在整个古典知识与文化体系中起着建构作用，审美不仅建构和驯化了人的感觉器官，还通过与理性及道德的关系，把人的感官系统嵌进一个更大的知识、文化与社会体系之中。当今这一观念受到现实的挑战，美学趋向于一种曾被康德批判过的快适性的感觉体验的复兴。在消费文化流行中的艺术形式和审美观念还有批判的维度和救赎的力量吗？当下的文化产业以对美的感觉的制造和消费，日益把审美和政治移植到经济领域、日常生活，并冠以审美创新的实验主张，无论是各类创意文化园区，还是艺术街区和名目繁多的互动性艺术表演，都在做着越界游戏，对理想匮乏、精神缺失、生活苦难不再焦虑，而把生产愉悦和快感作为主导，其审美诉求不再是对痛感克服的升华而是趋向于甜媚的快感。在文化产业支撑下，文化与经济相互渗透，文化与科技相互交融，文化与社会越来越互文化，这就是当下审美话语重构的语境。

在消费文化影响下，审美大量进入日常生活，艺术形式已扩散到一切商品和客体中，以至于从现在起所有的东西都成了一种美学符号，现成品成了艺术。“在日常生活审美化的大潮中，审美最显著的变化是审美理性的缺失，从而导致了审美批判转向了审美谋划。”①“美学丧失了它作为一门特殊学科、专同艺术结盟的特征，而成为理解现实的一个更广泛、也更普遍的媒介。这导致审美思维在今天变得举足轻重起来，美学这门学科的结构亟待改变，以使它成为一门超越传统美学的美学。将‘美学’的方方面面全部囊括进来，诸如日常生活、科学、政治、艺术、伦理学等等。”② 鲍德里亚对“超美学”的判断，在他对位

① 祁艳：《当审美行为成为消费行为——日常生活审美的文化批判》，《北京科技大学学报》2011年第3期。

② [德]沃尔夫冈·韦尔施：《重构美学》，陆扬、张岩冰译，上海译文出版社2002年版，第4页。

于巴黎的超现代主义蓬皮杜艺术中心的阐释中得到了扩展。其实，这个文本本身就是一个混合物的概念，“部分是社会学，部分是艺术批判，部分是文学，部分是个人思考，部分是政治学，部分是建筑学观点”。① 社会、艺术、大众、意义、建筑，蓬皮杜艺术中心负载了众多社会关系的流动，所有社会事务都进入超美学的形态中，鲍德里亚不仅仅满足于看到这些流动，对他来说更重要的在于深层次的内爆，正是在此意义上，蓬皮杜艺术中心展示了一幅超真实、超美学的图景。审美泛化的结果是，审美的超越性在减弱，享乐化色彩在增强。“超美学”是鲍德里亚对这种状况的描绘，“他将所有美学的可能性都相提并论，将政治学、性和艺术都混合在了标志着今天完全混乱状态的超政治、超性的和超美学的宽波段中”。② 在此，鲍德里亚指出审美判断已不再可能，因为所有的美学符号共存于一个互不相干的情景中，“在艺术的问题上我们都是一些不可知论者：我们不再有任何美学信仰，不再信奉任何美学信条，要不然就信奉所有的美学信条（这正是不可知论者对待宗教的态度）”。③ 当下，审美越来越日常化、碎片化、文化化，在丧失内在的自主性原则下，越来越显现为一种市场化的外力、一种试图筹划生活的组织力。在现代性的价值指涉中，审美风格大多呈现为现代主义与后现代主义的杂糅：建构与解构的共在，宏大叙事与微观诉求的杂然相处，现代性的豪华与冷漠和后现代的地方性与差异性的同台。

当今的生活审美化呈现出受控于经济利润的浅表化，而缺少具有深度的精神诉求。在资本的魔力下，对人性和艺术的深层挖掘屈从于市场看不见的手，用大众趣味塑造自己的审美趣味，而非用自觉的审美趣味去影响和提升大众。

① ［美］蒂莫西·W. 卢克：《美学生产与文化政治学：波德里亚与当代艺术》，道格拉斯·凯尔纳编：《波德里亚：批判性的读本》，陈维振等译，江苏人民出版社 2005 年版，第 298 页。

② ［美］蒂莫西·W. 卢克：《美学生产与文化政治学：波德里亚与当代艺术》，道格拉斯·凯尔纳编：《波德里亚：批判性的读本》，陈维振等译，江苏人民出版社 2005 年版，第 302 页。

③ ［法］Jean Baudrillard, “Transpolitics, Transexaulity, and Transaethetics” , see The Tranparency of EVIL: Essay om Extreme Phenomenon, trans. James Benedict, New York 1990, p.53。转引自斯蒂文·贝斯特、道格拉斯·凯尔纳：《后现代理论——批判性的质疑》，张志斌译，南京大学出版社 2003 年版，第 175 页。

审美化是时尚、流行之后的盲目跟风，并不是生活和精神世界中自我意识的自由表达。如果说，西方的日常生活审美是在工业化充分发展之后，对工业现代化生活的反叛；那中国的日常生活审美则是流连于工业技术的便利中。建立在现代大工业基础上的技术异化、社会碎片化、文化娱乐化的现实，使人们对新型的生产方式、经济发展方式、文明发展阶段的文化产业寄予了深切的当代诉求！文化产业能够担当解放人自身的诉求吗？今天它能够生产“完整的人”吗？生产方式的变化直接带来人的审美观念和态度的变化，必须改变囿于单向度的既有观念。同时，对文化产业要做出超越经济学意义上的价值重估，对其内涵和价值取向要有深刻的认知。在日常生活日益碎片化、功利化、娱乐化的趋势下，如何重建有意义的生活？什么是值得过的生活？人类如何才能诗意地栖居？其中的一个重要方面是对“完整的人”的呼唤。“完整的人”是马克思主义哲学的一个概念，它远比席勒对感性与理性相统一的人的期许更具有本真性和实践性，它旨在使人的自由本质落在现实中、大地上。在以工业化和信息化为支撑的现代化高度发达的今天，还有什么路径或方式使人通达“完整的人”？

二、美学的本体论承诺

美学究其本体论承诺而言是指向人的自由全面发展，不论是康德始自对审美判断力的分析，而最终把价值落在对“人是什么”的哲学追问，还是席勒对充实审美精神的游戏冲动的价值祈向及其对古希腊“完善的人性”的期许，以及海德格尔、雅斯贝尔斯通过存在之思对现代人性的分裂的某种救赎，更有马克思在最高社会理想目标上的自我扬弃，“完整的人”可以说是历代思想家矢志不渝前倾的地平线。在人类努力迈向自由的征途中，当前依托文化产业的消费文化的崛起，是对人类自由链条上某个环节的坚实推进还是被动性销蚀？

“完整的人”是人祈向的理想。席勒提供的路径是审美：“美”终究是从“人”

这里说起的，而“人”就其人性之健全而言是有着审美的维度的，因此，“人”对于“美”和“美”对于“人”的内在性被席勒表述为：只有当人在充分意义上是人的时候，他才游戏；只有当人游戏的时候，他才是完整的人。“美是两个冲动（感性冲动和形式冲动——引者注）的共同对象，也就是游戏冲动的对象。……在人的一切状态中，正是游戏而且只有游戏才使人成为完全的人。”① 席勒把审美教育视为“把现时代中的人上升到理想中的人”② 的不二法门。他认为，“想使人性在什么程度上成为现实”，这固然应“留给我们的自由意志去决定”，但“使人性成为我们的可能”的却是“美”（落实到现实层面），他称“美”为：我们的第二造物主。③ 在他那里，“完整的人”包括两层含义：首先，强调审美对于人性的本体论意义，强调审美过程是人性的完善过程和实现过程。席勒之所以把人性寓于审美过程之中，是因为他已经认识到人性的不完善。在他那个时代，人性的不完善主要基于两个原因：一是人受到了上帝的压迫（神学世界观），二是人受到了文明的压迫（科学主义世界观）。两种世界观造成了人的双重异化。启蒙哲学虽在批判神学世界观上有突破性的贡献，但却在有意无意间孕育和促进了科学主义世界观，使得人从一种异化进入另一种异化状态。其次，席勒认为启蒙哲学造成异化主要表现为它对人的理解不是出现偏颇就是趋于激进。按照席勒的分析，启蒙哲学提供了两种完全对立的人的概念：一是经验主义的人的概念，二是唯理主义的人的概念。前者强调人的感性冲动，而感性冲动不可能使人达到完善的程度，因为“它用不可撕裂的纽带把高度奋进的精神绑在感性的世界上，它把向着无限最自由地漫游的抽象又召回到现时的界限之内”。后者突出的是人的形式冲动，而形式冲动虽然竭力使人获得自由，使人的各种不同的表现达到和谐状态，但它最终激活的不是一个完整的人，而只是我们身上的“纯客体”。最后，席勒提出了自己的“人”的概念，就是游戏冲动主宰下的人的概念。原因很简单，游戏冲动把感性冲动和形

---

① ［德］席勒：《审美教育书简》，冯至、范大灿译，上海人民出版社 2003 年版，第 121 页。

② ［德］席勒：《审美教育书简》，冯至、范大灿译，上海人民出版社 2003 年版，第 43 页。

③ ［德］席勒：《审美教育书简》，冯至、范大灿译，上海人民出版社 2003 年版，第 111 页。

式冲动有机地结合起来，使人性得以完满完善。换言之，在席勒看来，人只有在游戏状态下，才享受到充分的自由；人只有在游戏的时候，才真正称得上是一个“完整的人”。而人一旦完整了，人性一旦完善了，美就得到彰显：“在力的可怕王国和法则的神圣王国之间，审美的创造活动不知不觉地建立起第三个王国，即游戏和假象的王国。在这个王国里，审美的创造冲动给人卸去了一切关系的枷锁，使人摆脱了一切称之为强制的东西，不论这些东西是物质的，还是道德的。”① 总之，席勒诉诸他的现代性审美批判（现代性设计），人性、游戏和审美三位一体，是席勒提供的“完整的人”的形象，也是席勒理想中的现代人的形象。席勒的理想是通过审美途径来追求人的“完整性”生成，使人类达到和谐、自由、幸福的境地。

审美活动作为人类的一种诗意栖居状态和文化生存方式，它必然与人的整体性生活息息相关，其中任何一种生活方式的变化，都会对审美产生深刻的影响。如果说审美价值是审美活动或“美学何为”的核心规定，那么真善美的统一以及对个性的自由和全面发展的追求就是它的目标和指归。相对于席勒充满人道主义理想的高蹈的审美设计，海德格尔在克服现代形而上学的存在之思中，为“完整的人”的生成敞开了一道视域。在海德格尔看来，以作品的形式存在的艺术，是真理的自行揭蔽，是真理的敞开并进入“澄明”之境。这“澄明”就在于领悟万物各不相同而又“相互隶属”、相互融通为一整体，物之显现乃是天、地、神、人四环共舞。以“澄明”观物，物的怡然自立并非单纯有用性之对象，而为艺术品；以“澄明”视人，则人的自由自在不能沦落为持存物，人与人乃是你—我关系。处于这种相互隶属中的人，是进入“澄明”之境的人，其生活是有着神圣维度的整体的共在。这样的生活就是相互包蕴的“在世界中”的本真状态，而非分裂为相互对立的艺术世界与现实生活的二分。这是对艺术生活化的深刻阐释，其前提恰是超越了形而上学的二元世界观，而把美置于真理的闪光的本体论格位上，美、艺术与真理比肩而立。

---

① ［德］席勒：《审美教育书简》，冯至、范大灿译，上海人民出版社2003年版，第235—236页。

基于人的本质的对象化和人的本质是实践的理论立场，马克思主义经典作家始终重视社会发展与现实中个人发展的密切关系，把社会的发展最终归结为人的发展，认为人的自由发展不只具有个体的意义，而是一切人的自由发展的条件。“完整的人”是马克思阐述的人的本质在现实的个体上得以充分证实的理想生存状态，它意味着个人的各方面素质和才能的协调发展，意味着个人本真地呈现出人的丰富性和多样性，意味着个人拥有支配和表达自己的高度自觉与自由，它作为人类前倾的地平线是人类社会发展的基本原则和最高目标，它依赖人在实践中实现和丰富人的本质。要注意的是，马克思当时对资本主义生产方式的批判，所针对的主要是它的社会形式（生产方式）而非技术形式（生产力）。相反，他还对社会化大工业生产这种技术形式寄予厚望，相信“只有在大工业的条件下才有可能消灭私有制”。① 但事实上，现代技术不是中立的，它在揭蔽中始终贯彻着经济主义、科技理性主义、唯物质主义和功利主义的旨趣。现代人文主义指出，技术的旨趣根本不在乎人的完整性，而是以生产效率为中心；大工业生产以批量复制的精确性、统一性和标准性等相应的技术特性予以证实和满足。在发达工业社会中人的“非人”的生存状态，源自生产方式中技术的逻各斯被转变成依然存在的奴役状态的逻各斯，技术的解放力量——使事物工具化——转而成为解放的桎梏，即使人工具化了。② 现代技术与形而上学的完成进一步把人推向了异化的状态，但哪里有危险，哪里就有救赎。

在消费文化语境中流行的“日常生活审美化”及其依托的文化产业是一条救赎之路吗？在文化全球凸显的背景下，风生水起的新手工艺运动是一种生产“完整的人”的路径吗？文化产业能否与生产“完整的人”的诉求相契合？从历史上看，技术美学创始人莫里斯倡导过人与环境相协调的手工艺运动，而当下基于现代技术应用基础上的文化产业，有可能在历史的螺旋式上升中提供救赎的机遇。一种由传统手工艺蜕变而来的“新手工艺运动”正在全球崛起，成

① 《马克思恩格斯选集》第 1 卷，人民出版社 1972 年版，第 72 页。

② ［德］马尔库塞：《单向度的人——发达工业社会意识形态研究》，刘继译，上海译文出版社 1989 年版，第 143 页。

为现代艺术潮流中的一道风景。在现实中，包括陶艺、漆艺、木艺、纤维艺术、编织艺术、雕刻艺术、银饰艺术和金工艺术等样式在内的新的手工艺术，正努力为生活在现代文明阴影下的现代人送上一份切实的人文关怀，在健全人格构成、促进身心和谐发展、补偿人生价值缺失方面发挥着积极的作用。其价值不仅仅表现在审美方面，还表现在文化建设方面。有学者预言：手工生产作为普遍的社会实践方式将再度进入人类文明发展的历史。① 随着非物质经济在驱动经济社会发展中地位的凸显，精神劳动与物质劳动日益相互渗透融合，艺术将复归为“劳动意识”的一部分。这在当下的文化产业发展中得到部分明证，这是易被忽略的弥漫性的“日常生活审美化”的社会现实的深层结构部分，它在人类文明成果的积极意义上，体现了人对作为人的“自由自觉的活动”的诉求，是在一个无可比拟的高度上向原始共产主义社会中精神生产与物质生产相互统一关系的回复。在马克思看来，全部人类艺术都将保留下来作为学习和观摩的范本，但人把从中得到的启发和灵感主要用来直接装饰或“人化”自己周围的劳动、生活环境，一切艺术都将具有实用价值，一切用品都将具有艺术性，人将生活在一个真正“人化”了的世界中，并将自己的本质力量聚集为烧向外部的火焰，在无边的宇宙中蔓延。经由实践，“人以一种全面的方式，就是说，作为一个完整的人，占有自己的全面的本质。人对世界的任何一种人的关系——视觉、听觉、嗅觉、味觉、触觉、思维、直观、情感、愿望、活动、爱——总之，他的个体的一切器官，正像在形式上直接是社会的器官的那些器官一样，是通过自己的对象性关系，即通过自己同对象的关系而对对象的占有，对人的现实的占有；这些器官同对象的关系，是人的现实的实现（因此，正像人的本质规定和活动是多种多样的一样，人的现实也是多种多样的），是人的能动和人的受动，因为按人的方式来理解的受动，是人的一种自我享受。”②。人对世界的这种情感体验，是人对世界的审美掌握方式和艺术掌握方

① 吕品田：《为生产完整的人——从马克思主义哲学角度重提手工生产》，《装饰》2002年第1期。

② ［德］马克思：《1844年经济学哲学手稿》，人民出版社2014年版，第81—82页。

式，这是文化时代的人的审美理想。正是基于现实对审美理想的召唤，成为当下审美话语重构的源泉：其一，来自哲学的思辨和理论的构想；其二，来自艺术实践及其创新；其三，来自当下如火如荼的文化产业及其日常生活审美化的新理念。当下的文化产业发展能够担当这样的使命吗？应当说，文化产业发展在某种程度上提供了这种可能！正是文化产业的大发展，新的审美主张、美学宣言使我们看到了祈向"完整的人"的理想实现的潜能和路径。在各种文化思潮的相互激荡中，特别是在异质文化的冲击下，美学往往能触及时代的脉搏，也深刻地引发关心时代命运（文化危机）的人的思考，并在时代的艺术和文学中展露迹象。

当"审美无利害"和"艺术自律"的思想被人们批判和超越之后，继续使用"美学"一词，就又从它的狭义回到了它的广义。"我们来到了一个需要美学的时代，但是，只有转换视角，更新方法，重新定位，美学才能复兴，这个学科才能在中国有辉煌的明天。"① 任何学科的发展，都必须有现实力量的支撑。当下的美学重构走向哪里呢？美学的复兴要谨防与资本的密谋！中国的当代艺术很大程度上遭受美国的政治干预和商业资本的炒作，而使其愈发背离艺术自身，以至于被某些学者视为艺术的堕落抑或是一种精神的梦魇？甚至被认为是对人类文化尊严的一种亵渎！因此，美学的复兴固然受到现实中文化产业的强有力支持，但其有效性必须转化为思想资源并对之保持批判的视野。

三、对审美话语重构的反思

全球性消费主义的传播，使得今天的审美文化越来越多地受控于消费主义意识形态，审美很大程度上堕落为一种欲望修辞。"在后现代的世界上，文化

① 高建平：《美学的复兴与新的做美学的方式》，《艺术百家》2009 年第 5 期。

和社会生活再一次紧密地结成联盟，但这时则是表现为商品的美学形态、政治的壮观化、生活方式的消费主义、形象的集中性，以及最终将文化变成一般商品生产的综合。”① 这是当前的文化存在样态，与文化转向相切近，美学作为现代概念，从原初涵盖日常感性经验，到后来多指艺术经验，及至当前再次回到生活经验，切合的是文化内涵和观念的变迁，在经历分化之后如今在风格、形式、广告、媒体等方面到处是文化。新崛起的阶层借助传媒技术的力量和便捷，逐渐颠覆了原有的文化生产机制与传统的文化审美情趣和审美形态，催生了新的审美观念和审美风尚，张扬着新时代的自由个性，超出精英阶层的文化圈，生成为一种独特的、相对独立、富有生命力的新文化阶层。解构高雅文化与通俗文化的界限成了这一阶层的文化诉求。

随着商业娱乐文化的流行，媒体文化成为文化发展格局中的主导形态，使得文化发展正经历一个“夸张的寻常化”过程，为了吸引眼球，手段无所不用其极。这不但被容忍，甚至受到追捧。骇人听闻的举止、大胆的出位，却获得了财富和权力的回报。正如有学者指出的：“未来信息社会的基本特征已经形成，它的颜色是刺目的氖气灯放射的光芒，它的印象特征是叫嚣、唾骂和爆炸，它的文化商标则是极尽粗暴之能事的公共关系噱头。”② 在此思潮影响下，文化处于失序和重构的进程，这种状况映现了中国文化自我想象的混乱与悖论，随着市场的逐步完善和规范，文化的分层和秩序化必然重新回归理性。

美学的命名虽然始于鲍姆嘉通，但早在古希腊和先秦时代就有着人类对审美的思考。美学虽然有着强烈的西方文化色彩和思维特性，但审美思想却随着人类文化交往的加大和加快，出现互渗互容。特别是随着经济全球化、大众文化的全球互动和交流，美学的当下复兴便有着时代的色彩并置身历史的进程中，“全球美学”已然呈现。很多问题（如环境、文化产业）关系全人类的生存和发展，美学不会对此失语，一种基于地方的经验又能全球传播的“全球美

① ［英］特瑞·伊格尔顿：《文化的观念》，方杰译，南京大学出版社 2003 年版，第 33 页。

② ［美］戴维·申克：《信息烟尘——在信息爆炸中求生存》，黄锫坚等译，江西教育出版社 2001 年版，第 2 页。

学”有可能生成。全球美学并非一种“世界美学”，正如全球文化并非等同于“世界文化”一样。世界文化是多样性的，全球美学作为审美话语的理论构建同样是多元化的。

在当下所谓“全球审美化”的时代，审美化趋向不仅表现着美学的扩张，同时也改变着美学的构造。超美学不仅是跨学科的或者学科际的，而且是超学科的。“美学本身应该是跨学科、或者说是超学科的，而不是只有在与其他学科交会时才展示其跨学科性。”① 尽管对当下的生活现实有不同维度的把握，但不同视角的命名：技术时代、消费社会、美及社会、日常生活、审美社会等，依然是对浑圆的整体的生活的某一个向度上的简化。这种认知仍是建立在有选择性的和有局限性的差异性思维之上，而不是将这种差异建立在生活的整体性之中。一方面是生活的真实转型，一种趋向整体性生活的转型；一方面是认识生活方式的转型，转向一种复合的、复杂性的认识生活的方式。转向复杂社会的复杂生活使我们意识到：复杂的生活不能被概括为一个主导词，生活的复杂化不能被归结为一个简单的概念。社会现实的这种际遇在召唤着更切合实际的学科的重构，美学、文艺学的真正的跨学科研究，不是不同学科、多学科之间的简单综合与借鉴，而是在相互打通中实现相互交融。究其现实基础乃是文化产业本身的跨领域跨部门的特性作为支撑，它在不断地组织、建构着社会现实；而其理论基础则建立在对于所有人类知识活动的共通性，即文学性、审美性、建构性的洞察上，就是说，无论是文艺活动，还是哲学、历史学、社会学以及其他人文社会科学的研究，说到底都是一种审美建构。这种泛化的审美观和生活的审美化，尽管在历史上早有其渊源，比如，早期空想社会主义者圣西门、傅立叶、莫里斯等人，都表达过反对把艺术和生活的其他部分割裂开来的主张，强调艺术为建立理想社会服务的观点，认为真正的艺术是“人在劳动中的快感的表现”。其实，只有在社会主义条件下，艺术和劳动在历史上首次

① ［德］沃尔夫冈·韦尔施：《重构美学》，陆扬、张岩冰译，上海译文出版社 2002 年版，第 106 页。

从压迫性的生产关系中解放出来，进入一种新的关系。在消费文化语境下凸显“生活”的审美化思潮，并非仅是一种理论的主张，而是一种与生活现实的互动与同构，在一些国际大都市和经济发达地区，它本身就是生活审美化的一部分。审美在生活中的泛化是如此丰富和生动，并日益融入生活的各个领域和整体语境中，单纯的文本性和精神性解释已不足以切近生活本身，即便所谓专门的“美学”也是力不从心。“日常生活审美化”可否带来一种革命性的变化？而不是为日常生活涂上一层装饰艺术或罩上一层幻象之光？对于文艺学和美学研究来说，如何回应这种变化？在社会转型和学科重构中，文艺学美学研究要切近审美化的生活，又不能让生活的自我显现淹没理论。

美的本质（非实体性存在）问题是美学的真正基石，舍此则没有理论的完整性，也没有理论形态的美学。虽然有不少学者认为“鲍姆嘉通美学具有比美学大得多的意义”，但更为肯定的是把他视为“‘美学的教父’，为美学这门学科命名”。① 正如有学者所说，“美学”从无到有，是一个动态的过程，确实要弄清楚，到底是“什么”起源了。就是说以什么样的标准来衡量，某一特定时期的美学是“美学”了，而不再是“审美思想”了？当鲍姆嘉通提出“美学”概念时，他试图建立某种不再仅仅是对美和艺术进行反思的美学。他所要建立的，是某种与感性有关的学问。也就是说，不再是美和艺术的哲学，而是“审美学”和“感性学”。② 美的价值主要是使人通过审美形态（作品）去把握心灵所引发的情感。一种自以为美的人，便把自己束缚在自己形态之上，阻碍了心灵向其他方面的发展，于是没有动力与烘托的形态美，自然容易僵化。通常，美关联着悲剧，所谓英雄末路（如项羽）、美人迟暮等。但太现实化的东西，便是商品而不是美，在这个功利化逐利的时代，只会把美变成商品加以糟蹋，不会懂得珍惜。

无论是经典美学对“人是什么”的追问，还是当下复兴中“新美学”在消

① 凌继尧：《西方美学史》，北京大学出版社 2004 年版，第 252 页。

② 高建平：《美学的起源》，《社会科学战线》2008 年第 10 期。

费文化语境中的“以人为本”，都可以看到美离不开人，是人之为人的一个维度，就此而言，美学不能失去人文学的性质与导向。其实，美学之谜是人学之谜，“美是什么”的追问必然关乎“人是什么”的解答。正是在此意义上，美学在世界范围内成为人类自我意识的普遍性标尺。审美具有反抗压抑性的革命潜能，当审美自律成为艺术体制和经典理念而丧失冲动与活力时，凸显感性的日常审美就具有了某种解放功能，在文化经济支撑下的消费性审美就成为切近时代潮流的一种理论范式。通过挑战艺术的自主性观念，进而挑战艺术自身，艺术、美不仅失去了信仰维度和历史深度，而且顺着市场逻辑混同于日常生活。不仅屈从于现代生活的物化现实，还追逐于产业化的趋势，使得“人人成为艺术家”成为可能，但这并不意味着艺术与日常生活的差异可以被消除。当波普艺术揭示出艺术的商品特征时，日常生活（广告、购物中心、街心花园、高档社区）却愈发审美化了，即审美完全屈服于资本的利益。建立在艺术自主性基础上的唯美主义的对抗原则已难以维持，因为资本用各种不同的形式把审美变成了可消费的商品，如设计、广告、包装等。在商品美学时代，唯美主义自身无论作为对抗还是休眠策略都成了问题，现在到处充斥着文学的碎片化和审美的泛化。拆除了传统美学设立的艺术与生活之间的等级性隔离，就没有了历史深度和对崇高的敬畏感，美与艺术不再是纯粹的精神产品，而成了日常生活中触目可见的物态化现实，人沉溺于符号泛化的快感中就会忘记尊严。在大众文化的流行中，美成了一种生活的点缀和装饰，逐渐弱化了它的伦理维度，美学伦理维度的缺失是美学学科必须重视的问题。

在多元化格局中，无论哪种范式的美学研究都有其质的规定性和边界意识。美学复兴注定是一种兼收并蓄的螺旋式上升发展，是多向度多层次的力量整合。发展与中国当下文艺现实、社会现实相适应的中国当代美学，就是对学界普遍呼吁的美学学科的转型与重构的回应。美学的“文化学转向，曾经意味着‘反美学’，也意味着走出文学艺术。但是，经过文化研究洗礼的美学和文学研究还会发展起来，这是一种新的、不同于以往的、上了一个台阶的、面对新问题、适应我们时代的研究，这种新的研究会带来新的气象，代表着当代美学和文学研究的发展方向。”① 从美学发展史上看，不存在单一而普遍的美学，只存在从不同文化语境中生成的复数的美学，所谓的地方美学或小美学、后美学，这些美学之间有着互动和对话的间性关系。当下消费文化语境中的审美话语重构，或者美学形态的转换，无论有着怎样的弊端和不足，都是人类历史螺旋式上升中的一个精神的环节，必然带有时代的痕迹，只是这个环节未必一定向上，也有可能处于历史的下行阶段，但它对美学学科的丰富或者是复数性的发展轨迹未必是坏事。有一点是可以明确的：美学是多样性的，是复数的，是地方的，美学研究是多元的。

① 高建平：《美学的文化学转向》，《阅江学刊》2011 年第 3 期。

下　　篇

面向新时代的文艺批评实践

在紧紧抓住时代中引领当代文艺发展方向

2017年5月23日是毛泽东《在延安文艺座谈会上的讲话》发表75周年纪念日，如何从这一经典文艺纲领性文献中获得深刻的力量，真正领会其对中国现当代文艺发展的持续性影响，必须回到特定历史语境洞悉其本质性力量。我认为其深刻性的本质力量之源，在于它紧紧抓住时代，在切中时代肯綮中引领了时代文艺的发展方向。1942年，中国的抗战进入最艰苦卓绝的时期，需要动员最广泛的社会力量全力投入抗战，以全民之力抵御外侮，需要全社会各民族结成最广泛的战时同盟。斯时的文艺需要发挥匕首和标枪的功能，作为战争的号角要为抗战鼓与呼，就必须最广泛的发动民众。动员最广泛的民众投身抗战，是当时文艺的时代使命担当和主旋律。而当时最广泛的民众就是农民、工人和士兵，只有把他们的力量焕发出来，中国的抗战才有希望。因此，这一时期的文艺要融入全民抗战的革命进程，发挥出和军事斗争同样的功能，宣传鼓动最广大的人民投身抗战。因此，毛泽东《在延安文艺座谈会上的讲话》中开宗明义地提出，“为什么人的问题是文艺的根本问题”，它关乎文艺的发展方向。毛泽东旗帜鲜明地提出，文艺要为工农兵服务，而这一时期作为人民主体力量的工农兵大众多是不识字的文盲，因此，当时主流文艺的发展方向应该是普及教育动员最广大的人民群众。毛泽东立足时代的高度和抗战大局，从中华民族的解放这一时代最紧要的问题出发，以其“讲话”开启了中国现当代文艺发展的“延安道路”——文艺的大众化，号召文艺在普及中提高、在提高中普及。既尊重知识分子在文艺发展中的作用，也积极激发广大民众的文化意识自觉参与文艺表达，这就是紧紧抓住了时代，凸显了问题导向，以文艺的力量打击敌人，为民族解放贡献力量。

在文艺政策实践中，所谓凸显“问题导向”就是倾听时代的声音，当时最突出的时代问题就是全民族共同抗战，使中华民族获得解放。文艺以此为鹄的，才算紧紧抓住时代。因此，毛泽东在“讲话”中开启的延安文艺道路——文艺的大众化、口语化，审美风格上的普及化、艺术表现形式上的多样化、生动化，及其切合时代特点的秧歌剧、黑板报、口语化诗歌、新歌剧等，都在当时发挥了最广泛的战时动员作用，并在解放区涌现出了赵树理的《小二黑结婚》等经典性文艺作品。可以说，《在延安文艺座谈会上的讲话》因其紧紧抓住了时代，从而引领了当时中国主流文艺的发展方向，获得了最广泛的民众支持，也团结了广大知识分子，使得中国共产党在尚未掌握全国政权时，就在某种程度上获得了文化领导权，使中国共产党既有一支拿枪的革命武装，也有一支拿笔杆子的军队，正是两支力量的相互配合最终夺取了全面抗战的胜利，乃至全中国的解放。

从文学史和批评史的意义来看，何谓紧紧抓住时代？大作家歌德基于当时德国民族文化的经典化进程提出德国文学的自觉时，强调真正的艺术家必须坚持自己的独立自主性，要有对时代的深刻思考和艺术卓越性追求。他指出，艺术家的思想受制于他所处的时代，他所做的一切都在时代允许的范围内，如何把握时代至为关键。既然作家无法摆脱时代，要想取得成就必须与时代融为一体。他在《纪念莎士比亚命名日》中认为，莎士比亚“假如他不跟他生活的时代融为一体，他就不会对我们发生那么大的影响”。因此，他劝告青年作家：“要牢牢抓住不断前进的生活不放，一有机会就要检查自己，因为只有这样才能表明，我们现在是有生命力的；也只有这样，在日后的考察中，才能表明，我们曾经是有生命力的。”无论是一个作家，还是一个国家和民族的文艺发展，要想抓住时代，就不能任凭文艺随波逐流，而是在尊重文艺发展规律基础上，保持思想和艺术的定力，追求文艺的独立自主，敢于直视时代的问题，发出时代的声音，凸显问题导向。

中华人民共和国成立后，在文艺领域的社会主义意识形态纯化过程中，在“一穷二白”的现实国情下，当代文艺发展继续沿着延安道路。在文艺政策引导下，共和国的文艺发展继续高扬文艺的人民主体性。一方面，通过转变艺术家的情感立场和文艺生产方式，在提高文艺家的政治地位和生活待遇中，使文艺发展逐渐被纳入国家“统筹”中；另一方面，在文艺的普及化和大众化运动中，不断提高普通大众的文化素养和文艺水平，激发普通民众的文艺创作激情，进而使得当代文艺发展中一些新歌剧、新舞蹈、新音乐、新诗歌、新美术、新雕塑、新电影等新文艺形态登上历史舞台。“人民站起来了”，广大人民群众不仅获得了政治上的解放，在不断扫除文盲提高文化程度的过程中，人民群众还拥有了文化权利特别是文化表达权，也越来越多地参与到当代文艺创作中，文艺发展体现了最广泛的人民创作主体意识。正是在紧紧抓住时代中，在毛泽东文艺思想指引下，“十七年”时期，出现了某种程度上的文艺繁荣，并涌现出一系列文艺经典。如柳青的《创业史》、丁玲的《太阳照在桑干河上》、周立波的《暴风骤雨》等，以及新歌剧《东方红》、新舞剧《白毛女》等一系列红色经典，其影响一直延续至今，甚至成为21世纪流行时尚文化商业化开发的资源宝库。以政策引领艺术家紧紧抓住时代，不是要求艺术家做时代和政策的应声虫，而是以一种艺术的方式回应和应和时代精神，追求的是一种精神的内在相通。艺术家固然有其个体性的差异和个性化创作的自觉，其应和时代精神的表现形式方式殊异，自然形成艺术的百花齐放，或者貌似与时代主潮形成某种精神落差，或迟或早、或壮怀激烈或静若处子，只要与时代精神相契合都会抓住时代，成为时代的文艺精品。因而，倡导文艺紧紧抓住时代，可以有与时代同频共振的洪钟大吕般的大作，也可以有把握时代余脉的曲水流觞般的浅吟低唱，文艺的多样化和多声部才能紧扣时代精神。历史经验表明，毛泽东的讲话紧紧抓住了时代，沿着延安文艺道路形成了“毛泽东文艺思想”，这在特定历史时期发挥了积极作用，成就了共和国文艺发展的繁荣格局。而一旦背离时代精神，脱离时代声音，把时代精神抽象为某种干巴巴的教条，以政策桎梏文艺，才会使文艺发展难以抓住时代，陷入主观臆测和某种强力意志中，而沦为“文化大革命”式的文化荒漠和文艺枯萎。历史的经验值得汲取和警醒，引领文艺发展和促进文艺繁荣，一定要紧紧抓住时代。紧紧抓住时代需要倾听时代的声音，引导主流包容另类，文艺的百花园才能争奇斗艳。在文艺的大合唱中，只有把握了时代精神，才能够创作出契合时代的振聋发聩、洪钟大吕的作品，才会涌现出时代的文艺经典。可以说，真正的大艺术家都是能够抓住时代的，而不是做时代和思想的应声虫，追随时潮。更不会充当某种时代风尚的爬虫，而是引领时代潮流。真正的艺术家不能也不会附和读者，更不会迎合市场以满足消费者的欲求为鹄的，更不会使文艺沦为感官欲望和市场的奴隶，其使命恰恰是通过作品使读者或观众提高思想境界和审美品位，以艺术精品创作引领时代文艺发展方向。

随着国内外形势的不断变化与人民生活水平不断提高，大众文化的文艺素质不断提升，中国进入了改革开放的现代化新阶段。21 世纪以来，文化的地位和作用不断凸显，全球文化进入了相互激荡和博弈的新阶段，文化交流和文化贸易成为文化竞争的常态，文化精品的竞争成为时代的主旋律。在新的历史语境下，伴随中国的文明型崛起，中国越来越靠近世界舞台中心，中华民族的伟大复兴和个人出彩机会的中国梦成为全民族的共识，当代文艺发展不仅要有“高原”，更要有时代文艺的“高峰”，这是习近平总书记发表《在文艺工作座谈会上的讲话》的时代背景。当今时代，文化的相互博弈和文艺的竞争越来越体现为文艺精品的交锋，文化的影响力越来越离不开文化市场份额和文化产业竞争力。习近平总书记指出：“当今世界是开放的世界，艺术也要在国际上竞争，没有竞争就没有生命力。”① 基于时代语境倾听时代声音，习近平总书记在关于文艺方面的重要论述中，提出中国文艺要为世界贡献特殊的声响和色彩，就要不断出精品，在文明互鉴视野中增强文化自觉和文化自信，不断提升文艺交流和文化开放水平。正是着眼于当今时代最大民族复兴这一时代主题，习近平总书记关于文艺方面的重要论述，既基于时代特征发展了“人民”的内涵，在遵循集合性“人民”概念基础上，进一步强调了基于个体意义上的“人民”

① 习近平：《在文艺工作座谈会上的讲话》，人民出版社 2015 年版，第 27 页。

概念，认为“人民不是抽象的符号，而是一个一个具体的人，有血有肉，有情感，有爱恨，有梦想，也有内心的冲突和挣扎”，[①] 从而体现了“人民”概念的历史性进步和内涵的进一步丰富。倾听时代的声音，凸显问题导向，正是习近平总书记关于文艺方面的重要论述紧紧抓住时代的体现。其中对人的个体性价值的凸显，是对“人民”概念认知的深化，是对当代文艺发展规律的深刻把握，是对文艺要书写“具体的人”的情感、价值和诉求的内在要求，是对每一个人都有人生出彩机会的艺术呈现。它体现了对中华民族伟大历史复兴中个人的尊重，突出强调在当代文艺既要把关注文学表现哪些人及个体性感受作为批评要点，也要关注如何表现及其立场作为批评标准，这才是“人民的”批评，才是对文艺创作中现实主义精神的张扬！这是在21世纪中华民族伟大复兴的拐点时刻，在倾听时代声音中使“人民”的概念扎根于中国现代化历史进程，从而高度契合于中华民族的伟大复兴，在共建共享中肯定每一个人的历史主体价值。因而，“人民”的概念不再是远离大地、脱离具体的抽象的理论体系上的纽结，而是深植泥土、结合现实的一种具体呈现。由于“人民”是现实的本质所在，拥有人民性特质的人才更接近现实的个人，而有着不可忽视的个性；因而“人民”的存在不再是抽象符号，这使“人民”既有集合性底色又凸显具体的个体性存在。凸显问题导向，着眼于中华民族的伟大复兴，需要文艺精品的助力和支撑，因而习近平总书记关于文艺方面的重要论述紧紧抓住时代，提出了当代文艺发展的精品化和攀登文艺高峰的要求。“推动文艺繁荣发展，最根本的是要创作生产出无愧于我们这个伟大民族、伟大时代的优秀作品。”[②] 精品文艺不仅是文化标签，更是建构大国形象的重要载体，其在传播中华文化、展示“中国形象”方面发挥着积极作用。说到底，文艺精品是思想精深、艺术精湛、制作精良的优秀作品。因此，精品创作和生产，不仅需要艺术家志存高远，不断追求艺术卓越性；还要尊重艺术发展规律，遵循市场条件下的艺术生

---

① 习近平：《在文艺工作座谈会上的讲话》，人民出版社2015年版，第17页。

② 习近平：《在文艺工作座谈会上的讲话》，人民出版社2015年版，第7页。

产特点，在生产—传播—消费的全产业链中，对文艺作品的思想内容、表现形式乃至传播、发行，都要贯穿精品意识和创新意识，在扎根人民、沉入生活中精心打磨、精益求精进行创作。

习近平总书记《在文艺工作座谈会上的讲话》深深抓住了时代，从而为当代主流文艺的发展指明了方向。习近平总书记指出社会主义文艺就是人民的文艺，当代文艺发展要高扬文艺的人民性，在文艺精品的不断涌现中实现民族文艺的经典化。习近平总书记在关于文艺方面的重要论述中，积极倡导“以人民为中心的创作导向”，旨在激励艺术家在与时代的同频共振中，创作出无愧于伟大民族复兴的文艺精品，对此我们必须从时代的本质性角度予以深刻理解。当下，随着中国的文明型崛起并越来越靠近世界舞台中心，需要不断产出文艺精品，以文艺精品在世界全球化舞台同台竞技，充分展示中华民族伟大复兴的风采，唯此文艺才能紧紧抓住时代。因此习近平总书记在讲话中，要求文艺扎根人民、扎根生活，要求文艺家领悟生活的本质、吃透生活的底蕴，要把心沉在人民中，沉在文字中，唯此创作出来的文艺作品才会有筋骨、有道德、有温度。其作品才能凝聚时代精神，反映时代气象。

当代文艺发展要以人民作为文艺创作的源泉，在激励艺术创新中迈向经典化。文艺的一切创新，归根到底都直接或间接来源于人民。只有人民丰富多彩的实践才能激发源源不断的文艺创新、层出不穷的优秀作品、群峰并起的名家大师。艺术想象离不开坚实的大地，文艺创作方法有一百条、一千条，但最根本、最关键、最牢靠的办法是扎根人民、扎根生活，紧紧抓住这个时代。只有扎根人民，才能紧紧抓住时代，才能创作出文学史上彪炳千秋的典型人物形象。就像鲁迅先生扎根现实生活，洞悉辛亥革命前后底层民众的处境和心情，以其悲悯的情怀和超越性精神塑造出像祥林嫂、闰土、阿Q、孔乙己等“哀其不幸、怒其不争”的典型人物形象，深刻揭示时代的精神众生相，就生动地体现了文艺如何抓住时代。可见，时代精神蕴含于民众的生活，象牙塔里不会有持久的文艺灵感和创作激情。文艺扎根于人民，在根本上不是抹杀艺术个性，而是为艺术的生成植根培土；在文艺活动中强调人民的主体地位，并非否定专门人才特别是文艺大家、文艺大师的作用和贡献，恰恰是以精品创作对其提出更高要求。文艺的创造创新离不开专门的文艺人才，人才强，文艺才能强，一个文艺人才辈出的时代，一定是文化兴盛的时代。

就文艺的内在品质追求来看，经典作品一定是文艺精品。思想精深、艺术精湛、制作精良，恰恰是其成为经典的基础。文艺经典的生成，需要文学史的沉淀，更需要时代的激发、激活。因而，文艺经典又是当代的，要体现时代精神及其艺术追求，更带着时代的体温和人民的喜怒哀乐，它有着丰富的表情和多面孔。这进一步表明，艺术家只有扎根当下生活、厚积薄发、以人民喜闻乐见的形式创作反映时代主题的精品力作，才能紧紧抓住时代。党的十八大以来，广大文艺工作者牢记使命，积极投身社会实践，倾情服务人民，倾心创作精品，热情讴歌全国各族人民追梦圆梦的顽强奋斗，弘扬崇高理想和英雄气概，奏响了时代之声、爱国之声、人民之声，在文学、电影、电视、音乐、舞蹈、绘画、综艺等领域涌现了大批精品力作，迎来了当代文艺的繁荣，为中华民族的伟大复兴提供了精神的助力。

做时代的弄潮儿是当代文艺的使命，更是艺术家抓住时代的表征。“面对生活之树，我们既要像小鸟一样在每个枝丫上跳跃鸣叫，也要像雄鹰一样从高空翱翔俯视。中国不乏生动的故事，关键要有讲好故事的能力；中国不乏史诗般的实践，关键要有创作史诗的雄心。”①作家艺术家应该扎根现实，坚守理想，勇于创新，勇攀艺术高峰。面对火热的社会实践，既要“入乎其中”，深切体验生活；又要“出乎其外”，领悟生活真谛。既要脚踏实地，心系人民，反映人民心声；又要坚守艺术理想，仰望星空，烛照生活。在勇立潮头中紧紧抓住时代，创作出不负时代的精品力作。一个时代有一个时代的文学，旨在表明伟大作品都有着强烈的时代性，都只能产生于它们所处的时代，因而能从根本上反映时代的现实，进而抓住时代的问题。所谓问题就源自人民的生活，源自人民对美好生活的追求，源自中华民族的伟大复兴和个人出彩机会的中国梦的实现。

---

① 习近平：《在中国文联十大、中国作协九大开幕式上的讲话》，人民出版社2016年版，第22页。

在与时代同频共振中锻造文艺精品

今天，随着中国经济的崛起，中华民族拉开了伟大复兴的帷幕，中国进入一个新的伟大时代，在全球化进程中日益靠近世界舞台中心，中华民族复兴的进程被誉为世界史的“中国时刻”。一个文明型崛起的中国屹立在世界的东方，并越来越成为世界的主导性力量之一。当今天的中国再次汇聚起世界目光、重新复兴为文明主体的时候，作为当代中国和中国道路的参与者、实践者、记录者、反映者和思想者，当代文艺家不仅有责任让文艺在中国的前行和秩序中成就民族文学经典，更有责任让中国在文化的怀抱和瞩目中迈向世界，助力文明型中国崛起。习近平总书记在关于文艺方面的重要论述中，倡导“以人民为中心的创作导向”，激励艺术家在与时代的同频共振中创作出无愧于伟大民族复兴的文艺精品，不断勇攀艺术高峰。习近平总书记指出，优秀作品反映着一个国家、一个民族的文化创造力和水平。因此，必须把创作生产优秀作品作为文艺工作的中心环节，努力创作出更多传播当代中国价值观念、体现中华文化精神、反映中国人审美追求，思想新、艺术性、观赏性有机统一的优秀作品，从根本上增强做一个中国人的骨气和底气。

这是一个风云际会的时代，一个英雄辈出的时代，也是一个文艺汪洋恣肆纵情挥洒的时代。大时代，需要文艺的大，文艺要歌颂人民的英雄，与人民的伟大实践同频共振，人民是文艺的“剧中人”。这样的一个时代，是中华民族历史上又一个辉煌的时代，是世界文明史上又一个全面提升人类文明程度的时代。中华民族在人类的历史长河中涌现了无数的英雄，中国文艺也创造了无数的英雄形象，当代文艺家所塑造的英雄人物更是丰富了文艺人物画廊，这些英雄人物无论是军人、工人、农民还是知识分子，无一不肩负着时代的使命，昂扬着民族的精神。文运同国运相牵，文脉同国脉相连，文艺要同时代同频共振。作为时代的产物，文艺随着民族兴衰、国运沉浮，其发展愈益受到时代的深刻影响。任何一个时代的文艺，只有同国家和民族紧紧维系、休戚与共，真正把人民作为文艺的主人公，才能切合时代的鼓点发出振聋发聩的声音。实现中华民族伟大复兴，是一场震古烁今的伟大事业，需要坚忍不拔的伟大精神，也需要振奋人心的伟大作品，人民火热的生活是文艺创作最广阔也最深厚的时代舞台。当今中国，正处在大踏步赶上现代化潮流并站在世界发展前列的历史时期，正处于为人类文明进步作重要贡献的伟大时代。这里有取之不尽、用之不竭的丰富素材，有最能体现中国人民创造智慧和文化精神的中国元素，有无数体现时代精神的人民英雄、感动时代的人物。忠实记录、深刻反映、艺术再现这个恢宏时代的巨大变迁，为人民提供最好的精神食粮，积极反映人民的心声，在融入人民火热生活中，塑造一系列无愧于时代的英雄群像，成为时代的洪钟大吕。文艺实践表明，唯有表现人民伟大历史实践的作品才能张扬时代精神，使文艺发挥最大的正能量，进而与时代同频共振。中国特色社会主义文艺，就是在根本上书写和记录亿万人民实践的文艺。艺术离不开人民，真正的文艺精品、艺术经典之作，无一不与时代和人民息息相关，象牙塔里出不了文艺精品。只有真正扎根人民生活，文艺才能真正生动活泼起来，回顾文艺史上那些彪炳千秋的文艺经典，无不闪耀着人民性的光辉，传达着人民的情感，在根本上反映着人民的心声。因此，习近平总书记希望文艺家心里装着人民，用积极的文艺歌颂人民，把人民作为文艺的主人公；勇于创新创造，用精湛的艺术推动文化创新发展，在根本上彰显社会主义文艺的人民本位论。他明确反对那种“以为人民不懂得文艺，以为大众是‘下里巴人’，以为面向群众创作不上档次”的观点。①

① 习近平：《在中国文联十大、中国作协九大开幕式上的讲话》，人民出版社2016年版，第11页。

在平凡的时代，艺术家只有写出作为“剧中人”的人民对美好生活的追求和意气风发的精神状态，以及为民族伟大复兴作出的努力，才能达到与时代同频共振。事实上，艺术只有通俗易懂、接地气，为人民群众喜闻乐见，在不断创新中贴合时代需求，切近不断变化的审美风尚，被人民群众广泛接受，才能抓住时代。只有融入人民火热的生活，艺术家才会自觉地表达和反映广大人民群众的情感和意志、愿望和呼声，在精品创作中生长出创造性的力量和文化自信的根，在价值引导中肩负起提高全民族文化素质的使命。

如何抓住时代？大作家歌德强调，真正的艺术家必须坚持自己的独立自主性，有对时代的深刻思考和艺术追求。因而，真正的艺术家不是时代和市场的应声虫，不尾随时代的潮流、追随时潮，更不会充当时代风尚的爬虫，而应当引导时代潮流。真正的艺术家不能也不会附和读者或观众的欲求，成为感官欲望和市场的奴隶，其使命是通过作品使读者或观众提高思想境界和审美品位，以艺术精品抵御“三俗”之风蔓延。当前，为了抓住时代，文艺家在采风中已融入人民的生活。在习近平总书记关于文艺方面的重要论述精神指引下，文艺创作之风焕然一新，文艺界采风创作、深入生活火热展开，在深切感知人民生活的“热度”中，文艺作品有了“温度”，文艺风气不断纯净，文艺呈现新气象新面貌。2015 年全国营业性演出总场次达到 211 万场，比上年增长 21%；观众达到 9.6 亿人次，比上年增长 5.3%；演出收入 94 亿元，比上年增长 24%。可以说，文艺生产正在满足人民大众多样化的文化需求。就文艺发展规律而言，艺术创作固然是个体性的审美创造，但“个我”绝非是封闭性的与人民的生活和情感相隔绝。“个我”是人民生活的窗口和时代精神的聚焦，是融入人民生活的艺术创造者，文艺审美的真正创造主体是大写的“人民”和民族深层次的精神追求。究其根本性而言，人民性不仅是艺术表现问题，还是一个文艺家创作立场问题。虽然人民有广大性，但要真正实现文学的人民性，就必须站在人民的立场上，把人民作为文艺的“剧中人”，积极反映人民的心声，塑造人民形象。

文艺与时代同频共振，最根本、最关键、最牢靠的办法是扎根人民、扎根生活。艺术家只有眼睛向下，对多彩的现实生活有丰富的积累、深切的体验，领悟生活的本质、吃透生活的底蕴，才能创造出深刻的情节和动人的形象，其作品才能激荡人心。作家的根不在舞台上，而在民众中，作家要深入生活，在寂寞的长期坚守中“十年磨一剑”，而不是频繁地亮相媒体。“作家离地面越近，离泥土越近，离百姓越近，他的创作就越容易找到力量的源泉。世间万象，纷繁驳杂，尤其是我们身处的时代，丰富性、复杂性超越既往，作家怎么选择，目光投向哪里，志趣寄托在哪里，很大程度上也就决定了作家的品位和作品的质地。”①只有把心沉在人民中、沉在文学里，创作接地气，作品才能是独特的，才会有筋骨、有道德、有温度。

文艺要与时代同频共振，文艺家就要做自己时代最敏锐的发现者和感知者，同时要千方百计地寻找与时代相契合的话语和艺术表达方式，以艺术精品高扬时代精神。一个时代有一个时代之文学，伟大的作品都有着强烈的时代性，只能产生在它们所处的时代，就在于它们反映了时代的现实，抓住了时代的问题，问题源自人民的生活。文艺热爱人民，不仅要在融入火热生活中反映人民的心声，更要基于人民性立场为人民抒情，抒写人民的追求和战胜困难的希望，让人感受到生活的温暖和光明，以向善向上的价值引领社会风尚。人民立场是马克思主义政党的根本政治立场，人民是历史进步的真正动力，群众是真正的英雄，人民利益是我们党一切工作的根本出发点和落脚点。社会主义文艺的本质是人民的文艺，文艺热爱人民，靠的是优秀作品及其主流社会价值诉求，表现为基于人民立场对社会道义的弘扬和道德理想的守护。作为时代的表征，伟大的时代呼唤无愧于伟大民族、伟大时代的优秀作品。文艺创作的活力和激情源自对人民爱得真挚、爱得彻底、爱得持久，真正懂得人民是历史的创造者。习近平总书记指出：“一切轰动当时、传之后世的文艺作品，反映的都是时代要求和人民心声。我国久传不息的名篇佳作都充满着对人民命运的悲

① 张江等：《文学的筋骨和民族的脊梁》，《人民日报》2014 年 12 月 30 日。

悯、对人民悲欢的关切，以精湛的艺术彰显了深厚的人民情怀。”① 文艺与时代同频共振就要俯下身，向大众敞开自己，这不但有利于激发文艺创造的活力，还有利于在全社会建构保护文艺发展的社会氛围和机制，使人民大众真正成为文艺发展的重要力量，使所有参与者都能在文艺活动中获得满足感和幸福感。

文艺与时代同频共振，要坚持“人民是艺术作品的评判者”的批评原则。把人民视为文艺的鉴赏家和评判者，既是对当前文艺发展的期望，对当代艺术不断勇攀高峰的期许，是对人民艺术家不断创作艺术精品的期待，更是在根本上保障文艺与时代同频共振。在全球化竞争舞台上，优秀文艺作品反映着一个国家、一个民族的文化创造力和水平。在文化思潮的激荡中，唯有文艺精品能够在全球文艺舞台上代表一个国家和民族参与文化交流和竞争，文艺精品的不断涌现是一个时代文艺繁荣发展的表征，它体现了一个国家文化生产力的发展水平以及一个国家民族文艺经典化的程度。古往今来，世界各民族无一例外地受到其在各个历史发展阶段上产生的文艺精品和文艺巨匠的深刻影响。当下，我们越来越接近中华民族伟大复兴的历史拐点，亟需创作出更多与时代同频共振、体现中华文化精髓、反映中国人审美追求、传播当代中国价值观念、又符合世界进步潮流的优秀作品，使当代文艺以鲜明的中国特色、中国风格、中国气派屹立于世界舞台，展现一个古老文明与现代文明交相辉映的新形象。

历史上，中华民族以唐诗宋词享誉世界，这种盛唐气象彰显了时代精神、时代底蕴，是文艺与时代同频共振的显现，以唐诗宋词为代表的中国文学所达到的高度，是中国作为一个国家的高度，也是当时世界文明的高度。今天，中国文艺需要重新起航，以更加辉煌的成就走向世界，与世界各民族文艺同台竞技。歌德在抓住时代中提出“世界文学”的命题，意在激励德国作家推动德语文学（民族文学）的经典化。对于迈入现代化进程的中国，只有实现民族文学的再次经典化，有了一系列现代文艺经典作品，才有资格谈论“世界文学”，才能从根本上扬弃“西方中心论”，增强我们的文化自信。在中华民族实

① 习近平:《在文艺工作座谈会上的讲话》，人民出版社 2015 年版，第 16 页。

现伟大复兴的今天，中国文艺家要有此自觉——民族文学的经典化。使中国当代文艺、当代文化成为世界全球化舞台上发挥影响力的主导性文化之一，成为世界主流文艺、主流文化之一。与时代相匹配的伟大作品何时出现，已成为整个文艺界乃至整个民族的期盼和焦虑。一个民族的文学经典，是该民族的精神史诗，记录着该民族的心灵和情感，标识了共同的审美追寻和价值认同。不能寄望于外在的扶持和打造，精品的涌现和经典的生成是内在的自觉，是艺术家主体意识自觉下的自然而然，是艺术家与时代同频共振的艺术追求。经典文艺所透视的真实性绝不是对社会生活简单的摹写和反映，而是在紧紧抓住时代，对生活现实高度提纯后，融入对时代本质的深邃洞见；经典文艺所诉求的艺术性，是文艺家追求艺术卓越性，高扬审美理想和人文价值的自觉；经典文艺所蕴含的善，是对人类生存状态的深切关切，是对境界的价值祈向。

艺术生产语境下高雅文艺创作的保护机制研究

随着创意经济、文化经济时代的来临，艺术生产越来越成为当代文艺发展的一种主导方式，越来越成为高雅文艺创作的时代语境，并越来越受到文化市场的深刻影响。文化市场与高雅文艺创作之间的关系越来越受到学者的关注，市场条件下如何涌现文艺精品成为研究的重点。在全世界文化激烈竞争的舞台上，作为文化内核的文艺精品已成为博弈的焦点。因为真正代表一个国家和民族参与世界文化交流和竞争的恰是文艺精品，它不仅标志着一个民族所达到的文艺生产的时代高度，更是表征着一个国家文艺经典化的程度，它以涌现诸多艺术大师和高峰之作为标识，并成为衡量一个国家文艺是否真正繁荣的尺度。为此，习近平总书记《在文艺工作座谈会上的讲话》中指出，要把创新精神贯穿文艺创作生产全过程，增强文艺原创能力。文艺发展只有不断创新才能带来繁荣，而任何创新都会有风险，尤其在建立健全现代文化市场体系的过程中。当前的文艺创新越发离不开艺术生产语境，特别是文化创意产业的发展实践，为激励和保护文艺创新与繁荣发展，必须健全高雅文艺创作的保护机制，这种保护在本质上是一种积极的市场行为，它保护的是一个国家和民族的文艺生产力。

一、时代要求文艺创作要有精品意识

21世纪以来，随着文化的地位和作用不断凸显，各国文化产业在强势发展中竞争越来越剧烈，各种文化思潮的相互激荡愈加频繁，各种文艺及其新业态风起云涌，文艺创作的精品意识越发强烈。正是基于对时代语境的深刻洞察，习近平总书记《在文艺工作座谈会上的讲话》中指出："通过更多有筋骨、有道德、有温度的文艺作品，书写和记录人民的伟大实践、时代的进步要求，彰显信仰之美、崇高之美，弘扬中国精神、凝聚中国力量。"① 这正是对时代文艺精品的期待。

首先，从全球视野来看，各发达国家都高度重视文艺和文化产业的发展，并以其文化实力占据了全球文化市场的制高点（同时也是全球文化价值传播的制高点）。事实上，文化产业已成为许多发达国家的支柱产业，并在全球文化思潮相互激荡中发挥重要作用。美国、英国、日本、韩国等文化产业发达国家，正引领国际经济贸易、产业结构升级以及文化思潮的流动，适时地占据了国际经济、文化、政治等重要而有利的位置，制约着发展中国家国际地位与作用的提升。与之相应，全球范围内的资源配置出现了前所未有的分化和重组，对文化资源和话语权的争夺已成为全球资源重组的重要内容，越来越多的文化产品进入全球市场，越来越多的区域文化经济融入世界市场体系。与这种发展态势相适应，一个普遍性现象就是文化领域的扩张和反扩张、渗透和反渗透已成为国际政治经济竞争的"焦点"，而且其展开大多是以文化产业的方式实现。可见文化产业已成为全球政治、经济、文化战略格局重组，各种力量博弈的一条中轴线。从全球来看，与文化和原创相关的产品（尤其是文艺作品）的贸易主要来自发达国家，广大发展中国家主要输出资源、文化制造品或者代工产品，而核心创意、原创艺术及其版权则始终掌握在美、英、法、德等发达国家

① 习近平：《在文艺工作座谈会上的讲话》，人民出版社2015年版，第6页。

手中。在发达国家，文化产业就是文化的别称，文化产业之间的博弈本质上是整个国家文化发展体系的竞争，是文化产品(尤其是文艺精品）和版权的竞争，是作品的精神感召力和所传播的价值观的竞争，是文化精品之间的竞争，在此境遇下，越发要求中国文艺要能够为世界贡献特殊的声响和色彩。

其次，从国内发展的现实来看，随着“五个文明”的统筹协调发展和“四个全面”战略构想及其新发展理念的不断深入推进，人们对文化的地位和作用的认知越来越深刻，不断满足人民群众越来越丰富的文艺需求显得越发迫切。文化领域已成为我国总供给难以满足总需求的少数几个领域之一。随着文化市场的丰富，文化的有效供给问题凸显，文化市场的结构性矛盾突出，人民大众对文艺精品的需求强烈，社会主义文艺要在当代文艺发展中发挥引领作用的呼声十分高涨。如何更好地满足人民精神需求、丰富人民精神世界、增强人民精神力量，积极发挥社会主义文艺向善向上的力量，是摆在执政党面前的一道难题。其破解思路就是全面深化文化体制改革，解放文化生产力，多出文艺精品。

再次，实现中华民族伟大复兴，是迈入现代化进程以来中国人民最伟大的梦想，它需要文艺经典的引领和文艺精品的助推。今天，我们比历史上任何时期都更接近中华民族伟大复兴的目标，比历史上任何时期都更有信心、有能力实现这个目标。而实现这个目标，必须高度重视和充分发挥文艺和文艺工作者的重要作用。时代的历史机遇(中国的全面崛起）和全球文化思潮的相互激荡，迫使我们必须深刻阐释中华民族禀赋、中华民族特点、中华民族精神，以文化的柔性的和平的方式诠释中国崛起的世界意义，以中国精神的感召力和构建人类命运共同体意识获得世界的普遍理解和认可，以对世界共同价值的追求和传播来获得普遍的文化认同，实现以德服人、以文化人的诉求。实践经验表明，对中国精神和中国价值最好的阐释方式就是文艺精品，因此，习近平总书记深情召唤广大艺术家要创作出无愧于时代的优秀作品。可以说，文艺精品意识是贯穿《在文艺工作座谈会上的讲话》的最强音，多产出文艺精品，繁荣文艺创作，满足人民群众精神文化需求，增强社会主义文艺的影响力和感召力，是由文艺的时代使命担当所赋予的。

二、"创作无愧于时代的优秀作品"

习近平总书记指出："推动文艺发展繁荣，最根本的是要创作出无愧于我们这个伟大民族、伟大时代的优秀作品……文艺工作者应该牢记，创作是自己的中心任务，作品是自己的立身之本，要静下心来、精益求精搞创作，把最好的精神食粮奉献给人民……必须把创作生产优秀作品作为文艺工作的中心环节，努力创作生产更多传播当代中国价值观念、体现中华文化精神、反映中国人审美追求，思想性、艺术性、观赏性有机统一的优秀作品，形成'龙文百斛鼎，笔力可独扛'之势。"[①] 优秀文艺作品即精品是一个时代的精神高标，它满足的是一个时代民众审美与哲理性的精神和情感需求，代表的是一个国家、一个民族文艺发展的最高水平，是一个民族能够在世界文艺舞台竞技的能力。在当前艺术生产语境下，随着现代文化市场的不断健全，对高雅文艺创作的卓越性追求与消费性大众文化的流行并不矛盾，它们在满足大众多层次文化消费需求的同时共同健全一个国家的文化生态系统，由此构成一个国家的文化"软实力"和整体竞争力。在实践中它们遵循不同的运行方式，高雅艺术和实验艺术并不直接面向市场，而流行的大众文艺就是市场的产物，它们健康有序运行符合文化的发展规律，由此不断迈向文艺生产的时代高度。

在全球化日益深入的今天，我们必须有足够多的文艺精品参与世界文明的互鉴，有为人类文明不断跃升作出贡献的能力，而不是怯懦地跟在强势文化后面"借光"，更不是依附于流行文艺后面充当"爬虫"。事实上，中华文化在历史上一直既坚守本根又不断与时俱进，从而使中华民族保持了坚定的民族自信和强大的修复能力，培育了全民族共同的情感和价值、共同的理想和精神。其中依靠的正是文化经典的传承和艺术创造——无数的文艺精品力作，可谓一代

① 习近平：《在文艺工作座谈会上的讲话》，人民出版社2015年版，第7页。

有一代的文艺。随着全球文化竞争的加剧，我们看到文化精品不仅占据着价值传播的制高点，更是体现思想创造的高位态，也是处于国际文化产业分工体系的价值链高端，从而影响其所在国家主导整个国际文化产业分工体系布局。从世界发展大势来看，哪一种文明来引领人类向更高一层次的文明跃升，不仅关乎文明发展的话语权，更关乎主导文明进程的民族文化的全球性位态及其领导地位，从而影响全球政治、经济、文化发展战略格局的重组。这是理解习近平总书记《在文艺工作座谈会上的讲话》的深刻时代背景，我们要对此有所领会和洞察。今天，中华民族已经站到了实现伟大复兴的历史“拐点”，满足人民精神文化需求已成为文艺和文艺工作的出发点和落脚点，面对人民多样化的精神需求和有效供给不足的问题，更多地是需要有创造性、创新性、创意性的文艺精品，以文艺的“高峰”迎接伟大历史时刻的到来，以文艺的高度繁荣契合世界史的“中国时刻”。在当代，中国要成为世界大国和文化强国，必须要通过更多有筋骨、有道德、有温度的文艺作品，书写和记录人民的伟大实践、时代的进步要求，以文艺精品体现中国文化的艺术追求和思想创造性，这是社会主义文艺发展的内在要求。历史的现实的经验表明，文艺只有在独立自主的创作空间和自由想象力的飞翔中才能不断涌现精品，以文艺的经典化为中华民族的伟大复兴提供助跑的动力，进而在文艺经典的建构中张扬中华民族的个性和审美底蕴。

在契合经济文化化、文化经济化的世界潮流中，文艺创作越来越离不开文化产业发展的历史语境，越来越离不开市场意识。习近平总书记指出：“优秀的文艺作品，最好是既能在思想上、艺术上取得成功，又能在市场上受到欢迎。”① 在传统文艺学原理中，通常认为文艺创作和文化产业发展各不相干，其实不然，从文化发展规律和当前文化产业发展实践都可以发现二者的内在关联性，尤其是“创意文化产业”概念的出场，以其高创意性使二者相互链接。就现实性而言，“创意文化产业”可以为文艺创作的社会化生产的全过程提供新技术、新业态、新模式、新媒体和新渠道的支撑，从而推动文艺创作生产方式

① 习近平：《在文艺工作座谈会上的讲话》，人民出版社 2015 年版，第 20 页。

契合时代特点实现变革，进一步丰富了文艺创作的手段，从而有助于增强文艺作品的艺术表现力和核心竞争力，在对时代变化的敏感中增强文艺的社会影响力和消费群体的辐射力。就文化产业提质增效的品位诉求而言，文艺创作可以为“创意文化产业”提供优质内容产品和创意服务，文艺在文化产业发展中越来越处于基础性地位，并为文化产业发展提供创意人才支撑，进而以其高创意性驱使文化产业与相关产业融合发展。当下，文化产业的提质增效关键在于内容产业比重的提高，只有加强文艺创作的精品意识和人民性导向，文化产业发展才能获得强有力的内容支撑，才有可能以“创意文化产业”的方式生产出大众文化精品，实现文化资本与其他产业的“跨界整合”与融合发展。同时，“创意文化产业”才有可能打通文化产业的全流程，实现文化产业链的有效拓展和延伸及其品牌塑造，这既有利于兑现文艺创作的市场价值，也有利于提升文化产业自身的附加值和创意的含量，可谓文艺创作与市场效益的共赢。可见，马克思的艺术生产理论对当前的历史语境具有充分的阐释效力，洞察当下的文化生产全过程，既包括上端的文艺创作、社会化生产，也囊括了中间的传播和下游的大众消费等环节，其运作正是遵循了艺术生产逻辑。其中，“创意文化产业”以其弥散性借助现代文化生产方式实现了对原本分割的两个领域的有效链接，这种文艺创作与文化产业的弥合体现了我们对文化发展规律的尊重，以及理解把握文化发展规律能力的提升。进而在最根本点上，“创意文化产业”以其新理念可成为全面深化文化体制改革的突破点，进而打通文化事业与文化产业的机械隔膜，寻求到二者内在关联的着力点，从而为高雅文艺、实验艺术探寻对位性的保护机制。当前文艺发展越来越离不开文化市场体系的健全，同时也越发需要尽快完善艺术生产语境下对高雅艺术创作的保护机制，恰好在中间“隔离带”的贯通和保护上通过发挥“创意文化产业”的弥合带动效应，来实现党中央提出的“落实和完善对文化单位的配套改革政策，支持他们做大做强，助推文化产业成为支柱性产业”① 的要求。可见，基于时代语境通过发展“创

① 《中共中央关于繁荣发展社会主义文艺的意见》，人民出版社 2015 年版，第 18 页。

意文化产业”能够实现文化事业促进文化产业发展、文化产业发展反哺文化事业的良性生态格局，从而为艺术生产语境下完善高雅艺术创作的保护机制奠定基础。但在具体的文艺创作过程中，作为个体的文艺创作者与市场、产业毕竟有一定的距离，正是这个“距离”使作品向商品的“惊险一跳”存在着风险，为了培育激励文艺创新、实验探索、市场孵化，需要政府、社会与市场建立一个“保护区”，这种保护的实质是保护民族的文艺创造力和艺术想象力。

三、不断完善高雅文艺创作的保护机制

随着居民文化意识的增强和消费结构的升级，分类市场的存在和大众选择的自主性，为文艺的繁荣发展提供了可能。尽管不应直接面向市场，但高雅文艺创作越来越被嵌入文化生产的链条，使文艺有了更多与市场和大众接触的机会，优秀文艺作品越来越受到大众和市场的追捧，没有市场的作品很难成为艺术精品，市场给大众提供更多的选择，也使文艺创作者有信心引领大众的趣味，而不是一味地迎合市场。当前，所谓市场的好、坏，其实是“市场失灵”问题。主要是社会转型过程中，因文化市场体系不健全而有限性开放市场导致价格扭曲，“三俗”产品的出现是市场短缺的反应，这反映了市场供需的不平衡和市场自我纠偏能力的缺失。在没有丰富文化产品和良好产品的有效供给下，短缺必然使有些人选择“三俗”产品，这是很自然的市场反应。事实上，只有生产出更多好产品供消费者选择，市场本身的向好机制才会驱逐坏的“三俗”产品。

原本市场作为交易（交换、传播）的平台，它本身有着趋利的动力机制，其前提是须有一定数量的批量化产品来满足大众需求，才能实现营利的目标诉求。这就需把大量的艺术创作成果经孵化转化为市场上的商品，其路径是市场化的产业运作。而市场的本能特性必然趋于把艺术创作个性拉向扁平化，从而

在价值上趋向一种“平均”（大众化），这虽然削弱了艺术创作的个性化，但市场的规模化、集中化又使艺术的价值和影响力不断放大，能够为大多数人所消费，从而实现“以文化人”的教化功能，问题的关键是不断完善保护机制来使市场保持平衡。当前，在深化文艺院团改革中，为了降低艺术创作成本和扩大艺术的社会影响力，正在比照电影院线模式，建构文艺剧场联盟机制，以推动舞台艺术的社会化生产，来满足大众的文艺消费需求，尽力使高雅艺术创作与文化市场保持平衡，就是一种有价值的尝试。同时，健全的市场还鼓励追求一种多元性的艺术存在，它会和社会合力推动艺术的探索与实验。因此，不能误读扭曲市场的逐利行为，使文艺沦为市场的奴隶。完善的保护机制可以促使艺术生产对个性化的追求，即使如舞台艺术、影视艺术等综合性艺术形式虽是集体创作，也会有审美个性的追求，以体现主创者的艺术理念和艺术追求，并赢得市场的经济效益。

固然在市场上各种类型的文艺都需要有精品意识，以满足大众多层次的文化消费需求，但市场条件下更需要保护的是高雅艺术创作和实验性的探索艺术，完善保护机制的实质是探讨艺术生产语境下如何产生伟大艺术家和艺术作品。艺术生产语境下，归结到底要处理好艺术创作的个性化追求与文化市场的社会化大生产之间的矛盾。在文艺与市场关系的框架中完善保护机制，就使文艺创作的个性化追求与文化生产的社会化相协调，既保持文艺的艺术水准和卓越性的价值追求，又能生产为大多数人所接受从而产生社会影响力的产品，这在本质上是对文艺发展规律的尊重。通常，从文艺创作到市场流行之间存在着“断崖式”的中间地带，其中的“惊险一跳”能否成功取决于多方面条件。因此，从高雅艺术追求的个性化到大众文化的市场消费的中间地带需要建立保护机制，通过建立隔离带和保护区，来维护高雅艺术创作的独立性、自主性不受市场侵蚀，在文艺生态健全中孵化和解放文化生产力。

近年来的文化体制改革教训和文化产业发展实践表明，商业价值取向的大众文化与艺术价值取向的高雅文化有着不同的运作方式，二者之间存在一定的界域，对此的漠视或有意忽视，是误读市场滋生文艺乱象的根本原因，也是文化体制改革没有根本理顺关系的明证。商业娱乐文化即流行的大众文化因其广泛的受众而追求一种文艺的时尚化，其程式配方要尽量稀释或淡化民族性、地域性特色，追求一种价值的普适性和表达方式的可通约性，以尽可能俘获更多的消费者，可见它有着自身的运作方式和发挥作用的界域，其生产与传播主要体现市场效益的商业价值取向，在经济效益的追求中使主流价值观传播最大化，从而实现经济效益与社会效益的统一；有别于大众文化的高雅文艺的发展虽然离不开市场，但其创作不应直接面向市场，它不同于大众文化的时尚化诉求而是张扬个性化色彩，“越是民族的越是世界的”是其艺术卓越性的体现，它以追求一种超越性的艺术价值为目标，体现文艺创作的独立性和自主性，从而在其创作中蕴含着一个民族的文化独创性和审美创造力，这种艺术追求体现了一个国家的艺术创造力，以及形成艺术高峰的可能性。针对二者之间存在的“缓冲带”，能否完善艺术生产语境下对高雅艺术创作的保护机制，即建构一个社会性的艺术保护区（文艺生态涵养区），是形成文艺繁荣发展的关键，正是经由“缓冲带”的保护，使追求个性化的“我的艺术”能够转化为大众化的“我们的艺术”，从而为市场提供高质量的文艺商品。市场条件下保护区和保护机制的建构，不是把高雅艺术创作置于不接地气的真空中，更不是把高雅艺术创作隔离在静态的博物馆中，而是在相互贯通和关系顺畅中实现二者的有机转换和良性互动。这样既可以满足大众欣赏和消费较高艺术水准的“高原”之作，也能够创造条件和机遇在“高原”之上形成“高峰”之作。唯此，才能真正抓住习近平总书记期望的何以当前有“高原”缺“高峰”的症结点，对此症结点的破解既会迎来文艺市场的繁荣，也会催生艺术创作“高峰”之作的诞生。伟大的艺术当然承载着普世价值或体现社会主流价值观的追求，但在文艺表现形式或者艺术价值表达上必然张扬其个性，从而在艺术发展上体现了最大限度的文化包容性。当下的一系列研究中，针对文艺发展中有“高原”缺“高峰”的现状，那些类似以所谓“主流价值观加市场运作”的建议其实并没有真正把准脉，依旧徘徊在问题的外面。

完善文艺创作的保护机制，必须遵循市场规律，但不是把什么都交给商业机构或企业进行市场化运作。因为在市场运作中，资本（投资人）、运营商（发行商、院线经理人）等拥有话语权，艺术家在其中的话语权很少，很难对一个产品运作有自主权。在文艺与市场的平衡机制中，有竞争力的作品（包括有市场号召力的题材）可以直接交给市场进行商业运作和产业发展，塑造成文化产业的拳头产品；而那些创新性、实验性、另类价值追求的个性化创作，需要通过“保护区”中的文化非营利组织进行艺术培育和商业孵化，给艺术创作主体相应的话语权，使其在作品成熟有一定的受众再行市场化运作。这样，既杜绝商业机构的市场逐利行为对艺术创作个性的伤害，又防止因没有市场效益使企业行为难以可持续而中断艺术生产力的培育！所谓“两个效益”的统一，不是空话和套话，而是需要现实保障机制来落实。正是高雅艺术创作与市场运作的社会化生产的完全脱离，或者机械性的直接丢到市场，使得文艺创作在当前即使处于文化发展最好的时期，也是只有“高原”而没有“高峰”。其实，中间的保护带一手托着艺术创作的个性化追求，一手托着文艺生产的社会化及其文化产业发展诉求，这是当前文艺生产要遵循的规律，它关乎文化生态的健全，及其市场运行环境的顺畅。甚至从根本上决定着一个国家和民族的艺术理想及其卓越性价值追求，也关乎一个国家和民族的文化生产力水平。在高雅艺术创作领域，它可以追求创新、实验、多元甚至另类等艺术价值，体现越是民族的越是世界的审美理念，这是商业性的文化企业不愿也无力持续担当的；而在文化产业领域，商业性的大众娱乐文化追求大众化、平面化价值，为满足大众的消费需求它往往要稀释民族的或地域的特殊性，传播为社会普遍接受的大众价值观，这与艺术的卓越性追求遵循两种逻辑。本文通过提出在文艺创作与市场运行之间设置“隔离带”“保护区”和完善保护机制，旨在通过制度创新——大量培育文化非营利组织等，来保护全民族文化创造活力和文艺创新的动力。国际经验表明，中间的“隔离带”通常由文化非营利机构和公益性机构发挥调节功能，旨在健全良好的文化生态系统，这既培育了文化艺术的创造活力，又实现了文艺的自主性、独立性和民主化追求。因此，保障机制需要厘清政府与市场和文艺的边界，维护文艺发展的独立性、公共性、自主性，以激发全民族的文化创造活力，从而夯实伟大艺术“高峰”之作生成的基础！在价值取向上，国家支持的艺术创作项目要体现对文艺创新和艺术卓越性追求的导向；大众文艺要体现社会主流价值观，尤其要把社会主义核心价值观的培育融入其中；不断完善艺术评价体系，充分发挥资助、评奖等机制的导向功能，鼓励创作有民族特色的原创性的文艺精品；尤其是作为文化产业发展的“国家队”要做出表率，在满足大众文化消费供给中积极传播社会主流文化价值观。另外，要制定高规格的文艺创作(发展）规划；提高市场条件下对艺术生产的组织化程度(如文化和旅游部主导的“舞台艺术精品”工程、国家艺术基金的艺术项目资助等)。此外，还要增强文化非营利组织如各类艺术基金会、大学生艺术社团、大学出版社、专业艺术院校等介入当代文艺发展中的能力和实力，重点解决艺术传承、创新和商业演出中的商业孵化问题，经政策创新使文艺创作有序平稳进入市场，不断提升艺术生产的质量和效益。文化产业发展有源头活水才会有艺术精品在市场上传播，作为对艺术生产力的培育和孵化，艺术创作和投入的风险要由保护机制来监控，仅靠公益性事业单位不够，必须培育大量文化非营利组织才能不断完善。在根本点上，市场是最好的试金石，能够获得大众普遍认可的作品才是人民真正需要的，文艺只有被大众所消费才能产生文化影响力，才有成为艺术精品的可能性。

完善市场条件下高雅艺术创作的对位性保护机制，是针对当前文艺界和学界贯彻习近平总书记《在文艺工作座谈会上的讲话》精神，而进行的政策创新和制度设计，旨在为伟大艺术高峰的出现奠定基础。从现实性来看，完善保护机制需要打破现有政策的条条框框，这有赖于政府文艺管理部门与文艺创作者的积极互动与使命担当，在政策创新中激发文艺创作的活力，培育市场经济时代代表当代中国主流文艺作品的竞争力和高雅艺术对卓越性的价值追求。这是对文艺体制改革的深化，需要更多有开创精神、有担当精神的人参与，以期在全社会形成合力，在不断增强文化自信中以文艺“高峰”之作吹响中华民族伟大复兴的号角。

人性的复归与精神的涅槃

尽管当下传统型文学创作式微，文坛早已三分天下，但近年来文学界依然收获了一批有影响的现实主义作品，如《秦腔》《泥鳅》《受活》《麦河》《天乳》《日头》等呈现当代鲜活生活经验和现实主义精神的作品。“21世纪以来我国最重要的文学现象之一，就是现实主义创作又重新回到了主流文学当中，它产生于文学创作与当下生活血肉相连的关系之中，发挥出新的良知的批判力量。”① 此言不谬。置身时代潮流，当下虽处于积极奋进的改革大时代，但社会转型期的文化思想领域却充斥着虚实不符、阴阳失调、奇幻玄幻戏说盛行、清浅媚俗搞笑、快餐当道的虚无主义氛围，文艺书写的偏狭格局与波澜壮阔的时代形成鲜明的落差，在此境遇下一些作家敢于直面现实、以发展的现实主义精神穿透生活表象，显现出作家强烈的社会责任感和使命意识，以及对现实生活的艺术表达能力和思想高度，就显得难能可贵。在人人都是艺术家的大众文化流行时代，新闻资讯的发达使得作家的文学艺术表达越来越面临挑战，能指的漂浮、文化与社会的互文化，日常生活文学化、文学日益碎片化、审美日益泛化，使得文学创作不是简单了，而是愈加艰难。到底什么是文学？如何理解现实主义文学？当代文学的使命和担当是什么？如何实现民族文学的经典化？这些问题

① 陈思和:《面对现实农村巨变的痛苦思考——论关仁山的创作兼论一种新现实主义文学的诞生》,《中国文学批评》2016年1期。

是有良知的作家不可绕过的，也是当代文学史不可回避的。以此为尺度，一些作家境界格局的高下立见分晓，那些能够创新艺术表达方式、“致良知”、为天地立心、为生民立命、铁肩担道义、直面现实又给人以希望和憧憬的作品，便显得格外珍贵和受人瞩目。“毋庸讳言，在当代社会生活发生巨变的历史进程中，当代作家对于其中所产生的鲜活的生活经验表达是不够的。现实主义的创作精神就是要求作家以清醒的理性精神，把握当代生活的变化并具有拓展生活经验、深度呈现生活的能力和思想的能力。”①面对时代巨变，特别是全媒体和大众文化的流行，当代作家、艺术家所拥有的超越性思想的能力明显不足，艺术地理解和表达本土生活经验的能力尚待提高，紧紧抓住时代的文化意识亟需提升。一些所谓的现实主义作品在处理题材的虚与实的关系上，因基于生活积累大多能写得很实，却因缺乏艺术想象力和哲思的抽象能力，使得作品滞重而不够轻灵，缺失放飞艺术想象的维度。正是在时代大潮和文学书写的错落中，《天乳》生成了一些现实主义新质，使“天乳寨”在多重视角下成为一个意蕴丰富的审美意象，实现双重超越：一是对传统现实主义内涵的超越，深入到复杂人性中揭示个体性感悟，在“大我”与“小我”统一中拓展了现实主义的新空间新境界；一是对地震文学的艺术超越，以个体性的挺立升华出悲剧审美意识，提升了文本的文学性和审美意味。这种双重超越丰富了新现实主义的精神意蕴和艺术想象力，使其走在文学经典化途中，以思想的容量展示了生活的广度和历史的深度。

一、以现实主义创作紧紧抓住时代

文学如何以自身力量展示作家的人文情怀和对民族精神的追求与建构，不

① 王光东：《〈日头〉的现实主义力量》，《中国文学批评》2016年第1期。

仅是对作家艺术表达能力的考验，更是对民族文学经典化的促进，也是对文学审美境界的开掘，更是文明互鉴视野下提升民族文学话语权的努力。就人类的创伤记忆和灾难文学书写而言，伟大的作品不应是简单粗糙地记录灾难现场和宣泄情感，也非一味地祛恶扬善，而是真实地洞察“事件”中人性的复杂变化，并在此基础上超越外在性灾难本身，把自然灾难融入人类的苦难体验中，表达对人和社会的某种终极关怀。事实上，当代文学中某些地震文学忽略了文学表达的距离感和悲剧精神，使文学在悲剧审美意识生成中出现缺失。这个距离感，本质上是文学的艺术表达和审美能力。何为艺术表达？歌德指出：“艺术的真正生命正在于对个别特殊事物的掌握和描述。”①也就是说艺术表达的起点是个别一个体的人和事，关注个别和特殊是艺术表达的审美原则。“通常，审美无法正面阐述各种宏大的观念或者巨型景观，例如何谓神圣、正义、善，或者复述阶级、民族、革命、战争的定义；审美的工作往往是，考察这些大观念、大事件如何与每一个有血有肉的具体人物相遇，如何改变他们的命运，重塑他们的内心。”②从个别具体的人出发，是文学艺术直面现实的特殊方式，是衡量艺术作品价值高低的尺度之一，更是现实主义文艺创作的着力点之一。

习近平总书记指出：“艺术可以放飞想象的翅膀，但一定要脚踩坚实的大地。文艺创作方法有一百条、一千条，但最根本、最关键、最牢靠的办法是扎根人民、扎根生活。”③对当下的现实主义创作，陈思和分析过两种流行倾向。一种是“法自然”的现实主义，特征是把社会现象还原为自然状态，通过大量非典型化的、繁复的生活细节和日常生活场景来构筑长篇小说的艺术世界，从中揭示出社会变化的大趋势和人物无法避免的命运。一种为怪诞现实主义，它更多地汲取了民间文化传统中狂欢因素，用戏谑、讽刺的手法来刻画现实生活场景，使现实生活中的丑陋现象被夸张地予以揭露，从负面来逼近现实。他认为这两种现实主义创作倾向，虽然都以极端形式出现于现实主义文学体系

① ［德］歌德：《歌德谈话录》，朱光潜译，人民文学出版社 1978 年版，第 10 页。

② 南帆：《审美的重启》，《中国文学批评》2016 年第 1 期。

③ 习近平：《在文艺工作座谈会上的讲话》，人民出版社 2015 年版，第 19 页。

中，但它们以各自鲜明的艺术特点，与传统现实主义创作方法划清了界限：首先，它们都是以自己的方式揭示社会生活的某些真实，引导人们对生活真实进行深入思考，而不是用抽象的理想来掩饰生活，更不是用政治理念来歪曲生活真相，导向为某些政治目的服务；其次，它们都没有刻意回避当下社会矛盾的尖锐性，在表现矛盾冲突的手法上，没有编造强烈的戏剧冲突来诉诸煽情，而是采用不动声色的客观描述，或采用戏谑、讽刺的手法，使作品的倾向性通过具体细节表现出来；最后，两种现实主义都有意回避知识分子的启蒙叙事立场，用民间叙事立场来倾诉社会底层的复杂情绪，显现出藏污纳垢的民间审美理想。①显然，从文学创作旨趣看，邹瑾的《天乳》杂糅了两种流行的现实主义倾向，不仅有对日常生活的细节描摹，表现为诗人肖雨与草儿（天虹）的爱情纠葛；还有着传奇性、民间性、乡土性叙事手法的大量运用，细腻而奇异地揭示灾难背后的人性成因，展示了丰富的民间文化意蕴；更有着基于社会主流文化价值立场的思考和现代性价值指向，将叙事视角超越民间又不同于批判性的知识分子启蒙立场，从而彰显了一种超越单纯意识形态话语的政治情怀，不是悲天悯人或者鞭笞现实，而是投身其中以政治视角寄望“天乳寨”在政府和社会力量救助下的新生新变，一种乡村治理中的人性复归和正义追求，从而张扬一种新现实主义精神。任何一部优秀作品都会彰显其独特性，也就是说，“一位严肃对待生活的作家，只要他敢于直面现实、深入思考，他就能够突破传统现实主义方法的局限，走到真正的现实中去发现隐蔽在生活深处的矛盾所在”。②可以说邹瑾的创作不仅激发了传统现实主义活力，还在紧紧抓住时代的复杂语境中发展了现实主义。其实，每一场地震（“事件”）都有其独特背景，每个人在“事件”中遭遇的创伤都有独特性，一个作家只要触及“这一个”，其艺术表达就是典型化的，正是在紧紧抓住“这一个”的过程中，作品展示了

① 陈思和：《面对现实农村巨变的痛苦思考——论关仁山的创作兼论一种新现实主义文学的诞生》，《中国文学批评》2016 年第 1 期。

② 陈思和：《面对现实农村巨变的痛苦思考——论关仁山的创作兼论一种新现实主义文学的诞生》，《中国文学批评》2016 年第 1 期。

时代的变化与文学新质的生成。

《天乳》以真实而细腻的笔触，通过多视角的现实解剖和充满希望的诗意重塑，给读者营造了一种荡气回肠的超现实氤氲，它触及了人性的复苏和人心的重建。作品通篇弥漫着一种生命意识，一种人与自然生灵的生命相通，这种泛生命意识折射的是人性之爱。小说的《章前章》写水儿的养父“一枪打中了母麝，那一黄一白的一对小麝崽便一下扑到母麝身上哭嚎，令护林汉子软了心”。第二章《桃花穴》写大灾后香獐子与狼的怯弱，表现出大山里的生灵们是同宗同源，大灾后更是同灾难，强化了灾后生灵应同命相惜和谐共生的理念。第十一章对“大黄”失魂的描写，第十八章《桃花雪》里对年轻的公母狼骚性十足的场景叙述，第十九章《乳泉》里对雄扭角羚争雄斗殴与发情群交的细节素描，都生动展现了人兽同源的本性。雄性凶猛原本是香獐子、狼、扭角羚的本性，也是人的生物性本能的折射，是完整人性的组成部分。作者以文学比兴手法揭示天地生灵的同构性，及其人性的生物性根基，使文学扎根于广袤的自然生态，而拓展了现实主义文学内涵。同时，时间的超越还使作家有能力洞穿纷繁的现象，洞察人性的复杂和人心的种种不适。既纷呈了爱情纠葛和人性较量，再现了灾区人心灵的相逢与重构，多角度表现对传承千年的“天乳”根脉的情怀，还在民间历史的爬梳中非常老道又游刃有余地展示人物性格的多重性、变动性和个体性，写出了人性当有的本真面目，给读者留下丰富的阅读再现空间。体现了新现实主义小说不仅要揭示现实矛盾、困境和人性的复杂性，使人感知天乳寨里各种各样鲜活的生命形象，还将现实放在历史的脉动和个体的感悟中加以追思、反思、沉思，使现实生活图景显示出历史的厚重与思想的深沉的价值追求，弘扬了向善的力量和坚强的希望。

《天乳》在紧紧抓住时代中以朴素、凝重又充满灵动的笔调，真实刻画了袁水儿、范玉玺、老村长、麻牛、菊芬、肖雨等众多人物形象，生动再现了大灾难给灾区人民带来的巨大伤痛和灾区人民奋力抗灾自救与灾后重建的人间奇迹，将大山里社会各阶层人士集中在震后一年的时空断面上，深层次地揭示了震后乡村治理中的矛盾纠结与利益冲突，在交集了各种复杂感情矛盾与人性纠葛的故事叙述中，展现着灾区人的顽强精神与人性的生长，体现出强烈的社会主流价值指向。其叙事不漂不浮也不直白，在多义解读的可能性中凸显了作品的思想张力。作者始终坚守关注现实、关切底层、关怀弱势的建设性立场。一方面，在真实反映灾难事实的同时揭露阴暗面，让小说具有强烈的悲壮色彩。无论是大灾难里人性的怯弱、生命在利益面前的蝇营狗苟、特殊环境里的人情冷暖，还是投机商人的奢靡生活、基层官场的权力勾当、灾后重建中的急功近利，抑或是袁水儿的惨痛遭遇、麻牛的性饥渴、蔡仙姑心灵的皈依、程子寒灵魂隐痛的煎焚……众多情节不仅给读者留下极多想象的空间，且在对现实生活的客观、准确、素朴、哀婉的具体描写中，自然流露出作者关切民众的思想倾向和爱憎情感。另一方面，作家打破非好即坏、非善即恶、非此即彼的二元思维模式，将人物性格演变放在救灾、抢险和重建中，以复杂境遇中人性所当有的本真面目，解构了道德评判的"进步"和"落后"，使人物遵循生活逻辑而鲜活于文学叙事的莲花瓣结构中，保有了个体的尊严和无奈，这种新现实主义的平视态度，让读者倍感亲切自然。如怀揣美好梦想的天虹为生存四处奔波，人生途中又为情所困，后来为追求纯洁的爱情却陷入婚恋第三者的泥潭。你说这兰花一样的草儿是好人还是坏人？本性善良而绝美的袁水儿，少时为了给母亲治病被迫离开青梅竹马的范玉玺而跟着人贩子下山，命运却将她推进地狱般的"三陪"娱乐场；当袁水儿听到家乡遭大难后毅然回乡参与家园重建，倾其所有建好灾后临时小学，家长却听信谣言拒绝让孩子上学；为了帮助自己的旧相好范村长完成招商引资任务，她最终答应广东商人的性要求……如何评判袁水儿的善恶是非？人性卑劣的麻牛曾三番五次玷污女人，最后却用生命保护了植物人袁水儿；看似幽默精明的乡党委书记张驴儿锒铛入狱；好强而狭隘的小菊与村医马老幺灾后重组家庭生出一对双胞胎……这众多人物性格与命运都是以人性的复杂为底蕴，是人性的真实流露和自然表现，从而生成为最具文学冲击力和善恶解剖力的审美意识。对于文学而言，灾难面对的是命运的挑战。对作家来讲，作品中的人物不能止于"命"的无情轮回，而是要揭示出"运"的不屈抗争及其迈向自作元宰的境界，这才是文学的超越。在复杂人性结构中，人的自然本能和社会属性使人成为矛盾复合体，人性在特殊境遇中的变化和生长会迸发出奇幻的色彩。

《天乳》将灾后重建集中在一个小山村，将整个中国乡村的诸多矛盾与利益冲突浓缩其中，使其与作为“事件”的地震一起集中爆发：灾难与环保、传统与科技、伦理与宗教、计划生育与农民养老、农村发展与三次产业互动、基层政权与底层官员的无奈、传统文化与新型农民、农村社会治理与阶层利益分配等等，同时将各类农民与诗人、企业家、志愿者、记者、学生、道士、医生、军人、按摩女等社会各色人物相交融，既塑造了一系列社会群像，又刻画了独具个性的个人。习近平总书记在讲话中突出强调了基于个体意义的人民概念，认为“人民不是抽象的符号，而是一个一个具体的人，有血有肉，有情感，有爱恨，有梦想，也有内心的冲突和挣扎”，[①] 这是对“人民”概念的丰富和发展。其中对个体性价值的凸显，是对“人民”概念认知的深化，是对文艺要书写“具体的人”的情感、价值和诉求的内在要求。《天乳》以主流价值叙事的视角，使“人民”的概念扎根于中国现代化历史进程，高度契合于中华民族的伟大复兴，在共建共享中张扬人民主体性。以人民性为诉求的优秀文学作品从来不忽视具体的人，也从来不缺乏人性的温暖，由于人民是社会现实的本质所在，人民性特质的个人才更接近现实的人，现实中的个人从来不是抽象、虚幻的存在。

二、《天乳》的新现实主义精神解读

对于“现实主义”概念，不能以僵化的思维来理解，更不能使其意义固化。在文学批评史上，人们基于 19 世纪巴尔扎克、托尔斯泰等人的文学创作实践，以“现实主义”命名其创作方法，由此形成其经典性内涵，即文学要在

① 习近平：《在文艺工作座谈会上的讲话》，人民出版社 2015 年版，第 17 页。

社会整体发展中表现人物命运，以实现人性的完整与人的解放的历史使命。20世纪以降，社会现实日益被撕裂，早已不同于19世纪的生活图景。现实主义创作方法及其文学表现形式必然遵循现实的变化，从塑造人物形象转向表现人的内心及其意识的流动，唯此才能更贴近“现实”。分裂的世界与内心意识的流动是现实的真实图景，就此而言现代主义的某些形式美学探索同样是现实主义的，其意在追求文学对“人”的一种“整体性”观照，只是艺术表达方式有所分别而已。在卢卡契看来，现实主义文学着重表现人的命运，文学要为人的发展和个性解放服务。他认为文学的主题无论怎样不同，其根本问题还是表现人的问题，脱离人的命运而独立的形式是不存在的。① 究其本真性，现实主义的“真实性不仅是一个根本要求，同时也是一种价值尺度，现实的变化引起了‘真实’这一概念的变化，进而促使作家必须在表现方式上做出相应的调整。从这个意义上来说，形式本身就是内容”②。俄罗斯文学理论家、文学批评家亚历山大·沃朗斯基在《观察世界的艺术——谈新的现实主义》中，以荷马、普希金、托尔斯泰、福楼拜、普鲁斯特等不同时代、环境、气质的大作家为例，提出“激发一切艺术活动的主要创作动因”在于“要努力去重建、找到和发展……本身是美的世界”的观点。他认为“艺术的奥秘”在于“再现最初和最直接的感觉”，“艺术创作就其源泉来说，是直觉的”，科学和艺术的区别在于前者抽象，诉诸理智，后者具体，面向感情，同时强调“存在决定意识”“艺术家不应无视理智世界”，说艺术家“并不凭空想出美，他是以自己特别的感觉在现实生活中找到美”，他“应当站在自己时代的政治、道德和科学思想水平上。……在我们今天，不确定自己对当代革命斗争的态度，就无法写长篇小说、叙事诗和作画。谁要是在这一点上欺骗自己和读者，到头来受欺骗的是他自己。这里光靠感觉、直觉和本能，是不够的。”③ 为此，沃朗斯基在文末谈到

① ［匈］卢卡契：《卢卡契文学论文集》，中国社会科学出版社1980年版，第65—66页。

② 格非：《小说叙事研究》，清华大学出版社2002年版，第12页。

③ 参阅［法］利奥塔等：《后现代主义》，赵一凡等译，社会科学文献出版社1999年版，第十三节的内容。

当时的革命无产阶级文学时，明显不满足于表面、肤浅的政治倾向性和艺术的平铺直叙，要求深入生活的深层，充分肯定假定性，在批判革命前各种现代主义流派的个人主义倾向同时，强调“新的现实主义”应对印象主义、象征主义和未来派等在艺术形式、风格、手法等方面努力不应采取回避态度。因此，新现实主义主要指基于传统现实主义创作原则和精神，以一种开放的多元的文学表达来书写现实，其中不乏后现代主义的话语修辞和反讽意味，并融入对时代的沉思和价值判断。作家陈忠实指出：“现实主义者应该放开艺术视野，博采各种流派之长，创造出色彩斑斓的现实主义；现实主义者更应该放宽胸襟，容纳各种风貌的现实主义。”①这在某种意义上是对新现实主义的一种回应，也为新现实主义发展指明了方向。

现实主义究其旨趣，就是文学如何处理现实问题。当下，文艺创作面对日益纷繁复杂的现实，以及中华民族复兴的伟大实践，多数作家失去了揭示真实社会场景及其深刻历史本质的耐心和从容心态，以及把握现实的艺术表达能力，而往往浅尝辄止于生活表象。一些作品尽管创作手法、艺术技巧花样翻新、话语新潮，但难以掩饰现实内容的苍白、情感的艺术表达肤浅、价值的混乱摇摆和精神的贫瘠，从而难以触及现实中真实的人生和人的灵魂。作家歌德认为现实是一切文学艺术的基础，文学艺术不能也不应脱离现实。他在《论文学艺术》中，曾不止一次地说过“对艺术家提出的最高要求就是：他应依靠自然，研究自然，模仿自然，并创造出与自然毕肖的作品来”。为此，他对所有那些依靠现实的作家作品和文学倾向都给予支持，而对一切脱离现实的作家作品和文学倾向都坚决反对，因为依靠现实还是脱离现实是文学家的根本态度问题。所以他特别推崇那些集多种知识于一身的文学家，而且一再劝告青年文学家，一定要学习自然的各种知识，因为只有了解自然、认识自然，“才能塑造出各种力和各种运动的碰撞，才能抓住使作品成为一个整体的作用和反作用”。由此出发，他没有抛弃“艺术要模仿自然”的经典命题，而是对其作了发展。

① 陈忠实：《〈白鹿原〉创作漫谈》，《当代作家评论》1993 年第 4 期。

艺术家所奉献的不是自然的摹本，而是由创造才能进入的“第二自然”——有感情、有思想、由人创造的自然，这是作家依循审美理念创造的自然。“艺术家一旦把握住自然界的一个对象，这个对象就已经不再属于自然，甚至可以说，艺术家在把握住对象的那一刻就创造出了那个对象，因为他从对象中提取出意义重大的、有典型意义的、引人入胜的东西，或者甚至给它注入了更高的价值。”选择和修正意味着选择和修正者对某种作为标准的本原现象的期许，并因此而有了艺术家不拘泥于实然之自然现象的创造。正是有了创造，使平时看不见的合规律的本质的东西显露出来，使艺术品成为一个完整的独立存在的整体，艺术家正是通过整体同世界对话，而整体在自然中找不到，它是艺术家审美理想的产物。现实主义之所谓“现实”乃是创造的现实——融入创作者的思考和艺术表达及其审美意识的生成，是对艺术家驾驭题材能力和理性思想的检验。托尔斯泰说过：“艺术是一种人类活动……它把人类联结在同样的情感中。”① 究其本质，艺术活动传达一种人类情感，具有跨文化的可通约性，因而能感动全世界的读者。海德格尔更是基于现代人文主义的时代高度指出：艺术就是真理的生成和发生……艺术是真理之自行设置入作品。② 就此而言，文学以生命之体验绽放艺术的审美之维，成为文艺的魅力之核，真正的文学、伟大的艺术必然揭示“真理”。以“真理”为内核的文艺作品，因揭示存在的境遇和个体性感悟，不断生成为经典化的文学作品。

从文坛现状来看，“描写中国现实，需要中国经验，这对作家来说是一个严峻的挑战。……作家光有生活积累是不行的，作家对生活的认知、理解、过滤和把握更为重要”。③ 有学者指出：“放眼中国文学界，尤其是长篇小说写作领域，一个无法回避的问题却是，大多数作家所匮乏欠缺的，正是这种其实特别重要的深刻思想能力。所谓思想能力，其实并不神秘，说到底，也就是强调作家在写作过程中一定要对自己的表现对象有深切独到的理解与发

① ［俄］列夫·托尔斯泰：《艺术论》，张昕畅等译，中国人民大学出版社 2005 年版，第 41 页。
② ［德］海德格尔：《海德格尔选集》上，孙周兴译，上海三联书店 1996 年版，第 259、262 页。
③ 关仁山：《文学应该给残酷的现实注入浪漫和温暖》，《中国文学批评》2016 年第 1 期。

现。"[①]克服挑战需要作家扎根现实生活，在深入生活又超越现实中展现思想的力量，《天乳》表现出难能可贵的探索。所谓"新现实主义"主要立足于时代语境，依循时代变化赋予文艺创作某些新质和特征，它既坚守传统现实主义文艺的社会化特征，把人理解为时代(历史）和社会的产物，展示了时代之"大"，而融入了民族精神和社会主流价值指向，在社会地基上站立着大写的人；又在回归现实主义精神中深化人的个体性维度，描摹的个体之"小"时不用一些大词如"理想""政治"等抽空人性的复杂，在人性的丰富中揭示"小我"的成长，展示一种刻骨铭心的体验和内心精微的感受，使人在一种平视中升起敬意。具体而言，所谓"新"——在情感表达上，主要偏于对个体性情感（喜怒哀乐、怨天不尤人）的透彻与尊重，其审美意识的生成基于个体实践，而非集体性或社会性经验；所谓"新"——在艺术表达上，对人物的塑造既没有拔得过高，高高在上不食人间烟火，也没有低于地平线似的"一地鸡毛"般猥琐；所谓"新"——在精神表达上，既宏大（依托题材发掘民族精神）又细小（个体感悟)，既洞察人性的幽暗，又展示人性善的力量；所谓"新"，其实还有一些"空白"，留待读者的期待视野一同来完成，从而展示出创作者超强的艺术想象能力。

可以说沉甸甸的《天乳》中神奇的想象，让人感受到了新现实主义的力量，正是在思想意蕴的提炼和审美表达上的突破，使《天乳》拓展了现实主义文学的艺术空间，为我们深刻领会新现实主义提供了典型案例。《天乳》巧妙的章节布局，使相对杂乱的时空关系显得清晰有序，莲花瓣式的结构增强了故事的趣味性和审美意蕴。在文本结构上，作品既围绕灾难与重建的主线又以莲花瓣式叙事结构，将诸多矛盾冲突和利益纠葛聚焦于"灾难场景"，描绘了一幅现代化进程中流动的现实主义画卷，在切近现实中展示时代之"大"，在弘扬现实主义精神中深化对现实的认知和审美再创造；又依循现实主义的叙事逻

① 王春林:《乡村大地的沉重忧思——评关仁山长篇小说〈日头〉》,《中国文学批评》2016年第1期。

辑，以“小我”的感悟揭示人性恢复与根脉传承的艰难，在人性挣扎中闪耀不息的人性光芒。在艺术表达上，文本结构的妙思与用心，打破了文本空间的封闭性，使文本呈现多元化的开放式立体结构，使地域空间的局限性以时间之轴的绵延增强了文本的厚度和生动性，扩大了文本的文学容量，使文本具有了更多文学性与审美性，增添了文本的可读性与地域文化色彩。

在审美意识生成中，作者运用传奇、魔幻和比、兴手法，写出山林中人兽性灵相遇的神秘及其人神感应，使现实题材徜徉于文学的氤氲中。马克思认为，人直接地是自然存在物，人作为自然存在物，而且作为有生命的自然存在物，一方面是能动的自然存在物，另一方面是受动的自然存在物。因此，人不仅要发挥其能动性，更要自觉承受着受动性。小说不仅基于地域文化大量使用民间俗语，在民俗文化的氤氲中展示人与自然的天人合一意识，还在万物有灵的混沌状态的描绘中赋予人某些传奇色彩（如蔡仙姑、獐子精、县长娃等，袁寡妇与獐子的关系、獐子养活天虹、蔡仙姑“死而复生”后疯癫而被地震震飞却恢复正常等），大灾难使香獐、狼、蛇等失去兽性，使大黄狗失去野性，使男人阳痿，灾后重建也着意展示了生灵的复苏：扭角羚的发情、母狼的骚性等，从而将人的思考引向自然生态。同时，在古老文化意象基础上运用隐喻，既增强了小说内容的厚重感，也增添了文本的幽默感、情趣性等文化韵味。西方文艺创作及研究中也多用喻，如古希腊哲学家柏拉图的“床喻”和“穴喻”，以及现代诗人艾略特的“荒原”等，在后现代文艺创作中更是大量充斥比喻。《天乳》基于地域文化底色，展示了川北地区的自然生态与文化特色，对獐子、扭角羚等灵兽的生活习性，对石工号子、祭梁的段子以特别描述，都充斥着一种魔幻意味。其中对丧葬的细节描写，不仅增添了小说的悲伤情绪和灾难的悲情氛围，更体现了对逝去生灵的尊重，反映了作者对未来的希望和重生的憧憬。报丧、坐夜、参灵、唱祭、发丧、送葬、丢买路钱，包括头七、迁坟等，构成川北地区一套完整的丧葬习俗与风情画，增添了灾难题材作品的悲郁气氛和悲悯色彩。川北民俗的大量运用是《天乳》营造悲怆情节的需要，也是其传承文化根脉的体现，石工号子、情歌传承了文化根脉。“根脉传承”展现了作家的文化情怀，这根脉就是人脉，人脉就需人的再生产，人的再生产离不开精神信仰。哀悼日那天大雨滂沱，村民们还沉浸在悲痛之中久久不愿离去，老村长嘶哑着嗓子在广播里喊：“我们的亲人都走了一大群，我们得好好活下来，天乳寨的根脉还要一代一代往下传啊！”

另外，为了给小说注入具有审美气息和文学张力的诗情画意，小说引用了很多凄美的诗歌片段，如表达肖雨与天虹之间有缘无分的爱情：“不敢企盼窗外的微明 / 不敢触摸三月的体温 / 我好怕那灼人的春天 / 将我这冰冻的腊月温化”，“转眼就到分手的秋季 / 天地间依旧烟雨蒙蒙 / 你撑着一把红伞奔走在月台上 / 我隔着车窗玻璃泪如泉涌 / 萧瑟的寒风刮过来 / 枯了一路阳光 / 也枯了我寸寸柔肠……”流露着忍痛割爱的无奈。诗歌不仅是中华民族的文明标志，也是其文化灯塔。小说人物与诗歌有关，诗歌也影响着人物的命运，决定着故事情节的推进。同时，作家对人物的遭际多以诗意般场景加以渲染。肖雨与天虹为数不多的几次相遇，总是充满诗意，不仅因为他们是诗人，共同组织了兰心诗社，更主要是他们有真正的诗人情怀与梦想。无论是火车上与香女偶遇、月亮峡诗会逃险，还是兰心诗社幽会与花海里的两情相悦，就连震后的灾区寻亲都充满着灵动和浪漫色彩。袁草儿，最初在迷惘绝望中为诗所鼓舞，燃起生活的希望，组织兰心诗社，到最偏远的村寨小学支教，最后在地震中为保护学生献出生命，她不仅因为诗重塑了生活的希望，也重塑了生命的高尚。

除了借助文学氛围的营造和诗意表达，作品还着力通过文学意象塑造一种审美意识。作者在作品中鲜明地表达一种文学意象：以范玉玺从震前一个有着“能生双胞胎”的雄健男人，在地震后生殖能力艰难复原的叙述，反映了曾经根脉异常兴盛的村寨人在震后的命运多舛，及其个体心灵的残缺和人性的复苏。《天乳》对地震伤痛的描写，除了眼见的现实惨状和以范玉玺为代表的心理阴影描写外，还有对“大黄”的描写。在大自然面前，人类何尝不像“大黄”一样；在大地震面前，一切生灵都是那么渺小无助。大自然对一切生灵是平等的，哪怕是主宰世界的人类。神奇的天乳孕育本真的天性，肆虐的灾难考验复杂的人性。大地震使受灾山区的生灵遭到灭顶的心灵毁损与精神创伤，通过岁月的医治，慢慢开始有了难得的野性复原，这种文学创作凸显“救灾与物质重建相对是容易的、而心灵重建与灾后人性复原却是异常艰难”的思索，饱含着作家对灾后山民命运的忧患和思考。即使如麻牛般的人物，作者也没有戏谑般地嘲讽，而是寄予了深切的人道主义同情。评论家李建军认为：“好小说是具有现实主义精神和底层关怀精神的小说；好小说是致力于发现并揭示生活真相的小说；好小说是那种充满正义感和责任感并致力于向上提高人类精神生活水平的小说。”① 我深以为然。

作为新现实主义作品，《天乳》的新现实主义诉求表现在拷问人性的反思和对人性深度的揭示，展示了现实境遇中人性的复杂和超越性追求。《天乳》以穿透性的笔触于细微处再现震后的悲怆实景，以文学的想象力书写大灾难带来的心灵毁损与人性扭曲。无论是面对难以抗拒的大地震，还是不可逆转的命运，或是纠结不清的爱恨情仇，小说涌流了一股强大的人性抗争力量。这里有山岩夹缝里的呐喊，有死穴与兽场的呻吟，更多是人性本能挣扎的呼喊与开山打石的“号子声”。小说对不同辈分的孬果和豌豆花偷情而殉情的描写，反映了天乳寨古蜀道驿站上道德传承中的血色悲音；金磊子发誓要为大哥大嫂守孝三日，意外发现金矿后却欣喜若狂地连夜出走，因开矿“噪音搅扰费”分配不公而使上下村乡亲“又为金矿涨红了眼”，反映出生存在废墟上的人的逐利本性；麻牛多次猥亵山乡同胞，连50岁的驼背也不放过，灾后长夜难熬竟然捉住兽圈里的母麝泄欲，这种大灾里的人性本能表露得淋漓尽致。特别是小说叙述一辈子没碰过女人的护林老汉与养女意外赤裸相对时突然跪地，天虹(草儿)为报恩一下投入其怀中“任他捏任他咬”，但后来护林老汉却自杀在山洞里，“当天虹找到他时，他的双眼已是个黑洞，一对眼珠子还紧抠在手心里”……这一描写，揭示与还原了人性的复杂，引发读者深沉的思考，也许文学对此可以写得更美一些。同时，小说在几条主线交替穿插中看似畸恋实则动人的爱情

① 李建军：《何谓好小说——关于第四届“鲁迅文学奖·中篇小说奖”及其他》，《小说评论》2008年第1期。

纠葛，以特殊时段里的人性解剖与心灵拷问，彰显了作家对灾后山民凝重的命运忧患和深层的人性思考。

在政府和社会救助下，天乳寨积极进行产业重建，千年圣寨钻出了含氡的温泉，天乳菌业越做越大，竹器厂、地震遗址公园和通往外界的高速公路、地震灾区旅游开始立项建设；月芫在大家的关爱中保住了生命，装上了假肢，读了技校准备回天乳菌业上班；姚小菊和羌人马老幺重组家庭后孩子出世，这是寨子里灾后第一个新生命，而且是一对双胞胎；在不断的精神激励与水儿“药引子”鼓励下，范玉玺终于“冲起来了一股子力”；小说结尾，天乳寨梁“乳泉”再现，袁水儿板房后年轻的母獐顺产三头小崽……这些都展现着灾区新家园重建的丰硕成果，更是对人性再度张扬、生活再度鲜亮、生命再度辉煌的生动表达。历史根脉是一种民族精神和文化本源的传承，它是贯穿文本始终的一条红线。肖雨与班草医颇有禅意的几次对白，是作家对这种根脉情怀的极大注解。班草医说：“有根脉，才有枝叶，根即渊源，脉是流传，人性虽无常，万事皆有因，如果连根脉都丢了，那我们还活个啥？”小说尾声特别点题回应了根脉传承的希望所现：“通阴观桃花洞穴前人工打钻的石泉井出水了，酒杯粗一股泉水直往外冒。惠源（蔡仙姑）陪着女道长立即到道观正殿上了一炷高香。惠源说，乳房好比是女人的天，要是没有了乳，那这个山寨还能一帆风顺吗？道长说，天乳寨神泉再现，我们今后就叫它乳泉吧！”

三、在超越中迈向文学经典化

四川川北青川县东河口，2008 年 5 月 12 日下午 2 时 28 分遭受灭顶之灾：西北两面的王家山、牛圈包拦腰折断，崩炸下来的两匹大山瞬间将东河口村几乎全部掩埋。红石河被阻断，山谷已填平，七百八十位村民被深埋在一百一十米的土石方之下。东河口——汶川大地震中地址破坏形态最多、体量最大，造成堰塞湖数量最多、一个点上死亡人数最惨重的小山村，灾后被改造成地震遗址公园。地震遗址公园入口广场上有三块巨石，地质专家说，这是从两三公里外的山体上飞崩下来的，巨石块落插在地上，刚好组成了一个凝重的“川”字。这是大自然留给人类尊重科学、尊重自然的一种警示，更是对四川和北川、汶川、青川“三川”遇难民众的一种无声地祭奠。如今，这个巨大的“川”字已经成为历史的定格，三块石头分别间距 5.12 米和 2.28 米。①

小说以重灾区川北青川县东河口村为故事发生地，放眼整个汶川特大地震及其灾后重建。相对于作家对大众日常现实生活的文学书写，现实灾难的文学创作更难，它遭遇更大挑战，更加考验作家的艺术想象和审美表达能力以及超越性思维能力。“正常状态下人的理性或人作为‘理性经济人’都是可以理解并应得到同情的，但在地震等特殊境遇下过度的理性使人沦为‘冷血的存在’，这不仅使人泯灭苦难意识，也丧失了悲剧精神。”②作者忧虑的是，虽然有了后来凤凰涅槃的幸福洗礼，但当初那黑色的伤痛却是永远的，住进新居后的心灵还是枯荒的，大山里那传承了千百年的母亲乳汁一样的根脉还在么？面对灾难或苦难，只能经由克服与转化才能实现超越，这需要人类意识的意志克服与精神升华。如刘小枫所言：“人的受苦和不幸是一个存在的事实，从自然事实或历史事实的范围来讲，这种受苦的存在是自然而然的。因为它符合自然的或历史的本质构成——天灾人祸难道不是与自然事实相符吗？那些在自然灾害（地震、洪水）、历史事变（日常生活的偶然事件）中遭到不幸的人，在自然事实或历史的范畴上讲不是无辜的，而只是偶然的事实发生在他身上而已。”③文学书写与美学升华是克服与超越的方式之一，苦难美学不是停留在对苦难的体验上，而是在体验中有理性的思考和人性的拷问，进入深层的审美沉思。其实灾难文学书写的从来都不是天崩地裂破坏摧毁的灾难场景本身，而是灾难中的人及其命运和从中升华出的精神。面对苦难或灾难，唯有在抗争中才能实现救

---

① 邹瑾：《〈天乳〉与东河口情结》，《天乳》，作家出版社 2014 年版。

② 向宝云：《灾难文学的审美维度与美学意蕴》，《社会科学研究》2011 年第 2 期。

③ 刘小枫：《走向十字架上的真》，上海三联书店 1995 年版，第 139 页。

赎，由此才能升华出“人”的意义。其对艺术真实即人物复杂个性及其命运的揭示、人物思想情感的变化与流动性的把捉，是通过一系列情节和事件再现，显现出作者的立场和态度。因为有了时间上的“距离”，小说在反思中超越单纯的“歌颂与白描式的纪实”，深入历史与人性的复杂境遇中聚焦“艺术真实”，深入到生命复苏的本能即人的再生产与人性回归的精神再生产的文本潜结构及其生命意象的营造，既有生殖意象的“命根”“乳泉”“猪尾”“母獐”“大黄”等的生命复苏，更有信仰的皈依（蔡仙姑）与精神升华（水儿、草儿）等，以及肖雨的人性救赎，老村长的奉献与范玉玺的踏实肯干，把对特定境遇下人性的拷问融入对地震的反思中，以文学发掘生命的价值和人性的深度，在审美意识生成中传达苦难的声音和苦味，在对“苦难”的体验中升华出精神超越。

就灾难题材而言，抗日战争对中华民族的伤害是一场巨大灾难，可谓“浴血奋战，中国军民，一寸山河一寸血”，但迄今还没有出现公认为世界经典的文学作品，充分书写和铭记这段历史与民族心灵的苦难和精神的升华。“多难兴邦”，“活着，就要记住”，这是人生信念，更是文学的信念和使命！中华民族不缺乏灾难的体验与切实的感受，只是缺乏深刻的反思与审美意识的升华，善于“遗忘”，不能直视“痛点”。虽然有不少反抗“灾难”的文学书写与民族精神的展示，但多是歌颂超越苦难的直视，以意识形态维度压抑或遮蔽人性维度，没有平衡文学的人性维度与意识形态维度的张力关系，导致灾难文学文本数量巨大，却鲜有经典性作品，这表征着灾难文学整体的不成熟。如果一切纪念都仅是怀想与歌颂，或者浅薄的戏谑，我们就不可能在历史的道路上前行。伤痛可以随着时间和新生儿的诞生而变淡，但个人创伤的记忆却不因时间的流逝而刻骨铭心，向死而生是一种生的无畏和死的光荣，是一种生命的积极绽放。正是基于个体性情感体验的感悟，作家张翎的《余震》实现了对钱钢的《唐山大地震》某种超越，张翎对个体心灵的关注，使其能够感动更多普通人，被文学界认为是“至今写地震写得最好的小说”。文学史表明，只有以“壮士断腕”的决绝和清醒来纪念英雄，敢于正视淋漓的鲜血和人性的幽暗，以文学的方式“纪念”英雄，才能创作出让民族变得厚重、思想变得深刻的经典作品，真正的文学应该穿透灾难，因人性的挖掘而走向人类精神的经典化存在。

“现实有丑恶，但作家不能丑陋；人性有疾患，作家内心不能阴暗。作家要有强大的爱心，要热爱脚下的土地，热爱土地上劳动的农民，因此，作家的内心要不断调整自己，要有激浊扬清的勇气，还要有化丑为美的能力。自己要有强大的精神力量，还要从反思中给人民以情感温暖和精神抚慰……复杂生活要用思想点亮，要想表达明晰、透彻，首先作家自己心里要有光亮，有温暖。”① 正如作家关仁山反思的，作家到底有没有面对土地的能力？有没有面对当今社会问题的能力？能不能超越事实和问题本身，由政治话题转化为文学话题？超越现实需要想象力打碎现实再加以重塑，在隐喻和象征中书写。真正有价值的不是故事本身，而是故事背后的思想和文化含量。就作家对现实主义题材的艺术把握和思想抽象能力而言，《天乳》充满奇特的想象和叹为观止的细节描摹，将新现实主义的真实性与批判性提升到一个新高度，走在了当代文学经典化的途中。《天乳》既借鉴了欧美现代主义的荒诞、反讽的创作方法，更传承了中国古典文学中的比兴手法。作品的叙事策略是莲花瓣式的中心聚焦，采用顺叙、倒叙和插叙，通过浪漫的诗性与民俗的穿插，使“叙述”借助艺术想象实现了古典文学赋比兴手法的“陌生化”效果。全书的章前章“神泉”篇简述了村寨的历史渊源、地域特征和民族传统，并以乳、根、穴等意象和现实中的蔡仙姑等营造了古寨的神秘与悠远。文本叙述方式的转换，既使能指形成中心漩涡，又使所指形成一定的“间离效果”，使得文本充满文学的审美氤氲以及诸多隐喻意义的生成，增强了文本的神秘感和能指的丰富性，增添了文本的文学意味和审美意象的厚重性，在特定时空内有了人物、景物变化，有了情感的跌宕起伏，使得叙述笼罩在文学性的营造中。小说叙述的复杂性和文化的厚重性，既增强了文本的可读性和趣味性，又拓宽了文本的空间性，使文本结构拉得很开，犹如一个绵延的大舞台，各种生灵轮番表演，人、兽、物同台竞技，相互依托、共在共生共长，使“天乳”和“根”的内涵不断丰富！彰显了

① 关仁山：《文学应该给残酷的现实注入浪漫和温暖》，《中国文学批评》2016 年第 1 期。

作者的文学功力和包容性的审美构思能力。《天乳》虽以现实主义观照现实，但不是“零度叙述”，而是对灾区的生活有着热切的关注和深切的同情，充溢着一种爱的意识和温暖的精神。“根”与“乳”的意象反复出现，张扬的是生民的求生欲望与抗争灾难的心理基因和精神追求；扎根于厚重悠远的地域民俗文化，使得作品陡然丰满，艺术性地灵动起来，迟滞了人物在地震舞台上的表演而拓展了文本的内涵。

人民是文艺创作的源头活水，作为涵养艺术的土壤，文艺只有植根人民、紧随时代潮流，才能繁荣发展；艺术只有顺应人民意愿、反映人民关切，才能充满活力。习近平总书记指出：“一切轰动当时、传之后世的文艺作品，反映的都是时代要求和人民心声。我国久传不息的名篇佳作都充满着对人民命运的悲悯、对人民悲欢的关切，以精湛的艺术彰显了深厚的人民情怀。”①历史上任何一部伟大作品，无一不体现着对人民的情怀。能否创作出人民的文艺，最根本的办法是扎根人民、扎根生活。艺术家只有眼睛向下，真正走进火热生活的深处，“虚心向人民学习、向生活学习，从人民的伟大实践和丰富多彩的生活中汲取营养，不断进行生活和艺术的积累，不断进行美的发现和美的创造”。②在人民中体悟生活的本质、吃透生活的底蕴，把人民的喜怒哀乐倾注在自己的笔端，才能创造出深刻的情节和动人的形象，用文艺讴歌不断奋斗的人生，刻画最美的人物，坚定人民对美好生活的憧憬和信心，其作品才能激荡人心。《天乳》的成功表明，唯有表现人民伟大历史实践的文艺作品才能彰显出时代精神，使文艺发挥最大的正能量，进而有利于增强读者对社会主流价值观的认同。

艺术成功的关键是在书写中传达某种真实感和意义感，在尊重艺术真实的逻辑中提撕出精神的标高。所谓“真实”既有地震场景的真实，也包含乡村矛盾与利益分配及功利性追逐、生态环境破坏的真实，人物之间情感的真实、民俗氤氲的真实，也有肖雨与天虹精神之恋的真实，更有水儿与程子寒、赵冬云

① 习近平：《在文艺工作座谈会上的讲话》，人民出版社 2015 年版，第 16 页。

② 习近平：《在文艺工作座谈会上的讲话》，人民出版社 2015 年版，第 17 页。

的伦理冲突的真实，因“真实”而脱出了简单化、脸谱化的“主旋律”，在一种“人民性”的追寻中升华出精神的意义和审美的价值。正是“真实”使人物形象塑造突破了传统的二元对立思维，消解了对人物简单的好坏善恶的道德判断，而被置于广阔的社会历史语境下：大灾里人性的怯弱、生命的脆弱、人性的卑劣、利益的算计、崇高与平凡等，揭示出人性的复杂和生存的无奈，刻画了复杂境遇中“真实的人”“真实的人性”，不是简单的场景再现及其单纯的歌颂与批判，而是在“人性”的揭示中有所思有所悟，既有现实鞭策更有精神追求。如肖雨与天虹的爱情在道德天平上是倾斜的，但在文本语境下却如泣如诉、浪漫旖旎、哀婉生动、仓促短暂。究其本真性，现实主义的“真实性不仅是一个根本要求，同时也是一种价值尺度，现实的变化引起了‘真实’这一概念的变化，进而促使作家必须在表现方式上做出相应的调整。从这个意义上来说，形式本身就是内容。”①

只要现实生活中存在社会矛盾，有人与自然生态、社会的冲突，以及人的解放问题，现实主义就有生命力。作为高扬现实主义精神的地震文学，同样要揭示人的“命运”，即真实的个体在灾难中所处的历史、现实、社会等错综复杂关系中的“命运”——现实主义文学的母题。中华大地虽然历经太多的苦难和自然灾害，但精神升华的高度始终难以触及人类哲思的高度，未能生成经典性的文学作品，书写者的哲学意识、审美理想、文艺表达能力和精神信仰与人道主义情怀尚有不小的提升空间。一方面，一些作家深受20世纪占主导地位的传统现实主义创作原则以及自我表现的创作理念影响，对地震的文学书写多是再现或模仿地震场景，追逐于表象“真实”，或受制于时代所要求的宏大叙事，以集体性救赎为社会制度优越背书，对“个我”的塑造达不到精神独立的自由高度，“个我”往往被“大我”所规范和询唤，成为“大我”的传声筒，做了肤浅的意识形态教化的工具，缺乏深刻的个体性反思和情感抒发，使得作品对人性的深入挖掘不够、浅尝辄止。甚至在某些地震文学中仅有“大我”，

① 格非：《小说叙事研究》，清华大学出版社2002年版，第12页。

而无“个我”的细节呈现，舞台之“大”与人物之“小”不成比例。另一方面，创作者多受大众传媒引导，往往根据大众媒体所传递的价值观进行创作，因缺乏艺术表达能力，导致写作视域受限制，难以表现创作主体的审美意识、艺术个性，使得文学书写沦为大众传媒的“注解”。相对于新闻传媒的热烈介入，过近的距离使文学保持沉默，沉默不是怯懦与软弱，而是维护文学的真实与尊严。在作者的叙事中，文学抚慰了灾难中人的心灵，更启示着人性的复苏和精神价值的追求，灾难带走了很多人的生命，使很多家庭支离破碎。重新拾起生活的勇气和信心，需要文学的力量医治创伤。只有把重建的信心融入故事叙述中，让灾区的生命感受到希望所在，他救亦需自救，在个体自救中人性之光熠熠生辉，在他救中展示社会制度的优越性和强力。“抗震救灾中对人的生命的重视，直逼人性的核心价值，是中国当代文学在市场化生产中遭遇的一场价值拷问。”① 作为新现实主义作品，《天乳》的意义不单是地震文学的人性书写，更是在民族文学经典化旨趣上的努力。

其实，比地震更可怕的是人性的沉沦与道德理性的丧失，正是人性的卑劣、贪婪使自然灾害转化为社会悲剧，中国当代文学在这方面尤其是直视现实矛盾的能力有待加强，亟需反思到人性本身和人类文明的制度化成果高度，才能经由对苦难、灾难的文学书写升华出意义。其重点不再是灾难本身的残酷，而是在苦难升华中站起来的真实的个人，个性丰满有担当和超越性追求的具体的人，同时又以其精神的超越融入社会主流价值指向成为大写的“人”，从而实现“大我”与“小我”的统一；一个以血肉之躯脚踩大地挺立于广阔社会生存图景与现实关系中的人，一个真实的能与我们平等对话和平视的人，一个不再仅仅是被意识形态塑造却又背靠强大社会精神力量的人，才是文学书写的时代英雄，这样的书写才能触及时代高度。只有紧紧抓住时代，才能描绘出复杂境遇中人性的变化与生长。这正如加缪在《鼠疫》中通过对新闻记者朗贝尔的性格与情感变化的描写，揭示出的人性真实一样。在灾难情境中，人面临的是

① 冯宪光：《与地震灾害相遇的文学和文学理论》，《西南民族大学学报》2010 年第 4 期。

恐惧、失序、威胁和资源的短缺，特定境遇下人性中各种力量的相互撕扯，人更会趋于本能，更易显露人性的卑污，而在挣扎中向上的力量才真正展示了人及其文明的光辉，向下的卑污则更可能使人疯狂，这才是真实的人性状态，有思考有挣扎的善良是人性的真实，这是升华和超越的基础。灾难突然把人置于异常境遇，会使人们更能真切感知世界和自我的本真状态，会促动人的精神世界和现实存在的发展，而有了更多可能性。文学就要表现这种可能性及其发展变化，并试图表现对本我的超越，从而在境界上指向人类生存的超越性价值。“超越性是人类生存和活动的本质属性，反对一切对个人的或人类的精神上、肉体上的束缚，这就是人的本质的全部内涵。”① 文学如何表现“真实”？就艺术表达而言，往往文字和形象背后是创作者的主体审美能力和心灵的沉淀与理性的思考，作者身份的特殊使其历经“灾难现场”并有切身体验，非外在的感知与观察，而是沉浸式的投入与反思，故而对“现场”的感受深刻，这是其有别于其他文学书写者的独特性所在。在《天乳》中，作者把“地震场景”置于社会背景下来展示，放在地域文化的氛围中来书写，这种直面人性思考，穿透文学书写的“先见”，使其把视点放在个体性的人生感悟及其生存境遇上，从而打破“常规”，有利于实现“陌生化”的艺术效果，而把生活真实、新闻资讯转化成为“文学场景”，自然展示出地震文学创作的“这一个”，使得作品不再是大众传媒的文学注解，呈现了文学话语的“新鲜感”，在独特性、丰富性上对地震文学是一个提升。可见，“真实”是《天乳》生成审美意蕴的根基，是文本艺术真实、作品文学性生成的基础。

文学实现对灾难的超越，取决于创作者的理性思考和艺术表达能力——人性的局限性及其无限的可能性（境界的提升或命运的屈从）。就当代文学而言，无论是《唐山大地震》还是《余震》《天乳》，都展现了人的生命力与高尚的人格和至善的人性，弘扬了生命的尊严和崇高精神。灾难以其突发性、不确定性

① 刘建军：《演进的诗化人学——文化视野中西方文学的人文精神传统》，东北师范大学出版社1998年版，第7页。

打破了人的日常意识链，而惊醒了人之为人的意识，唤醒了有着超越性可能的主体意识。《余震》《天乳》有着对超越“命”的人之“运”的审视，以及对人性恶冷峻的洞穿，它关注人的心灵的焦灼与不安，这种文学洞察达到了人性悲壮的“艺术真实”，其“痛”可以让人铭记终生。《余震》《天乳》不只是与“事件”拉开足够的时间距离，有了理性的审美距离，有利于作家对“事件”从容叙述和冷静审视，更在于作者艺术表达上的探索，以文学的方式深入个人内心的深处。其实，在灾难中考验的是赤裸裸的人性，如《天乳》中老村长般那样向上还是麻牛般向下，是都有可能的，分别在于文明的教化与积淀。超出道德评判的视域，善恶仅是人性的一部分，事实上在境遇中有着人性的挣扎、卑污的心理冲突，无论是自救者还是拯救者都显现了人性的高贵，这样的文学书写触及了人类文明的母题，而迈向了文学经典化的道路。拥有高贵的人性是超越灾难的动力，那种在灾难面前失去人的尊严和斗志，在灾难中沉沦堕落，其实比灾难更可怕。就此而言，《天乳》中有一系列人性光辉的亮点，这正是中华民族积淀的深沉的民族精神，是中华民族几千年生生不息的遗传密码。依循新现实主义创作，《天乳》推进了对人性复杂性的揭示，其“人性”显得真实可信，不是高不可及的“神”，但人之为人就要积极地去生存（老村长、范玉玺），而非沉沦于世（麻牛）。唯有直面灾难与其抗争，才能自救，也才能被救，这是对人的精神和肉体救赎的充实，这种超越才能坚定人的心灵，才能充盈人的生命意识。灾难重新给予人们认识生命和生命价值的契机，人生的脆弱和无常（如春萁、云豆），人性的悲悯，生命的易逝，人的伟大与渺小。生命意识不仅之于“人”，更是万物之灵（动物如蛇、蛙、狗的生命意识）。人只有真正领悟死亡，才能领会生命的意义，意识到人之大限，从而激发出人的尊严与勇气（如肖雨）。何谓作品之“大”：思想的深度、内容的广度、境界的高度，人只有在困境中历经斗争、现实抉择甚至自我否定，才能成为人——人生启悟是文学永恒的母题。这种揭示无论处于逆境、困境还是顺境，都能保持向上向善的抗争、不屈从、不恶小，守护人之为人的文明根柢的文学，是新现实主义的追求。

可以说，走在经典化途中的《天乳》以文学方式为地震灾难刻写了心灵的纪念碑，它不是印在纸上，而是书写在人的心灵感悟上。在文学价值的底蕴上，《天乳》接通了现代中国作家“感时忧国”的人文情怀，以文学的传承弘扬了中国古典文化“家国同构”的伦理意识，张扬了传统现实主义反映重大社会历史政治问题和现实生活的旨趣，体现了作者的责任意识、担当精神，这种基于爱和悲悯的情怀对灾后人的心理重构和人性沉思，不是特定境遇下的“感时忧国”吗？这何尝不是一种对中国经验的文学书写？当前中华民族正处在伟大复兴的历史拐点，需要文艺传达时代的心声，需要艺术家为人民放歌，需要为国家“软实力”的提升提供力量支撑。在文化思潮相互激荡中，只有那些能为广大人民所认可并产生广泛影响力的优秀作品，才能构成一个国家和民族的文化软实力。牢记习近平总书记“文艺工作者应该牢记，创作是自己的中心任务，作品是自己的立身之本，要静下心来、精益求精搞创作，把最好的精神食粮奉献给人民”①的嘱托。优秀作品不是抽象空洞的，它有着人民的情怀、涌动着民族的家国爱恨和个体性的感悟，既立足现代，又有历史底蕴和文化返乡的眷顾。

① 习近平：《在文艺工作座谈会上的讲话》，人民出版社2015年版，第7页。

“暴风雪”意象下的人性拷问

前几日，就在我刚从呼伦贝尔大草原的满洲里市回京后的一个晚上，接到了《民族文学》主编石一宁先生发过来的一篇需要评论的小说，作品写的是大兴安岭林区呼伦贝尔草原的暴风雪遭遇，这是否是一种不期然的注定？小说《暴风雪》写的是小地方的一个成功人士的情感生活及其人生境遇的突然变故。“暴风雪”是点燃事件的导火索，也是横亘心头的那颗“痣”。自然的暴风雪带给人的是创伤和苦难，心中的“暴风雪”则是人类社会和人性的镜像，其中的多重意味值得探寻。

小说是讲故事的，故事总有适合它呈现的方式，以“暴风雪”来讲故事貌似很有戏剧性，如果单纯讲一个人与暴风雪搏斗的抗争，无论其场面如何惊心动魄也是很老套的了无新意的，不会构成一个有价值的文本，而恰恰是在嵌入社会场景情感纠结下“暴风雪”意象的营造中，小说文本超越了自然的暴风雪而使能指丰富起来，在别有意味中使所指有了多元化指向，有了更多可读性，文本有了立体感，从而具备了一个好小说的框架和结构。

在庸常的生活中，时间是静默的，“暴风雪”是潜伏的。正如小说所讲述的，时间是冷漠的，它感觉不到什么是幸福、美妙、甜蜜、快乐、满足；它更不知道什么是难过、痛苦、悲伤、愤怒、无助。而恰恰在时间的断裂处，蛰伏的突然显现出来，打破了时间的线性链条，不期然的遭遇使我们不得不面对“事件”，人生的意义或者价值显现出来，这就是文学，这就是诗，文学就是一种意义的追寻。平凡时间链条的突然断裂，打碎了生活的表象，物理时间流的中断彰显了人性本真状态。郑之江作为一名成功的农场主，其生活原本波澜不惊，充其量是一个“老男人找小老婆”的艳遇故事，小说文本也对此花了大把笔墨。溢出了常态才有了惊奇，文本中的暴风雪是郑之江遭遇的“事件”，这个“事件”是对人性和情感的拷问，而能够回归常态则是对意义的思考。小说文本的结构特点和节奏把握得很好，显现出作者一定的文学构思能力。作者的叙述虽然平实，但叙事结构却有其特点，在相互交织的正叙、倒叙中充满了艺术张力，扩大了文本的内容含量，丰富了小说人物的形象塑造和审美意蕴，信息量的丰富使人物丰满立体起来，在能指的喧嚣中，所指逐渐定格。

时间链条的断裂需要特定的机缘，那就是时间、地点和人物的特定性，作者选取了大年除夕前的时刻，郑之江要陪远在三百公里外的老母亲过年，行驶在可能发生暴风雪的路上，由此把蛰伏的矛盾推向冲突的高潮，进入了小说结构的内核。快要过年了，路上行人车辆稀少；“兴安岭的冬天是寒冷的，宽大的风挡玻璃四周都披上了薄霜”，越野车陷入了暴风雪中，道路被肆虐的暴风雪封死了；此前对姜莹“物质女人”的定性也是对“暴风雪”的铺垫。在天地间，狼的野性、风雪的暴虐、人的单薄脆弱、技术（汽车）的无力，“这个装着钢铁心脏，平时在公路上耀武扬威的家伙，此时跟一堆废铜烂铁没有什么两样，它垂头丧气地被大雪围困着，显得那么落魄，那么猥琐，往日的威风一扫而光”。合力作用下上演了惊心动魄的一幕：郑之江心里的防线被眼前的饿狼摧垮了。卡在山边的太阳对眼前即将发生的凶险和残酷，血腥和悲惨，没有丝毫的同情心和正义感，它很快就会冷漠无情地滚落到大山的后面去。作者的细节刻画功夫很不错，如暴风雪中氛围的营造：雪地里，两只灰狼的影子被拉得长长的，他的身影也被拉得长长的。洁白的雪地被黄昏柔和的光线涂抹上了一层亮晶晶的金箔。“天空白惨惨的，高远而遥不可及。”顷刻间，汽车里透出了红光。车盖子上冒起了白汽儿。车窗子在高温的作用下开始爆裂。滚滚浓烟从车窗里弥漫出来。冷、饿加上恐惧让他奄奄一息。他看到饿狼的舌头在急剧地收缩，舌尖上犀利的绒毛在颤抖，尖利的牙齿白里透黄，凸显的犬牙宛若锋利的匕首。黏稠的东西打湿了郑之江的右手。灰狼的嘴巴猛地一抬，“砉”的一声，传来了皮肉撕裂的声响。郑之江的刀子又左冲右突地搅了几下。灰狼叼着郑之江鲜血淋淋的脸颊，踉踉跄跄地逃跑了。郑之江的眼前翻飞着无数个小星星，他感觉到了疼痛，想爬起来，刚要翻身，另一只灰狼又号叫着扑上来。

“事件”是表象，旨在引向反思：是自然的暴风雪，也是心中的“暴风雪”？在这不经意间，他不知不觉地走进了这种可怕无助的窘境，是他一时疏忽，还是命中注定？有人相信缘分，相信命运，相信注定了的因果报应。其实人生中诡异又无法解释的事件时有发生，巧合得令人瞠目结舌。暴风雪是宿命还是偶然？人生不可预知的事情随处可见，谁能想到为了陪母亲过一个团圆年，郑之江会走到这么一个苟延残喘的境地？人生总会遭遇“暴风雪”，关键是如何消融“暴风雪”？大自然有不期而遇的暴风雪，每个人心中是否也有一个“暴风雪”？正是它阻碍着人与人之间真诚、真切地交往与交心，让人变得冷漠、自私。郑之江母亲心中有“雪”，这“雪”阻碍了她对新儿媳姜莹的善意而充斥着冰冷，这“雪”难以消融：每次和老太太通电话，姜莹的心里都不舒服，老太太那居高临下的口吻，和不软不硬的三七疙瘩话，深深刺激着她，话里虽没有明显的揶揄和挖苦，但也丝毫没有关心、呵护，更别说问寒问暖了，以致她不得不草草寒暄几句，把电话塞给郑之江。即使在郑之江遭难后，她也不放心姜莹：最毒不过女人心，也许这个小狐狸会偷偷下黑手呢。母亲想：得盯住这个小狐狸！而对姜莹来说，心中也有“雪”：这“雪”既来自内心的不安，也来自社会世俗的偏见。男无主意必受穷，女无主意必受辱！对她来说现在得到了应验，她生活的天空暗淡了，她的眼前一片迷茫。世俗的框子直到现在还在封锁着她，禁锢着她。她纯粹的内心就像幽深的海底一样，阳光是那样难以照耀。“雪”的消融需要契机，也就是生命的机缘。在小说文本的结尾处，面对瘫在床的男人，姜莹抱住郑之江的母亲：您消消气？您干吗这样大动肝火呢？姜莹说着，忽然嗅到老人的头发里透出了一股气息，就像当年自己母亲身上散发出来的气息一样，那是母性的气味，那气味里透着对儿女的爱抚、呵护、关怀、怜悯……姜莹强大的内心世界一下子被融化了，她难过、悲伤、彷徨、懵懂、不知所措，她喃喃地张开了嘴巴：妈，您到底想让我做什么？当姜莹抱着母亲喊了一声妈，郑之江的母亲心里又犹如五月的黑龙江，开始融化了，激荡了，澎湃汹涌，一泻千里……郑之江的母亲打了一个激灵。妈，人世间，除了金钱，难道就不能有真爱么？我爱你儿子这个人，我爱他是个男子汉！姜莹把手中的钥匙递到郑之江母亲颤抖而嶙峋的手中：这是金柜的钥匙，全部家当都在里面。冰雪消融了……

通过“暴风雪”来结构一个故事，是小说文本的辐辏所在。即将来临的大年除夕夜，一场暴风雪，展开了一场生死考验的情感救赎。这里有通常的文学桥段：与暴风雪的抗争、与森林狼的对峙肉搏、有飞机救援和病床上的无助。人人都会遭遇暴风雪，暴风雪在文学中是意象，也是拷问人性的镜像。自然的暴风雪带给人的是灾难、恐惧、痛苦，心中的“暴风雪”是可怕的不信任和冷漠。“其实，她作为一个生命个体，她有爱和被爱的权利，她有追求爱和崇尚爱的向往。”这是小说的题眼，是暴风雪掩盖下的真诚，人生、人与人原本就很简单，只是世俗把它搞得过于复杂。小说在层层展示和剥离中，回到了生活的原初、回到了常识、常情和常态，这就是文学的力量。一部好的作品，一定有其独创性和令人过目不忘的意象或者人物形象。文学是对生活的艺术呈现，它凝聚着创作者的人生思考与哲理追问及其审美创造。讲好一个故事，离不开矛盾冲突的设置：人与自然、人与人、人与社会伦理等，正是在矛盾冲突的展示中显现出一种应当的价值指向，它给人以心灵的慰藉或者人生的启示。“暴风雪”的消融源自情感的弥合、人与人的谅解，这就是原本的生活常态，也许生命的绚丽多彩要归于一种简约素朴，一切都要回归某种平常心。回到常识常德常情，但没有绚烂做底色，人生就是寡淡的、了无生机的。每个人心中都有“暴风雪”，好的小说能够让人在文本阅读中对人生和生活有所感悟、警醒和自觉，只有历经“事件”，在对意义的追寻中消除心中的“暴风雪”，回归一种素朴的人生。

小说讲述了一个“暴风雪”的故事，尽管讲得颇为圆润，有一定的生活积累和细节观察，有文学的想象力和结构文本的能力，但因缺乏对生活和人生哲理的深度开掘，文本尚未达到应有的思想高度。小说叙述得有灵气，彰显了文学意识，已经走在了通向优秀文学创作的途中，但在有限的文本中，相对于能指的丰腴，所指不够充实，文学意象的厚重感和丰富性还需加强，在艺术性的追求上还有很大的提升空间。

在不断纠偏市场失灵中健全文艺发展生态

习近平总书记《在文艺工作座谈会上的讲话》中着力阐述了人民的文艺、社会主义文艺，强调在多元文艺发展格局中高扬文艺的人民性，要求艺术家和广大文艺工作者自觉坚持以人民为中心的创作导向，积极加强文艺评论工作，运用历史的、人民的、美学的和艺术的批评标准，推动当代文艺的繁荣。所谓文艺的人民性落实到实践中，就是要在文艺中凸显文艺的人民性立场及其价值诉求。这之于文艺评论在文艺形态及其艺术表达多元化格局下，不仅要有定力，更要有眼光和现代文明视野，要有历史的观念和艺术的洞察力，要在喧嚣中穿透迷雾，直面问题的症结。

近年来，中国电影市场的繁荣和国产片质量的提升赢得了全球的敬意，不仅全球第二大电影市场的地位日益稳固，而且国产影片不时在国际电影节的评比中斩获大奖，中国电影的影响力不断增强。但我们要清醒地看到，虽然中国电影产业在规模和数量上不可小觑，中国电影技术及其制作能力也今非昔比，与国际高端不相上下。但在大发展中一些顽疾性或者根本性的问题也越发地被遮蔽，不仅中国电影没有建构完善的电影工业体系，甚至如有的学者所说，更没有建构体现中华民族特色的电影美学体系，特别是能够彰显“软力量”的中国电影文化依然走在途中，结果是全球文化舞台上中国形象的塑造依旧模糊，①

① 参阅张宗伟：《当下中国电影的美学困境》，《当代电影》2016 年第 2 期。

缺乏清晰的价值所指，凸显的只是能指的狂欢，呈现的是票房和口碑的错位。如在中国大陆市场票房骄人的《人在囧途之泰囧》《心花路放》《捉妖记》《西游记之大圣归来》《九层妖塔》《寻龙诀》《美人鱼》等，在“走出去”中特别是在欧美主流市场依然陷入尴尬。从中国文化及其产业的国际竞争力来看，这种尴尬不唯中国电影所独有，很多艺术门类在海外传播中都有此遭遇，这种境遇深刻揭示出中国电影生态的不健康和电影产业发展体系的不完备，甚至可以说正是中国文艺生态的不健全导致了某些艺术类型的“野蛮”生长、价值失序与艺术追求的混乱，使得当代中国文艺在国际文化交流、交融中，难以彰显出博大精深的中国精神、中国价值和中国气派，而局限于顾此失彼的某个奖项的追逐，难以形成具有中华美学底蕴和现代性艺术追求的中国文化的核心竞争力。以电影发展为例，在创意经济时代，电影不单纯是一门艺术，它越来越成为一个有着广泛影响力和创造经济价值的产业，并越来越融入大众的日常生活。作为产业它不仅有着前期的策划、编剧、导演，包括IP的积累和储备，中间的拍摄、制片和院线传播，更有着后期产品营销及其衍生品的开发，甚至由此延伸为不断拓展的庞大产业链。因而，作为一个被观照的对象，它往往牵一发而动全身，从而产生整体性的影响。有学者认为：“一位电影的解读者对一部影片的精读与揭秘，不会止步于影片自身，而是会将一部影片放置在更为广阔的社会、历史和文化环境之中，以发现其中的意识形态‘秘密’。”① 究其对艺术本体的超越性而言，毫无疑问，电影是社会主流意识形态最有效的传播载体，它在悄无声息中不断地影响着大众的价值观和生活方式，因而往往被寄予超越艺术自身的诸多功能，如好莱坞电影被视作美国外交领域的形象大使，而极大提升了美国的国家形象和美国文化的世界影响力。究其本质而言，如阿尔都塞所言，人是意识形态教化的产物。作为艺术公共性的彰显，电影是意识形态传播的最佳载体，在现实生活中发挥着对人的询唤功能，它既对主流意识形态具有建构价值，也会对主流意识形态产生消解作用。可以说，艺术既是时

① 戴锦华：《镜与世俗神话》，中国人民大学出版社2004年版，前言第4页。

代思想解放的先声，也是某种社会传统价值的守护者，甚至成为某种“剩余文化”的载体。虽然究其现实性而言，艺术虽然是一种精神性追求，但其生成、传播及其消费离不开一系列载体，尤其在市场经济条件下，任何艺术的影响和价值的传播都离不开一定的市场份额，也就是说一定要进入市场。在商业娱乐大片盛行的当下，作为文艺片的《百鸟朝凤》的排片遭遇不禁令人唏嘘，这虽不是文艺片、实验探索片的首次遭遇，相信也不会是最后一次，甚至某些具有较强教化作用的主旋律影片，如《离开雷锋的日子》《黄克功案件》《为了这片土地》等，在进入市场时同样遭遇排片困境，这不能不引发了我们对电影产业健康发展，尤其是建立健全现代文化市场体系的思考。

市场条件下，所谓文化影响力是文艺在市场中被大众实实在在地消费形成的，它不是在口号和宣传中滋生的，多元文艺共在共生格局又不缺失主流文艺形态及其价值引导，才是一个健全的文艺生态。在文艺发展中，“百花齐放，百家争鸣”既是文艺方针，更是文艺繁荣的标志，一种健康的生机勃勃的文化应该是有理、有情、有信、有意的文化，也就是说多样化的艺术表现形式才能满足多元化的大众消费需求，才能形成文艺的繁荣格局，而文化繁荣表征的恰是一个社会肌体的身心健康。在各种思潮相互激荡和娱乐至死的大众文化流行时代，大众不仅需要娱乐身心的流行性商业大片，也需要能够提升精气神的具有使命担当的主旋律影片，更需要代表一个民族艺术想象力、精神创造力和价值守护的文艺片，不同类型的艺术形态都在文艺市场中占有一定的份额，才会形成健康良好的文艺生态。

在当前“三期”叠加的时代语境下，主旋律影片《离开雷锋的日子》《为了这片土地》以及《黄克功案件》都有其特定的现实意义，它有利于在众声喧哗中体现出主流社会精神的旨归。如《黄克功案件》，就是从一个具体历史事件揭示了人民法律的意义、党群关系，以及当下社会匮乏爱的问题，人们如何理解爱和表达爱。在情欲泛滥的当下，爱的主题和爱的能力在社会上是缺失的，在曾经的历史进程中也是模糊的。作为建构社会的基本情感纽带，爱是一种主体间性的承认形式，它使人拥有自信与平等意识，而成为建构社会共同体的基础。在为理想信念奋斗的历程中，中国共产党的威信、感召力及其对正义公平的追求与党的形象的建构，都离不开对爱的理解和承认！共产党是有着爱的关怀的，影片中陕甘宁边区法院代理院长雷经天以其自身的经历阐述了对爱的理解，正是对爱的沟通障碍使黄克功痛下杀手，这与他（经过长征到达延安后年轻的红军老干部）在思想上滋生的居功自傲、倚强凌弱的意识分不开，这种意识驱使他由一个共产党的红军干部蜕变为一个卑鄙无耻的残忍之徒。正是深谙其中的利害和对共产党人理想信念的追求，中央军委毛主席没有赦免黄克功（影片特意凸显在公审大会上宣读毛主席的信）："他犯了不容赦免的大罪，以一个共产党员红军干部而有如此卑鄙的，残忍的，失掉党的立场的，失掉革命立场的，失掉人的立场的行为。如为赦免，便无以教育党，无以教育红军，无以教育革命者，并无以教育做一个普通的人。因此中央与军委便不得不根据他的罪恶行为，根据党与红军的纪律，处他以极刑。正因为黄克功不同于一个普通人，正因为他是一个多年的共产党员，是一个多年的红军，所以不能不这样办。共产党与红军，对于自己的党员与红军成员不能不执行比较一般平民更加严格的纪律。"这就是延安时期中国共产党人光明磊落的胸襟！这种思想在今天看来就是党纪面前人人平等，法律面前人人平等，以法治的思维、法治的方式坚决反对腐败和特权。法律面前必须人人平等——任何人都没有特权，没有人能超越法律。党内没有特殊党员，谁犯罪都要秉公处理。影片艺术地诠释了共产党人如何姓共？"事件"发生后很多人都在反思，黄克功为什么敢向一个女学生开枪？雷经天说："如果我们不判黄克功死刑，就是判了我们未来的死刑。"正是通过审判黄克功，共产党、八路军干部的形象立起来了，对黄克功的民主审判为中国共产党树立了秉公执法的正面形象，这表征着中国共产党的成熟和自信。"黄克功事件"的妥善处理使中国共产党焕发了强烈的感召力，一种卡里斯玛型的人格感召吸引了无数热血青年奔赴延安！就电影艺术而言，该片在电影技术日新月异的炫技语境下，存在电影语言运用的简单化、美学风格的单调化，人物形象塑造的类型化，以及细节刻画不充分、视觉冲击力不够，甚至电影叙事不流畅等问题，导致电影对"历史事件"的艺术开掘不足，但这不能成为难以进入院线的托词，该片的现实意义不容忽视，它应该与大众见面，应该在细分市场上发挥对八千多万党员的教化作用，应该在实现社会效益的同时获得经济效益。法律必须被信仰，这是影片传达的理念，支撑这个理念的是社会主流文化价值观，这个价值观不仅弘扬了“依法治国”的理念，更是社会主义核心价值观的积极培育。在市场经济时代，任何一部有思想和艺术追求的作品都要经过大众的检验和市场的检验，才有可能在批评中生成为艺术精品。就此而言，它需要进入市场，相信也会有细分市场。

近期因“千金一跪”而被推到风口浪尖的《百鸟朝凤》，引发了文艺批评界和社会的强烈关注。作为文艺片《百鸟朝凤》展示的是20世纪八九十年代的社会转型和文化转向问题，它以传统手艺“唢呐吹奏”作为历史镜像，以艺术的方式来反思传统文化在现代化进程中的命运，说到底它是对一种文化价值的守护。虽然从艺术本体来讲它有着剧情的“老套”和艺术表达上的“瑕疵”，在情感诉求上是小众的，但上映21天的《百鸟朝凤》票房已然超过7000万的事实，表明文艺片同样有着细分市场和特定消费者，关键是要有传播渠道和平台。《百鸟朝凤》是中国第四代电影导演代表吴天明的遗作，完成于2012年，该片讲述了以唢呐为代表的传统文化形式在现代社会的困境，影片意在表明随着时代变迁哪些价值是要传承的，哪些价值是要与时俱进的，其言中之意乃是对民族文化及其价值的思考。虽然就电影艺术表达本身而言，该片简单质朴到“平庸”，甚至可以说乏善可陈。但影片所传达的价值诉求不能不令人敬重，该片的“乌托邦想象”不能不令人充满敬意和充溢悲悼之情，“怀旧”的噱头难掩真诚的悲悯，这就是影片对社会伦理价值的高扬。该片票房的“翻身”脱不出方励的“千金一跪”，作为电影的“营销事件”无疑是成功的，结果令人欣慰，但这一举止本身是令人心酸和需要反思的。

《百鸟朝凤》是一部有着文化情怀的文艺片，在娱乐大片盛行的市场经济时代，它自然受到主流商业大片的排挤和院线经理们的冷落，在激烈的文化市场竞争中，这一“事件”折射的是当下文艺发展的生态问题。文化发展需要尊重艺术规律、遵循市场规则，但市场不是万能的。面对市场失灵现象，需要有对不同于娱乐的艺术（包括有着特定价值诉求的主旋律和高雅艺术对卓越性的追求）的保护性机制，才能建构良好生态的文艺发展格局。以电影而言，健康的电影市场是开放的高度市场化的，但它不会为市场而市场，而是能够使所有类型的影片都有面向市场大众的机会（即最低的市场份额），通过发挥公平竞争的市场机制，来建构更加完善开放的传播渠道和平台。就健全文艺生态而言：对于某些特定类型的影片，如文艺片、政治性强的主旋律影片、实验性的探索影片等，应该由国家或者社会组织（如国家艺术基金等）给予保护性扶持，使其有机会进入市场。但必须明确这种保护性支持不是保护“事件”，而是保护一个民族的艺术创造力、想象力和国家主流价值观的传播与教化，也就是关注电影艺术本体的艺术创新及其民族精神价值的诉求，在激励其讲好“中国故事”的同时，不断提升“讲好”中国故事的能力，进而在全球化舞台上讲一个“好”的中国故事，以其艺术性和主流价值建构与传播托起中国文化发展的高地。

当下社会对主旋律的理解往往是片面的、单一的，主旋律似乎成了宏大叙事、虚假宣教口号标语满天飞的“代名词”，正是人们的这种“偏见”遮蔽了作品本身的价值。《百鸟朝凤》和《黄克功案件》（包括《为了这片土地》）表明，非娱乐性的影片不是没有观众，问题是使好影片与民间渴望的观影激情如何有效对接，这是需要包括平台、渠道、终端等一系列中介来实现的。在文化大发展的今天，这些基础性的、中介性的环节要进入政府工作的视野，政府要着力营造健全文艺生态环境，并完善商业文化对高雅艺术和实验艺术等的反哺机制。作为积极传播社会主流价值的文艺来讲，政府为什么不能正大光明地在院线方面支持主旋律影片？以《黄克功案件》来说，为什么不能充满自信地直面这个已经成为历史定论的“事件”，这对提升“党和军队的形象”是发挥正向作用的；《为了这片土地》弘扬了信仰如何在基层党务工作者中激发出来的激情和意志，体现了共产党员和基层领导干部的社会担当！某些优秀影片的现实境遇表明，我们不是缺少高质量的创作，而是缺乏渠道和传播平台，缺乏有质量的文艺批评，文艺的发展需要从创作、传播到消费机制的整体性完善，这样的保护和文艺生态的健全才能真正激发文化发展的活力，才能真正实现守护、传承与发展和创新的协调，才能真正奠定中华民族伟大复兴的精神地基。

艺术的繁荣是时代开放的表征。艺术是表明立场还是参与或者介入现实生活？如何处理艺术与政治之间的关系？这些问题是不可绕过的，也是一些有思想和艺术追求的作品要直面的。如果说在市场经济时代，商业娱乐的时尚文化成为大众消费的主流产品，那么在一个健全的文化生态环境下，同样要有精英文艺、民间世俗文艺的细分市场，更要有作为国家主导文化显现形态的主旋律文艺的传播渠道和平台，它们之于人和社会的作用不同，但都有其存在的合理性和生存的界域，在根本上它们都不应偏离或背离社会主流价值观，也就是说不同形态的文化在价值上并不相互冲突和抵牾，反而因为满足了不同大众群体的诉求而有利于弥合社会的裂痕。

事实上，正是一个国家健全的文化体系和文化生态，从根本上决定了其文化的发展繁荣，以及对文化产业根基的培育和产业链的延伸（好莱坞电影的强势不是有每年国内分布于不同阶层群体 14 亿多张电影票的支撑吗？从而铸就了美国强大的文化工业体系；中国电影市场 2014 年虽然有 8.3 亿多张，但其消费群体中 15 到 35 岁的都市白领高达 85% 以上，并未完全体现出具有广泛性的社会诉求）。实践经验表明，一个国家文化产业的强大不仅表现在浮出水面的大型商业文化企业，更在于整个民族文化所蕴含的创新力。在全球文化竞争和博弈中，美国文化实力之强不单是商业性的大众娱乐文化，还有着对高雅文化及其探索性的艺术追求（如格莱美奖、托尼奖、普利策奖等的激励），并形成了市场条件下对实验艺术（文艺片等）的一套有效保护机制。近年来，中国影视产业发展迅猛，也崛起了一些有影响力和经济实力的文化企业，但是提升中国文化的海外影响力依然任重道远。2010 年国产电影海外销售高峰达到 35 亿元，此后持续下降，直到 2013 年开始止跌，2014 年电影海外销售收入 18.7 亿元，2015 年海外销售收入 27.7 亿元。这表明随着文化产业规模数量的扩张，亟需提升文化产业的质量和效益，这预示着提质增效是“十三五”时期文化产业发展的关键词，健全文化产业发展体系是其诉求目标，而健全文化产业发展体系则重在提升内容产业的比重。2014年国产影片降到618部（从2013年的745部），票房达296.4亿元；2015年国产故事片686部，电影票房为440.69亿元。其中，国产片票房271.36亿元，占总票房的61.58%，以较大优势保持了国产电影在中国电影市场的主导地位；电视剧2014年降到15983集（从2012年高峰的27156集）。这表征着中国影视产业正处在从外在式的增量扩张向内涵式的提质转型升级，这是由影视大国迈向影视强国的必由之路。处于由“外在式的增量”增长向“内生性的包容性”增长的提升阶段，亟需在完善艺术的社会性保护机制中纠偏市场失灵行为，不断健全文艺发展生态。正是基于对精品生产的引导，中办和国办联合发布《关于全国性文艺评奖制度改革的意见》，开始大幅压缩和清理文艺评奖数量，旨在通过落实习近平总书记《在文艺工作座谈会上的讲话》，促使当代文艺向内涵式发展，提升当代文艺产品的质量和效益，激励多出精品力作，而保护艺术创新和鼓励艺术探索是其中的重点。

艺术市场表明，真正能够满足文化消费需求的不是产品的数量，而是产品的质量；能够激发消费者持续文化消费需求的不是供给侧数量，而是产品的供给质量（有效供给）。所谓提质增效不仅需要激发全社会的文化发展活力，需要不断健全文化产业发展体系，更需要健全文化生态，这就愈加凸显了完善市场条件下艺术保护机制的重要性。这既取决于艺术生产上游的解放思想，更需要下游市场开放度的提升及其公平竞争，为高雅艺术创作、实验艺术探索，以及主旋律文艺留有一定的市场空间，以文化艺术的本体发展及其艺术想象力、创造力的激发为诉求，而不是追逐于所谓的票房和点击率。对此，习近平总书记在全国宣传思想工作会议上的讲话中指出：关于文化体制改革，我只强调一点，就是要在继续大胆推进改革、推动文化事业全面繁荣和文化产业快速发展、建设社会主义文化强国的同时，把握好意识形态属性和产业属性、社会效益和经济效益的关系，始终坚持社会主义先进文化前进方向，始终把社会效益放在首位。无论改什么、怎么改，导向不能改、阵地不能丢。

近年来国内迅猛崛起的资本力量，不仅推动中国大陆成为世界第二大电影市场，而且其运作能力和电影金融产品的创新在电影产业中的地位越来越重要。一定意义上，中国电影业的繁荣是资本的兴风作浪，是资本和技术的狂舞。天生带着血腥的资本是逐利而来的，这助长了中国文化产业中娱乐至死的倾向，于是乎院线布局的不均衡、文化产业界外资本的快进快出、玩的就是心跳的心态、流水线式的剧本生产、题材的单一、风格的“小”化（《小时代》系列的流行），电影本体及其专业化创作的“边缘化”，使得坚持艺术追求的电影人徒唤奈何！这是电影的繁荣还是资本的表演？资本不仅使影视界的兼并重组风起云涌，还推动了不同媒介之间和跨产业的融合，并不断创新商业模式。据统计，当下线上售票高达九成，技术平台的便利性为电影市场的繁荣提供了基础。虽然说中国电影产业中资本体系基本完备，但大量资金主要集中于生产制作和营销等环节，滋生了用金融衍生品透支电影价值的现象，这种票房的豪赌——揭示出行业外的资本感兴趣的不是电影本身，而是通过复杂的金融衍生品获取溢出效益，其实是一种透支性的利益贴补。资本运作频繁皆为利来，却不是为了做强内容，更不关乎艺术本体的创新，在根本上是资本和技术的狂舞。在娱乐至死的年代，人们普遍关注的是刺激消费的“痛点”，在此境遇下，任何能够刺激大众神经的话题都有可能成为营销性事件。如小鲜肉“吴亦凡事件”的发酵和舆论传播，不正是因为缺失社会主流价值观的有效引导和道德批判，而已然为资本、经纪公司、粉丝经济、影视公司、品牌商等“制造”为消费噱头，其全然“去道德化”地获得粉丝“言辞支持”就不足为怪了。

习近平总书记《在文艺工作座谈会上的讲话》中着力指出：文艺不能当市场的奴隶，不要沾满了铜臭气。优秀的文艺作品，最好是既能在思想上、艺术上取得成功，又能在市场上受到欢迎。他一再强调：低俗不是通俗，欲望不代表希望，单纯感官娱乐不等于精神快乐。回到电影本体，尤其应该注重电影的创作能力、专业化水平，创新意识和思想表达能力，特别是主流价值观的传播能力，而这些在资本面前往往被忽略，或者被有意遮蔽。对于主旋律影片（文艺）来讲，更应该在细节真实和艺术表达上下功夫，尤其要把故事讲得流畅，把历史感渲染出来，把真正的社会主流观念与教化诉求在艺术享受中融为一体，营造水中盐的效果，使其自然而然地走入大众的心灵，使主旋律从执政党对文艺的要求变成人民的精神需求，真正体现文艺的人民性诉求。就是说，文艺不仅要在公共文化服务体系的完善和文化市场健全中满足大众的欣赏趣味，还要发挥文艺评论的作用积极引领和提升大众欣赏水平，在有效的和优质的文化消费中提高全民族的文化素养和审美水平，在文化消费中实现文化产品的社会效益和经济效益的统一。唯此才能发挥文艺在中华民族伟大复兴中的助跑作用，通过不断健全文艺生态来夯实“文化强国战略”的基石。

从国际市场上来看，每个国家都有对本土电影的保护性措施，即便是电影强国如法国、韩国等也如此，以纠偏市场过于追逐利润的失灵行为，从而关注文艺作为文化产品的公共性问题。《百鸟朝凤》的逆袭成功，凸显了文艺片的生存艰难和文艺市场中失灵行为的存在，以及艺术创作保护机制的不健全。事实上，在西方发达国家，文艺片也是处境尴尬，但它们在市场运作中不断完善保护性机制，从而使文艺片不断获得商业片的“反哺”，而在电影市场中出现一片丰盛的“水草”。健全文艺保护机制，纠偏市场失灵，需要国家层面政府有所为，需要社会层面非营利组织有眼光和人文情怀。只有实现对文艺发展的主流价值引导，不断完善艺术保护性机制才能使艺术探索和特定类型创作不会跌落市场的“悬崖”，在市场竞争中进一步拓展传播渠道和丰富平台，健全文艺发展生态，迎来的才是当代文艺发展的繁荣。互联网环境下，网络文学、网剧、微电影、大电影越来越平民化，越来越进入大众的日常生活，成为大众日常消费的一部分，也就是艺术越来越走进大众，成为大众的一种生活方式。这种生活方式的变化，带来了艺术创作、传播和消费方式的改变，这既给艺术家提供了广阔的舞台，也为艺术精品的涌现带来了困难。从而愈加凸显内容为王的深刻性和紧迫性，不断加剧了社会主义核心价值观融入文化产业的自觉性，成为影视产业健全发展的自觉诉求。当前，中国电影的银幕数将近4万块（可谓增速迅猛），几乎与美国相当。在数量和规模扩张的同时，业界和学界开始呼吁关注内容品质的改善。提升电影产业的质量就必须尊重文化发展规律，即尊重文化及其艺术表现形式的多样化，尊重大众消费层次的多元化，追求电影产业的中长期价值，坚持内容为王的制胜原则，在满足大众差异化的需求基础上提高大众的精神文化素养及其审美修养。

回到影片《百鸟朝凤》，它以民间艺术的兴衰为视角，展现了一幅20世纪八九十年代中国农村的社会文化变迁镜像，沉思了乡村文化与社会发展的命运，并对这种无可奈何给予了深切的同情。无论有着多少不堪，毋庸置疑的是影片难掩吴天明导演一以贯之的人文情怀，这在娱乐至死的文化市场环境下，是照亮文艺发展的“灯火”，它应该在市场上被尽可能多的人消费，它可能给一些人“不快”，也可能在一些人眼里“不新潮、不时尚”，但它是真诚的有良知的文化人的一种价值守护。有此，足矣。对于一部用心来拍的电影，它以7000多万的票房收官，也不算太难看！这表明在泛娱乐化中仍有一部分人在用心支撑着中国文化的基线，使中国人的灵魂不至于太肤浅和裸露！

新时代“红色经典”再创作要有文化使命意识

党的十九大报告作出了中国特色社会主义发展进入新时代的重大判断，新时代不仅是简单的历史判断，而且是政治判断和价值判断，它指向“强起来”的历史新纪元的肇端。在中国走近世界舞台中央的新时代“强起来”的诉求中，一定离不开文艺的繁荣兴盛和“软实力”的强力支撑。“软实力”对于一个国家和民族而言，一定是体现国家主流价值导向的精神力量，正是这种主导性的精神力量（意识形态的凝聚力）决定着文化的强盛。迈入风起云涌的新时代，在各种文化思潮的相互激荡中，如何确保中国特色社会主义文化的前进方向和发展道路？最根本的是要促进社会主义文艺繁荣兴盛，社会主义文艺精品不断涌现，当代文艺在攀登艺术高峰中不断经典化，以此才能夯实中华文化自信的基础。“红色经典”及其再生产是一座文化的富矿，它浸染着革命文化的基调、高扬着理想信念的乐观主义精神，在讴歌时代英雄中询唤着社会主义核心价值观的教化指向，从而传达出时代的最强音。在后现代解构崇高、资本狂舞、技术狂欢的语境下，“红色经典”成为各种力量特别是资本围猎、发掘的对象，被视为可以带来无数商业利润的“IP”，由此滋生了一系列由“红色”变“粉色”的文艺乱象，某些“红色经典”再生产在臣服于资本力量中调侃英雄、消解精神、追逐感官娱乐化，有意识遮蔽“红色经典”原初的价值导向和精神的钙质，下坠为商业资本捞金的单纯“资源”。对此，有必要在多元文艺发展格局下，进一步彰显“红色经典”再生产的文化使命意识。

一、"红色经典"及其再生产的历史机缘

党的十九大报告指出，要坚持中国特色社会主义文化发展道路，激发全民族文化创新创造活力，建设社会主义文化强国。没有文化的繁荣兴盛，就没有中华民族的伟大复兴。党的十九大报告首次明晰了中国特色社会主义文化的内涵，即中国特色社会主义文化，源自中华民族五千多年文明历史所孕育的中华优秀传统文化，熔铸于党领导人民在革命、建设、改革中创造的革命文化和社会主义先进文化，植根于中国特色社会主义伟大实践。就现实性而言，中国特色社会主义文化不是无中生有的"天外来客"，而是有其传统根脉和现实来源，它传承了中华民族矢志不渝的精神追求，高度契合于中国人民史诗般的奋斗实践，而凝结于坚守中华文化立场、立足当代中国现实的一种理想。这种理想追求在新时代指征着中国"强起来"的历史逻辑，意味着中国特色社会主义发展进入新的历史方位。中国文明型崛起诉诸的"强起来"的表征不仅是硬实力（经济、科技、军事）的坚实，更是"软实力"的吸引力和辐射力，即精神的强大、文化的自信、道德的感召（社会主义本身就是一种道德观），而显现于文化的繁荣兴盛。以此为新时代的肇端，意味着今天的中国正站在一个全新的起点上，表征着我们比任何时期都更接近、更有信心和能力实现中华民族伟大复兴的目标。文艺是时代的先声，文化兴国运兴，当代文艺的经典化是文化兴盛的表征，"红色经典"再生产是实现文艺经典化的途径之一。

"红色经典"作为20世纪中国文学史进程中一个类型，其生成和评价都离不开特定历史语境。"红色经典"的说法主要源自20世纪90年代中后期，是指那些引起广泛关注的经由革命文学"经典"改编，或者基于革命历史题材的文艺创作。市场经济条件下，"红色经典"再生产在文化产业视野下既指切合时代特征的改编及其再创作，也包括IP授权基础上的衍生品开发等文化再生产。随着大众文化的流行，一些商业资本为了规避意识形态风险，在市场上赚

取商业利润，纷纷把目光投向了为各方力量所瞩目的“红色文化资源”。经由大众文化配方和文化创意发掘，其文化生产如影视剧制作等主要借用或挪用20世纪五六十年代出版发行的革命历史题材作品，对其进行某种情趣的重述和切合时代意识的改写。事实上，原初的“红色经典”再生产是被当作文化资源和文化资本开发的，在此意义上，它不仅包括像《红色娘子军》《林海雪原》《烈火金刚》《红旗谱》《小兵张嘎》《东方红》《铁道游击队》《平原游击队》等作品的改编，还包括某些革命历史题材作品的当代创作，如《激情燃烧的岁月》《亮剑》《雪豹》《恰同学少年》等，其中很多再生产因尊重历史真实和艺术真实达到了经典化水准，也有些问题则为大众和社会所诟病，甚至遭到主流意识形态规训。究其出场机缘，“红色经典”再生产多为消费主义文化语境下大众文化的商业化运作，一定意义上是消费主义意识形态与主流意识形态有意与无意的“合谋”与“抗争”的产物。在社会转型期，“拥有经济合法性的新中产阶级必然想在文化上获得话语权，在‘红色经典’改编上与主流意识形态‘合谋’，就是一条最有效最安全的路径。因而，‘红色经典’改编中的一系列冲突、困惑，就不单是文化事件，而是不同利益阶层的权力博弈”。① 作为一种文化现象，“红色经典”再生产充满了各种权力的交织，已然形成一个权力场，这注定任何单一视角的阐释都是不完全的，对它的单纯肯定和否定都有其片面性，不论是“阵地战”还是“游击战”的策略，都有其有效性的界域和限度。经由各种力量博弈并走过初始阶段的“红色经典”再生产，已然在市场经济条件下旧貌换新颜。21世纪以来，“红色经典”成为影视产业中的一个类型，其内涵逐渐清晰，已成为弘扬主旋律为主的一种主流文化产品。按照国家新闻出版广电总局的界定，“红色经典”是指“曾在全国引起较大反响的革命历史题材的文学名著”，其所指不限于单纯的改编，而泛指以革命历史题材为主的文艺创作，既包括对“十七年”期间那一批政治倾向鲜明、社会影响巨大的长篇小说、舞台剧、电影的改编，也包括当下具有鲜明主旋律特征的革命历史题材

① 范玉刚：《消费文化语境下的文艺学美学话语重构》，中国社会科学出版社2012年版，第170页。

的文艺生产。

在审美品位上，“红色经典”再生产既契合了新崛起的“大众”（新中产阶层）的审美品位诉求，也张扬了主流意识形态对大众教化的价值观形塑，是多元主体力量的合力之作。因其“红色精神”的底色，而有着对理想信仰的高扬，对英雄主义、集体主义和爱国主义精神的礼赞，凸显和弘扬了“人民性”的美学追求，故而“人民”“祖国”“社会主义”是这些作品的主导词，崇高是这些作品追求的美学风格，因此对其评判要放在社会主义文化事业中“人民的文艺”来定位。它不仅关联于“十七年”时期社会主义意识形态的纯化，对广大人民群众的思想教化，发挥着巩固文化领导权的功能，更是关乎当下多元文化格局中，如何牢牢掌握意识形态工作领导权和话语权问题。因其广泛的涵摄性和辐射范围的广阔，它已成为市场条件下高扬理想信念、增强社会主流价值感召力的有效方式。“作为对中国革命史的‘正说’，它以文学的叙事和想象书写了共产党的伟大。再生产已不限于‘改编’，多是一种新的创作，通过弘扬理想和信仰重新焕发对大众的精神感召力，在赓续革命传统的正当性中融入社会主义核心价值观，为主流意识形态的创新进行话语生产和话语权的竞争，从而担当主流意识形态对公民的询唤功能，成为新的历史语境下重构文化领导权的一条有效路径。”①对此，必须用历史的眼光，既要审视其出场的历史机缘及其复杂的文化境遇，在当下则更要正视其合法性的使命担当，把握其审美品位的流变。究其历史性叙述和价值指向而言，它既贯通于毛泽东开辟的当代文艺发展的“延安文艺道路”，也深化了习近平总书记在一系列文艺问题讲话中倡导的中国特色社会主义文艺发展道路，进而有助于激发广大文艺家不断攀登文艺高峰，推动中国当代文艺经典化。就此而言，“红色经典”再生产的价值，不单是文化产业价值链的内容资源，更是具有时代特点的社会主流价值观有效传播和培育的主导方式，是市场经济条件下党的意识形态工作方式创新的一种有益探索。

---

① 范玉刚：《消费文化语境下的文艺学美学话语重构》，中国社会科学出版社 2012 年版，第 171 页。

二、“红色经典”再生产要坚持“人民性”价值导向

“人民性”是马克思主义文论的基本价值取向，是社会主义文艺的本质属性，社会主义文艺就是人民的文艺，“以人民为中心”是新时代文艺工作的指南。进入新时代，社会矛盾发生了变化，文化是人民美好生活需求的重要内容，引导人民对美好生活的期盼，需要中国特色社会主义文化的积极引领。就其社会性而言，以社会主流文化价值观来凝聚人心、弥合社会转型期的某些裂痕、形成最广泛的社会共识，激发全民族共同奋斗的意志，在赓续优秀传统文化、传承红色基因、契合人类文明发展方向中实现文化创造，是当代中国共产党人和中国人民所担负的历史文化使命。文艺是文化的核心构成部分，在中国特色社会主义文化发展中发挥着基础性作用。因此，习近平总书记一再强调，社会主义文艺是人民的文艺，必须坚持“以人民为中心”的创作导向，在深入生活、扎根人民中进行无愧于时代的文艺创造。作为血染的风采和理想信念的高扬，“红色经典”再生产一定要坚持“以人民为中心”的创作导向，要有利于增强社会的凝聚力，有利于鼓舞人民为中华民族伟大复兴的斗志，有利于在文艺精品追求中提升中华文化的国际话语权。昔日辉煌的“红色经典”是一座文艺再生产的富矿，其中蕴蓄了一系列的革命精神，如“红船精神”、井冈山精神、长征精神、延安精神、西柏坡精神、沂蒙精神、大别山精神、“两弹一星”精神等。这些革命精神的传承和展示需要熔铸到大众的日常生活中，成为当代现实文化的重要构成部分，这正是“红色经典”再生产的现实基础和发挥作用的场域，是革命文化熔铸于当代现实的重要依据，这种精神和理想信念的追求甚至成为中国特色社会主义文化的主基调，是社会主义文化的本质性力量展示。作为红色精神集中展示的“红色经典”有着鲜明的意识形态属性，其再生产是新时代我们党牢牢掌握意识形态领导权的文化工作方式之一，是建设具有强大凝聚力和引领力的社会主义意识形态，以及使全体人民在理想信念、价

值理念、道德观念上紧紧团结在一起的现实支撑点。

“红色经典”感染力的基础之一是历史逻辑的充分显现，它在文学叙事中遵循了历史发展逻辑，生动诠释了“中国人民为何选择共产党”和“共产党何以救中国”的历史信念，其高扬的共产主义信仰既是共产党人的自觉追求，也是中国人民认同的一种历史逻辑的展开。因此，凸显历史维度、尊重历史真实是“红色经典”再生产遵循的基本原则。原本生成于特定历史语境的“红色经典”再生产，既要尊重历史逻辑真实再现特定历史环境的残酷性、严肃性，在生存底线一再退守中奋起抗争和义无反顾，从而成就革命大义的合理性；也要立足现实条件和时代精神中展示真实的人性，生动诠释革命党人并非不食人间烟火，恰恰是在火热激情中闪现出人性的光辉，在眷顾和留恋“小我”中来成就“大我”的徘徊、不舍，而又毅然决然的坚定执着，由此触及时代的精神巅峰，才能合理地阐释中国共产党人的现实选择，这才是真实的人性、人情和舍生取义，是在深沉中国精神的传承中成就真实的自我，这是“红色经典”的精神底蕴，在真实人性和人情的普遍生成和传达中实现党性和人民性的有机统一。为着最大多数民众的自由解放和幸福追求，这不仅是文艺的人民性彰显，也是中国共产党人“不忘初心”的矢志不渝，这在“红色经典”中实现了完美的艺术再现，这种大爱的情怀和历史担当经得起历史和人民检验。“红色经典”再生产不能背离这一基本价值取向，打着迎合市场的幌子，沉溺于所谓的“情色消费”，更不能玩弄戏谑的“手撕鬼子”“裤裆藏雷”这种侮辱观众智商的把戏，尤其要警惕历史虚无主义及其新变种的伪装。说到底，尊重历史真实就是尊重新时代人民对美好生活向往的精神追求，这是“红色经典”再生产的伦理底线；反之，一旦缺失文艺的严肃性就不足以彰显出历史的真实性，“红色经典”再生产就会陷入历史虚无主义的泥淖。

马克思主义文论历来重视文艺的历史维度，注重文艺作品所展示的总体历史倾向，强调以“美学的和历史观点”来评判文艺的价值，尤其是凸显文艺的历史属性（政治属性），推崇在总体上能够反映社会思想倾向的文艺作品。基于对文艺作品历史维度的强调，在特定历史时期和较为封闭的环境下，一些党内的文论家如周扬强调作家“不应当夸大人民的缺点……应当更多地在人民身上看到新的光明”，[①] 甚至认为在塑造英雄人物时，“许多英雄的不重要的缺点在作品中是完全可以忽略或应当忽略的”。[②] 要求作品能够很好地显现出总体的历史倾向，以至于在很多“红色经典”中出现党性与艺术卓越性追求的某种脱节，降低了一些原本就很优秀的作品的艺术价值。事实上，只要尊重历史真实，尊重文艺创作规律，就完全可以做到党性和艺术性的统一，而受到大众的普遍欢迎。在新时代文化产业成为文艺生产和文化积累与价值传承的主导方式，艺术生产也越来越离不开市场，优秀的作品必然会受到市场的欢迎。只有经得起专家检验、人民检验和市场检验的作品，才是真正优秀的作品。文艺创作的党性和人民性的统一，在文化产业发展中就显现为社会效益优先、双效统一的原则，那些能够充分体现人民性价值取向的作品，一定会在市场上有良好的口碑，从而在市场竞争中占据足够多的市场份额，在获得市场效益的同时也提升了产品的社会效益。须知，文化产品只有在市场上被实实在在地消费了，才能真正产生文化影响力，其所传播的价值观才能发挥社会作用，实现教化人心、引领社会风俗的价值。在这一点上，原本就拥趸“红色经典”的50后、60后自然会成为其再生产的铁杆粉丝，甚至会带动下一代追捧某些再生产的“红色经典”，如3D电影《智取威虎山》、芭蕾舞剧《红色娘子军》、复排歌剧《白毛女》等都实现了票房和口碑的双丰收。其红色内容和一度沉寂的红色记忆，在市场化运作中被激活，点燃了大众的热情，再加上高科技的“炫酷”，完全可以俘获年轻一代消费者。在融媒体语境下，“红色经典”再生产可以依托数字化技术和新媒体，化身为超萌的“表情包”俘获90后、00后大众。在数字时代，“红色经典”再生产可以有多样化表现形态和传播方式，包括动画、短视频、VR/AR等的应用，但一定要在衍生品开发及其产业运作中传播“红色精神”及其主流社会价值观，塑造正向的历史观、民族观和国家观，有利于增

① 《周扬文集》第1卷，人民文学出版社1984年版，第518页。

② 《周扬文集》第2卷，人民文学出版社1985年版，第252页。

强对革命史的深刻感知，自觉成为培育和践行社会主义核心价值观，守护社会主义意识形态阵地的卫士，使之活态化于大众的日常生活，使其守护的理想和价值在举手投足中入脑入心，在人生的历练和搏击长空中留下持久的“红色精神”烙印。

现实经验表明，历史真实是“红色经典”再生产流露党性倾向、彰显人民性价值取向的基石，任何背离历史真实的标签式和口号式的宣传、戏谑、调侃，都是对“红色精神”的嘲弄，是在价值上抽离“红色文化”的钙质，是对社会主义文化根基的破坏和威胁。一定意义上，“红色经典”再生产是对中国特色社会主义文化内核的阐释和再创造，是应对那些侵蚀民族文化内核的消费主义文化、历史虚无主义文化、后现代主义文化等思潮的有力武器，以其红色精神的高扬在文艺竞争中维护主流文化安全，成为中国特色社会主义文化百花园中的丰盛水草。

三、“红色经典”再生产要有艺术的卓越性追求

新时代需要新文化的引领，需要以文艺塑造新人，需要发挥文艺引导社会风向的作用。“红色经典”再生产要实现经典化，就要立足当代艺术高原追求艺术的卓越性，尤其要塑造具有时代特征的英雄人物。英雄人物是时代精神的凝练和艺术表现的对象，“红色经典”塑造的一系列英雄形象曾经给人留下深刻印象，也有不少经验和教训可为新时代文艺创作所借鉴。党的十九大报告指出，繁荣发展社会主义文艺，必须加强现实题材创作，不断推出讴歌党、讴歌祖国、讴歌人民、讴歌英雄的精品力作。“红色经典”塑造的英雄群像，充分彰显了马克思主义“人民群众是真正的英雄”的观点，其把目光投射到普通人身上的创作理念，在新时代仍有现实意义。在日益开放和文化自信的新时代，“红色经典”再生产要避免英雄形象的扁平化、人物性格的定型化，既要尊重

历史真实，更要倾听时代的声音，要写出一个“真实的人”以及英雄的成长史。也就是说，塑造英雄人物要在一定长度内展开，需要展示社会环境和心理的变化，在足够的容量内刻画人物的“七情六欲”和家庭生活，恰恰是在此处得见真正的文艺功力和艺术表达能力的高低，因而成为再生产能否实现经典化的关键。

红色文化是中国共产党在争取民族解放和社会主义实践中的文化创造，它不仅是中国共产党人的诗意栖居地，作为中国现代文化的重要组成部分，它同样是全社会和全国人民的精神家园。作为契合时代特征的文化创造，它在价值诉求上沟通了人类普遍的精神追求，蕴蓄了追求自由解放的世界共同价值观，它早已融入世界文化的组成部分，也是今日构建人类命运共同体意识的重要文化资源。如果说，优秀传统文化是中国特色社会主义文化的底色，那么“红色经典”所彰显的红色文化就是中国特色社会主义文化斑斓色彩的主色调，是社会主义文化理想和价值追求的文化力量显现。“红色经典”是中国共产党文化创造的深厚资源，是论证革命合法性、凝聚人心、增强感召力的思想资源之一，那种献身理想和信仰的革命精神与英雄主义情怀，仍是打动新时代文化消费者的质点。作为相当长时期内要讲述的文艺故事，它的叙述总要自觉不自觉地参照革命尺度为自己定位，而革命也需要借助文艺力量来塑造、表述自己的形象。新时代中国特色社会主义发展进入新的历史方位，更需要新文化的引领，需要中国特色社会主义文化的旗帜飘扬在世界舞台中央，彰显“红色”的价值追求，自然离不开“红色经典”的助力与推动。文化事关国运兴衰、事关民族精神独立性，一个国家、一个民族只有对自身文化理想、文化价值充满信心，对自身文化生命力、创造力充满信心，才能有坚守的定力、奋发的勇气、创新的活力；一个抛弃或者背叛了自己历史文化的民族，不仅难以发展起来，而且很可能上演一幕幕历史悲剧。

在文化生产中，“红色经典”再生产固然应偏于精神的“红色”，拥有了市场传播的合法性，但要真正成为经典，必然要在艺术的卓越性追求上下功夫，向民族史诗无限趋近。因此，追求艺术真实、注重审美创造和艺术表达能力，是“红色经典”再生产塑造英雄人物的价值尺度。特定历史环境及其封闭式的评价体系，使“红色经典”可能忽略或者不写英雄人物的缺点，但新时代文化观念的变化及其文化视野的开放性，要求再生产一定要写出鲜活真实生动的具体的人，而非某种抽象的符号。即使在特定历史时期，党内文论家周扬认为作家从自己的思想出发，也可以写正面人物的缺点：“正面人物不一定要去写他们的缺点，但从来没有说不可以写缺点，也可以写群众落后。”①这在思想解放、文化观念开放的新时代，我们更要清楚所谓党的文化领导权、意识形态的“阵地”意识，是在作品人物形象的塑造中、在英雄人物的成长中、在丰富性格的刻画中、在作品自然流露的主导价值诉求中实现的，是在大众对文艺作品实实在在的消费中，在人心的俘获中实现的，这就是文艺的影响力，文艺的社会功能的发挥，新时代“红色经典”再生产的文化使命。

基于历史真实，追求艺术真实，“红色经典”再生产一定要明白英雄人物首先是“人”，但更要明白英雄人物之为英雄的超越性和特殊性，因此对其“烟火气”的刻画特别是情欲的展示要有“度”，在丰富人物形象和刻画英雄成长史中不能过分展现“情欲”，更不能过度稀释崇高精神的“钙质”，再生产要基于现实主义原则，以英雄主义为轴心展开，要回到社会生活的常识、常情、常德，使再生产无限趋近文艺的“诗史”结构（形成文艺经典化的内核），以增强新时代人民的归属感、认同感，树立正确的历史观、国家观。在历史的长河中，就精神内核而言，“红色经典”通常具有一种现代文学的“诗史”结构，其再生产完全具备艺术经典化的可能。所谓文学叙述的“诗史”结构，如黑格尔所言：“它是一件与民族和一个时代的本身的完整的世界密切相关的意义深远的事迹。所以一种民族精神的全部世界和客观存在，经过由它本身所对象化成为具体形象，即实际发生的事迹，就形成了正式史诗的内容和形式。”②革命实践是20世纪上半叶中华民族的伟大事迹，是历史进程的主旋律，“红色经典”

① 《周扬文集》第3卷，人民文学出版社1990年版，第195页。

② ［德］黑格尔：《美学》第3卷下册，朱光潜译，商务印书馆1979年版，第107页。

应对这一“具体的事实来显示”而展现了“完整的世界”，其历史的厚重和民族精神的凝聚足以支撑起民族文学史诗的经典化。“红色经典”再生产若能创造出革命史叙述的“诗史”结构，以其价值诉求担负起社会主义文化引领新时代的使命，不断满足人民对美好文化生活的新期待，在文艺竞争中增强社会的凝聚力和主流价值观的文化认同感，“红色经典”再生产就已经迈上了艺术经典化之途。

四、在审美创造中续写红色传奇

“红色经典”再生产能否实现艺术的经典化？既取决于对经典内容的文化阐释能力，也取决于艺术再创造的美学追求。“红色经典”孕育红色基因、传承红色价值，其可持续的影响离不开对消费者心灵的俘获，只有在市场消费中才能实现社会主流意识形态的教化。虽然“红色经典”再生产有着鲜明的市场效益吁求，但其底色和价值基调注定不能将其降低为规避意识形态审查的“挡箭牌”，其蕴含的强大基因和精神力量注定以戏谑笔法的“矮化、丑化”必然遭受市场抛弃。在健全市场体系下，文化产品的经济效益和市场效益相互促进，它显现于大众的文化认同与市场追捧的一致性，在大众的情感共鸣和市场的认同中实现口碑和票房的统一。复排歌剧《白毛女》、3D 电影《智取威虎山》，是近年来“红色经典”再生产中引人瞩目的文化产品，成为在审美创造中续写红色传奇的成功范例。

其成功经验表明，再生产必须立足当下、回归特定历史语境，在带着时代体温中深刻阐发革命文化的“红色精神”，在悄无声息中体现主流意识形态的价值询唤，实现历史真实的再创造；同时，又要借助数字化技术应用和时尚化艺术表达方式，以精深的思想内涵、精湛的舞台演艺、精良的电影制作，俘获了年轻大众的心灵，在艺术的卓越性追求中塑造了喜儿、少剑波、杨子荣等人物形象。复排歌剧《白毛女》，不仅延续了当年创作集体精益求精的艺术精神，还以其用心和深刻领会使复排歌剧的舞台表演更精炼。尤其注重在音乐、动作、舞台布景等方面开掘民族情感，特别是极具民俗韵味的红头绳、贴门神等，给年轻的观众留下深刻印象，震撼了他们的心灵，深化了“旧社会把人变成鬼，新社会把鬼变成人”的价值理念，在深刻诠释社会矛盾中拉近了观众与特定时代的距离，增强了他们对革命意识的美学理解。3D电影《智取威虎山》重塑了记忆时光，使现实的视觉冲击与记忆中的感觉相互映衬，因是商业制作，而有着“林海雪原”的宏大场景展示、3D技术炫酷的视觉奇观、让子弹定格的特效画面等，更以203小分队穿梭林间的灵动滑雪及战士们的吃苦耐劳、艰苦卓绝的战斗意志来传承红色精神。在艺术审美表达上，以穿越来讲述故事契合了英雄传奇的现代再现，直指受众的心灵，因而再生产圆了年轻大众的梦，也悄然地传播了“解放军就是好”的价值观。从一定意义上讲，审美是润滑政治领导权之轮，更是牢牢掌握意识形态领导权的话语策略。审美以其非功利性包含着主体的极端的非中心化，使自我关注让位于感性的交流，在大众的情感共鸣和身心愉悦中悄然实现价值观的教化。有学者指出：“美学是道德意识形态通过情感和理智为了达到以自发的社会实践的面目重新出现所走的迂回道路。”① 也就是说，只有在新时代与历史语境的视界融合中，“红色经典”再生产经由审美创造才能真正实现艺术经典化，成为当代艺术讴歌时代英雄、攀登艺术高峰的典范之作。

就现实主义题材创作而言，中华民族伟大复兴的史诗般实践，是当代文艺创作的不竭源泉，是“红色经典”塑造英雄群像的鲜活原型，是涂染中国特色社会主义文化红色基调的现实基础。进入新时代，迈向人类命运共同体的这块热土不乏时代英雄，关键在于艺术发现和审美呈现，在于如何塑造具有时代高度的英雄人物和新时代文学。同样，面对革命史叙述，俄罗斯产生了《静静的

① ［英］特·伊格尔顿：《美学意识形态》（修订版），王杰等译，中央编译出版社2013年版，第28页。

顿河》等文学经典，至今仍在激励着俄罗斯人民的英雄气概。2018 年 2 月 3 日，俄罗斯空天军一架苏—25 对地攻击机在叙利亚执行打击极端组织任务时，不幸被便携式防空导弹击中，飞行员在成功跳伞后落入敌占区，勇敢地用自动手枪向敌人开火，高呼着“为了战友！”而壮烈殉国。中国的大地上同样不乏英雄人物、英雄壮举，并渴望史诗般的文艺经典创造，经典之为经典，就是以其价值诉求不自觉地沁入心田滋生勇气和校正人生航向，使人不自觉地生出大无畏的勇气和革命乐观主义精神，如同暗夜的明灯指引着一个民族的心灵向着远方的地平线不断前倾。新时代英雄辈出的中华民族，一定要在文艺创作上，特别是在红色文化富矿基础上的“红色经典”再生产中，攀登新时代的艺术高峰！

众声喧哗中的繁荣与现代性的焦虑

近五年来，相对于经济发展的新常态，文化领域呈现蓬勃跃发之势，文艺越来越成为文艺发展的能动性力量，不断助推文化强国战略的深入实施。文艺创作大丰收，文艺批评兴盛，文艺理论建设更是取得长足发展，甚至呈现出爆发式扩张，各种理论话语、理论主张悉数登场，但在众语喧哗的背后亦有着理论原创的苍白和体系追逐的焦虑。扫描五年来的文艺理论发展，一言以蔽之，中国当代文艺理论发展正以其理论自觉性的姿态，走在增强文化自信的途中，可谓喧嚣中的繁荣与发展中的焦虑并存。所谓繁荣是指文论研究领域的多元化发展并呈现某种理论话语体系建构的自觉，所谓焦虑是指中国文艺理论在现代性追求中存在某种“强制阐释”“民族主义心态”以及文论话语体系建构中的浮躁。

一、文艺理论在众声喧哗中的繁荣

五年作为一个时段，放在历史的长河几乎是不可把捉的一瞬间，但这五年之于中国又绝不是一个简单的时间概念，它是一个新时代的开启，指向的是中华民族伟大复兴的未来，因而其意义非同凡响，甚至有着划时代的标志性意味。

党的十八大以来，中华民族驶入了伟大复兴的快车道，社会主义文化强国建设彰显出时代的新气象。作为从事文艺理论及文艺批评的研究者，我们都是从历史走来，深刻感知着时代的脉搏，以亲历者、参与者，某些话题的主要探讨者的姿态，来回顾这五年文艺理论的发展，自然有着切肤的感受。诗文评是中国传统文论的特点，也是中国文学感知世界、洞察现实的一种文化方式，对理论发展回看式的印象扫描，固然有着种种缺陷和挂一漏万之可能，但它依然有着某种管中窥豹的真实性、启示性。总体上说，当代文论在众声喧哗中呈现繁荣之态，理论发展取得很大成就，这些成就不单纯是成果数量的增多和理论观点的众语喧哗，而是呈现出一些根本性的变化。以下诸多话题是近年来文学理论的热点和学术增长点，值得我们进一步好好品味和总结提炼。“文论学科体系、学术体系、话语体系的当代构建”“中国传统文论的创新转化”“中西文论的交流互鉴”、文学的审美意识形态、文化诗学、世界文学、人民性、文化间性、审美乌托邦、大众文化研究、视觉文化与媒介文化、消费美学、文艺与政治、文艺与经济（市场）、艺术生产理论、文艺评价标准和文艺学研究范式等研究成果较丰，但喧嚣背后却暴露出原创性与突破性的理论观点和理论主张的匮乏。具体来看，马克思主义文艺理论中国化研究虽然发表了大量文章，然而迄今并没有真正提出属于我们自己原创的理论观点，不仅未能匹配于文化强国建设实际，还未能在文论界占据事实上的主导地位。虽然马克思主义是我们党的指导思想，但经典马克思主义文艺理论研究日渐式微，“西方马克思主义研究”却蒸蒸日上是文论界不争的事实。无论是理论的“场外征用”、理论移植抑或理论旅行，都必须真正经由重新语境化与中国现实和中国文化相结合，才能成为有效的中国理论。原本有着极强“现实”针对性的“西马”文论，因在中国缺乏理论生成性的现实，对我们更多的只是借鉴价值，而不能本末倒置，学术资源不等于思想资源。近年来，在有关研究部门和一些学者的努力下，马克思主义文论的指导地位和话语权问题开始受到文论界的重视，研究力量和成果开始增强，马克思主义文论中国化、建构中国马克思主义文论(美学)学派已成为一些学者的学术追求。相对于文艺实践的日新月异，以及对时代变化特别是数字化技术和文化产业发展得如火如荼，文学理论尽管也风生水起大谈越界与扩容，不断增强阅读生活、解读现实的能力，热烈拥抱文化研究，但相比火热的文艺现实依然显得有些迟滞和敏感性不足。尤其是面对新媒体文艺的探索实验、艺术园区及其文艺景观的现实境遇、文艺生态的健全等问题，缺乏有效性阐释能力、对话能力和理论提升能力。面对新的历史文化语境，中国马克思主义文论要深刻理解这个时代及其深刻变化，做出积极的理论反思与美学建构。

另一可喜的变化是，相对于前些年文论界对中国古典文论的有意无意地忽视，使之长期处于失语或独语状态，近年来研究状况大为改观。特别是两办印发了《关于实施中华优秀传统文化传承发展工程的意见》后，学界包括文论界非常重视传统文化资源的发掘与当代文论的创新发展、重构文学经典等话题，成为文论界研讨的一个重点话题，中国社科院文学所、中央党校文史部以及很多大学都举办过专门的学术研讨会，在这方面已取得一些重要成果，如张岂之主编的《中华文化的底气》（中华书局 2017 年版）等，对中华优秀传统文化在增强文化自信中的重要性做了深刻阐发。

作为文论研究领域的主干部分，由于马克思主义文艺理论泛化，中国传统古代文论失声，导致当代西方文论在中国一枝独大，一度是我国文艺理论发展的基本事实，这一状况正在悄然改变。所谓“悄然”背后仍然有着现实力量的推动，但它无疑贴近了时代的主轴和脉搏，而有着理论学术逻辑的自然演进，也是一种中国文论自觉的追求。主要显现于近年来对西方文论研究中存在的“强制阐释论”的探讨、“中西文论关键词的撰写”“世界文学与民族文学的论争”等话题，这些论证构成了近年来学界关注的热点话题。在这些话题热烈争议背后，有着中国当代文论发展的焦虑，“世界文学”探讨的用意是“民族文学”的用心，依然关乎中国文学及其理论的国际话语权问题。与此相关联，关于中国文论话语体系建构的探究，既直接显现了当代文论研究的某种自觉，也彰显出一些理论研究者的焦虑心态——刻意地去追求所谓的“中国做派”“中国风格”，而缺乏文明互鉴的世界眼光和文化开放的胸襟。对中国文艺现实而言，自 2014 年习近平总书记发表《在文艺工作座谈会上的讲话》以来，文艺风气大为转变，文艺创作扎根现实走进人民，文艺家深入生活、反映人民心声的能力不断增强，涌现出一批“以人民为中心”的文艺精品之作。相应地文学理论也开始反思“没有文学的文学理论”，理论批评愈加关注文艺现实、关注人民的文艺，探讨“人民文艺”的美学叙事，反思西方文论的“强制阐释论”，强调文论有效性的界域、语境意识和反思批判维度，探讨以“人民性”价值取向来建构当代文论话语体系成为当前文艺理论发展的一个热点。因而，对习近平总书记关于文艺方面的重要论述的理论阐释，以及与1942年毛泽东《在延安文艺座谈会上的讲话》的关联性研究，探讨文艺的功用、批评标准以及文艺精品问题等，成为文论界关注的热点话题，并在经典文献的重新解读中打开了新的问题域。

二、文艺理论体系建构中的现代性焦虑

总体上来讲，尽管文艺理论研究中各种理论观点众语喧哗，但基于“中国经验”的理论原创性思想依然不足，从中国文艺现实到中国美学精神的提炼与升华尚有较大理论空间，其间的思想落差难以支撑中国文论话语体系的建构及其时代使命担当。究其意味，主要是在文艺理论学术体系建构中，某种程度上思维的陈旧和创新意识并存。这种境遇的错落与杂糅似乎正在为理论突破蕴蓄力量，但亟需在理论的喧嚣中警惕浮躁和焦虑的心态，需要强化文化自信。就时代的风云际会而言，中华民族正处于伟大复兴的拐点时刻，正越来越靠近世界舞台中心，它向全球展示了一个蓬勃发展、充满活力和锐气的新兴大国气象。党的十八大以来，中国接连承办APEC会议、G20峰会、“一带一路”峰会、金砖国家会议、夏季达沃斯论坛等世界政治经济大会；在人文价值研究方面，世界美学大会、世界艺术史大会、世界历史大会，还有2018年在中国举办的世界哲学大会等，这些大会相继在中国举办；另外，不少中国作家如莫言、刘慈欣、曹文轩等，相继获得国际文学大奖，在全球自然科学技术指数方

面也是世界领先；等等。这些都表征着中国国际地位的提升和国际话语权的提高。同时，中国仍处在现代化进程中，是一个迈向现代化的发展中大国，一个正在崛起中的世界大国。习近平总书记在7.26重要讲话中强调，“全党要牢牢把握社会主义初级阶段这个最大国情，牢牢立足社会主义初级阶段这个最大实际”，这警示我们要有清醒的认识，要对中国文艺现实和文论发展有深刻理解。文化如何体现“大国担当”？中国文化包括中国文论需要为中国的文明型崛起提供文化力量的支撑，要为人类命运共同体的建构提供文化价值的润泽，要为“一带一路”倡议下的民心相通提供价值共享的理念，要为中华民族的伟大复兴提供精神的助力，这才是中国文化包括中国文论的使命担当。这种担当需要中国文论扎根中国大地，深刻理解中国文化底蕴，在学理中浸润中华美学精神，更要坚持现代性立场和中西文明互鉴视野，这样才能锤炼中国文艺理论话语体系。习近平总书记指出：“要推出具有独创性的研究成果，就要从我国实际出发，坚持实践的观点、历史的观点、辩证的观点、发展的观点，在实践中认识真理、检验真理、发展真理。”①这启示我们，必须立足中国经验、中国方法和中国实际，才能生成中国的文艺理论，中国理论同样要有世界性。正是在这个意义上，回望这五年来的当代文论发展，基于时代高度，讲好中国学术的故事，增强中国当代文论自信，依然是中国文艺理论研究者的使命和前驱的动力，在文艺理论的现代性追求中，焦虑感慢慢地就会远去，成为当代学人日渐拉长的背影。

三、文艺理论发展需要深刻把握“当代性”

回望五年来的文艺理论发展历程，它不是单纯地走过了这不平凡的五年，

① 习近平：《在哲学社会科学工作座谈会上的讲话》，人民出版社2016年版，第19页。

而是在历史的脉搏中把握了“当代性”，展现了诸多面向未来的可能性，一种决定性的东西浮出历史的地平线，可能性永远高于现实性。习近平总书记关于文艺的重要论述就是这种决定性的力量，它深刻地影响了时代文艺的发展，有效推动了当代文艺理论的自觉，增强了中国文艺理论话语体系建构的自信。对此，需要我们以更强的自觉性深刻理解这五年的“时代意义”。五年是一个很短的时段，但这五年不单纯是一个时间概念，而是一种“当代性价值”的凸显，这意味着一个决定性的力量开启了新时代的肇端，它重构了人民的历史主体性地位，在历史的境遇中这个时代正在改变，在激励着我们在“不忘初心”中信心满满地走在建设社会主义文化强国的途中。

作为一个当代人，必须理解置身其中的时代，在时代的氤氲中深刻把握“当代性”。当下之“当前”不单是线性时间的过去延续和未来的开启，它更有着涌现着的现在时间刻度的意味，即“当代性”之生成。所谓当代性（contemporary）不仅指我们的知识范式和思想体系不可避免地带有时代的痕迹，其思考无一不是对这个时代所提出的问题的回应，还意味着对当下时代的超越，有一种指向未来的意味。阿甘本曾在《什么是当代?》中明确指出:“当代性就是一种与自己时代的独特关系，这种关系既依附于时代，又与其保持距离。更准确地说，与当前时代的关系，正是通过与之脱节，与之发生时代错位，而依附于这个时代。那些与这个时代完全保持一致，在各个方面都完全循规蹈矩的人，并不是当代人，这正是因为他们并不打算看清时代，他们没有能力牢牢把握住他们所看到的东西。”① 洞悉现在前瞻未来，才是真正的“当代性”，这五年的文艺理论发展就显现了“当代性”意味。只有站在历史的高度，以一种历史性来把握“当代性”意义，才能明白它对于我们意味着什么，这是一道新的历史视域敞开在理论研究者面前。它之于我们需要重新审视世界与中国的关系，一种新的世界史观，一种世界历史进程的“中国时刻”的开启。中华民族的伟大

① 转引自蓝江:《直面当下与面向未来——论国外马克思主义的当代性范式》,《内蒙古师范大学学报》2017 年第 3 期。

复兴，既赓续了中华优秀传统文化，又创造了世界史的中国时刻，因而中国的现代化不是回归过去的“辉煌”，而是在现代性的“世界共在”中创新创造发展，其意义不唯当下，也是未来的。

创新是时代的主旋律，是当前新闻舆论资讯中的高频词，是新发展理念的第一关键词。创新是近年来文艺理论研讨会的一个主题词，它吸引着文艺理论研究者的目光，激发了文艺理论话语体系建构的冲动和激情。文学理论的生命力就在于创新，所谓“创新性发展”有两条途径：“一种是间接性地通过传承来创新；另一种是通过建构新的观念、理论和实践的直接创新。”① 对于中国文艺理论学术体系建构而言，既要基于中国经验传承优秀传统，为那些有生命力的观念、范畴注入新的内容和精神，更要在历史与现实、中国与世界的融汇中形成具有中国精神、中国价值的新的标识性概念与话语体系。因此，创新不可盲目，一定要有根和魂，要有清晰的目标指向。在我看来，文明型崛起的社会主义文化强国是我们的诉求，它同样需要中国文论的理论担当，需要中国文论基于“中国经验”的理论阐释和话语体系建构，需要中国文论与外国文论的平等对话——各美其美、美美与共，需要中国当代文论的自信。习近平总书记《在哲学社会科学工作座谈会上的讲话》中强调“要按照立足中国、借鉴国外，挖掘历史、把握当代，关怀人类、面向未来的思路，着力构建中国特色哲学社会科学，在指导思想、学科体系、学术体系、话语体系等方面充分体现中国特色、中国风格、中国气派”，② 习近平总书记的这个要求是当代文论话语体系建构的指南。在当下的历史文化语境中，文艺理论发展要把握好“变”与“不变”和“转变”之间的关系。所谓“变”是指要俯身倾听时代的声音，敏感于时代的变化，凸显问题导向；“不变”是指坚守艺术的本体，守护艺术的核心价值及其人文导向；“转变”是指理论建构的视角、路径和研究范式不能僵化。在洞察时代文艺问题基础上，文艺理论研究范式的转换旨在形成一种大文化视

① 姚新中：《中华文化创新性发展的方法论思考》，载张岂之主编：《中华文化的底气》，中华书局2017年版，第81页。

② 习近平：《在哲学社会科学工作座谈会上的讲话》，人民出版社2016年版，第15页。

野和融通性思维，既要走出所谓文艺自足性的圈子，又要在大文化视野中坚守艺术的本体论价值。在理论建构上要打通国家话语（政策话语）、市场话语（大众话语）与精英话语（学者话语）之间的藩篱，在超越狭隘的文艺理论框架的跨文化视域中，以三个回归（艺术本体、生活现实、中国文化立场）为指向，切合时代变化，才能建构回应时代问题有效参与文化现实的文论研究的新范式。

学术为时代定格（代跋）

当今时代正处于社会转型的大调整、大变革时期，置身其中是我们的幸运，有那么多的问题向我们扑面而来，急剧变化的现实有待理论的阐释，学术研究如何抓住时代考验着我们的思考能力、思维水平，以及学术研究的问题意识，而最为关键的还是学术态度。作为书稿的一部分，照例是不能缺失一个后记或者跋的。收录在这里的文字，主要是近几年发表在核心期刊中比较重要的论文，按照相关主题做了简单的选编，大多围绕文艺理论的话语重构与时代语境下审美研究的范式转换展开，既然已经公开发表，就需要交由学界进行评判和完善。在此我不想对既往的文字做更多的交代，反而是深陷平台期对如何做学术，谈一点自己的感受，在吐胸中块垒中和学界同仁进行沟通和对话，以求其友声。思之再三，我想借机谈谈心中的“学术和学问之应当”，把话题主要聚焦在“学术为时代定格”上。

有感于2018年的不平凡，以及2019年开局的不同寻常，使我深深感到学术要为时代定格。2018年之所以是一个不平凡的年份，是因诸多学术大师驾鹤西去，有人说似乎一个时代正在落幕。同样，2019年的不同寻常，是因一系列“事件”在考验着学术的良知，考验着这个时代的浅薄与厚重，“不平凡”“不寻常”皆因学术牵着正义的神经。学问并不就是纯粹书斋里的事，做学问就是做人，做一个以学术为志业的社会人，心系世间，所谓“风声雨声读书声，声声入耳；国事家事天下事，事事关心”。只有一个人格健全、有着社会良知和正义感的人才能真正从事学术，并在问学之路上走得坦然、坦荡，既为个人的安身立命，更为时代发声。

什么样的学术可以为时代定格？我认为只有胸怀国家、心系民族、契合国家需求，而又守住个人灵府的学问，才能为时代定格。学问是一种无待，即非对待性的心灵的自由舒展，它须以敬畏为经，以勤奋为纬，方能织就出锦绣文章。以此督促人格的自我提升、心灵的自我督责、境界的自我超越，然而在这无待向度的价值形而上学的追问中，却能结出在现实中更有意义的有待之果，这是学问带给人的快乐，也是有社会性的收获，但学术的追求和内在的逻辑使其往往不会执着于有待向度的创获，或孜孜于现实利益的攫取，而全然忘了更高价值的无待之境界，忘记了做学问须要直扑真理。倘若这些年在问学之路上有所采撷、有点滴所获，实乃心中始终悬着这柄达摩克斯之剑，时时警醒自己而不敢懈怠，在战战兢兢中向着心仪的学术境界前倾。始终不敢忘怀于学问之“道”，不坠于“术”的五彩缤纷。

学术研究要做到心中有大义、大追求。学术研究诚然是个体性行为，在这样一个喧嚣躁动、皆为利来皆为利往的时代，学问之路并不拥挤，需要在踟蹰独行中耐得住寂寞，个中情趣须以心灵的静默来守护，需要以全副身心的生命投入方能获得一二。就个体而言，学问作为治学之道乃是为着自己心灵的安顿，使心灵有所眷注、有所归着，作为一种相契于人生的创造，更是对一份高质量的生命的成全；同时，在价值溯源的意味上，个体的学术融汇于时代中也是对民族命运的一份承诺，这在当下民族伟大复兴的拐点时刻尤为明显。学人当于学术投之以生命，倘若以学问涵养生命，以这生命铸造民族之魂，则中华精神已然矗立于神州大地，中华民族傲然比肩于世界民族之林，中华民族之伟大复兴指日可待。作为一个当代学人，面对百年未有之大变局，面对文明交流互鉴中的民族文化发展和世界文化危机，做出有价值有分量的学术思考，当是新时代学人的文化自觉。清代学者袁枚曾讲过，“学问之道，当识其大者”，所谓“大”是把做学问与社会责任、时代担当关联起来，所谓家国情怀，与自己的人生理想和事业追求关联起来，所谓安身立命，从而值得以全副身心投入其中。因而，“大”落实于个体就显现为一种生命的强度。孟子曰：“先立乎其大者，则其小者弗能夺也，此为大人而已矣。”正是“大”的职志，激励着吾辈学人向着时代的等高线攀缘，而彰显为精神的饱满、意志的弥坚。置身波澜壮阔的时代，或许是某种学养上的先天不足，吾辈的学术攀登带有一种悲剧感的底色，和与大师渐行渐远的悲怆愧色。虽不能至，心往之，这正是激励吾辈学人前行的动力。

学术研究以学问为职志，考验的是一种定力。学术的尊严为学问留下了一道值得守护的人生分际，学术成其为学术，它一定有自己的价值依据，一定有内在于自己的价值重心。学术在我看来，就是那种被黑格尔所称道的，足以成全人必须而且应该自视为配得上最高尚的东西。做学问同诸多经验的文化领域当然有着种种关联，但它在这关联中不能只是扮演一个仆役的角色。真正说来，人文学术是民族和时代的良知所在，它的归本性的使命是对人类命运的关注和对人生境界的提升。所谓定力就是一种守“志”。孔子曰：“三军可夺帅也，匹夫不可夺志也。”只有志于学、志于问，方能抵达学问的境界，方能从容豁达，方能引导着人向着一种不可屈从的高尚处攀登，这何尝不是一种人生的洒脱！中国历史上，魏晋风度形成了具有时代审美风尚的人物品藻，如时人品说王羲之“飘如游云，矫若惊龙”，山巨源称叹嵇康“(其）为人也，岩岩若孤松之独立；其醉也，傀俄若玉山之将崩”。品藻人物看重的是神韵，神韵所系在于审美，正是学问的托底使他们保持了乱世灵魂的高贵。在当下不缺嬉戏的丑角流行的时代，好看的皮囊包裹不住灵魂的苍白，在热闹的世界，原本的那点学术根 ，在“出名要趁早”中早就被过度“消费”了，从而令人痛惜于那原本可以做出更好学问的灵魂的不堪。道德底线的一再退堕考验着学人的良知，维护着一个社会当不可再退的衡准。这种守护何尝不是一种开示？一种对远方地平线的前倾？

学术研究需要守住“生命的重心”，以生命投入学术，学术就有了根。在现代社会分工条件下，当然不必人人都从事学术，而一旦选择学术作为志业，就要以全副身心投诸学术，以学术守住生命的重心，这重心以生命托付，当然外力不可摇夺，这表明做学问要以生命为底蕴，当以全副身心的生命投入，方能明白和把握“生命之重”。“求木之长者，必固其根本；欲流之远者，必浚其泉源”（魏征语），做学问一定要有根。优秀传统文化和中华美学精神是我们的根，充满激情的革命文化和社会主义先进文化也是我们的根。因此，做学问是一种价值守护，一种“求在我者”的自持，它需要个人自觉担当。吾师黄克剑先生在谈到治学经验时曾讲道，“治学的底蕴原在于境界。有人凭借聪明，有人诉诸智慧，我相信我投之于文字的是生命”。“知识若没有智慧烛照其中，即使再多，也只是外在的牵累；智慧若没有生命隐帅其间，那或可动人的智慧之光却也不过是飘忽不定的鬼火萤照。”做学问，要重学理，亦需重性情；既要重创思，更要重气象、气势。说到底，学问是一种生命格局！一种缤纷的生命情调！

学术研究要“留住心中的诗意”，真正的学者一定心中有诗。“撑一支长篙，向青草更青处漫溯。”（徐志摩诗）做学问就是在技术日益高视阔步的时代留住心中那一抹诗意，展现人之心性的诗意之美，以学术的创造充盈自己的精神，这诗意其实就是人孜孜以求的文化理想和审美理念，是对“人心皆有诗”的一份心灵眷注，也是对一个有独立精神的人的自我成全！人生萧瑟，但不苍凉，学问是那一抹亮色。学术运思要守护一份静默，所谓“板凳甘坐十年冷”。以生命涵养学术方能在喧嚣中留住那点真趣、真情、真意，方能在守正创新中有一种真见识，一种深思熟虑后的真知灼见，一种“渡船满板霜如雪，印我青鞋第一痕”（杨万里诗）的学术自信，以此方能成就学者的人格。在至善的价值属意中，学术并不只是理智的游戏，它借着运思的进退所透露的乃是心灵深处的蕴蓄。如此说来，学问之事绝非纯粹的理智推演，而是有着对至善的境界的价值祈向，有着对生命的全力以赴，有着时代的担当，如此学术方能为时代定格。因而，哲学之运思也是文学之作诗，学问亦是诗，学者当以“留住心中的诗意”为旨趣，反求诸己，求之在我。

学术研究成就的是一种品格，人有人格，校有校格。在党校从事学术研究除一般性的“问道”之外，还要服务于党的干部教育事业和理论创新，由此形成了党校学术研究的某种特色，显现为坚持党校姓党的原则，这种培训和轮训对象的特殊性以及原则性，要求我们在学术研究上要有一种宏观视野、战略意识和世界眼光，需要坚定文化自信，需要有开放的胸怀和“人类命运共同体”意识。其理论创新要着重于党和国家的需求以及观念性国家利益的拓展，这使我们愈加感觉在党校做学问要有一种大气魄——问向古今之变，问向天人之际，问向文明互鉴，问向人民冷暖的现实民生。可见在党校做学术研究虽有自己的特色，但这种所谓的特殊是包含普遍性的特色的彰显，是对真理精神的某种独特表达，是对中国崛起的学术共同体的建构，而不能自外于学术圈做“旁观者”，对“道”的追问同理。因此，它需要以敬畏之心、严谨的学术态度、扎实的学术基本功和刻苦的精神，来成就党校令人敬仰的学问高地。“实践是检验真理的唯一标准”的首发，已把党校定格于思想解放者的版图，这份荣光足以激励党校学人为新时代中华民族“强起来”作出新的贡献。党校之强是一种精神的博大、包容，学为精英、行为平民，葆有一颗高贵的灵魂，海纳百川、方显本色，在这里可以包容一棵树、一只松鼠，同样可以包容一本书、一个人，这里是思想成长的天地，这里是精神搏击的长空，这里是理性论辩的自由之境，这里高擎的是全党和中华民族的灯火，它是我们心中不畏暴雪挺且直的青松、是铭记党的初心镌刻理想和正义的心碑、是一首不老的歌。学问永远在途中，愿在做学问的路上都能“留住心中的诗意”，盎然地绽放心中的诗意。

收录在这里的文字是笔者近五年来，发表的关于文艺学、美学和文学评论方面的部分成果。在结集出版时基本尊重发表时的原貌，仅在文从字顺上做了一点润色。本书的出版需要感谢中央党校实施的创新工程，感谢中央党校文史部的支持，感谢人民出版社编辑的辛勤付出。书中不妥之处，以及可能存在的讹误，当然责任在我，在此期望方家教我！是为跋。

2019 年 1 月 10 日于大有庄寓所

责任编辑：姜　虹
封面设计：周方亚
版式设计：庞亚如
责任校对：余　佳

图书在版编目（CIP）数据

新时代文论与审美之思／范玉刚 著．—北京：人民出版社，2019.6（2020.11 重印）
ISBN 978－7－01－020906－7

I. ①新…　II. ①范…　III. ①文艺美学－文集　IV. ① I01-53

中国版本图书馆 CIP 数据核字（2019）第 107045 号

新时代文论与审美之思
XINSHIDAI WENLUN YU SHENMEI ZHI SI

范玉刚　著

人民出版社 出版发行
（100706　北京市东城区隆福寺街 99 号）

北京虎彩文化传播有限公司印刷　新华书店经销

2019 年 6 月第 1 版　2020 年 11 月北京第 2 次印刷
开本：710 毫米 ×1000 毫米 1/16　印张：24.5
字数：355 千字

ISBN 978－7－01－020906－7　定价：80.00 元

邮购地址 100706　北京市东城区隆福寺街 99 号
人民东方图书销售中心　电话（010）65250042　65289539